I0709400

史杰鹏作品

目錄

一　相親

　　1970 年代初，二十五歲的爸爸正焦急尋覓著配偶，他知道自己的時間不多了。在鄉下，大家都要在交配的最佳年齡迅速結合，錯過這個村，就很難有那個店。何況，除此之外，他還有生理需要。

　　好在媒婆很多，很快爸爸就相親去了。有人給他介紹了一個三店大隊的女人，住在三公里外。他上午精神抖擻出去，中午沮喪地推著二伯父的破自行車回來，分開迎上去叫喚的鷄，踏著一地的鷄屎，穿過天井，將自行車支起，拍了拍褲子的灰塵。

　　婆婆[1]正坐在灶邊煮飯，用火鉗夾著一小捆一小捆的幹稻草，塞進爐膛，火光照亮了她半邊皺巴巴的臉，紅彤彤的，色調溫暖，好像一幅古典油畫的局部。看見爸爸，她馬上站起來，急切問：「怎麼樣嘛？」

　　天井對面，大伯母身材肥碩，牛高馬大，挺著個大肚子，手裏捏著一塊抹布；二伯母則抱著出生不久的女兒，正要喂奶，一個乳房還耷拉在外面。她們都停下活，期待地看著爸爸，眼神詢問同樣的問題。

1　婆婆：南昌人對奶奶的稱呼。

爸爸的腦袋像搖頭電扇那樣轉了一圈，說：「你們都看過《鮮花盛開的村莊》吵？」

「前幾日球場上還放過，哪個會沒看過嘛。」大伯母回答。

爸爸說：「那隻女的，長得就像電影裏頭的六百工分哦。」

這是個典故，來自朝鮮電影《鮮花盛開的村莊》，裏面女主人公身強力壯，和男人一樣掙六百工分，是社會主義新農村建設的模範典型。

「六百工分幾好啊！吃得，做得，娶過來，事事都不要你操心。」大伯母說。

「那是蠻難看哦，太胖了嘛。」二伯母表達了不同意見。

爸爸說：「就是這話囉，硬是看不過眼哦。」

婆婆有點失望：「算了算了，再等下，我不相信，像你這樣長長大大，又有文化，會找不到人。」

過幾天，大伯母的一個親戚來了。一踏進門檻，老鼠似的四處張望，兼大呼小叫：「金妹啊，你活得蠻不錯哦。貴旺老實，不但是隻閨崽子[1]，還有一份國營工廠的正式工作，城市戶口，又事事都聽你的。你硬是命好哦，這一生世，硬是贏到了哦。」又摸摸我堂兄的頭，「小林啊，在新家還不錯吧？你記到，要拿這裏當自己屋裏哦，以前的爺[2]，要拋到二十五裏外去哦。」

大伯母打斷她：「是哦，是哦，你這麼屬害，不如再幫我屋裏一個忙嘛。」

「說這樣的話，親戚頭上，這麼客氣做什麼哦。」

「我屋裏三叔，你曉得吵，今年二十五歲了，你給他介

1　閨崽子：南昌方言，指處男。
2　爺：南昌人對爸爸的普遍稱呼。

紹一個女崽嘛。」

「金龍是不，還沒說人家啊？沒有問題沒有問題，包在我身上，我這裏就有現成的一隻。我屋裏老頭[1]，你曉得的，大隊派他去城裏金塔街推糞[2]，租住在金順大隊一家人屋裏，那家人屋裏有個女，屬雞，也沒嫁人，比金龍小一歲，蠻能幹，還當過女民兵排長。現在在村裏做赤腳醫生，是學雷鋒積極分子哦。雖然也是農村戶口，但人家落得地方好，不種穀，只種菜，住在金塔街，門口一條好寬好大的柏油馬路，人來人往，汽車不曉得幾多。還跟你城南這裏樣的？盡是煤炭渣滓路，騎隻車子跑到來，隔夜的屎都要顛出來。一到夜晚，路上沒有一隻人毛，鬼打得人死……你問下三叔有興趣不？要是願意，我就聯繫他們見一面。」

大伯母說：「這麼好的條件，哪曉得人家看得上我儂[3]鄉下人不啦？」

「人家那隻女崽什麼都好，就是沒讀過幾年書，拖到現在，一門心思想找個有文化的。你三叔不是讀過中專啊？現在又是小學老師，說不定談得成哦。」

「聽起來蠻好，那就勞煩你介紹一下啦。」婆婆放下手中餵雞的碗，隔著天井插嘴。

三天后，一對鄉巴佬男女在八一公園門口見面了。男鄉巴佬上身穿一件洗得褪色的褐色中山裝，下身穿一條同樣褪色的綠色軍褲，腳蹬一雙解放鞋，人瘦得像根幹蘆葦，劃根

1　老頭：南昌方言，婦女對自己丈夫的習慣稱呼。
2　推糞：推糞車的簡稱，當時農民經常去城裏廁所收集糞便，用車推回去給地施肥。
3　我儂：我們。此詞來源古老，唐司空圖《力疾山下吳村看杏花》詩：「王老小兒吹笛看，我儂試舞爾儂看。」

火柴就能點著，而且燒不了兩分鐘。他推著一輛二八載重車，車身黃泥星星點點，車杠和車把上纏了一圈又一圈的紅色塑料，前後兩個車轂中間，還套著自製的彩色塑料裝飾，毛茸茸的，但不可愛。女鄉巴佬身量矮小，乘船坐車似乎永遠可以合法逃票。兩個人一高一低，走在柏油馬路上。爸爸推著車，走了幾步，主動搭話：「你住在金塔街是不？」

媽媽說：「是哦。你住在城南大隊？聽說蠻遠哦。」

爸爸想，不遠我他媽的找你，又矮，小學還沒畢業，就這樣還能做赤脚醫生，不曉得要害死幾多人。他說：「是哦，那明日你還繼續在金順大隊做事？」

「什麼明日？」媽媽有點摸不著頭腦。

「就是結婚以後。」

「哦，你說怎樣就怎樣，戶口遷到你們城南大隊也行。」

爸爸想，遷到城南大隊，那不成了腦膜炎。他說：「我們國家，子女戶口隨母，你還是留在金順大隊比較好，雖然說也是農村戶口，但畢竟屬於郊區，地方也好，就在城裏居民區，還發糧票。」

「畢竟。」媽媽回味了一下這個詞，說：「這是什麼意思？」

爸爸怔了一下，遲疑道：「畢竟，就是好歹。」

「哦，好歹屬於郊區。意思是還不錯？」

「差不多吧。」

媽媽有點不好意思：「我沒有什麼文化，第一次聽到這隻詞。聽說你是學堂裏的老師？」

「是哦。」爸爸回答，「赤脚老師。」

媽媽說：「赤脚老師也是老師，蠻不錯哦。我這隻人，最怕讀書了，讀過一年半私塾，學不會，手心都被老師拿戒尺打得青痛，看到老師就怕。」她的眼光中充滿崇敬。

爸爸很悲哀，想，看來這是一隻盡料的扇頭[1]，不曉得會不會影響後代。但她畢竟不用種田，是目前最好的選擇。

他們繞著八一公園，轉了一個圈。正是春天，百花齊放，媽媽不時地看看旁邊圍欄內姹紫嫣紅的公園，但男鄉巴佬視而不見，因爲進去要花兩分錢的門票，兩個人就是四分，太奢侈了。一會兒，他們又轉回了東門，已近中午，旁邊一家國營館子店門口排起了長龍，排在最前面的一個矮男人，雙手高舉著錢和糧票叫嚷：「一碗肉絲麵，一碗肉絲麵，對，啊，就放那一點子肉啊？多放點子吵。」服務員回答：「放幾多肉，國家有規定，不是你想吃幾多就有幾多的。」矮男人說：「國家，國家有幾多事要管，會管你放幾根肉絲？你硬是扯卵蛋[2]哦。」服務員說：「我扯卵蛋？你就不說自己事多？到底吃不吃哦？不吃靠邊站，不要擋到人家——底下。」他伸出食指，指著矮男人後面的那個。

媽媽停住了腳步，望著人群，咽了一口唾沫。爸爸覺察到了什麼，趕緊說：「我的腳踏車是借我二兄的，他下午要上班，必須按時還。我先走了。」說著已經飛身上車，沒入前方一條小巷，眨眼就沒有了踪影，像一隻受驚的蟑螂。

媽媽呆呆站著，嘟噥了一句：「看樣子，是一隻鐵公雞。不過長得蠻高，也蠻有文化。」又嘟噥了一句，「畢竟。」

1　扇頭：南昌方言，指傻瓜。
2　扯卵蛋：南昌方言，指胡說八道。

二　結婚

　　爸爸推著自行車，走過天井，支起車，迎著大家詢問的目光，說：「好矮，硬是一隻地梭梭。」

　　大伯母說：「又沒看上啊？你好挑哦。」

　　爸爸說：「哪個說了沒看上嘛。」

　　過了幾天，他把媽媽帶回了城南家裏。那是一棟老宅子，青磚灰瓦，大門門券皆用紅條石砌成，足有三四米高，兩扇木門也因此顯得巍峨巨大。門前還擱著兩個紅石的墩子，不知當時派什麼用場，也許上面曾經蹲坐過石獅，但已了無痕迹。

　　媽媽站在門前，對爸爸說：「這麼大的房子！你屋裏是什麼成分哦？」

　　爸爸說：「中農。其實應該算貧農，我小時間窮得連短褲頭都沒有穿，哪有資格當中農嘛。」

　　婆婆本來滿臉笑容，聽到這話，有點不高興：「沒有短褲頭穿的時間，你還在穿開襠褲。這家家戶戶，哪個細伢子不穿開襠褲，哪個穿褲頭？」

　　爸爸尷尬地笑了笑，不說話。媽媽仰起頭，說：「這兩扇門好大，看得人頭昏。」

接著，他們去參觀爸爸分到的小屋。那是整棟宅子裏面積最小，也是位置最靠後的一間。雖然鋪著地板，但經歷幾十年滄桑，色澤黯淡，木質磨損，蕭然殘破，看不出有油漆過的痕迹，也不知道本來如此，還是已被歲月的脚步磨光。隔三差五能找到一個老鼠洞，黑咕隆咚，手電筒也照不到底。走在上面，立刻傳出一陣陣空洞的響聲，仿佛鬼魂在地板下奔馳。

媽媽四處張望，說：「好暗。」又仰頭看著閣樓，「這半截樓有點子嚇人，跟有鬼在上面吃餅樣的。」

爸爸說：「你膽子這麼小啊？毛主席教導我們，敢同惡鬼爭高下，不向霸王讓寸分。再說，這世界頭上，哪有鬼嘛。」

媽媽不好意思地笑了笑。

爸爸繼續介紹：「我大兄那間房，就沒有閣樓，面積也大一些，家具也精緻一些，椅子背上都鑲滿了彩色玻璃，還有好幾隻彩色的瓷瓶。」

「精緻？鑲滿？」

「就是做工好。」

媽媽笑：「你們有文化的人，說話都不同的。這棟房子原先是哪個的嘛？」

爸爸說：「當然是地主的，我儂貧下中農還做得起這樣的房子啊？土改的時間，民兵拿他牽到天井裏槍斃了。有兩個崽，自己找了塊空地，搭了間茅棚子住。房子就分到我屋裏了，但不是歸我一家所有，比如那間厢房，是分給另外一個貧下中農的，去年我二兄才拿它買下來。」

媽媽說：「哦，是地主惡霸的房子，剝削勞動人民血汗建的，怪不得這麼好。」

　　他們很快結婚了，新房就是這間陰暗的屋子，床上叠著嶄新的枕頭，枕套上綉著葵花朵朵，金黃耀眼的花盤，碧綠的葵葉，一輪通紅的太陽光芒四射，象徵社會主義的美好未來。旁邊綉著一列飛揚跋扈的紅字：大海航行靠舵手。一切都花團錦簇，但并不能驅散屋子的陰霾。黑漆漆的半截樓，布滿鼠洞的地板，灰撲撲的衣櫃，油漆斑駁的椅子，隔著歲月朝他們窺望。

　　每天晨光熹微，媽媽就爬起來，要去大隊上工。爸爸也只好跟著起來，打著呵欠，推出二伯的自行車。他必須送一送，因爲金順大隊在七八公里之外，要先越過一段三公里左右的煤渣路，兩邊都是稻田，一望無際；灰撲撲的村莊三三兩兩，散落其間，像青草叢中一堆堆狗屎。不通車，三公里之後，才是柏油路，有公交，要坐五站，費用一毛五，來回就是三毛。這可不是一筆小數，何况來回顛簸，很不輕鬆。

　　送當然也只送煤渣路那段，碰到爸爸早晨一二節有課，送這點路也沒時間。於是他們商量，要一勞永逸解決這個問題。男的說：「在金塔街租得到房子不？」

　　女的答：「羅細賤屋裏有一間小偏房。」

　　「幾多錢？」

　　「沒問，五塊錢一個月應該差不多。」

　　「那你就問一下，五塊錢可以考慮租下來，能再便宜些當然更好。」

　　從此媽媽不再來回跑，羅細賤家，離媽媽的娘家，步行只要三百米。媽媽每天上工下工，再也不用急匆匆趕路。平日在娘家吃飯，本來也并沒有分家。爸爸則留守城南，隔三差五進城和媽媽團聚。

那是一個非常狹小的所在，昏黃的電燈光下，媽媽給我喂飯，她小心翼翼跟我商量：「我肚子痛，你自己吃好不嘛？」

我喉嚨裏哼唧：「不好，要喂。」

「我當真肚子痛。」媽媽把碗放下，撫著腹部呻吟。

我哭了：「不好，要喂。」

她捉過我，按到自己膝蓋上，手掌沒頭沒腦扇向我的屁股，但沒有效果。我的哭聲越來越大，她只好再次將我扶正，端起碗，舀起一勺飯，塞進我嘴裏。羅細賤的娘聽見，過來問：「崽呀，哭什麼嘛？」

媽媽說：「老娘啊，我肚子痛哦，可能要生了哦，你幫我去叫一下我爺我娘嘛。」

老太婆答應了一聲：「好哦，崽啊，臘月天生崽，可憐哦。」邁起兩隻小脚，搖搖晃晃，像一隻母鷄，往我外婆家跑。其實已經是初春，春節才過十一天，元宵節還沒到。這個春寒料峭的夜晚，我外公挽起一輛板車，像運生猪一樣，把媽媽送進了南昌第二醫院。當天深夜，又一個可憐蟲，我的妹妹出生了。

帶著兩個孩子，這樣租住下去究竟不是長久之策，本來就窮，還要付房租。經過一番商議，爸爸帶著一幫鄉巴佬親戚，像螞蟻搬家，用獨輪車、雙輪板車，從城南鄉下絡繹運來了一些磚瓦，附著媽媽娘家屋子的外墻，搭建了個小房子。

小房子總共大約不到二十平米，鏟成兩間。靠北的那間，放著些箱籠雜物，一塊麻石上，擱著媽媽的赤脚醫生藥箱。

臥室是靠南的那間，離馬路只有十幾米，好在那時車流少，晚上更是幾乎見不到汽車，聽不到什麼喧嘩。房子的地基極低，湫隘潮濕，一到下雨，就變成澤國。有一次雨後，我看見媽媽抱著一個大木端桶[1]，彎腰舀著雨水，奮力往外潑。兩個褲腿高高卷起，小腿肚子肌肉虬結，异常飽滿。

「該死的鬼天氣，一日到夜就曉得落雨，硬是落去死。」她邊戽水邊抱怨。

我說：「你的小腿肚怎麼那麼大，我從來沒見過別人的有這麼大？」

她不好意思地一笑：「還不是矮得。我本來哪會這麼矮嘛，你看看你太公[2]，你那些舅舅、阿姨，哪個不是好高一個？就我矮。我是老大，沒足月份生下來的。我娘說，生我的時候，還在逃難的路上，日本人的飛機在天上轟炸。又沒有吃，不曉得幾可憐哦，要不然哪會長這麼矮。」

1　端桶：一種短柄的木斗。
2　太公：太外祖父。

三　講家史

　　晚上躺在床上，總要媽媽講故事，但她只會講一個故事：門閂子和門搭子是兩兄弟，有一天，他們的媽媽去外婆家做客，回來已經是夜晚，走在半路上，碰到一個野人，就被野人吃掉了。野人沒吃飽，冒充媽媽回家敲門。門閂子睡在樓下，一開門，也被野人吃掉了，手指頭咬得咯吱咯吱響。門搭子睡樓上，問：「媽媽媽媽你在吃什麼？」野人說：「從外婆家帶回來的蘿蔔乾。」門搭子說：「我也想吃。」野人順手就丟上去一截。門搭子一看，什麼蘿蔔乾，是哥哥的手指。嚇得要死，趕緊把墻角一桶桐油往樓梯上倒。野人吃完門閂子，還有食欲，就爬樓梯去吃門搭子，爬到一半，脚打滑摔死了。門搭子就大聲唱歌：「天吶地吶，野人吃我親姊妹誒。天吶地吶，野人吃我親姊妹誒。」鄰舍們都被吵醒了，從四面八方趕來，一起燒火，把野人煮著吃了。

　　連聽了三個晚上這故事之後，我強烈抗議：「你怎麼只會講這隻故事，門搭子爲什麼要唱歌？媽媽和哥哥被吃掉了，他爲什麼還要唱歌？他不能好好說話嗎？不曉得幾難聽。」

　　她只好改講自己的家史。

　　「我屋裏原先是崗上劉家的，我太公聽說叫劉一貼，就是有一種祖傳膏藥，不管什麼病，一貼就好。日本鬼子來的時候，一家人逃難，才搬到這裏。那時間啊，這旁邊盡是廟。我爹爹[1]，也就是你太公給人家當大師傅。大師傅啊，就是炒菜的。他學會了炒菜，吃得苦。廟裏的大和尚好喜歡他，拿了一棟房子給他住，讓他幫忙看管廟產。那隻廟啊，不曉得幾大，半日都走不完。廟裏的老和尚，好喜歡寫字畫畫，墻上挂滿了毛筆字畫；他也好喜歡細伢子，我每次去，都要給我吃點心。廟裏有一間房，放了好多棺材，都是一些有錢人，夫妻雙方，有一個死了，先不埋，存到廟裏，等另一個也死了，一起埋。還有一些當官的外地人，屋裏有人死了，也不埋，等官做完後，運回老家再埋。也有一些在這裏做官的外地人，死了就埋到這裏。解放後，修柏油馬路，廟都拆掉了，就剩馬路對面那隻塔。我屋裏也搬了，外公現在的房子，是政府賠給我們的。墓啊，都挖掉了哦。」

「那麼多棺材，你不怕啊？」

「怕哦。有一次，我跟元生兩個人跑到廟裏玩，他比我大兩歲，突然一把抱起我，拿我擱到一副棺材上，自己就跑掉了。我的魂都嚇脫了。元生就是我三爹的孫子，他是元宵節生的，所以叫元生。他的女菊花、金花，你認得的。你那隻太公，重男輕女，反而拿我罵了一餐。」

「太公這麼壞啊？」

「是哦。我跟你現在一樣大，就日日要到地裏去摘草喂鵝，屋裏養了好多鵝哦，下好大一隻的蛋，一隻有鴨蛋的兩隻大，有雞蛋的三隻大。有一次一夥壞細伢子唆使我說：『你

1　爹爹：南昌人對爺爺的稱呼。

屋裏好多鵝蛋，偷兩個出來煮了吃吵。」我這隻人老實，馬上跑回去，偷了兩隻鵝蛋，就在野地裏煮。你太公不曉得聽哪個說了，跑得來，一巴掌打得我滾了幾丈遠。那隻老棺材，你說他可憐？他走得動的時候，不曉得幾凶哦。屋裏那麼多鵝，都是我喂大的，下了那麼多蛋，我偷吃一隻都不行。他身體不曉得幾好，六十多的時候，還拿你外公追得圍到屋跑。」

她又說起看電影的事：「電影都不准我看，但我就是想看。廟還沒拆掉的時間，我們還住在廟裏的老屋裏，周圍都是墳山，好長的草，比人還高。夜晚跑到城裏去看電影，回來要經過一堆墳山，好多墳裏面埋的還是生生鬼。什麼叫生生鬼？生生鬼就是生崽沒生出來死掉的婦女，聽老人家說，那是世界頭上最凶的鬼。我每次跑過那些墳，都差點嚇脫了魂。又怕，又喜歡看，《錦上添花》《我們村裏的年輕人》《野火春風鬥古城》《渡江偵察記》，都是那時間看的。」

我問：「街上這些人家，當時也住在墳山裏啊？」

「他們，鬼曉得是從哪陰間裏搬來的鄉下人。我都不認得，都是拆了廟之後搬來的。」媽媽輕蔑地說。

她說著說著，語速逐漸降低，隨即悄無聲息。我則輾轉反側，想像那時寺廟的院墻外，墳冢累累，樹木參天，蓬蒿蔽路，各種野生動物巢穴其間。又想起寺廟裏一堆堆的棺材，想到自己將來一天也會死，也會被裝進棺材，埋入地下，從此再也看不到這個世界，又恐懼又傷心。我搖晃媽媽，沒有效果；再次搖晃，很用力，這回她終於爬到了夢鄉門口，聽我講述完這個憂慮，含混不清地應付道：「不要緊，等你死啊，還不曉得要幾久哦。」隨即腦袋一歪，又墜回了夢鄉。

　　從此以後，元生這個人也變得鮮活起來。其實小姨經常去元生家，因爲她和菊花是同班同學。元生家在金塔街的對面，一個小坡上。穿過池塘、菜園和野地，往坡上走，小姨會馬上緊緊攬住自己的頭髮：「有四腳蛇，快，捉緊頭髮，不要被四腳蛇把頭髮算清了，算清了你有幾根頭髮，你就會死。」一隻蜥蜴從草叢中一閃而過，像電抹一樣。我也嚇了一跳，趕緊死死攬住自己的頭髮，一口氣沖上坡，逃離那個充斥著各種邪惡小動物的是非之地。

四　狗

　　一個精瘦的中年男人站在柴門外，用手指關節「櫜櫜」敲擊柴門，問：「請問，這是劉招發老人家屋裏不？」他長得烏頭黑殼，一看就知道是遠郊的稻農，南昌話所謂「作田的」。

　　太公拄著拐杖走到門前：「我就是哦。」

　　農民的臉笑成一朵黑菊花：「太好了，我聽說你老人家診病厲害，特意從羅家集找過來的。你老人家仙風道骨，跟電影裏的太上老君樣的，一看就曉得是神醫。聽說你老人家可以起死回生，我沒找錯哦。我啊，頭發暈，沒有力氣，吃不進飯哦，有上個月[1]了哦。」

　　太公拉開柴門，放他進來，命令道：「面朝墻壁站到，扎起褲腳，我跟你扎幾針就好。」

　　農民依言站在墻角，兩條褲腿高高卷起，腿肚子烏黑壯實，青筋綻露。太公從身上掏出一支鋼筆，旋開蓋子，却不是鋼筆，只是個空腔。他抖一下，倒出了幾根亮晶晶的針，猶豫片刻，選了最粗大的一支；俯下身，左手按了按那作田

1　南昌話裏，「上個月」既可以指「上一個月」，也可以指「差不多已經有一個月」，但是兩個「個」的發音聲調不一樣，前者的「個」讀輕聲，後者的「個」讀去聲。

佬的腿肚，右手銀針猛然扎入。作田佬頓時體如篩糠，顫抖個不停，好像挨了一刀的豬。

我突然覺得肚子很脹，跑到門外，蹲在墙角拉屎。旁邊就是廁所，但蹲坑的空隙太大，我的腿還掰不了那麼開。附近的兒童都是在自家門口的墙角拉屎，心照不宣。拉完了，也不用管，巷口有一條黃狗，早已歡天喜地跑來，在我屁股邊徘徊，搖頭擺尾，顯得心緒很焦急，生怕吃不到熱的。這司空見慣，但是這回我嚇了一跳，我發現自己竟然拉出了一堆透明的蟲子，趕緊慌張地挪了一個位置。那條黃狗看著那堆包裹著蟲子的屎，湊近聞了一下，又忽地向後跳開，大概個性保守，或者少見多怪，暫時還無法接受這種新生事物。我沒有心情理會它，因爲我發現，有一條蟲子還死死攀住我的肛門。我當即尖叫起來：「太公，太公哎——」

太公顫顫巍巍走出來，一邊走，一邊撕著一個新的香烟盒子，抖落裏面的烟草屑，準備給我擦屁股。我撅起屁股，他彎下腰，用紙裹住蛔蟲，一把扯了下來，安慰我：「莫怕莫怕，你昨日吃了寶塔糖，是打蛔蟲的哦。」

我驚魂稍定，提上褲子，跟著他走進院子。那個男人還面對墙壁站著，腿肚上兩條暗紫色的血迹蜿蜒流淌，眼看要淌到脚跟。太公俯下身，用剩下的香烟盒子紙給他擦乾，說：「好了，過幾天就會好。沒好再來。一般扎一次就會好哦！」

那作田佬回過頭，對太公千恩萬謝，太公送他到門口，說：「下次來，也不要帶什麼，一包子藕粉，或是一包子點心，足有了。」那人笑容中斷了一下，好像錯拉了燈繩，又馬上恢復了光亮：「曉得曉得，我懂我懂——你老人家留步哦。」

　　這時房間裏突然傳來大舅的笑聲，太公朝房門看了一眼，哼了一聲，有些不快。

　　我走到門口，看見那農民打下褲脚，跨上一輛永久牌載重自行車，哐當哐當遠去。金環似的太陽明晃晃懸掛在東方的天空，陽光像山間溪水一樣清澈，我站在人行道上，四處張望。不遠處，裁縫家的孫女小菊也蹲在路邊拉屎；再過去一點，板車修理店門口，一個渾身排骨的傢伙，蹲在板車旁補胎，補得熱火朝天，大家都稱他「鴉片烟缸子」，我能聞到隱約的膠水氣息。但注意力沒持續多久，我很快被一輛速度極其緩慢，但噪音極其巨大的破車吸引了，我們這裏的人叫它「起風土」，確實很形象，它永遠噴著烏黑的烟，好像大風掀起了塵土。好在黑烟旁邊的天空，照舊蔚藍蔚藍。我正在想，它每走一步都那麼大聲，多累啊，突然胳膊被一隻手抓住，拉著我就跑。我不得不跟著跑，跑得上氣不接下氣，一直跑到一個院子裏，那人指著一個矮凳，命令：「坐到，不准走。」原來是狗。

　　狗姓朱，有三兄弟，他是最小的那個，就住在外公家東邊，一墻之隔。三兄弟中，老大做交通警，一天八小時站在某個街口，指揮交通，我媽媽稱他爲「站街的」。老二綽號叫「氣鼓卵」，喜歡來找我舅舅閑聊，有時也不聊，就是悶悶坐著，一起聽收音機。有一天，聽了一會，氣鼓卵大惑不解：「那德國和日本，硬確是厲害啊，二戰打敗了，一下子就起來了，又成了發達國家，這是怎麼搞的嘛？」

　　我的舅舅們差不多也都是文盲，回答不了這麼高深的問題，含糊道：「鬼曉得，搞得了侵略的國家，本來就蠻厲害吧？！」

氣鼓卵顯然不滿意，嗟嘆兩聲，又說起臺灣：「蔣介石死了，蔣經國就接位，我們中國人，看來就只曉得搞皇帝那一套哦。」

照舊是含糊的回答：「是哦，這是傳統哦。毛主席可惜了，一個崽犧牲在朝鮮戰場，要不然，我們現在肯定也是毛岸英的主席哦。」

在他兄弟三人當中，氣鼓卵為人不錯，最為隨和。每次看到他，我都會大呼小叫，奔走相告：「氣鼓卵來了！」媽媽就斥責我：「一點子禮貌都沒有，沒大沒小，有你這麼叫人的嗎？」氣鼓卵倒是淡然一笑，一點也沒有生氣的意思。當然也沒有很開心，就是很恬淡，毫不在乎，大概覺得名字叫熟了，僅僅是個符號，不代表什麼意義。氣鼓卵，和「梅蘭芳」沒有區別。

什麼是氣鼓卵呢？我是後來才知道的。有一天，我和留級生小饒勾肩搭背去上學，忽見路邊有一個傻子，坐在一張快塌方的椅子上，褲襠大開，露出一條碩大的陰莖，色澤深厚。我不由得暗贊，希望自己日後也能長一根這麼大氣的陰莖。那個傻子一邊用手撥弄自己的龜頭，一邊對著路人傻笑，好像對祖國的前途充滿信心。小饒用一種醫學教授的口吻說：「看，氣鼓卵。」還進一步補充：「氣鼓卵看上去很大，但是不中用，硬不起來。」仿佛我是他的研究生。但是，這種實物教學確實有效，直到現在，那場景還宛如昨日。

氣鼓卵是如此和氣，而「狗」則是一條如假包換的惡棍。狗的臉型尖長，和圓臉龐的氣鼓卵大异其趣，綽號叫「狗」，確實名至實歸。他很早就輟學了，天天坐在家裏，負責做飯。

我嘗試反抗，但總被他一把按住。三個回合之後，我絕望了。他扔給我一個木頭做的棋子，當我忘却耻辱，開始在地上滾那顆棋子玩的時候，他突然走近，一手攬住了我的褲襠，很淫穢地說：「小鷄鷄蠻好玩，你曉得不，玩兩下就會硬的。」我感覺一陣劇痛，褲子已經被他剝下，包皮被他翻了上來，裸露在空氣中，熱辣辣的。我不知所措，又仿佛有些新奇。

金塔街附近，有一個幼兒園，在旭日商店旁邊。鐵門上方是一排箭似的鐵簽，挑起五個圓形的鐵板，上書「向陽幼兒園」五個大字。鐵門後是一棟兩層的樓，外墙上塗著一輪鮮紅的太陽，和幾朵葵花。我偶爾跟著小姨路過，有一次問她：「什麼是幼兒園。」小姨說：「就是你這樣大的細伢子一起玩的地方。都是居民上的子女，有專門的老師帶，唱歌跳舞，不曉得幾好。」

我似懂非懂，後來才知道，所謂居民上，指的是有城市戶口的居民。而我們是菜農，沒有資格上幼兒園。如果我能上幼兒園，大概不會遭到狗的猥褻。

過了一會兒，狗看著鐘，突然跳起來：「要做飯了。」跑到灶邊，在矮凳上一屁股坐下，伸出長長的火鉗，將一些木材塞進爐膛，點上火。我很納悶，這個惡棍竟然也有點家庭責任感。我又蠢蠢欲動，站起來想溜，他真的像狗一樣警覺，喝道：「坐到。」我馬上又坐下來。

再過一會兒，來了幾個和狗一樣大的少年。有的我認識，比如對面理髮店的春寶；有的我不認識，但看著也面熟。還有一個女的，說：「狗啊，你拿人家細伢子關到你屋裏做什麼嘛？放人家回去嘛。」我仰頭看著她，眼泪汪汪，充滿感激和希望。但狗又是一把攥住我的胳膊，發出天問：「爲什麼？」接著，他似乎想了想，說：「回去叫你的太公，叫他老棺材。你要是敢策[1]我，下次捉到就不放了。」

我不知道「老棺材」是什麼意思，但一刻也不願呆在狗身邊，當然爽快答應。我像勞改釋放犯一樣興奮，往家裏跑去。

大舅也上班去了，只有那白鬍子老頭端坐在桌前，像一尊雕像似的，動也不動。旁邊墙上，懸挂著他的黑白瓷板像。我走到他面前，嘴裏響亮地蹦出三個字：「老棺材！」

他像觸電一樣彈起，滿面怒色。我大吃一驚，轉頭就跑，很快跑到了院門前。籬笆門上插著一個用粗鐵絲彎成的 U 形插銷，我停下脚步，踮脚去拔那插銷，由於急切而緊張，我沒能成功。老頭已經追到了身後，我驚慌回頭，却只看見面前金星嗡嗡閃爍，同時一陣尖銳的劇痛，仿佛被鮮紅的烙鐵烙了一下，我本能發出了洪水般的嚎哭。

與此同時，院墙上傳來一串串大笑。我透過泪珠望去，只見以狗爲首，幾個變形的少年男女正笑得前仰後合，說不出的開心。太公轉過身體，用拐杖指著院墙，畫了個扇形，詛咒道：「短命鬼耶！你們這些短命鬼，教細伢子駡自己的太公，不得好死哦！」

少年們更是樂不可支，大叫：「老棺材，你才不得好死！」

多年後的一天，我從報紙上看到邁克·杰克遜的罪行，原來他是戀童癖，曾經挾持好幾個兒童到豪宅，盡情猥褻。

1　策：南昌話，指「騙」。

這新聞像一陣狂風，把我腦中的歷史書卷嘩啦啦展開，我仿佛看見那個叫狗的傢伙從書中站起，一邊拍著身上的塵土，一邊茫然朝我張望，臉上依舊挂著下賤的淫邪氣息。我驀然醒悟，狗原來是個童叟無欺的變態，中國七十年代「戀童癖」活生生的標本，但他生在金塔街這個齷齪地方，不會有人來采集他，反而在不久以後進了軍隊，成了一名解放軍戰士。他參軍那天，驚動了四鄰。他的父親老朱，就算放在猴子群裏，也算瘦的。他站在自家門口，用一根畫叉[1]挑著一挂爆竹，放得很歡。我看見狗的胸前戴著一朵紅花，被人群簇擁著走出，爬上一輛解放牌汽車的車門，站在上面向群眾招手。小姨仰面望著他，興奮地評價：「好厲害哦，沒想到狗會成爲一位光榮的革命戰士。」

我大惑不解：「這麼壞的人，怎麼能當解放軍戰士？」

小姨說：「人家哪裏壞嘛。」

我沒好意思說，他幾次把我抓到他家，玩我的鷄鷄，但有一條是可以說的：「他唆使我罵太公是老棺材，搞得我被太公敲了一棍，敲出了一個好大的包，不曉得幾痛。」

小姨說：「金無足赤，人無完人，只要改了，就是好同志，要不然國家也不會吸收他參加革命軍隊，對吧？國家，是不會看錯人的。」她指著狗家門前嶄新的對聯，說，「你認得門上的字不？一人參軍，全家光榮，那是毛主席親手寫的。你要向狗學習，長大了也當上兵，那樣，我們全家就光榮了。」

1　畫叉：把衣服挂的高處的輔助工具，通常是一根竹竿，頂端分叉。

五　分家

　　晚上，我們一夥人坐在堂屋裏吃飯。房梁上懸著一盞十五瓦的燈泡，到處似亮非亮。太公和外公兩個人面對面坐在桌邊，我們其他人則盛了飯，夾上幾筷子菜，各自找地方坐著吃。太公很快吃完了，抹抹嘴，走到厨房，隨便倒水洗了兩把臉，回了自己房間。大舅指著緊閉的房門，低著聲音笑：「這隻老頭，嘴不曉得幾好吃[1]。今日有個鄉下人來看病，他問人家要藕粉跟鷄蛋糕，當真羞死人哦。」又指著我，「枕石在也旁邊聽到的，我沒亂說吧？咦，你頭上怎麼有隻好大的包嘛，在哪裏撞到的？」

　　我點點頭，默然不言。

　　媽媽代我回答：「太公拿拐棍敲的哦。」

　　大舅說：「他敲你做什麼嘛，莫非得了腦膜炎啊？」

　　媽媽說：「隔壁的那隻狗，唆使他叫太公老棺材，太公氣得就拿拐棍敲到他頭上去了。」

　　「老糊塗了。」大舅說，「跟三四歲的細伢子較勁。」

　　外公咳嗽了一聲，說：「該敲，三歲看大，七歲看老，從小不打，長大了，那教得乖啊？」莧菜的汁液從他一個嘴

1　幾好吃：多饞。

角流下來，像喝了血。

吃完飯，我坐在竹製交椅上，媽媽用臉盆打來水，給我洗臉；然後把水倒入木質的脚盆，把我的脚按進去。洗完後，讓我站在交椅上，還沒來得及擦乾，她突然回頭和外公吵了起來，開始是互相謾罵，十幾個回合過後，進展到肢體衝突。兩人面對面，十指相扣，推來揉去。外公是雄性，雖然年紀大，力氣依舊大一些，於是推著推著，媽媽就嚎哭起來，但幷沒有停手，箭在弦上，也不可能停手。

我站在交椅上，不知所措。外公大義凜然的聲音輕易穿透了媽媽的哭聲屏障，他說：「你還好意思問我討糧票，我爺[1]跟你帶崽，看到了你一分錢不？」媽媽哭著左右尋求幫助：「看哦，世界頭上還有這樣的爺哎，順便照看一下自己的外孫，還要提錢！再說你這隻人，幹指頭還能從你這裏蘸到幹鹽啊？我一年三節，沒送你烟酒？一年三節，哪次少了你的？」

外公反唇相譏：「積德積德，以後不要送，兩瓶爛三花[2]，一條爛壯麗[3]，我頭世沒吃過哦。你長這麼大，是風吹起來的？不是老子養大的？我一貫話了了[4]，我的就是你的，你的我沒有份。老子吐痰給你洗臉哦！」

媽媽不甘示弱，嚎哭著陳列功勞：「我白吃你的，白穿你的？我三四歲就幫屋裏摘草喂鵝，帶老弟[5]，七八歲就跑到

1　我爺：我爸爸。南昌人把「爸爸」稱作「爺」。
2　三花：南昌產的一種中等價格的白酒，三塊人民幣一斤。
3　壯麗：當時南昌產的一種中等價格的捲烟，四塊一人民幣一條。
4　話了了：說清楚了。前一個「了」念 liǎo，指清楚、明白，後一個了念 le，輕聲，語氣詞。
5　老弟：弟弟。南昌人習慣把弟弟稱爲「老弟」。

十字街去挑潲水喂猪，潲水比我人還重，砸得我這麼矮。賣豬的錢，我得到了一分不？有一次你說，賣了猪給我買一條紅圍巾，結果到背後[1]，一莖[2]卵都沒看到，策謊打騙，策謊打騙哦。」

他們絞盡腦汁，互相詰問，堂屋裏人還不少，我幾個舅舅和姨媽都在，但都如雕像一樣坐著，我則雕像一樣站著，面前的兩個人，好像在寺廟的大殿上打架。

第二天，金順大隊的婦女主任把媽媽找了去，她是管戶口的，說：「崽呀，聽說你昨日夜晚又跟你屋裏的爺打架，到底爲什麼嘛？爲了糧票啊？那不如分家。分家好哦，你明日[3]就曉得哦。聽我一句，還是分家單過，自立門戶，省得跟你屋裏的爺打來打去，就這樣。」媽媽說：「好哦。但我身上一分錢都沒有，每個月關了餉，都直接交到他手上，只留三塊錢零花，討不回來的。」

婦女主任說：「想下子辦法，總會解決的。」

果然有辦法，媽媽及時獲得了一腳[4]「會」，這個「會」，是一種民間的互助方式，入會者都交一點錢，按時間輪流獲得整筆錢的利息。媽媽就靠那從天而降的三十塊錢會錢，重新置辦了厨房用具等生活物品，和外公正式分家。

接著她從村裏領回來一個小冊子，長方形，外套一層紅色塑料皮，上印燙金的三個字「戶口簿」，下面一個括號，括號裏有三個字：（農村戶），再下面又是一行較小的字：

1　背後：後來。
2　一莖：一截，一段。
3　明日：將來。
4　一脚：一次。

南昌市公安局。

　　據說城市戶口，沒有「（農村戶）」三個字，但我很晚才知道。

　　我們不再跟外公一起搭膳，而是借用他們的厨房，自己單做；同時，我也開始了幫媽媽買菜的生涯。金塔街上，豬市旁邊，有一個很大的國營菜市場，走進去，迎頭是兩行巨大的紅字：「發展經濟，保障供給。」門口各種蔬菜相擁成丘。印象最深的是蕹菜、番茄，夏季的時候，堆在菜市場門口，論鍬賣。遞給營業員五分錢，她彎下腰，奮力一鍬，將紅的綠的傾卸到我籃子裏。菜市場裏面，地上常年濕漉漉的，淺淺的一層污泥上，粘著各種各樣的菜葉。左右還有兩排玻璃櫃檯，櫃檯上，罎罎罐罐擺成一排，裏面塞滿榨菜、什錦菜、腌蘿蔔、泡尖椒之類；櫃檯下，則是一些塑料袋裝的東西，味精、鹽、胡椒粉，甚至還有辣椒餅。買菜後，如果偶爾剩下幾分零錢，我會買一點泡尖椒，味道不只是又酸又辣，還有別的描述不出來的味道，總之五彩紛呈，像禮花一樣在舌尖綻放，真有無法形容的滿足之感。

　　媽媽對蕹菜似乎也有很深的感情，她喜歡描述太公去世的那天清晨：「我當時正在厨房炒菜，誰知一鍋蕹菜還沒炒熟，就聽到他死了。」在後來的歲月中，她總是不厭其煩複述這個細節，想必在她心中，蕹菜是一個重要的參照物，它代表季節，氣候，青春，以及關於生死的回憶。

六　城南舊事

　　我并不總是呆在金塔街，而且也并不願意呆在金塔街，我喜歡的地方，是爸爸所在的城南鄉下。

　　鄉下沒有狗，也沒有氣鼓卵，婆婆會按時給我做飯，雖然每餐的菜總是園子裏種的。堂姐堂妹堂弟們會圍著我，聽我描繪新看的電影。在城南，沒有電影院，他們只有等待大隊部巡迴放映露天電影，可那樣的機會不多。

　　爸爸那間陰暗的屋子，即使是大白天，我一個人也不敢進去。我害怕那油漆剝落的衣櫥，那素色陳舊的太師椅，那模糊黯淡的床，疑心上面附著陳舊的鬼魂。不得已要進去，我會叫上我的堂弟，二伯的兒子小鵝陪我。太師椅放在床邊，椅子上堆滿了雜物，還有一些散亂的硬幣，污穢不堪。一個破破爛爛的半導體收音機，躺在雜物中間，只巴掌大小，身體不具備插放電池的空間，只好牽出一根電綫；有兩節大號電池，正頭靠脚躺在一個長方形的木頭盒子裏，等待和它碰頭，仿佛一個病人的外接尿袋。電池我捏過，渾身鬆軟，稍微用點力，就會擠出內臟。爸爸每天晚上撥弄著它聽一會，播音員的聲音伴隨著電流嗞嗞聲，給陰森的屋子帶來了一點活氣，但時不時中斷。於是他把亂七八糟的電綫左邊拉一拉，右邊拉一拉，聲音又會重新響起。他就這樣樂此不疲。

那天，我和小鵝蹲在煤渣路旁池塘邊的紅石上玩，不知怎麼就滑了進去。我嗆著水，絕望地想，這就是淹死的味道了。突然腳踝一緊，感覺被一隻手握住，隨即恢復了呼吸。我的救命恩人，是塘邊洗衣服的一個婦女。我驚魂未定，聽見有人嘰嘰喳喳：「趕快去叫會生婆[1]來。」婆婆聞訊趕到，對婦女千恩萬謝。婦女說：「沒事沒事，趕快帶你孫子去收嚇[2]哦。」婆婆抱著我，跑到爸爸那間陰暗的屋子裏，把我放到床上。後面絡繹跟了一堆人看熱鬧。她將一把小石頭扔到床底，嘴裏念念有詞：

> 觀音老母保佑，不要拿走我孫子的魂哦。
>
> 觀音老母保佑，保佑我屋裏平平安安哦。

我躺在床上，睜大眼睛，張望著黑漆漆的閣樓，有一種很溫暖的感覺。

夏夜，大隊政府門前的簡易籃球場上，偶爾會放露天電影。迷迷糊糊中，我的眼皮就粘在了一起，恍惚中感覺爸爸站起來，跟人說：「不看了，細伢子熬不住，帶他回去困覺。」隨即一上一下，我被他抱著，離開了熙熙攘攘的人群。我極力睜大眼，瞥見了銀幕背面蠢動的綠裝戰士，旋即拐入一條小巷。左邊是土築的菜園圍墻，右邊是灰色的磚墻。四下一片黑暗，唧唧的鳴叫聲在夜幕中跳躍，好像已經叫了幾萬年，

1 我爺爺叫「會生」，鄉下人一般這樣稱呼男人的配偶。
2 收嚇：收走驚恐。一種迷信儀式。

和不遠處電影的臺詞聲遙相呼應。他們都說，這是寒蟬子（蚯蚓）在叫。菜園的土墻上，火紅的南瓜花似乎隱約可見；幾棵榖樹，直挺挺站在夜幕裏，安靜賢淑。榖樹，我們稱爲牛奶樹，折下一片樹葉，斷口處會溢出白色的樹汁，特別逗引金龜子。白天我時不時會來看一眼，看是否跑來了新的金龜子。我又極力睜眼，想看看晚上是不是也有。但爸爸抱著我，已經一陣風似的過去。吱呀一聲，他推開門，毫不理會黑暗中跳躍的鬼魂，一脚邁進自己專屬的陰暗房間，把地板踏出一個個空洞的響聲。他放下我，點亮了煤油燈，火焰吞吞吐吐，搖擺不定，把他瘦弱的身影放大在墻上，像一頭起伏的野獸。而我瞬間徹底跌入了夢鄉，將他一人扔在油燈下恐怖的古屋。

冬天早晨，晨光熹微的時候，我和爸爸并肩躺在枕頭上，不願起來。窗外飄來稻草燃燒的味道，家家戶戶都在做早飯。爸爸開始考問我數學題：「七加八等於幾多？」「十五。」「八加七等於幾多？」「十五。」朝三暮四，這是我記憶最深刻的加法。後來的題目就開始複雜了：「假如辣椒一毛三分錢一斤，那兩斤半辣椒幾多錢。」當然這也不難，在不斷聽到正確答案後，他無言以對，從被窩裏爬到冷氣中，飛速套上衣服；又一把揪出我，給我穿上臃腫的棉襖。冬天的早晨真冷，我們走出鬼屋，瑟縮著，不停地呵手。堂姐們正在踢毽子，看見我，嘰嘰喳喳：「快點子快點子，吃了飯跟我儂一起聶，跳房子。」她們把「我們」說成「我儂」，把「玩」稱爲「聶」，好土，金塔街就不這麼叫。跳房子是一種游戲，在地上畫一個長方形，分成八個小格子，然後單腿跳躍著，將一塊瓦片從一個格子踢入另一個格子，直到踢出八個格子爲止，全程必須保持金鷄獨立的姿勢，否則就算輸。

這種邀請讓我興奮，我總是希望趕緊把飯吃完。

從爸爸房間裏出來，得穿過天井，才能到達婆婆所住的那邊。天井對面右側是間小屋，大概原先是地主家的豬圈，現在則是爹爹和婆婆的臥室。房外的小廳，沿著墻壁砌了一個土灶，婆婆正坐在灶前燒火，她握著修長的火鉗，將乾燥的稻草捆一個接一個強行塞進爐膛。看見我出來，她高興地說：「起來了，倒熱水洗把臉，馬上就吃飯哦。」灶上砌了兩個灶眼，稻草被爐膛裏的火焰糾纏，發出輕微的嘆息聲；火光從兩個灶眼裏探頭探腦，飄忽倏閃。一大一小兩隻鍋被燒得吃不消，同時吐著一串串熱氣。這總是讓我驚奇，感嘆人類的巧思。

透過天井，能看見上面四角的天空。春天，燕子經常從空中掠下來，衘著泥，落在房梁上，蹦蹦跳跳，總不安分。築巢的房梁只選最靠近天井的那根，因爲光綫最爲明亮，最能沐浴駘蕩的春光。一宅子的人都怔怔地望著燕子，說：「奸雀子來啦。」詩詞裏有一種「乾鵲」，就是喜鵲，但我們南昌話「奸」和「乾」發音不同，也許不是一回事。

堂姐們曾經在一個溫暖的春夜，架著梯子上去，想掏捕幾隻奸鵲的雛鳥。我仰頭看著她們，說：「有多的給我一隻。」但似乎沒有如願，因爲從未有過玩鳥的記憶。在金塔街，有一次燕子也來外公屋裏壘巢，小舅二話不說，伸出畫叉將它捅成了碎屑，二鳥驚啾而逃。我連連嗟嘆。小舅心靈貧瘠，缺乏詩情畫意，還洋洋得意：「不曉得幾腌臜，屙屎屙尿，作得屋梁屎臊尿臭。」不以爲恥，反以爲榮。

天井的地面，由一塊塊紅石頭拼成，有泄水孔。有一次似乎堵塞了，幾乎變成了池塘。我趕緊折了幾隻紙船放上去，隨波蕩漾，好不妖嬈。雨還在淅淅瀝瀝地下，二伯父和我爸爸兩人隔著密集的珠簾對望，却并不懂賞雨，而是發愁；最後他們披上雨衣，卷起褲腿下去抒浚。非常成功，滿滿一天井的雨水，瞬間泄得一滴不剩。他們松了口氣，我的紙船則歪歪斜斜擱淺在泄水孔邊，和一堆濕漉漉的垃圾粘在一起，猥瑣不堪，這讓我十分難過，由衷鄙夷面前的兩人。

哈著白汽，吃完冬日的早飯，就可以跟堂姐們一起跳房子了。按順序，她們比我大一歲到四五歲不等，其中大伯家三個，二伯家一個，年紀大到可以一起玩，但幾年後，兩位伯父携帶各自的老婆在門前大打出手，這種鶺鴒在原之情就消失了。

婆婆偶爾會給我炒個鷄蛋，因爲她養了幾隻母鷄，對我這個孫子又格外優待，讓其他兩家非常艷羨。就連和她關係較好的二伯母也控訴過多次：「只有枕石是你的孫子哦，我屋裏的就是外姓哦。」堂姐們見了我，也總是一頭栽入記憶之河：「婆婆呀，只有你這個孫子算孫子哦，餅乾都弃在鐵筒子裏頭，專門給你吃。我們這些人，連一粒餅屑都沾不到哦。」仿佛心靈創痛頗深，臉上却是笑著的。

玩跳房子的時候，堂姐們一般會讓著我一些，因爲她們喜歡聽我講述在城裏看過的電影。每講完一段，總要感嘆一聲：「桑裏人真好。」她們有些話，總是和金塔街有所不同，「城裏」念成「桑裏」[1]。玩泥巴的時候，把黑泥巴稱爲「緇泥」[2]。

1　「城」念成「桑」，是較古的讀音。

2　緇，黑。《論語》：「磨而不磷，涅而不緇。」

臨近有一個姓萬的村莊，她們都稱爲「慢家」[1]。她們愛用雄雞的尾羽自製毽子，將羽根綁縛在清代製錢的方孔之中，這種製錢，她們稱爲「民錢」[2]。「蹲著」，叫做「苦到」[3]；「站著」，叫「器到」……[4]

　　我總是學她們說話：「苦到，企到，真好聶。」她們也微笑著：「我儂鄉下就是這麼說話的啦。」一個大點的堂姐說：「你不曉得，李家巷的話，才當真土。早晨困一下懶覺，屋裏的爺娘就會揪到你的耳朵大叫：『妻（起）累（來）妻累妻累，居（猪）拖掉來的。』」還沒說完，她自己笑彎了腰。

　　夏天的傍晚，整個村莊好像覆蓋在一個蒸籠裏。夕陽如一個快要熄滅的燈籠，戀戀不捨地懸挂在天際，竭力將它最後一點橘黃色的熱量拋灑在枝柯之間。知了依舊聲嘶力竭地嚎叫，仿佛父母雙亡。暮色打著呵欠，躡手躡腳起床，接替太陽留下的崗位。它踱著步伐，每來回一圈，萬物的輪廓就模糊一點。烏黑的鹽老鼠們在空中飛掠，好像蒙面暴徒。蚊子成群結隊，忽而來忽而去，似乎一簇被無形魔棒指揮的沙粒。草木們凝立著，靜靜釋放自己特有的氣息。電綫杆和屋檐間，蛛網密結，灰撲撲、圓滾滾的蜘蛛在上飛渡。我們搬出竹床，擺上菜肴，坐在旁邊吃飯。南瓜、絲瓜、蘿菜躺在各自的碗裏，聽天由命，任人翻檢。我皺眉苦臉地嚼著，突然爸爸低吼一聲，手中的碗欲放不放，手忙腳亂，筷子從指縫間墜落。於是乾脆將碗重重頓在竹床上，朝腿上胡拍一氣，

1　「萬」念成「慢」，是保留了古音。
2　「民錢」，應即「文錢」，古代把一枚銅錢稱爲一文錢，「文」讀成「民」，是保留了古音。
3　「苦」，即古書上「蹲踞」的「踞」。
4　「器」，即古書上「企望」的「企」，或寫成「跂」。

同時發出難解的悲呼：「怎麼搞的，連蚊子也欺負我儂鄉下人？」但似乎沒什麼用，蚊子纖細的喙穿透褲子，刺入他的肌膚，狠狠吸了一口血，早逃得無影無踪。

我忍不住笑了：「你說話好土。」隨即大腿也傳來一陣銳痛。

七　小菊

　　裁縫家的孫女小菊，老披著金色的陽光來到外公家的院子裏，找我玩耍。她比我大一歲，尖尖的下巴，膚色很白，頭髮稀疏，是我接觸的第一個年齡相仿的异性。

　　小菊的父母是幹什麼的，我不知道，仿佛她天生就該和裁縫祖父祖母在一起。此外，她還有個叔叔，一家四口擠在一間不超過十五平米的破屋裏。

　　一天清晨，我蹩進大姨的屋子，看見瘦弱的二舅靜坐桌前，正傾耳聆聽，桌上擺著一個巴掌大的半導體，一個個沉痛的漢字伴隨著哀樂，披麻戴孝，緩緩走出喇叭：「偉大的無產階級革命家、軍事家、政治家……朱德同志逝世，終年九十歲……永垂不朽！」

　　啊，九十歲，這麼整齊的數字，這麼大的年齡。我驚訝地想。前不久太公死了，他活了八十三歲，老得像一段長滿灰蘑菇的枯木。我無法想像，世上還有更老的人存在。我朦朧地想：這世上，人和人是不一樣的，有的人死了，要上廣播，要播哀樂，要讓很遠的人都知道；有的人則默默無聞，比如太公。那段時間，廣播上接二連三播放哀樂，也許受這個影響，太公死時，我隨小姨去親戚家報喪，每到一處，她總是擠出幾滴眼泪，帶著哭腔：「太公，他老人家逝世了哦。」逝世，一般人不會說這麼怪异的詞，兩個字又接近同音，用南昌話念起來特別滑稽。

外公家有四間房間，靠東那間最大，西邊同樣大的面積，却被鏟成了兩間。另外還有一間，位於堂屋後面，很小。院子裏用紅色的大石頭搭建了一個厨房，很矮。厨房築有一個大灶，可以燒木頭和稻草，比較鄉土。一口大缸擱在墻角，從街對面挑來的自來水，就灌入裏面儲存。缸的上面，用鐵鈎挂著一個瓢形竹筒，誰渴了都可以摘下它，從缸裏舀起一筒水，和上別人的陳舊唾沫，喝進肚子。厨房邊是亂石和爛木圍成的一個猪圈，兩頭猪成年累月躺在裏面，悶悶不樂。身邊潲水縱橫，濕的掩蓋幹的，層層累積，幸好它們都用不著終其天年，否則就這種衛生條件，也休想長壽。

房間很少，外婆却生了九個，一個剛落地便夭折了，另一個長到五歲，由我媽媽帶著，肛門老掉下來，總是用手托回去，掉下來，托回去。終於有一天，又染上肺炎，生活本艱苦，誰也沒當回事，等想到送醫院，已經來不及，死在半路。

就算剩下七個孩子，屋子也遠不够住，何况太公還得占一間。太公本有三個兒子，我外公只是老大，這意味著房子還要分成三份。好在老二和老三都招工走了，前者去了上高縣，竟做了官；老三也去了國營大廠，洪都機械廠。他們不需要住這個房子，但名義上，仍擁有主權。

這麼小的房子，我那些舅舅、姨媽們，只能像猪一樣擠在一起。發育後，實在沒法擠，就只好在堂屋裏搭鋪，白天再收起。夜裏如此熱鬧，白天却沒幾個鬼影，所有人幾乎都去了菜地上工。

那天早上，朝陽照在旁邊公厠的屋頂，我正在看一本連環畫，連環畫是最後一個出門的大姨塞給我的，讓我自己消磨時光。這倒不難，我早已習慣自娛自樂。我坐在堂屋前，無聊地翻著書頁，裏面紅軍和白軍打得不亦樂乎，我凝神研究連環畫上的彈道軌迹，這時小菊披著幾根黃毛推開柴門，走了進來，問：「你在看什麽，借我看一下吵。」我搖頭：「是我大姨的。」她似乎想了想，突然說：「你借我看，我讓你看我的別（屄）。」

我愣了大約幾秒鐘，滿口答應。她二話不說，爽快地扒下褲子，蹲下來呼喚：「快點子看嘛。」我立刻蹲下，側頭窺視她的下體。在金色的朝陽下，我看見了一條肉色的溝壑，溝壑當中似乎還有點什麽，但無法確定。在她蹲著的上方墻上，張貼著草原英雄小姐妹的宣傳畫，白白的羊群，紅紅的臉蛋，非常樸實。左邊還有一張毛主席的標準像，右邊，則是一群農村婦女爬在樹上摘蘋果，蘋果又紅又大，婦女們的臉蛋也又紅又大。我感覺自己走了神，她已經站起來，拉上了褲子：「拿圖書來。」她伸出手。我說：「沒看清，再看一下。」她略有遲疑，馬上接受了我的討價還價：「就看一下，不許再耍賴了。」再次褪下褲子，蹲了下去……

有一天，我和大學同學老龔去青山湖電影院看電影，一路上聊起童年趣事，他突然問：「你小時候玩過戳別（操屄）的游戲不？」

我立刻想起了小菊，感覺滿面羞慚，無地自容。我期期艾艾地說：「沒——沒有，難道你玩過？」

他點點頭：「玩過，跟鄰居的一個女崽子，就是不記得，當時有沒有戳進去。」

我吃了一驚：「還來真的，你們也太流氓了。」我去過老龔的家鄉一次，離城中心大約幾十公里。坐在城郊列車上，骯髒的玻璃窗將一根根電綫杆快速拋向身後。縱目遠方，一片平蕪，視野開闊，丘陵稻田犬牙交錯，看不到盡頭。突然，一些青灰色的建築撞入眼簾，有磚砌的，有土夯的，歪歪斜斜，不成體統，好像一堆被列車卸下的垃圾，隨意拋灑在草叢之中。而那裏面竟住著一群人類！老龔就在那堆垃圾中茁壯成長，怪不得會這樣。我曾和另外一個同學方子郊在老龔家住了一夜，當我們的聊天聲停止，周圍就像墓地一樣寂靜。早上起床，他站在灶前，給我們準備早飯，我看見三個破碗擺在棺材板一樣的灶臺上，碗裏各插了一雙筷子，筷子下端各粘著一坨牙垢似的東西。我膽戰心驚地問：「這是什麼玩意？」他說：「猪油，飯拌上猪油更好吃吵，你沒吃過啊？」我說：「猪油難道不是白的？」他說：「我家這個猪油，裏面有油渣。」我差點叫起來：「這個，我不要。」如果我是來相親的，馬上就會下定決心：可怕，跟喜歡吃這玩意的人，絕對活不到一起。

我嘆口氣：「你們那裏的鄉巴佬太噁心，太不要臉了。」

他倒也不生氣：「沒有什麼玩的，還不就只能玩玩自己的肉體？」

從此再想起小菊，我的羞恥感減弱了，原來這世界，就是那麼回事，比我更猥瑣的人，星漢燦爛，車載斗量。

曾幾何時，小菊開始發育，長成了一個含苞欲放的小姑娘。她偶爾還來外公院裏，我們從不提起童年時那些下流的往事，她興許也已經忘了。她也早就不念書，總是高高興興，但好像也走不上生活的軌道。「我沒有居民上的戶口。」她說，「算不上待業，要是戶口在你們金順村也好啊，至少可以去種菜。」她的臉蛋越發雪白，這大概是遺傳特徵，雖然五官并不非常好看，但年少，光滑粉嫩，却也別具風味。她的眼睛露出一絲茫然，但轉瞬即逝。

據說她的父母也在鄉下，而且那地方恐怕比城南也鄉得多，大約因此，她寧願跟著祖父祖母在金塔街混。祖父戴著眼鏡，風度翩翩，終年在工作臺上忙碌，用扁平的粉餅在各種衣料上劃綫；祖母尖嘴猴腮，臉皺得像一枚幹棗，帶著兩個很小的金耳環，和和氣氣。旁邊的爐子上，終年擱著一隻鐵質的熨斗，依偎在幾塊氣息奄奄的暗紅煤炭之間。這對鄉下老人，從哪裏學會了裁縫的手藝，又怎麼來到了城裏？其過程肯定也像豐富的礦藏，但沒有人來挖掘，都只能被帶進墳墓。

上初中的一天，我放學回家，看見裁縫鋪門前圍著一堆人，交頭接耳，覺得奇怪。回到家，小姨就說：「你看到了不？裁縫鋪裏的小菊，吃了敵敵畏，剛送到醫院去了哦。硬是可憐誒，好離離的（好好的），吃什麼敵敵畏嘛。」

二舅母說：「聽話她被間壁的氣鼓卵強奸了，駄了肚[1]，怕屋裏曉得，嚇得吃了一瓶敵敵畏。」

我一陣茫然，氣鼓卵，就是那個我叫他氣鼓卵的時候，恬淡微笑，毫不在乎的人？

1　駄了肚：懷了孕。

八　魚刺

　　每年春節，我多半在城南度過。

　　除夕之夜，煤油燈挂在墻壁的鐵釘上，不停吐著黑烟，順帶照耀著桌上的雞鴨魚肉。空氣中彌漫著細細的煤烟味，菜肴們靜靜臥在碗裏，輪廓模糊不清，但煤油燈已經盡力了。婆婆蜷著腰，來來回回擺放著碗筷，呼喚著：「你們老的少的，一個個都擱手放脚，一動不動。還不快來吃？菜要冷了哦……嘗下那隻雞湯看嘛，看鹹不鹹。」

　　隔著天井，也有兩張桌子，左邊，是大伯一家；右邊，是二伯一家。他們毗鄰桌子的門壁，也各懸挂著一盞煤油燈，也不停吐著黑烟，竭力照耀各自的桌子。豐盛的晚宴開始了。這邊，我爸爸隨著他的父母一桌；那邊，分別是大伯夫婦和他們的七個子女，二伯夫婦和他們的五個子女。孩子們仿佛一群饑餓的，但已看見潲水送達的猪群，精神大振，如果有尾巴，我想他們一個個會甩得啪啪作響。

　　我最喜歡的是魚，它焦黃焦黃，躺在盤子裏，身體帶著四五道深深的平行刀痕，辣椒絲、薑絲、葱絲一齊撒上，也掩蓋不了它生前遭受的虐待。魚的身體沒有肥肉，我不喜歡肥肉，但肥肉便宜，如果平時偶爾能吃上一點肉，那多半是肥的；而如果不吃，鐵公雞可不會客氣。有一次我想偷偷把碗裏的一小塊肥肉扔掉，被他及時發覺，當即扇過來一巴掌。我噙著眼淚將肉吞下，喉頭一收縮，感覺仿佛一條肥大的蚯蚓滑下喉管，差點嘔吐。但魚身體的每個部位都是瘦的，唯一的缺點，就是有刺。

幾小塊魚肉下肚，我正滿足著，咽一回口水，突然感覺不妙，一縷纖細的疼痛，輕微，隱秘，迅疾，羞澀，從喉頭傳來；再咽口水，又是一下。果然被魚刺卡住了，這該死黯淡的煤油燈，讓我看不清魚身體中的細節。婆婆手忙腳亂，說：「吞一口飯，不要嚼，直接吞下去。」

我照做了，梗著脖子，誇張地咽了一大口涎水，纖細的刺痛依舊一掠而過；再咽，又一掠而過。我搖搖頭，滿臉苦相。婆婆倒了一碟醋：「慢慢喝下去，刺就會變軟，要慢慢喝。」

遵命咽下一口醋，酸澀刺激，但比魚刺友好。我畏畏縮縮，又一次嘗試收縮喉頭的肌肉，仿佛去踩地雷陣。喉嚨毫不含糊，立刻做出了不適的反應，那根細細的魚刺沒有屈服。我哭了出來。

婆婆顯然很心痛，她從口袋裏掏出一個小塑料袋，從中抽出一張綠色鈔票，遞給我，勸慰道：「不哭不哭，婆婆給你發壓歲錢。」我瞥了一眼，周邊滿是綠色的花紋，中間畫著一座大橋，上下兩層，橋頭插著兩面紅旗，一列火車正行駛在上層的鐵道上。她把鈔票塞進我的棉襖口袋，我抽抽噎噎的聲音減弱了，繼續吞咽著飯團。婆婆對鐵公雞說：「你這隻當爺的，就不跟幫[1]拿點壓歲錢啊？」鐵公雞怔了一下，

1　跟幫：指效仿。

無奈從口袋裏摸出一張鈔票，遞給我：「拿到。」那是一張紅色的錢，看上去比綠色的小一些，背面畫著一群婦女，扛著鋤頭、鐵鍬及其他什麼農具，三三兩兩，似乎剛剛收工，正倦鳥歸林，走在回家的路上。這生活我很熟悉，就是媽媽所幹的工作。我接過紅色鈔票，抽抽噎噎，塞進口袋，心裏彷彿有一些高興。

還好，再一番吞咽過後，喉頭細細的不適終於消失。我不放心，又連續吞咽了幾下，終於喜上心頭。那些飯團，不知是哪一團，終於成功簇擁著那根該死的魚刺離開了我的喉嚨。它興許并不甘心，但被飯團七手八腳抬起，也由不得它，最終無法避免墜入半池胃酸的命運。我破涕爲笑，開始有心情環顧四周。我看見天井對面我那些堂兄弟堂姐妹們，都一個個仰起脖子，露出艷羨的目光。我的手伸進口袋，摸到兩張硬硬的紙片，心情好得無可挑剔。

第二天清晨，我在鞭炮中醒來，伴隨著鞭炮，外面拜年聲也不絕盈耳。鐵公鷄說：「起來，給爹爹婆婆拜年去。」一把將我扯離溫暖的被窩，套上棉襖。我將小手伸進口袋，想把玩一下自己的財富，却空空如也。我的心一沉，鼓起勇氣問他：「我的壓歲錢呢，婆婆昨日夜裏給的。」

他恬不知耻道：「什麼壓歲錢，你一點子大的人，要錢做什麼？」

我的眼泪流了下來，却感到臉頰一痛，挨了一巴掌。委屈加上疼痛，讓我哭得上氣不接下氣，鐵公鷄怒道：「住嘴，還想駝打是吧？我看你是打不死的李逵，要打得你有酒沒菜解。」他揚起巴掌。恐懼像鬼火在我心頭閃爍，我盡力發出最後一次抽噎，止住了哭聲，雖然很不情願。

　　「一點子大的人，這樣嬌氣。」他愉快地總結，「你看嘛，就是沒駝得打的病。」

戶口本

最後一次抽噎，止住了哭聲，雖然很不情願。

　　「一點子大的人，這樣嬌氣。」他愉快地總結，「你看嘛，就是沒駝得打的病。」

九　畫鷄

　　暑假，我獨自一個人登上公交車，下車步行五六裏，到了城南。婆婆正請了工匠在鐯[1]鷄，見了我，歡天喜地倒水，又遞給我一把小小的油紙扇子，上面鬼畫桃符，抹了幾筆花鳥，她說：「曉得你要來，專門給你買的。」我貼著臉聞，一股清新的桐油味，說不出的歡喜。

　　「一個人來的。」婆婆又對著天井兩頭大喊，「你們看，這麼小的人，就自己認得路，硬當真聰明哦。」

　　真是過於誇張的言辭！據說我誕生時，她第一時間趕到醫院，送去了鷄湯。我爸爸雖是老三，我却是長孫。第一次看見孫輩中出現一個男孩，大約很開心。另外，就是她和爹爹一向跟我爸爸一起生活，沒有分家，對我自然要親些。

　　但我妹妹可不這麼想，只要提到她，就會數落：「那隻婆婆啊，不曉得幾偏心。我剛生下來的時間啊，她走到醫院，看到是女的，馬上就回去了。」

　　爸爸馬上苦口婆心教育她：「這好正常啦，哪個不重男輕女呢？在中國，尤其我們鄉下，一家人屋裏沒有崽，活得下去啊？我們國家，是很自治的，只要不涉及政治上的問題，

1　鐯，閹割。

都靠拳頭說話。如果沒出條把人命，你去找公檢法？到陰間去找，哪隻鬼會答你哦？在鄉下，哪個屋裏崽多，哪個就有發言權。你曉得村裏的米椒嬸不，她生了七個崽，走到路上，身子都是橫的，巴不得面前有點障礙物，可以挑戰一下。生女有什麼卵用嘛？嫁出去後，除了過年過節，連個面都見不到，等於白白給人家屋裏養了一個勞動力和生育工具。這世上哪個都不是活雷鋒，哪個都沒有那麼高風亮節。戲曲裏，只有王侯將相的女兒才有親情價值。在鄉下，女嫁出去，當真就像潑出去的水。當然，如果那隻女考上了大學，或者招上工，成了城市戶口，也有用。你看你婆婆，她的親女嫁到李家巷，也是農民，你見到過一面不？順英姑姑，是她的養女，嫁到城裏，隔三差五來鄉下接她到城裏去住，一住就是十天半個月，生只這樣的女，當然也划得來。但就算這樣，也是斷了香火。你看你婆婆，最終還不是要依靠我們幾個崽。」

說得妹妹啞口無言。

我捧著茶杯，驕傲地站著，看工匠鐷雞。他用皮帶將雞固定在膝上，揚起鋒利的小刀，輕輕一劃，雞腹皮開肉綻。我不自禁抖了一下。他迅疾用特製工具扒開那傷口并行固定，然後一根細綫伸進，七勾八勾。雞顯然很痛，但被死死按在他的膝蓋上，動彈不得，只有骨碌碌轉動的眼珠，可以看出它在頑強忍耐。工匠終於勾出兩顆綠豆大小的睪丸，用綫勒斷，扔到地上，一夥雞撲了過來，只有一隻捷足先登，將它們啄進嘴裏。工匠給膝蓋上的雞喂了兩小口水，鬆開固定，剛才還煩躁不安的雞，立刻歡快地在地上跳躍，好像手術從未發生。我驚奇表示不解，婆婆說：「雞就是這樣的嘛。你還不是一樣，小時間生病，我給你喂藥，開始不曉得哭得幾傷心，死活不肯吃，捏到鼻子硬灌下去，一鬆手，你就住嘴了，細人子（小孩）就是鷄哦。」

我不好意思地笑了笑，一時興起，摸出一根粉筆，在大門的紅色門券上畫了隻大公鷄，昂首挺胸，神氣活現。婆婆吃了一驚，嘖嘖稱贊。這個鷄，是我前不久從一張玻璃糖紙上摹會的，形體綫條記得很牢，惟妙惟肖。我的堂姐堂弟們也馬上包抄過來，驚嘆我的才藝。又七嘴八舌，給我介紹一些新生事物：「這隻狗，是婆婆養的。」「那幾隻鷄崽，也是婆婆的。」我耳不暇給。那條高大的黃狗一頭朝我蹭過來，搖頭擺尾，仿佛宣告是我的財產，讓我頓生憐愛。一個堂妹又說：「這兩隻母鷄，是婆婆去年養的，會下蛋，你有蛋吃了啦。」語調熱烈，倒也沒有一點嫉妒的意思。大伯母也隔著天井跟我打招呼：「你這隻真正的孫子來了啦。」她的腹部高高隆起，看來離分娩不遠。

夕陽西下的時候，大伯挑著一擔柴火回家了，鬍子拉碴，滿面菜色。柴火叢中傳出知了的鳴叫，顯然是他砍柴時順手捕的，帶回家以娛子女。這頭老牛進屋，將柴火一扔，幾個女兒小鷄似的跑過去，爭先恐後獻著殷勤。但他滿面愁苦，盯著大伯母隆起的肚皮，嘆了口氣。大伯母會意，安慰道：「老頭哇，不要著革[1]哦，這隻肯定是崽，我找瞎子算了命的哦。」大伯的眉頭稍稍舒展。

二伯母倒很得意，她生了三個兒子，最後一胎是雙胞胎，兩個男的。夫婦倆都要上班，沒人帶，不得不把娘家的外婆

1　著革：思慮。

請來。老媼已近半盲，我時常隔著天井，聽見兩個堂弟像中彈的狗一樣哀嚎。曾好奇趴上窗臺窺視，見瞎媼用調羹死死抵住堂弟的頸子，不住地勸慰：「吃嘛吃嘛吃嘛！」堂弟拼死不從，滾燙的粥從調羹傾出，落在他們骯髒的胸脯上。盲媼笑著頷首：「吃進去了哈。」再舀起一勺。十勺中，倒也有兩三勺能順利進嘴。

這種場景，經常被大伯母拿來當成笑料，加上其他因素，兩家終於打了起來。大人們把戰場圍成一圈，擋住了我的視綫。我只聽見聲色俱厲的吆喝聲，突然一隻青藍邊飯碗從人縫裏飛出，摔在青石板路上，碎片四濺。人群吃了一驚，像集體舞那樣四處散開；我才看見二伯母手裏捏著一雙筷子，頭髮死死被大伯母握住，想掙開又負痛，神色狼狽，潰不成軍，但嘴裏依舊壯氣凌雲：「你好了不起，你這隻絕戶的，等我崽長大了，看你還敢欺負我屋裏不。」

大伯母也不示弱，她像逗引猴子一樣，揪著二伯母的頭髮不停地轉圈，肥胖的肚子儘量後縮，以防被二伯母襲擊，嘴裏也不依不饒：「像你那些鵝裏鵝氣[1]的崽，鬼看在眼裏哦，有還不如沒有。」但語氣顯然不壯。她本是很蠻橫的人，一個淫雨霏霏的下午，我曾見她和婆婆隔著天井爭吵。婆婆晃著一頭花白頭髮，搖頭晃腦，「觀音老母」四個字時不時從她嘴巴裏祭出，大概想請來作證；大伯母則對其建議由衷歡迎，有恃無恐。可是，二伯母「絕戶的」三個字，將她擊潰，她色厲內荏，過了幾天，她站在天井下，自豪地拍著肚皮宣稱：「這第六胎，我就不相信不是個崽。老娘我的肚子不是沒生

1　鵝裏鵝氣：南昌方言，指愚蠢。

過崽，如果這隻還不是崽，那隻能怪你們褚家老大屋裏沒有這樣的命。」

第六胎果然讓大伯達成了夙願，他有了個親生兒子，從此成了這寒家的寶貝。有一天，他最小的女兒，不過兩三歲，偷吃了弟弟的餅乾，還不小心打翻在尿桶裏。大伯母呆呆望著在黃色尿液中靜靜躺著的餅乾們，愣了好久；然後一把將堂妹牽到天井，手一松，手指就搭上了她的臉皮，猛一使力，伴隨一聲火燙般慘呼，堂妹的一側臉皮就改變了形狀。大伯母又從頭上麻利抽出一針，朝堂妹的臉雞啄米似的刺去：「叫你雖[1]，還雖吧？還會偷吃吧？」堂妹嚎叫：「再也不雖了，再也不偷了……」

這可憐的堂妹很快又活蹦亂跳，像一直剛被鐵的雞，跟著我們去池塘、小溪邊的灌木叢裏，捉熟睡的蜻蜓。

鄉下的池塘多在田間，往往大半部被菜地包圍，那是各家的自留地，有的菜園用竹子搭建了架子，支柱立在水裏，架上爬滿藤，沉甸甸的南瓜、瓠子、絲瓜懸挂著，水光滉漾在架上，參差錯亂，永不寧靜。沒有人種西瓜，也沒有人會種任何一種摘了馬上可以吃的瓜。夏天的傍晚，夕陽斜照在架上，黃燦燦的，好像鋪了一層金粉，偶爾有金龜子停在藤蔓上，背上的紅色或者綠色的甲片，被映照得光芒熠熠。空氣中彌漫著暑濕，以及蔬菜纖維們混雜的氣息。

離家門不遠的一個池塘比較獨特，既不在道邊，沒有婦女去那裏洗衣；周圍也只有稻田，沒有菜園，無人會去洗澡。大概是特意挖了，用來收集積潦，枯水時則可以灌溉。塘邊

1　雖：南昌方言，指饞。

岸堤高高的，估計就是挖塘時的積泥，上面蓬蓬勃勃，都是野草。夏天的傍晚，霞光還布滿西天，空氣中漂浮著炊烟的氣息。我們走到堤上，在淡得像鷄蛋清一樣的暮色下，捉野草上停留的蜻蜓。

不需要用網兜。蜻蜓都是淡紅色的，也有焦黃色的，靜靜地泊在草枝上，任你伸手去捉。堂姐弟們說，這些蜻蜓都睡了。蜻蜓沒有眼皮，我無法確證它們是不是睡了，如果是真的，也睡得太早了，天還遠沒有黑；但如果不是睡了，又無法解釋它爲什麼不動，任你去捉。蜻蜓的生物鐘真的很怪，過早向世界道了晚安，却不知危險將至。

捉的時候有一種快感。大概因爲這種平日飛翔極靈動的東西，突然可以手到擒來，未免自負。另外，就是它們長得好看，那薄而透明的翼，用手指拈住，能感覺到玻璃碎裂般的紋路，真是造物主的杰作。我們還小，不會去責怪自己手指的唐突，以及對造物主杰作的毀壞。

平時，我是和婆婆同床睡的，她的床上，總是一股膏藥的味道，但更加覺得溫暖。捉回來的蜻蜓，就放在蚊帳裏，隨它們飛。那些紅蜻蜓們在蚊帳裏亂飛，最後各自筋疲力盡，橫七竪八躺在床單上，婆婆說，蜻蜓死了會發臭。

於是只好都放生。我再次一個個把它們拈起來，裝在塑料袋裏，來到門口，捏住袋底的兩個角，雙手振了幾振。它們跌跌撞撞從塑料袋裏出來，有的直接飛起，有的快掉到地上才反應過來，也趕緊振翅疾飛，在朦朧的月光下，瞬間消失在四十多年前鄉下茫茫的夜色之中。

我喜歡睡在靠墙壁的那邊，感覺特別安全溫暖。隔墙是大伯家所屬的一間廂房，睡著幾個堂姐們。我們經常隔著墙對話，講故事，唱歌，釋放著簡單的快樂。有一天，爸爸說：「你年紀這麼大了，要開始自己困了。」指著他那間鬼屋。但他好夜游，吃完晚飯，就像鬼一樣到外面晃蕩，很晚才回。我怎敢一個人睡？某個晚上，鐵公鷄中途跑回來，怒不可遏，一把將我揪到門外，幾個耳光扇過，我在自己的哭泣聲中，隱約聽見他語重心長的教誨：「還跟婆婆困，她那麼大年紀，一身的病，等下傳染給你囉？」

看來這傢伙還真是爲我考慮，像個慈父。

暑假過完，我又回到了金塔街，有一天爸爸來，笑著說：「婆婆這幾日都在說你，說你在她門壁上畫了一隻鷄，搞得她今年養的鷄全發瘟病死了。」

我哈哈大笑：「這有什麼道理嘛。」

他說：「她說啊，你得罪了鷄仙哦。」

這件事也許影響很大，以至於過了好久，只要那些堂姐妹們見到我，一定會說起這件事：「你在門壁上畫了一隻鷄，婆婆氣都氣死了，說你搞得她養的鷄全都瘟死了，不曉得幾好玩。」

她們已經變得臃腫不堪，但記憶還是那麼嫩綠修長。

十　寶蓮燈

　　天氣很熱，爸爸搬張竹床，擱在天井邊上睡午覺，命令我也睡：「今日夜裏球場上放電影，你現在不困覺，到夜裏你眼睛睜不開，電影都看不成。」

　　我只好裝模作樣躺下，但怎麼也睡不著，只能瞪著黑漆漆的房梁發呆。再看看爸爸，他裸著上身，嘴巴歪斜，早已不省人事，鼻孔裏有節律地噴出細微的鼾聲；手裏的蒲扇，早跌在地上。我坐起來，感覺頭皮一痛，原來頭髮被竹床的縫隙夾住了，我罵了一句：「戳他娘的別。」這時堂弟小鵝走過來，說：「你也困不著啊？走，我儂去大隊裏看一下，看到底夜裏有沒有電影。」

　　小鵝是我二伯的兒子，只比我小幾個月，在城南，稱呼有點傻乎乎的人，有兩個詞：「扇頭」和「鵝頭」，前者應用更廣，但并不真的精確。撇開我這位堂弟不說，婆婆家隔壁還有一個男孩，比我小兩個月，他的綽號也叫「鵝頭」。爲了有所區別，這位鵝頭叫「大鵝頭」，簡稱「大鵝」；我堂弟叫「小鵝頭」，簡稱「小鵝」。那位大鵝應該有普通智力，所以他的綽號名不副實；我這個堂弟，可能比普通人智力略低，我只說可能，其實也不肯定。世上有一類人，智力其實是正常的，但大腦裏或者有哪根神經搭錯了，總是略微與衆不同。如果其他方面智力超常，就是天才，否則就彷彿弱智。我這位堂弟，其他方面和常人無异，可惜有些方面更差一些，不過生活完全能够自理，也學會了認字，念到了小學畢業，金庸的小說看一本迷一本。我說不清楚，他到底有哪些地方不對頭，總之比正常人多少要憨一點。

我跳起來，跟著他往大隊部跑。趴在窗口往屋裏看，一個村幹部穿著一件白汗衫，坐在辦公桌前寫著什麼。汗衫上印著一個大大的「2」字，紅色。他旁邊的地上，扔著一團黑白相間的東西，顯然是銀幕。小鵝很興奮：「幕布都拿來了，夜裏肯定有電影，太好了。」腦袋像撥浪鼓似的擺動，又對著村幹部叫，「今夜裏放什麼電影哦？」村幹部站起來，走到窗前，揚起手，像趕蒼蠅：「去開去開去開，不要在這裏吵得卵斷。」我們蒼蠅一樣散開，看著他坐回去，又重新飛回窗前，臉貼著玻璃。小鵝指指點點：「幕布上面的箱子，就是裝片子的。上面有紅漆寫的字，你看得清不？」

我歪著頭看，說：「《寶蓮燈》上下，是上下集呀。」

村幹部抬頭看了我一眼，說：「你這隻老短[1]，眼睛硬是好，快回去困覺，不困覺夜裏要打瞌，電影看不穿。」

我們滿意的走回去。小鵝說：「《寶蓮燈》你肯定看過的，你在城裏，什麼電影沒看過？」

我沒有說話。走了幾步，小鵝又說：「講什麼的？」

「好早以前看的，忘了。」我說。

大伯母站在天井對面，對我說：「看到了幕布不？」

1　老短：南昌罵人話。

小鵝說：「看到了哦，枕石還看到了箱子上的字，寫著《寶蓮燈》。」

大伯母有點失望：「《寶蓮燈》啊，以前聶家放過一次，我去看過，看是蠻好看。你看過不？」

所謂聶家，就是距離城南五六百米的一個村莊，但很奇怪，這麼近的地方，即使難得放露天電影，城南的孩子卻不被允許去看。我經常聽見大人奔走相告：「今夜老窪放電影」「今夜南方放電影」，可堂姐妹們都沒有歡呼雀躍，非常奇怪。問原因，說是路遠，小孩子不能去。但有一次，「老窪」放電影，我執意跟了爸爸去，大吃一驚，那地點竟只在城南小學內，距離正宗的城南村放電影的舊球場，不過兩三百米的距離；那個「南方」，也頂多相距四五百米。鄉下人的世界，真是太小。

堂姐蘭蘭說：「枕石肯定看過，他是城裏人啦。」

我支支吾吾：「看過，是蠻好看的。」

夕陽還挂在半天，小鵝說：「走，去看挂幕布哦。」我們又飛奔出去，跑到破舊的籃球場。村幹部們正在挖洞，將三根修長的毛竹綁成一個「冂」的形狀，栽進兩個洞裏。又派一個人爬上樓梯，將銀幕拉好。一夥小孩圍著張開的銀幕跑來跑去，嘰嘰喳喳。這真像一個節日。

一會兒，幾個堂姐也來了，她們扛著長凳，占好了座位。蘭蘭說：「枕石就跟我儂坐到一起看嘛。」我說：「好啊。」跟她們一起回家，焦急等著吃飯。

夜色終於全面接管了大地，我們也不計較菜碗裏都是南瓜蘿菜了，三下五除二扒到嘴裏，就趕往球場。球場上盡是游魂一樣的人影，直到放映機架好，在銀幕上打出一束雪白的光，才各歸座位。我聽見放映機發出動聽的嘶嘶聲，銀幕上亮堂堂的，突然閃出一個婦女的頭像，彩色的，還沒看清，就隱沒了。有大人在呵斥孩子：「開演了，閉嘴。」人群頓時安靜下來。

正放映到壞蛋偷走了好人的寶蓮燈，電影中斷。放映員忙著換片子，人群仿佛遭到驅趕的蒼蠅，戀戀不捨離開大便，但又都捨不得遠離，只是懸在半空，聚在一起，嗡嗡響成一團。蘭蘭問我：「下面都講什麼的哦，寶蓮燈有沒有搶回來？」我說：「當然搶回來了。」

「怎麼搶回來的？」

這我哪裏知道？我說：「好早看的，早忘了。」

蘭蘭說：「你不是記性蠻好的嘛，以前每部電影都講得好清楚。」

大伯母插嘴：「問老娘啊，老娘我看過嘛，後來沉香又得到神仙幫助，搞到一把仙斧頭，劈開了華山，拿寶蓮燈搶回來了。」

蘭蘭說：「哦。」

攝影機又嘶嘶響起來了，我的臉有些發燒，還好是在黑夜中。

十一　上海小女孩

　　婆婆屋裏隔壁有一戶人家，男主人叫九子；有個獨子，叫小華。九子的弟弟叫八狗，生了三個兒子。不過九子幷不眼饞，總是指著婆婆菜園泥墻上盛開的南瓜花，輕蔑地說：「一籃茄子，當不得我一個北瓜[1]哦。」意思是，兒子養得再多，如果沒出息，也沒什麼卵用。

　　九子有資格說這句話，因爲他的獨子小華擅長讀書，高中畢業，以數學滿分的成績考上江西大學數學系；畢業分配，竟去了上海，在一所中專教書。我不知道上海在哪，但我知道，那是天堂一樣的地方。我聽過的好商品，全是上海產的：爸爸花大半年工資買的二八永久載重車，二舅母的蜜蜂牌縫紉機，只耳聞沒有親嘗的大白兔奶糖，以及我一個堂姐夢寐以求的白回力球鞋，等等等等。二伯有一個黑色提包，大約是人造革的，上面用白色綫條畫著幾棟高樓大廈，大廈頂上，是行書的「上海」兩字。這一切，加上那些反映舊社會上海燈紅酒綠的革命電影，群策群力，賦予我一個牢固的印象：上海，就是傳說中的天堂。

　　寒假很快又到了，我照例來到城南，繪聲繪色，給堂兄

1　北瓜：即南瓜。

弟姐妹們描述半年來城裏的所見所聞，及所看過的電影。我說：「《保密局的槍聲》你們看過沒有，太好看了。開頭就是一隻地下黨員在敵人的保密局裏翻看情報，被敵人發現了。那隻敵人還是個頭頭，穿著呢子料的黃軍服。地下黨員手疾眼快，拔槍對準他，那隻敵人哈哈大笑，說：『你一扣動扳機，槍聲就會引來衛兵，那時你插翅都難飛了，哈哈哈哈。』你們知道地下黨員做什麼了嗎？」

「做了什麼？」他們屏聲靜氣。

「地下黨員果斷對敵人開了一槍。」

「啊，那槍聲不是引來了敵人？」他們驚了。

我搖搖頭：「沒有，地下黨員怎麼會那麼扇？他開槍之前還說了一句話，敵人聽到這句話，馬上就癱倒了。」

「說了一句什麼話哦？」他們湊上來，求知若渴。

我慢條斯理：「他說：『哈哈哈，堂堂的軍統保密局的處長大人，竟看不出我握著的，是無聲手槍？』」

「啊。」他們歡呼起來，「好厲害啊，還有無聲手槍。」

這個橋段對我也影響深刻，搞得我很長一段時間，都不相信手槍上要裝什麼消聲器。我堅持認爲，無聲手槍本身就是無聲的，它是一個槍支品種。

在我的堂兄弟姐妹眼裏，金塔街已是無比繁華的所在。我不會告訴他們，在金塔街我過得像喪家犬一樣，經常沒有早飯吃，也沒有人玩。我只告訴他們，金塔街上有小人書攤，門口有大馬路，有絡繹不絕的汽車，不遠的地方，有電影院和書店。即使不一定會去，而想到步行也走不了多久，就感覺自己擁有它們似的。金塔街上，一到夜幕降臨，路邊就華

燈閃亮，好像天上的街市；而在城南，就只見煤油燈的鬼火
瑟縮。

「有一個電影，是恐怖片，叫《畫皮》，不曉得幾好看，
在江西影劇院放映的時候，當場嚇死兩個人，聽說都是有心
臟病的。後來省市的領導專門下了一個命令：有心臟病的不
准看。」

「啊。」他們又是一驚，「怎樣個嚇人嘛？」

「一開始，銀幕上就是鳳凰兩個字，曲裏拐彎，篆書的。
然後是半夜，一隻書生騎著馬，路過一個荒郊野外，看見一
隻渾身白衣服的女的，長得不曉得幾好看，坐在一塊石頭上
哭。書生停下馬，問她：『小姐，你哭什麼嘛？』那女的回答：
『家父要將我賣到妓院去，我就偷偷跑了出來，現在無家可歸，
嗚嗚。』書生就說：『小姐若不嫌弃，不如到我別墅將就住
一陣。我因爲準備科考，爲了清淨，家眷都住在別處，沒有
外人打擾。』女的很高興，千恩萬謝，男的就把她帶回到自
己的屋裏。」

「這個就是鬼吧，荒郊野外，哪來的女的嘛，何况還是
那麼漂亮的女的？」他們倒都不傻。

「是啊。接下來啊，就是這隻書生困在蚊帳裏發抖。但
沒有用，那隻女鬼還是來了，走路跟風箏一樣飄，飄到哪間
屋前，哪間屋的門就自動開了。很快，她就飄到了書生困覺
的房子前，但是這次，門沒有自動打開。」

「啊，爲什麼哦？」

我笑了笑：「因爲啊，門上挂著一把寶劍。那把寶劍，
是一個道士送給書生的老弟的，老弟告訴書生，他的法力對

付不了女鬼，他決定去請道士來幫忙，目前只能先把劍挂到門上，鬼就不敢進門。」

「哦，那隻女鬼就只好走了？」

「沒哦，你聽我說吵。一開始啊，那把寶劍發出閃亮的光芒，女鬼被閃得轉了兩個圈，大叫：『好道士，竟敢嚇我，讓你看看我的厲害。』然後轉過臉，晃了一晃，就變成了一隻可怕的鬼，青面獠牙，披頭散髮，張牙舞爪，一身癩蛤蟆，不曉得幾嚇人。她鼓起眼睛，努起嘴巴，對著大門一吐，吐出兩條血水。那把寶劍被血水一沖，咣當一聲就跌下來了。」

「啊，然後呢？」她們齊聲驚道。

我做著手勢：「然後可怕的鬼就舉起兩個爪子，手上的指甲有這麼長。她慢慢走進房間，書生用被子蒙著頭，渾身發抖，跟打擺子一樣。惡鬼走到他床前，一把掀開他的被子，伸出尖利的爪子，一下就插進了他的胸膛，掏出了一顆血淋淋的心，就飛走了。我告訴你啊，如果怕鬼，用被子蒙著頭，也是沒有用的，鬼會掀開你的被子……」

這個電影我講了好幾遍，他們怎麼也聽不厭。那天下午，我又在重複，門外走進來兩個人，一個老的，很胖；一個小的，不胖不瘦。都是女的。

婆婆立刻迎上去寒暄：「豆芽菜，你崽回來了啊，什麼時候回來的？」胖老媼說：「上晝[1]來的哦，一家人都來了。」她指著婆婆對小女孩說：「這是會生婆婆。」婆婆誇贊道：「這就是小華的女啊，好漂亮的女崽。」

胖老媼說：「是哦，特地回來過年哦。」又說，「我們

1　上晝：上午。南昌人把白天稱爲「晝」，早上叫「上晝」，下午叫「下晝」，中午叫「當晝」，午飯叫「晝飯」。

屋裏沒有細伢子，我跟她說，會生婆屋裏孫子孫女多，到這裏來玩沒有錯。」

小女孩抬起頭看看我們，她穿得很洋氣，眼睛很大，神態和我們這些小孩有點不一樣，但我也說不出來哪裏不一樣。她仰頭對胖老媼說：「呢鵝哦白象故來。」

我們莫名其妙，不知道她講什麼，胖老媼却趕緊點頭，去了，一會兒捧過來一個塑料箱子，小女孩打開蓋子，掏出一堆五顏六色的鍋碗瓢盆，塑料做的，都很小。我的堂姐妹兄弟們頓時陷入了瘋狂，圍著她不停詢問，有一個東西我們都不認識，她就解釋：「這是煤氣灶。煤氣灶都不懂啊，就是一撺開，就有火，就可以燒飯。」她說的是普通話，我們的話她聽不懂，胖媼在旁邊翻譯。我婆婆說：「豆芽菜啊，上海話你都會了啊。」豆芽菜說：「哪裏哦，就只會一點子哦。」我有點失落，站在旁邊觀看，其實我幷不喜歡那些塑料的鍋碗瓢盆，但我隱約知道，它代表遠遠高於我的生活水準和身份地位。

晚上，我躺在婆婆溫暖的、夾雜風濕膏藥氣息的被子裏，翻看爸爸僅有的連環畫《小螞蟻搬家》，這本書我熟得甚至知道每頁畫了幾個螞蟻，包括其中多少隻工蟻，多少隻兵蟻，但因爲是彩色的，還能看下去。這時婆婆走進來，揚著手裏的彩色小人書：「《小號手》我幫你借到了，趕快看，明日上晝還給人家。」我欣喜若狂，一把抓過來，快樂地翻看。翻到背後，我對婆婆說：「敵人的黑馬，怎麼跑得過我們的白馬嘛，白馬是世界上跑得最快的馬。」《小號手》是一部革命動畫片，結尾是壞人騎黑馬逃跑，少年英雄小號手騎白馬追，山道崎嶇，追了好久，壞人時時朝後開槍，小號手也時時向前開槍，但都沒打中。最後壞人逃到懸崖邊，勒不住馬，連人帶馬栽下懸崖，大快人心。

我不知道自己爲什麼只關注馬的顏色，而且會推出這結論：白馬跑得最快。我曾經在爸爸的房間裏，找到了一本老語文課本，五年級的，有篇課文是《生命不息，衝鋒不止》，講珍寶島之戰，英勇的人民解放軍戰士于鳳至懷抱火箭筒，一連擊毀了蘇修軍隊好幾輛坦克。課本有插圖，于鳳至橫眉怒目，雙手緊緊握著一個頭部碩大粗壯且尖銳的東西，瞄準前方，仿佛無堅不摧。我也同樣就此推斷：世界上最強大的武器，名叫火箭筒。我曾多次跟差等生小羅、優等生小吳、優等生老鼠等爭論，在我的堅持下，最後他們都無可奈何承認：火箭筒無可爭議是世上最強大的武器。

我捧著《小號手》，翻來覆去，愛不釋手。那些彩色的畫面，本來只在銀幕上才能看到，如今活生生就在我的手上。我多麼希望自己能够擁有它，但看封底，書很貴，要兩毛五分錢。我的兩個堂妹，一個堂弟，也坐在床沿，和我一起欣賞。門突然開了，胖媼和她的上海小孫女走進來，胖媼對婆婆說：「不好意思哦，我這隻孫女，聽說圖書借出去了，硬要我討回來，不懂事，沒有辦法。」婆婆趕忙說：「不要緊不要緊，細伢子就是這樣，枕石他也看完了。」

小女孩接了書，却站著不動，左顧右盼，突然說：「你們來吧，到我那裏去玩，還有小火車和小汽車，你們肯定沒玩過。」我的堂弟堂妹們立刻跳起來，叫我：「一起去吧。」我突然升起一陣無名火：「不去不去，我要困覺。」

　　我縮進了被窩，感覺婆婆小小的房間裏，忽然變得那麼寒冷。

十二 照相

　　一大早，我就被媽媽從床上揪起來，套上棉襖，外面再套一件罩衫，藍底白圓點。因爲家裏來了一位親戚，我媽媽和小舅要帶他們去八一廣場照相。

　　那是一個平平常常的南方冬天，沒有風，朝陽燦爛，但寒氣襲人。我們向廣場方向走，走了大約半個小時，就遠遠看見主席臺。小舅向親戚解釋：「我們這隻廣場，是仿照北京天安門廣場建的，主席臺的位置，就相當於天安門，坐北朝南。人民大會堂的位置，就是萬歲館，走近了你們再看，好高好大，樓頂層的門上，有好多浮雕，雕的是韶山、井岡山、延安，都是革命聖地，都是偉大領袖毛主席戰鬥過的地方。」

　　很快我們到了萬歲館，確實很高大，幾根粗大的方柱，支撐著整棟大樓，讓樓顯得更加巍峨。我仰著脖子看上面的浮雕，有點心驚膽戰。又走到樓前，左右兩邊各盤踞著一組群雕，都是工農群衆，每個人的身體都做出向前傾斜的姿勢，有的握著鋤頭，有的扛著槍，還有的搬著石塊，個個怒氣衝天，仿佛隨時準備尋釁滋事。

　　我們隨著小舅，穿過馬路，到了主席臺的正對面，那裏矗立著一尊高大的石質旗幟，旗杆是一枝上了刺刀的步槍形

狀，這就是八一南昌起義紀念碑。紀念碑前，有四大塊方方
正正的草地，小舅招呼我：「來，坐到草地上來，和趙支一
起照相。」

　　趙支是那位親戚的兒子，一位和我同齡的小男孩。他走
過來，在小舅的安排下，和我并排坐在草地裏，等待拍照。
我頭上戴著人造革的帽子，帽額上別著一顆鮮紅的五角星。
小舅歪著頭左看右看，突然走過來，一把摘下我的帽子，將
帽額的五角星卸下，這讓我不知所措，不知道他想幹什麼。
他沒有解釋，淡然將失去了五角星的帽子扣回我的腦袋，我
摘下帽子，看著它，感覺光彩盡失。我說：「把五角星還給我。」
小舅好像聾了，沒有搭理我，又摘下那位親戚小孩的帽子，
將那顆五角星細緻地別上去。媽媽在身邊觀看，一句話也沒
有說。我很想哭，但忍住了。一個三四歲的小孩，大人決意
要凌辱他，他能有什麼辦法？我知道在那個時候，哭無濟於
事。

　　後來我曾經質問媽媽，但她早就忘了這幕。我只好把細
節原原本本描述了一遍。她說：「還有這樣的事啊，他為什
麼要那樣做嘛？」

　　我說：「其實我可以理解，他不過想拍馬屁而已，那隻
小孩的身份和我不一樣，他是城市戶口，而且是大城市西安
的城市戶口。你說過，他的爺娘都是西安飛機製造廠的工人。」

　　她說：「是哦，早先是在瀋陽國營松陵機械廠，文革的
時間，他們兩隻人，一個擁護造反派，一個擁護保皇派，打
得不可開交，差點子就離婚了，最後又好了，調到了國營紅
安機械廠，就是西安飛機廠嘛。那個時間，各種軍工廠都叫

機械廠。」

我說：「對，你老弟就是想拍馬屁，雖然他曉得，這種拍馬屁很難說能換來什麼好處，但依舊被本能驅使著去拍。國營大廠的工人，在他看來，簡直就是貴族。」說到這裏，我感覺南昌話不足以暢快表達，換了普通話，「在他看來，那個小孩簡直就是天潢貴胄。國營大廠的炫目光輝，像一塊巨大的磁鐵，吸引得他跌跌撞撞，身不由己，跟在他們屁股後面一路小跑。他非得做點什麼，以表達自己的敬仰不行。於是，我就成了犧牲品。」

媽媽哈哈大笑：「你說的我聽不太懂，什麼天皇鬼舟？日本人啊？不過他拍的那兩隻人啊，是一對盡料的絕物，世上少有。我結婚的時候，你猜他們送了什麼禮？一塑料袋子毛主席像章。」

爸爸在旁邊附和：「那兩隻人啊，是有點子神經病哦。一個人一生世就結一次婚，哪有這樣送禮的？簡直沒花一分錢吶。那時候毛主席像章到處都是，走到路上，一下晝可以撿一麻布袋。」

媽媽不服氣：「那是不要亂嚼（瞎說）哦，還一下晝可以撿一麻布袋。毛主席像章，哪個敢亂拋哦，不怕被捉去槍斃？再說有一隻像章好大，跟一隻臉盆樣的，到哪去撿？要是保存到現在，說不定蠻值錢的？」我說：「放到哪了？我看下。」她說：「早就被元生那隻扇頭拿去了。」我沮喪道：「那說個屁。」又問了一次，「你當時在旁邊，看見你弟弟摘我的五角星，怎麼不說話。」

她說：「我說了一點都不記得嘛，要是真的，可能是我曉得說也沒有用。我這隻人，不曉得幾老實。」

我說：「那傢伙後來到底是怎麼混到國營工廠去的？」

爸爸笑道：「他二叔幫他找的啦。二叔在上高縣當官，本來要拿你娘弄去做官的，你娘實在是智商太低，稍微高一點，還用賣一輩子勞動力啊？早就吃上剝削了。」

媽媽說：「是哦。四清的時間，我二叔就在上高縣當官，叫我去，要推薦我當婦女主任。我沒去。社教的時間，還特意派了一隻小車，要接到我去，推薦我上共產主義勞動大學，我又沒去。硬是後悔呀，要是當時去了，早就入黨了，現在起碼也是吃香喝辣。」

爸爸說：「做夢，就你這個智商，沒有吃剝削的本事哦。人家那些吃剝削的，眼眨眉毛動，你曉得幾會來事？你會啊？你倒是當過村裏的保管，叫你下鄉跟村幹部一起去吃剝削，你還不舒服；連做賬都會做錯，死活辭了不做，你這個智商，當得幹部成啊？」

「是哦。」媽媽慚愧地說，「那次跟幹部一起下鄉，白吃白喝，還發十塊錢。我覺得好奇怪，跟幹部說，我們來這裏白吃白喝，還發錢，這不是剝削勞動人民嗎？後來上面搞運動查帳，我就響應號召，揭發他們。我確實好扇，沒有當官的命哦。」

我說：「好了好了，你的事我曉得，你繼續說。」我把腦袋轉向爸爸。

他說：「你那隻小舅舅，不曉得幾會拍馬屁，混了個兩年的高中畢業，水平差得嚇人，一封信都寫不了的。只好跑到他二叔屋裏去，日日大清早起來，挑水做飯倒馬桶，得心應手。做了兩年，二叔硬實在過意不去，就跟他找關係，安排到江西紡織廠。在二叔屋裏，他就相當於僕役，連古戲裏演的門客都不如哦。」

「這樣啊。」我說，「他剛到江紡上班，還帶我到他廠裏玩過幾日，好大的廠啊。」

媽媽說：「他對你算蠻好的。」

於是想起每次見了面，小舅總會對我說：「你是我帶大的，還記得不？」

我確實記得一些和他在一起的場景，大多很庸俗。比如有一個端午節，他坐在堂屋竹床上，蚊帳低垂，頭頂上一根繩子橫亘半空，一顆顆粽子像死屍一樣吊在上面。他指著我的生殖器問：「這是做什麼用的？」所有的答案都不滿意，唯有等我說出「做種的」，他才會頓時爆發出爽朗的笑聲，像一位風趣的首長，我真不知道這有什麼意思，但每次想起這場景，就不由得感慨萬千。我主要是想起外公家那個屋子，它閱人無數，變幻過那麼多場景：家具不停地移動，墙壁上的戲曲片畫紙不斷更換，人不停地長大，變老，歲月倏忽而又漫長，迤邐幾十年。我有時看見一個老人，也會油然感慨，這支大型細胞聯合艦隊裏面的細胞們，已經孜孜不倦分裂更新了七八十年，不管世道如何變遷，它都沒有興趣，只管悶頭分裂它的……於是，一種生命的荒誕感油然而生。

在江西紡織廠，小舅戀愛了，對方是同廠一位女工，長相普通，但畢竟是城裏人，這點遠勝大舅母和二舅母。大舅母娘家在南昌城幾十裏外的杜家村，口音都和南昌不一樣。在一個天上飄著零星雪花的日子，大舅雇車將她接來。她高

大健壯，沒過多久就顯示了和身材匹配的魄力。我外公號稱
閻王，家人無不忌憚，但在這位新來的兒媳面前，幾個回合
就威風掃地，乖乖卷起鋪蓋，將主臥拱手相讓。這意味著在
一個家庭中，領導地位從此失去，歲月推搡得他跌跌撞撞，
從家主的席位上落荒而逃。在窄小的西廂房中，外公開始了
一個人和一座黑漆漆棺材相伴的生涯，和當年他父親一樣。
他再也不和外婆同床共枕，雖然那時他幷不很老。據說外婆
非常畏懼他凶猛強烈的性欲，很不情願地懷過九胎，如今她
終於可以大膽宣布，就此告別苦難的繁殖生涯。當然，我這
是在代她思考，也許她自己幷不以此爲苦，有一次她看著自
己寥寥可數的三個孫子，慨嘆道：「這計劃生育政策確實惡哦，
崽都不准人生，多子多孫，不曉得幾好。」

　　暑假的一天，小舅從廠裏回來，說：「走，我帶你去江
紡玩。」我跳上他的鳳凰自行車後座，顛簸了近一個小時，
到了廠裏。他要上班，吩咐女朋友家的一個親戚少年：「你
帶我外甥去游戲室玩，渴了就買冰棒吃，冰棒票拿到。」把
一張券塞給那個男孩。

　　我和那個男孩打了一個下午的桌球，期間，他提著一個
保溫瓶出去了一會，回來時裝了滿滿一瓶冰棒，讓我驚喜交
加。但最觸目驚心的是晚上，我跟著他，走進了廠裏的閱覽
室，面前頓時涌來一片浩瀚的書海，寬大的書桌宛如列肆，
日光燈管懸在頭頂，燦如白虹；書架、閱覽架上，花花綠綠，
期刊雜志琳琅滿目，目不暇接。我像猴子掰包穀一樣在架前
仿徨，無論哪本也捨不得放下。可惜光陰荏苒，兩天后，小
舅騎車帶我回金塔街，我依依不捨，那種可怕的城鄉差別，

如此逼真地呈現在我面前，我霎時理解了小舅的得意，也許這種生活，真值得用人格去換取。我坐在自行車後座上，默然不言，眺望右邊翻滾的贛江，內心也像江水一樣，翻滾不止。

十三　撿錢

　　我們捉蝴蝶，和科研沒有關係。科研那種，在宣傳畫裏，都是用網兜撲的，保證可以捕到健康的蝴蝶，但我們是用膠水粘。膠水歸小羅親手熬製，他是我的小學同學，成績爛得像一泡稀屎，心不靈，但手很巧。他的膠水神奇無比，原材料是廢弃的輪胎皮，粉紅色，加上煤油，火上烤好，放置幾天，顏色變得黃黑，粘性極大。我們挖出一坨，固定到竹竿尖，扛在肩上，興沖沖向菜地進發。

　　正值春陽高照，菜地裏油菜花開得正艷，形形色色的蝴蝶在菜花間翻飛，最常見的是那種白色，兩邊翅尖上各有一個黑色圓形斑紋的。飛得并不快，翅膀顫動的頻率太高，仿佛一直在空中打擺子，但還是看得出來，它們非常健康。這樣的目標，本來是不容易瞄準的。好在小羅這種獨門膠水極爲霸道，他伸出竹竿，迅疾點擊，哪怕沾上一點翅膀周邊的空氣，蝴蝶的噩夢就算來臨，它們瘋狂在竹竿尖上掙扎，却是徒勞。我們憨笑著將其一把扯下，大多時候，一片翅膀就會永久留在竹竿尖上，讓它淪爲殘廢。但即使全須全尾，又能怎樣？反正它們最後都要死。

　　菜地位於原先千佛院的舊址，背依壕溝，平坦如砥，實在是上好的附郭良田，種的只是蔬菜。它們都屬於金順大隊，也是我和小羅的媽媽平時上工之地。菜地中間，零星點綴著一些糞坑，那些曬得烏頭黑殼的男社員們，個個挑著一對糞桶，奮力將長長的糞勺沒入糞池，舀起一勺勺純度極高的糞便，在壕溝裏兌上水，然後折回菜地，朝菜地盡情潑灑。但那天，這片菜地一個人也沒有，大概社員們都去侍候另一處菜地了。

我們工作了一上午，喉嚨幹得好像剛燒過飯的爐膛，各自提著一袋子蝴蝶，快快的準備回家。繞過一個個糞坑，沿著菜畦前進，那些糞坑個個面黃肌瘦，藏貨不多。坑壁上色彩斑斕，作業本、報紙、草紙、烟盒紙，各種大小、顏色，應有盡有。經過糞坑的浸泡，它們變得稀爛，橫七豎八附在坑壁上。但是，在其中一個糞坑的壁上，我的眼睛依然瞬間鎖定了那張綠色鈔票。這幷不是奇迹，對於鈔票的花紋和色彩，恐怕人人都有著异乎尋常的敏感。

我幷不是第一次被自然環境中的鈔票吸引，在金塔街，有一次我正走著路，突然瞥見人行道階石下，躺著一張綠色鈔票，它泡在水裏，渾身精濕，面值很高，不是兩毛，而是兩塊。我一陣暈眩，站住、彎腰、伸手，所有程序一瞬間完成。我沒思考這筆錢該怎麼花，但小人書、糖豆子、五香蠶豆，肯定在我腦中閃過，否則我的手指不會顫抖。可是，當我的手指正要觸到那張貴重的濕紙之時，它突然發生平移，讓我撲了個空。利令智昏的我，竟沒想到紙幣沒有脚，不可能會跑。我像一頭低智兩脚獸，本能地碎步追逐，每次眼看要捕獲，它又邁動步伐，似乎在逗弄一個傻瓜，直到我聽見不遠處響起了爽朗的笑聲。馬路對面有幾個金塔街青年，他們幷排坐在一張爛竹床上，臉上葵花朵朵：「錢會長脚哦，沒見過是不？」其中一個傢伙手裏牽著一條細細的釣魚綫，釣魚綫的另一頭，正是那張鈔票。這些該死的流氓。我暗罵了一句。臉上火辣辣的，尷尬地走了過去。

但這回肯定是真的，誰也不會選擇個糞坑玩惡作劇，何況面值也不是很大。我正要叫一聲：「看，錢。」誰知面前身影一閃，小羅已經一躍而起，跳到糞坑邊上，趴下，伸手，以一種挽救落水者的姿勢，從糞坑壁上把那張紙幣摳下。他站起來，雙手一陣揉搓，鼓起兩頰，將錢上殘留的乾燥糞屑吹回糞坑，表示糞坑的歸糞坑，錢，則歸人民群衆。他開心地吹了一聲口哨，把錢塞進口袋。

我心中連呼遺憾，却只能叉腿站在陽光下，裝作毫不在乎，還不由衷地祝賀：「可以買五六根冰棒吃哦。」。

幾年後，我終於還是如願撿到了錢。那大概是小學三年級，放學路上，陽光酷烈，兩邊的梧桐樹下，三三兩兩躺著毛毛蟲，大約一個手指關節那麼長，紅綠斑斕。我很害怕它們會掉進脖子裏，總是特意避開樹蔭。人行道上，每隔幾百米，就有一個老太婆坐在樹下賣凉豆腐，那是一種用某類澱粉磨的豆腐，透明的，五分錢一碗，泡在薄荷水裏。吃完後可以問老太婆加水，管飽。我買過一兩回，很好吃，可惜太貴。離我最近的老太婆身邊，正圍坐著幾個少年，脖子上纏著紅領巾，他們吃得興高采烈。我咽了一口唾沫，爲家裏的貧窮難過。我記得有一天中午，也是陽光酷烈的日子，媽媽在睡午覺，糙布的上衣搭在交椅上。我很想在圖書攤上租一本小人書看，因壯著膽子，在她上衣袋裏搜索，只搜到一枚兩分的硬幣，心中好一陣悲涼，但依舊沒有放過。上工的時間到了，她打著呵欠爬起來，披上那件糙布的上衣，戴上草帽，走進了烈日。我實在無法理解，一個這麼勤勞的大人，口袋裏怎麼只有兩分錢？

忍著焦渴，我繼續奮力行進，眼光突然被地上一團綠色的紙粘住，從色澤來看，那是一張兩元的巨款。我的心臟砰砰亂跳，一眨眼時間就將它攥在手中，這次它沒有飛走，真的在我的拳頭之內。我不敢張開拳頭，生怕它長著翅膀。我緊張地四下張望，恍如夢境，但是真的，人行道上并沒有坐著幾個嘻嘻哈哈的流氓。

我攥著它，幾乎小跑著回了家，一路上胸腔七上八下，仿佛路上所有人都發現了我的秘密。我害怕一旦走到賣凉粉的攤子上，就會遇上老太婆義正詞嚴的目光：「撿到的錢是不，要拾金不昧哦，你們老師沒教啊？」

下午是我的饕餮之時，校門口有很多挎著籃子的老太婆，她們成天叫賣自製的辣椒餅、辣藕片，還有冰棒，我平時只能旁觀，現在都吃了個飽。但意猶未盡，我還有精神需求。下課後，我獨自一人步行兩三公里，走到了勝利路上的知青書店，精心挑選了兩本彩色的連環畫，一本叫《大鬧天宮》，一本叫《傷逝》，這種擁有自己連環畫的感覺，一定和舊時代地主擁有第一筆田產的感覺相同。我還想起那位上海小姑娘的《小號手》，一路上，我回溯了和小人書的一系列交往。金塔街有好幾個圖書攤，守攤的不是老頭就是老媼。很小的時候，小舅和小姨就帶我光顧，根據厚薄，一分錢或者兩分錢租一本，坐在小長矮凳上看。小舅喜歡看打仗的，抗日戰爭、解放戰爭；小姨，有一天租了一本《李自成》，我并不喜歡，好不容易等她翻到最後一頁，是一個躍馬提槍的大頭像，頭像四周綫條四射，好似井岡山上的光輝，小姨嘆了口氣，沉痛地對我說：「你曉得不，李自成爲革命犧牲了。」我於是也難過起來，想起了電影裏的地下黨。

我喜歡跟著小姨，我上一年級，她才上五年級。學齡前，我就經常跟著她和她同學，游走於大街小巷。那時五步一墙，十步一板，大字報鋪天蓋地，曾經的中央首長們醜惡的漫畫頭像活靈活現。小姨還會解說：「這幾隻壞蛋，就是四人幫，想篡黨奪權，差點把我們國家帶入灾難，不曉得幾壞。」

有一段時間，小姨和同學沉浸其中，一人抱著一個硬紙殼夾板，仰頭抄個不停。之後輪流到其中一個同學家，集體學習。有一次，黑胖的聶老師家訪，她鄭重視察了學習情况，起身離開。小姨和同學們站在菜地的隴上，踮脚目送。聶老師肥胖的身子一晃一晃，晃到一個變電箱下，突然停住脚步，仰頭望著變電箱上垂下來的一根鐵條，凝神發呆。突然她伸手摸去，旋即身體像大小便失禁一樣，劇烈顫抖。小姨她們笑得差點從隴上滾下。周圍人都知道，那是一根漏電的鐵條，我也曾經摸過，有一種麻酥酥的感覺，但并不至於把人電得那麼誇張。「聶老師肯定是嚇到了。」小姨理解地説。

認了字後，我偶爾會自己租書看，苦惱的是沒什麼錢。但凡有個一分兩分，一定是扔在書攤，最感興趣的是《三國演義》和《東周列國志》，最崇拜關羽，雖然他的字比較奇怪，叫什麼「雲長」，起初我以爲是一種官職，像「團長」「旅長」

那樣。看《走麥城》，關羽被捕獲，送到孫權跟前，孫權下令，拉出去「行刑」，我高興起來，原來只是行刑，不是斬首，關羽不會死。再翻過一頁，却是「關羽死後，荊州重新回到孫權手中」，原來行刑就是斬首。

一直到初中，我依舊會在小人書攤上看書。有一天，租了一本《不斷復活的夥伴》，說是有兩個人登雪山，被暴風雪困住，躲在一個帳篷裏發信號求救。由於缺吃少穿，其中一個連病帶餓，死了。另一個噙著熱泪把朋友埋葬，獨自一人過夜。誰知第二天早上，他發現死去的朋友又回來了，就躺在他身邊。他嚇得半死，以爲自己忘了給朋友下葬，又扛走尸體，再次掩埋。而次日清晨，尸體照樣回到了帳篷。如是三四次，他崩潰了，在救援人員趕到之前的不久，吞槍自殺。

我感覺自己的臉也嚇得煞白，把書攤於膝蓋，四下張望。朝陽依舊精神抖擻，斜射在對面污穢的紅磚墙上。柏油街道好似天花患者，傷口嶙峋；幾攤臭水波瀾不驚，橫臥在人行道下，睡得正香。一個一個的老頭子、老太婆和紅男綠女來來往往，一隻打著呵欠的青年婦女，披頭散髮，提著馬桶，一路小跑穿越街道，奔向對面的厠所。生活一如既往的庸俗、生動而安全。我松了口氣，又嘆了口氣，手指一拈，翻到下一頁。

我買的兩本彩色連環畫，《傷逝》很貴，價格三毛三，這讓我悔恨，因爲完全看不懂，不好看。只記得是講一個人丟了一條狗，到處找，後來那狗自己跑回來了，我不知道那竟是魯迅的名著；《大鬧天宮》便宜些，兩毛九，則真百看不厭，沒多久書脊就貼上了加固膠布。有一天放學，我捧著這本傷痕累累的書，邊走邊溫，突然身後一陣涼風掠過，我目光所及，只剩自己的手掌。愣了兩秒之後，我發足狂追。那小流氓跑得飛快，我累得上氣不接下氣，這種疲累加上對世道人心的憎恨恐懼，讓我號泣起來。但我仍舊堅持追趕，雖然明明知道沒什麼希望。轉眼跑了兩條街，突然發現班上的一個女生倚戶而立，正看著我，面容悠然而驚奇。這讓我無地自容，一個趔趄，那小流氓已消失在巷口。

十四　金順小學

　　我念的小學，叫金順小學，是金順村辦的。那時，金順村還叫金順大隊，生源大多爲村民子弟，因爲村屬地和城市居民區犬牙交錯，所以也有一些城裏孩子借讀，比如留級生應新生、優等生嚴俊、優等生王志剛等。他們家，都在學校對門，公路管理局的墻內。

　　自小學三年級開始，我才隱約感覺，有些同學的生活和我不同。比如說，到留級生應新生家，發現他屋裏竟有廁所，還鋪著瓷磚。使勁吸一下鼻孔，也能聞到些許臭味，可已很不簡單。我不是每天早上一定要拉屎，但有幾次憋不住，只能在家門邊的公廁排隊。那臭氣真可謂飛揚跋扈，脚一邁入，立刻遭它一記重拳，下意識捂著臉想退到墻角；就算只是路過，也會被它推搡得跌跌撞撞。儘管如此，誰又離得開它？

　　男的這邊有十個坑，還是十二個，忘了。沒有隔斷，蹲坑的人可以互相輕鬆借火。南昌多雨，地上總是糞水縱橫，上廁客們用揀來的一堆磚頭，歪歪扭扭殺開一條血路，通往廁所深處。沒有它們，根本寸步難行，無處下脚。蹲坑踏板的位置，當然也有磚頭。只在炎熱的夏天，地面才是乾爽的，有時灑滿了六六粉，於是成蛹和未成蛹的蛆們躺滿一地。臭

氣也變得燥熱，略顯友好。但也別想安生，一些蛆劫後餘生，
探頭探腦，從坑裏爬出，肆無忌憚在人腳邊游弋。我經常不
斷挪動腳掌，躲避它們沒頭沒腦的衝撞。

　　平時還行，總能找到坑位，但要是大清早，想都別想：
公廁門庭若市，隊伍能排到馬路上，每個人都睡眼惺忪，穿
戴不整，手裏攥著一兩張紙，報紙、草紙、作業本紙、馬糞
紙、香烟盒子紙……不一而足，好像憑票搶購年貨。有的彎
腰駝背，很明顯頻遭體內那條圓滾滾的食物殘渣刺激，生不
如死。它們在肛腸躍躍欲試，可文明準則在，不容許它們不
分場合奪肛而出。它們的主人也有忍無可忍的，乾脆沖進去，
一腳踩在小便池窄窄的堤上，反手扶墙，再將另外那隻腳小
心翼翼挪上，腳掌摳穩，呼出一口濁氣，開始放心排泄。但
這樣的機會，也不是一去就有。因爲勇於這種實踐的人，不
是一個兩個，穩定有一排，像鷺鷥們企在船舷。年老體弱者，
全程反手撐住身後焦黃的墙壁，防止自己一屁股坐入。他們
究竟幷非真的鷺鷥，如果有便秘毛病，只怕不敢嘗試。

　　初一時，班上有位大個子插班生，叫吳俊。教英語的工
農兵學員詹老師常數落他：「你爺爺身爲老紅軍，他老人家
參加革命，爲我們打下壯麗河山，你却這樣吊兒郎當，對得
起他嗎？」吳俊就低垂著腦袋，越來越垂，好像稀薄的牛糞，
隨時要掉下一大塊。平時他簡直是囂張，有次對一個同學嚷
道：「中午如果我不在，你就拿書丟到我家廁所。」我條件
反射想起那些鷺鷥們，忍不住笑了，誰知我的表情被他捕捉，
他也蠻知民間疾苦，教育我道：「你曉得我屋裏的廁所是什
麼樣子嗎，你以爲跟你屋裏旁邊那些公廁樣的？告訴你，我

屋裏的廁所，比你屋裏的床都乾淨。」我那時還比較敬仰老紅軍，一句話不敢說，他又營養充足，膀閣腰圓，兩個我也打他不過，只好又尷尬地一笑。

其他的不同還有。應新生家做飯竟然不用生火，而用液化煤氣罐，這是什麼生活質量？我家做飯，生火是一項艱苦的工作，弄得不好，要花上半小時。先把煤球爐倒空，將一根根乾柴橫七豎八架在爐膛裏，上面撒些刨花，點燃。乾柴燃得正旺，再將煤炭一個個放在上面，輕手輕腳，不許壓塌。就這樣也濃烟滾滾，却不能躲開。我經常噙著熱淚，把蒲扇搖得呼呼響，朝爐底的矩形口鼓風。風不能太大，也不能太小。太大，木柴迅速燃成灰燼，剛加熱的煤炭，就像早產兒，還不能自主呼吸就被割斷臍帶，當場斷氣；太小，爐膛缺氧，也會窒息而亡。爐火熊熊燃起時，固然有種成就感，可是，之前的道路多麼艱難。我經常因爲缺乏生火的耐心，命令小我三歲的妹妹生火：「還不去鬥爐子啊？」南昌話生火，說成「鬥爐子」，真實語義肯定不是和爐子做殊死搏鬥，但想想那過程的艱難，又覺很貼切。

妹妹比我還懶，總是很乾脆拒絕：「我不吃。」一把抓過書包，和同學劉小紅勾肩搭背，揚長而去，這傢伙好像鐵打的。有一回我氣急了，追上她，跳起來踢了一脚，這很無恥，我知道，但誰的成長史，都不可能一直偉大光榮正確，是吧？她哭了，但并沒妥協，帶著抽泣聲照樣跑掉。我灰心喪氣，只好餓著肚子去了學校。當然，這不僅因爲對生火的畏懼，還因爲米缸裏，只有正在劈啪生蟲的糙米，沒有一棵菜。想起只能往嘴裏扒無味的糙米飯，還要辛苦生爐子去煮，就覺志意蕭索。如果像應新生家那樣，手腕一扭，爐子就呼呼噴出淡藍色的火苗，那我也會將就，沒有菜就沒有菜……總比餓肚子強一些。

我比應新生他們強的，只有學習成績了。三年級時，應新生留級到我們班，很嚴肅地傳授經驗：「四年級的課程非常難，所以我想三年級再打打基礎，你們要是直升，基礎不好，四年級就困難了，五年級更是趕不上了。」說得我忐忑不安，可是四年級很快就來了，課程還是簡單得一塌糊塗，才明白這傢伙不但有私家廁所，有煤氣罐，還有弱智。

但他性意識發育很早，有時走在路上，會突然反手指著自己感慨人生：「人活到世上，就是爲了這張嘴哦。」有時又突然一把攥住我的褲襠，淫笑道：「發性了？！」南昌話的「發性」，就是書面語的「發情」。性是天生的，情是後天的，在這方面，我覺得南昌話的表述更精確。後來每當他說起和女人有關的事時，我就像兔子一樣警覺，生怕他突然抓我褲襠。

那時唯一能跟我競爭的是優等生猪皮，猪皮本姓朱，不知從哪轉來的插班生，有點胖，所以我給他取了這外號。教數學的蔣老師特別喜歡他，經常軟語溫言誇獎：「這道數學競賽題難是難，但你會設 X，難不倒你。」又轉向我們：「設 X 的解題方法，初中才會教，人家爸爸是大學生，工程師，早就教了他。」蔣老師對大學生非常崇拜，常常嘲諷我們：「大學生，曉得不？考上了就是國家幹部，可以吃香喝辣，你們這種鄉下小學的，想都不要想哦，可能性可以說無窮小。」說著在黑板上畫了個躺倒的 8，又指著猪皮：「你不一樣，你爸爸就是大學生，龍生龍，鳳生鳳，老鼠的兒子會打洞。你就是一條龍。」有一天家長會，我終於看到「老豬皮」了，五短身材，戴著一副碩大的方框黑邊眼鏡，像報紙上的訃告似的，顯得很莊重。蔣老師却不莊重，和他面對面站著說話，時不時點頭諂笑，讓人看不下去。我心想，如果我媽媽看見，一定會說：「這隻女人的别，肯定又發癢了。」

蔣老師的老公是郵電局的工人，她本人大概也是農村戶口，矮墩結實，騎一輛二八的自行車，因爲腿短，左脚踏下去，右脚總是懸在半空，等待右踏板在慣性下回歸脚底。我見過一些矮人，爲了脚板能永遠不離踏板，只好麻煩屁股在車座上扭來扭去，很不安分。蔣老師沒有那麼粗鄙。

她兒子小黃，就是給我解釋「氣鼓卵」的那個，成績中下。他本來姓饒，但因爲牙齒和江老師一樣黃，我們都叫他小黃。有一次蔣老師的課，班長叫完「老師好」，大家落座。蔣老師却沒有開講，而是掃視著我們，臉上表情複雜。突然，她竦身竄下講臺，從座位上把小黃拖出，拖到講臺上，反臂往後一抓，掌上已經多了一把笤帚。接著，就在眾目睽睽之下，她把小黃打得哭爹叫娘。這讓我們悚然爲戒，感覺千萬別惹惱蔣老師，她可是六親不認的。

蔣老師治理我們恩威并用，又打又拉，永遠不會黔驢技窮，某日收作業時，她鄭重其事宣布：「你們給我聽到，以後不交作業的，全部死爺（爸爸）！」這真是立竿見影，此後除個別喪盡天良者之外，同學們交作業普遍踴躍了不少。有一天清晨早讀時分，小組長挨個收作業，我突然想開個玩笑，嘻嘻哈哈說：「我沒做。」小組長大眼睛忽閃一下，迸出幾粒欣喜的光芒。她說：「站到牆角，等蔣老師來。」說著伸手來扯我，我一看不妙，趕忙從桌肚裏把作業本掏出：「其實我寫了，你看。」小組長接過作業本，看也不看，隨手扔到地上，仍來扯我：「出來。」

我慌了：「什麼意思，我不是寫了嗎？」

她正色道：「你剛才說沒寫，你這叫欺騙組織，耍弄組織。」

我聳肩諂笑：「開個玩笑嘛。你想，蔣老師都說了不交作業死爺，我敢不交嗎？」

「你的意思是，蔣老師很惡毒？」

「不，我沒這麼說。」我感覺自己笨嘴拙舌。

正在僵持，蔣老師進來了。「怎麼回事。」她問。小組長向她報告原委，倒是沒有怎麼添油加醋。我想蔣老師應該認爲小組長是小題大做，誰知蔣老師走到我面前，突然伸手，啪啪在我臉上印了兩掌：「人還沒有卵子大，就敢耍弄老師，滾到我辦公室去。」我知道厲害，只好摀著臉照辦。

辦公室裏，我一到三年級的班主任鄭老師正伏在桌上備課，她頭髮花白，身材肥胖，戴副老花鏡，抬頭看見我，驚奇地說：「你也罰站？」我羞愧地垂著腦袋，一言不發。這時蔣老師進來了，鄭老師又問她：「這隻小鬼原先在我班上是尖子生誒，現在也罰站了，怎麼回事哦？」

蔣老師說：「他呀，不交作業，還敢耍弄小組長，不曉得幾壞。」她頓了一下，又說，「其實這隻小鬼，學習成績倒是不錯。」她說完，拿起粘滿茶垢的杯子喝了一口，埋著頭改作業，沒有讓我回教室的意思。

十五　豬市

那天媽媽上工回家，還沒走進院門，就被妹妹攔住：「媽，過來吵，我有事跟你話哦。」她低低地說，同時拉住媽媽的衣角，就往房間裏走。媽媽想掙脫她：「做什麼嘛，吵得卵斷。我累得死，回來還要弄飯到你們吃，你不想吃飯啊？」

妹妹不鬆手：「有好事情，你來嘛。」

媽媽這才停止了掙扎，半信半疑跟著她進去，我本來趴在地上玩畫片，聽到這話，也站起來，奇怪地望著她們走進房間。過了一會，媽媽出來了，笑逐顏開，叫住我：「枕石，去，到菜市場買半隻鹵鴨，再買四隻鴨蛋，今日夜晚，我們要吃餐好的。」

我接過錢，走到妹妹面前，問：「剛才你們進去說什麼哦？」

妹妹說：「沒說什麼，沒說什麼，快去買菜吵。」

我在她毛茸茸的腦袋上敲個一個栗鑿，說：「你還保密啊，我總問得到的。」撒開腿，向菜市場跑去。

但吃完飯也忘了問，稀裏糊塗就睡著了。第二天一早，我一個人在陰暗的房間裏醒來，聽到門外吵吵嚷嚷，像菜場一樣熱鬧，那是一夥中老年男人在商談豬仔的生意。

　　離我家不遠的地方，原先有個豬市，半人高的籠子摩肩
接踵，有的籠子是空的，有的籠子裏，則躺著一至幾頭蓬頭
垢面的豬，眯縫著一對豬眼，茫然看著籠外。每天朝陽初升，
無數鄉下人從遠方輻輳而至，他們怯生生和駔儈討價還價，
手伸到駔儈的袖子裏交流。不知什麼時候，這個交易市場就
挪到了我家門前。生活真是熱烈火爆，騙子成群，經常有農
民被騙得哭天搶地，還被駔儈稱爲「猴子」。隔我家不遠的
一個中年男人老鄧，就是駔儈之一，他身材高大，一件破舊
的老棉襖披在身上，也不掩風度翩翩。有一次他目送一個剛
買走兩頭豬的農民離開，得意地說：「又殺了一隻猴子。」
把一卷十塊的鈔票塞進口袋，又掏出一瓶三花酒，一口將瓶
蓋咬下，噗的一聲吐到大街上，仰脖喝了一口，滿意地咂咂嘴，
感慨地說：「這金塔街，猴子當真是殺不完哦！」二伯父就
曾經成爲他的猴子，兩頭豬崽買了回去，不吃不喝，兩三天
后相繼去世。我爸爸用自行車載著豬的尸體，帶著二哥來找
老鄧理論，老鄧遞過來兩根烟：「你是明玉的郎[1]吵，我認得，
我認得哦。這鄰鄰舍舍的，我跟老弟你說句實話。豬要還是
活的，我老鄧今日破例，錢拿還你，落[2]你一分都會死爺。但
現在你看，都膨肚了，我賣到哪個去哩，你說是不？你不吃
烟的啊，還是你們好，一看就是有文化的。」他把伸出去的
烟插回烟盒，「對不起哦，老弟哎，這是生意場上的規矩哦。」
轉身走了。爸爸和二伯面面相覷，自認倒黴。

　　此刻我躺在床上，能聽見老鄧的高門大嗓，但不算真切。
我望著蚊帳頂發呆，奇怪媽媽和妹妹去哪了。今天是媽媽輪

1　明玉：我外公的名字。郎：南昌人稱女婿爲郎。
2　落：南昌方言，指吞沒、侵吞。

休的日子，她在醬油廠拖醬油，沒有周末，只是半個月還是一個月，才能輪休一次。往常輪休，我都能獲得一口早飯吃，今天怎麼回事？

我爬起來，倒不怎麼覺得餓，可能是昨晚豐盛的晚餐還沒完全消化。我只是覺得脚趾和脚板邊緣癢得難受，摸上去腫脹腫脹，溫熱溫熱的。一到冬天，必定如此，它的名字叫凍瘡。這真是一種討厭的病，雖不會危及生命，却會讓你覺的動作不便，從而討厭自己。後來我來到北方，呆在暖氣充盈的屋子裏，再也不見它的踪影。不過，身體還是留下了一些痕迹。不知什麼時候開始，我發現手背上長了一些紅色小點，三五成群，大雜居，小聚居，不痛不癢，只有礙觀瞻。我由此養成了一個不好的習慣，寫字時別人左手按紙，右手握筆；我也左手按紙，却是手心朝上，手背朝下，開始很不習慣，不久也就習以爲常。

也不是沒去看過，有一年的暑假，外面陽光燦爛，蟬聲沸騰，我躺在鋪著竹席的床上，身邊紅燈牌錄音機正播送靡靡之音，葉倩文、張洪量、童安格……我正在嚮往异性，突然眼光掠過自己的手掌，當即跳起來，三步并作兩步跑下樓，推著自行車就跑。我决定去皮膚病醫院看看。

醫生仔細看了幾分鐘，打開抽屜，埋頭翻了起來。那是一本教科書，印了不少彩頁。過一會，他抬起頭，對我靦腆地笑了笑，乾脆把書放到桌上，明目張膽查閱，突然停住，指著一個圖，說：「你看，是不是這個，扁平疣。」我的心早凉了半截，但還是客氣地說：「好像是。」他合上書：「這種病，一般是激光治療，你天氣凉點再來吧，以免感染。」

　　下一站是第五醫院，號稱皮膚病專科厲害，接待我的是個中年矮子，穿著一身滿是污迹的白大褂，他也認真看了一分鐘，攤開處方箋，鬼畫桃符。我交錢領藥，回到家，急忙掏出裝滿藥丸的小紙袋，紙袋上寫著「抗病毒」。我撕開封口，摸出幾粒白瑩瑩的藥片，當即開吃，然後滿懷希望。半個月過去，毫無起色。這一回我去了最好的二附院，挂了個教授號。老態龍鍾的教授只掃了我的手背一眼，當即大呼小叫：「過來過來，快看哦。」一群實習生立刻像麻雀一樣圍過來，好像我是曬著的稻穀。「你們記住，這叫海綿狀血管瘤。」我一聽「瘤」字，感覺不妙，好在老頭馬上指出病源：「你是不是每年生凍瘡？哦，那就對了，這是凍瘡造成的。不用治療，也就是難看一些而已，又不會死人。」我喜滋滋出去，在炎熱的太陽底下，騎著車回家，好像劫後餘生，卻忘了根本沒有達到此來的目的。

　　我推開門，耀眼的陽光讓我差點睜不開眼。駔儈們還在和潛在的猴子們討價還價。我看見老鄧朝我走來，手上馬糞紙托著幾隻白糖糕，他一邊嚼著白糖糕，一邊把馬糞紙遞到我跟前：「吃一隻不。」我奇怪地看著他，非親非故，毫無道理。我咽了口唾沫，沒有接。他說：「吃嘛。不吃啊？好吧，老弟啊，問你一件事哦，你昨日有沒有聽說哪個細伢子撿到過錢哦？」他指了指旁邊，「就在這隻地方，夜晚邊上，看到哪個撿到了錢不？」

　　我迷茫地搖搖頭。旁邊一個駔儈叫道：「老鄧啊，丟了的錢，還想找回來啊。這世界頭上，哪有那麼好的事哦？不要說細伢子，就是我撿到了，都會弄起來買糖吃哦。」

「四十塊錢，買糖吃，撐死他。」老鄧罵道：「戳大他娘，老子這個禮拜白忙了，是給他做崽哦。我戳大他娘。」他罵罵咧咧，扔下我，走了。

我站到人行道上，望著馬路發呆，思量媽媽的下落。站了一會，緩緩邁開腳步，沿著人行道走去，漫無目的。太陽漸漸升高了，我走到老猪市所在的地方，突然看見媽媽和妹妹迎著陽光走了過來，朝陽在她們臉上閃爍，使她們神采奕奕。她們身邊似乎還跟著一輛板車，我欣喜地跑過去，叫道：「你們跑到哪裏去了嘛？」

媽媽說：「我帶你妹子去買了四隻杌子哦。」她指著旁邊的板車，上面整整齊齊，正綁著四隻杌子，上著棕色的漆，油光錚亮。她又掏出一包馬糞紙，「給你買了早點，還是熱的，趕快吃啦。」我欣喜地揭開包裝，四個麻圓渾身噴香躺在裏面，這是我最愛吃的東西。

我嘴裏嚼著香甜的麻圓，跟著媽媽和妹妹，以及板車，回到了家。老鄧站在那裏，一直看著我們從車上卸下杌子，他問媽媽：「這杌子不錯嘛，幾多錢一隻哦？」

媽媽說：「八塊。」我看見她的臉似乎紅了一下。這時外婆走了出來，說：「大清早跑去買杌子，你身上有兩個勞銅（錢），就留不住，見什麼買什麼。」媽媽說：「不買東西，錢也不曉得跑哪去了。買了東西，錢總看到在這裏。」

老鄧轉了一圈，說：「這杌子不錯。」咬了一口白糖糕，見沒人搭理，悻悻地走了。

我踱到妹妹身邊，問：「媽獎勵了你幾多錢哦。」

妹妹說：「就只給了我兩角錢，媽這隻人啊，不曉得幾吝嗇哦！」她似乎想了一下，又驚奇地問，「你怎麼曉得的哦？」

十六　報仇

　　那個早上，我大約十歲，躺在床上，空著肚子，沒有人爲我留下哪怕一個紅薯。凜冽的寒氣扇著翅膀在被窩外來回翱翔，尋找撲擊的機會。我不會讓它得逞，裹緊被子，仰頭望著屋頂，憋著滿滿一膀胱尿，就是不下床。這是白天，我并不害怕。墙壁上貼著媽媽從村裏葉子廠[1]弄來的課本紙，沒裁開的。我頭邊的壁上，糊的是音樂課本，上面畫著五綫譜，抬頭是「金蛇狂舞」四個字。對面墙上，糊著一個身穿綠色軍裝的胖老頭，側影，胳膊上套著一個紅箍，上面寫著「紅小兵」。我呆呆看著那張畫紙，回味著胖老頭的豐功偉績，尿意又來了。我夾緊雙腿，突然感到一種從未謀面的快樂，和以往任何快樂都不相同。我正在詫异，這時門推開了，小龍走了進來。

　　我家的木門很簡陋，實際就是兩塊粗糙的木板，裝了一對木軸。有一次，租住在外公院子裏的老姜自殺了，媽媽嚇得半夜跑出去，找外婆擠著睡。她以爲我不怕，但我半夜醒來，找不見她的踪影，魂飛魄散。還好有妹妹，她睡眼惺忪跟著我滾下床，不知所以。我幾步跨到門邊，蹲下來，雙手

1　葉子廠：裝訂廠。

端住門板，使勁往上一抬，它就離開了門軸，咧開一道斜縫，足以容我們的身材出入。我們像狗一樣爬出，哭著大叫：「媽啊——媽誒——」媽媽事後經常解釋：「半夜想起老姜，我嚇得汗毛直豎，實在沒辦法。」但是嬉笑著，看不出一絲歉意。

當然，這事在妹妹嘴裏有另一種版本：「媽不曉得幾重男輕女哦，老姜死了，她半夜跑出去，把你帶到身邊，只留下我，當真嚇脫了魂。」也許她是對的。不過那扇木頭門，我確實抬過它無數次。

「蔣老師叫你去上課，趕快去。」小龍幷不看我，梗著脖子斜朝著屋頂，甩下這句話，就出去了。他曾經是我開襠褲時的密友，爺爺曾做過金順村的黨支部書記，肯定也是窮鬼出身，那時候不是窮得够狠，當不上書記。爸爸招工，當了工人，但他媽媽還是菜農。我們兩家算是世交，小時候，我也經常去他家玩，有年冬天，玩得正起勁，褲帶松了。我想系好褲子再玩，手却凍得不聽使喚，總是眼看要拉緊，突然一瀉千里，力氣無影無踪。我呼哧呼哧吸著鼻涕，想哭，一副蠢樣。小龍的爸爸站在旁邊，實在看不過去，走過來，伸出一雙粗瓷般的大手，輕鬆地幫我系上了褲帶。他讓我第一次對大人的力量產生了崇拜。

我和小龍是爲什麼反目的呢？還是爲了猪皮。我不明白他采用什麼手段，讓班上男生幾乎都不和我說話。也許因爲蔣老師特別喜歡他？我和小龍反目的細節，還歷歷如新，四年級暑假補課的時候，快要上課，我和小龍正在熱烈聊天，坐在他身後的猪皮插了進來，他就轉頭和猪皮聊。我有些生氣，等他再來叫我，我劈頭就給了一句：「你去找猪皮吧。」

話一出口，我就後悔了。因爲我知道，生活中失去了小龍，完全是對自己不負責任。可在類似的場合，我總是約束不了自己。

蔣老師真無聊，還特意派小龍來叫。我有點驚慌，神速穿起棉衣棉褲，腫脹的脚使勁套上濕潤的棉鞋。拉開門，金色的陽光蜂擁而入，像在劇場外等了很久的觀衆。外面静悄悄的，猪市已經結束，猪糞和垃圾星羅棋布。我二舅正蹲在墙根下，吸著熱騰騰的豆腐湯，像個華北農民。我眼饞地看了他一眼，他有點不好意思，說：「吃了飯不？還沒去上學啊？」我說：「這就去。」裹緊了棉襖，肚子又咕嚕嚕響了兩下，只有我自己能聽見。小龍不緊不慢在前面走，我在後面跟。也許我該上去，拍拍他的肩膀，主動跟他和好。可惜我做不出。

不消十分鐘，已到了學校門口。近校情更怯，我的脚步放慢了，小龍的身影鬼魂樣一下隱沒。學校的房子很破，一排低矮的平房，原先是大隊部，窗戶上雖蒙著塑料薄膜，却已被寒風粗暴撕開了一個個口子，餘下的部分仍拼命摳住窗框，殊死頑抗。我遠遠繞開，生怕被蔣老師從窗口看見。等磨磨蹭蹭蹩到教室門口，蔣老師已經疾步迎上來，伸出食指，在我的額頭上點點戳戳：「還要我派人去叫你？在床上困覺，好舒服是吧。你這次又有什麼理由，什麼？脚凍了，走路很疼。你以爲自己是哪個？舊社會的少爺。要不要我找頂轎子來抬你哦？還不快滾到座位上去。」她有一顆牙齒特別黃，剩下的還好，不知怎麼回事。我正琢磨這問題，忽然耳朵一痛，原來蔣老師揪著它，以便讓我歸位。我坐下來，反而開心起來，因為我知道，她再也不會追究我的曠課之罪。我愉快地打開書包，取出文具盒。

讓我尷尬的是，圓珠筆寫不出來，嵌在筆尖上的細小圓珠沒了。蔣老師察覺到我的异樣，走過來：「怎麼不寫。圓珠筆壞了？哪位同學有筆，借他一支？」

可是沒有回音。蔣老師只好走到講臺上，把她的鋼筆拿給我：「你看看你，都成瘟神了，全班都沒人願意搭理你了。你該好好反省一下自己，做錯了什麼？」

我心想：我戳你媽，你也配叫老師。他們天天欺負我，不見你說句公道話。但我也不敢回嘴，攤開試卷，開始做題。

這是一張鉛印的考卷，進入五年級以來，這樣的測驗比大便還頻繁，接近小便。我倒是一點都不怕，因為我好歹算個聰明孩子，有一次爸爸看見我和差等生小羅趴在地上彈酒瓶蓋，立即氣憤地加以沒收，但當他翻到我的成績單，又默默把那袋酒瓶蓋放進了我的書包。這麼說吧，我就是那種書上叫做「高材生」的東西，它在不同時代有不同解釋，如果在恢復高考不久的那段日子，特徵大致是這樣：在一輛晃來晃去的破公交車上，一個戴著厚啤酒瓶眼鏡的傢伙，倚著鐵杠，顫著瘦腿，用古怪的讀音背英語卡片，旁邊坐著一位漂亮姑娘，愛慕的眼光象兩攤濃鼻涕一樣粘在他身上，那麼你可以趕快搶答：他就是「高材生」！當然，也可以有其他形象，比如中文系裏最會裝神弄鬼的傢伙，瓊瑤小說中最富有又最帥的主人公等等，都算正確答案。

我很快就把試卷做完，稍微需要動點腦筋的，是最末的附加題，講龜兔怎麼賽跑，要求算出各自跑的速度。題中給出的已知條件很少，超出了五年級的範圍，但最終還是敗在我超強的大腦之下。我東張西望，看見小龍、豬皮等人都在抓耳撓腮，頓時喜上心頭。但腦殼上突然又挨了一栗鑿，蔣老師站在我桌前，嚴肅而困惑：「你好象蠻快活！揀到了十斤糧票是吧？什麼，做完了，我看下。」

雖然她對我有看法，但知道我還是有點本事。我突然懷疑，她特意派小龍去叫我，就是爲了這個測驗。她看完試卷，輕輕放回我桌上，又在我後腦勺上拍了一掌，嘆著氣走開了。

放學後，我走出校門，喜上眉梢，因爲蔣老師竟然忍不住誇獎了我，說我是班上唯一采用傳統方法做對「龜兔賽跑」的人；豬皮雖然也做對了，可他投機取巧，設了 X，「這說明什麼呢，說明褚枕石有可能是我們班上最聰明的學生。」她說，當然，也沒有忘記敲打我一下，「可惜他自暴自弃，不學好……」

我正回味著，突然被重重撞了一下，差點摔倒。我回頭，看見了豬皮和小龍。豬皮嘻嘻哈哈對小龍說：「你推我做什麼嘛？」小龍也嬉皮笑臉：「哪個推了你哦，是你自己撞到了人家，不要拿人家的烏龜殼撞散了。」

烏龜殼是蔣老師給我取的綽號，因爲我冬天怕冷，恨不能把腦袋縮進棉襖，看上去確實很不成器。我知道惹不起，撒腿想走，豬皮雙手一張，將我攔住，他對小龍說：「烏龜殼借你的圖書沒還，你就算了？」小龍好像恍然大悟：「是呀，我還沒想到，《大禹治水》，烏龜殼，什麼時間還我？」

所謂圖書，就是小人書，小龍的爸爸早早招工當了工人，家境一向不錯，收藏了一些圖書。我借來看過，他說的那本《大禹治水》，低年級時代就弄丟了，都不知道他怎麼想起來的，我囁嚅道：「好早的事了，你爺娘都說算了，不要我賠的。」

「哪個說算了？」小龍說，「現在要還我。」他臉色有些不自然，因為他本來不是一個霸道的人，當然，　也許他的良心也在受折磨，畢竟跟我是開襠褲時的友誼，豬皮那是什麼時候出現的東西？

「不還就打嘛！這種烏龜殼，跟他講什麼客氣。」豬皮煽風點火。

很快圍上來一群人，個個幸災樂禍，有的還起哄：「看烏龜殼嘍，看烏龜縮頭嘍。」幾個女同學也停住腳步，朝這邊探頭探腦，這讓我更加羞愧，特別是其中還有美女小紅。一年級時，班主任鄭老師安排小紅和我同桌，我瞥了小紅一眼，差點驚呆，真是國色天香啊！小菊要是看見她，會哭得泣不成聲的。我爺爺要是老紅軍，我一定會起今生非她不娶的念頭。我深知自己配不上，這才沒想法，如今被她看見自己遭淩辱的醜態，我無地自容，趕緊求饒：「好吧，我下午就賠你。」

得了這許諾，小龍無話可說，豬皮不大滿意，但實在也找不到藉口，只好說：「下午不賠，再打哦。」

我沒有給豬皮機會，下午把舅舅買的兩本圖書偷來，一早就在學校門口等到了小龍，我點頭哈腰：「那本圖書老早就丟了，你曉得的。這兩本是新的，就抵那本吧。」落單的小龍一向比較憨厚，他接過圖書，一揮手：「算了算了。」我像釋放的囚犯，一身輕鬆地跑了。

新學期的到來，給我的生活添上了一點亮色，這個說法是比喻，我知道自己看上去還是邋裏邋遢的，一點也不亮。
如果硬要找亮點，我的領袖部位勉强可以算上。但生活的亮
色是精神的，和物質的無關，和一個叫小童的人有關。

　　小童是新來的一個插班生，我的偶像，他經常在學校破
爛的操場上和老師們打羽毛球。那個滿口黃牙的江老師，被
小童嫻熟的球技逗得左蹦右跳，小童却玉樹臨風，好整以暇，
一邊瀟灑揮拍，一邊哼著臺灣歌曲：

> 晚風傾覆棚戶完，
>
> 白狼猪傻蛋
>
> 沒有夜靈追斜陽，
>
> 只是一片嗨爛爛。
>
> ……
>
> 那是外婆猪折掌，
>
> 醬蒿笋親親玩。

　　歌詞好像是講狼外婆的童話故事。據說小童的叔叔是體
育健將，搞體操的，曾得過世界錦標賽銅牌，難怪這般了得。
江老師是民辦教師，不當陪練還想當什麼？他們的較量，在
破爛的校園是一道風景。我們班大部分是鄉巴佬戶口，除了
應新生等少數幾個。但應新生們的父母，也就是藍領工人；
猪皮爸爸是大學生，算不錯，可猪皮也不會打羽毛球。

　　每天下午一放學，江老師就會粗暴撥開我們這幫小土包
子，走到小童面前，用近乎乞求的語氣說：「去打一場吧。」

小童漫不經心點頭。接著，我們就站在一旁看他們厮殺，對小童充滿崇拜。這有什麼辦法，人家小童有能耐。就象晋朝一個叫王羲之的，那傢伙肩不能擔手不能提，只會寫幾筆破字，就被提拔爲將軍，專門管右邊的那部分軍隊。大家艷羨是艷羨，却只能幹瞪眼。

只有蔣老師是腦力勞動崇拜者，對小童依舊看不慣，說他成績一塌糊塗，腦袋絕對是牛糞做的。從第一次測驗之後就經常批他，批得他面無人色，有一次剛批完，猪皮帶頭笑了起來，還好，沒有多少同學附和。

五年級的生活，就是由測驗編織的，我當然一點都不怕，因爲我是「高材生」，是一枚編織能手。我甚至想，一天到晚讓我們做些這麼簡單的題，到底是何居心？但紳士小童可不這麼認爲，那天又是數學測驗，我正寫得起勁，突然腰眼被小童捅了一下，接著收到一張紙條，上寫著一串阿拉伯數字。我懂得他的意思，受寵若驚，趕忙把答案寫了遞回去。下課後，小童拍拍我的肩膀：「兄弟，够味。」

一股暖流從我心頭涌起，我差點想哭。小童把我叫到操場的角落，親切地說：「我聽說那些別崽子都欺負你。不要緊，以後我幫你。」說著遞給我一包糖豆。

整個早上，我都心潮起伏，沒想到舉手之勞，就得到了小童的賞識。這堂課我根本聽不進去，手一摸，觸到了口袋裏的糖豆子，雖然才四分錢一包，但也很少能吃到。我忘乎所以，撕開紙袋，一粒一粒偷偷往嘴裏送，每粒糖豆子都被唾液充分泡爛，咀嚼成豆漿咽進肚裏。我以爲這樣做得很隱秘，誰知背後突然響起一個炸雷般的聲音：「報告老師，他上課吃東西。」我顫抖了一下，回頭，看見一隻有力的手指著我，原來是差等生應新生。我曾經和他勾肩搭背，走在大街上，互相抓褲襠，可他很快也被豬皮蠱惑了，成了我的敵人。

那節課是《自然》課，老師大踏步下來，揪住我的紅領巾往外拉：「上課還吃東西，好吃的鬼。」她詛咒道。同時把我的口袋翻了個底朝天，白花花的糖豆子撲通撲通掉在地上。她有些悲傷：「你看你，荷包都粘成什麼樣了？洗起來有幾難，你曉不曉得？你娘硬是碰到了鬼哦。」簡直離題萬里。

我羞愧得抬不起頭來，不是爲了老師的慨嘆，而是怪自己太饞嘴，讓小童見笑。老師翻完口袋，突然扯過我的的書包，倒提著抖了幾抖，嘴裏嘟囔：「我看書包裏還有沒有，有的話，書包也要洗了。」書本灑了一地，把灰塵驚得活蹦亂跳，裊裊升騰。她把書包往地上一扔，徑直走上講臺，好像什麼事情都沒發生。我知道風暴過去了，快活地收拾地上的東西。

放學的時候，小童和我勾肩搭背出了教室，應新生、豬皮嬉笑地看著我，我有些羞愧，又有些得意。小童從口袋裏掏出一包五香蠶豆塞給我，我有點不敢相信自己的眼睛，因爲蠶豆比糖豆貴得多，要一毛四分錢一包。小姨曾經給我買過一包，我曾經強迫自己，每小時只許吃一粒，因爲捨不得一下子吃完。

因爲我，蔣老師很久沒有罵小童，小童的試卷經常都是七八十分，當然九十分的情況也沒有。小童不會那麼貪婪，想成爲「高材生」，那是很容易暴露的。還有一個情況，就是我手裏經常有小人書看，而且很少重樣，今天是《三國演義》，明天就是《東周列國志》，等到收音機裏播評書《岳飛傳》，我手裏又出現了《牛頭山》。我能感覺到，周圍的空氣開始充滿善意。他們雖然還不和我說話，但我再也不怎麼受到騷擾。有一天課間，我坐在座位上，翻著小童新帶來的《孫行者》，我能感覺到，留級生小應、高材生小嚴、差等生小張在我桌前一個勁地晃，時不時窺視一眼。最後高材生小龍也終於忍不住彎下腰，想看看圖書的封面，豬皮譏笑他：「烏龜殼的東西，有什麼好看嘛？」小龍惱羞成怒，喝道：「關你屁事，給老子滾蛋。」豬皮臉一陣紅，一陣白，可忌憚小龍的強壯，不敢回嘴。

那天下午，小龍背著書包路過我家，我站在門前，看了他一眼。他對我笑了笑：「去看圖書不，我帶了錢。」他舉著一張兩毛的鈔票，在我面前晃。我心中狂喜，趕緊迎合：「好，同去。」但表面上裝作不露聲色。我和他肩并肩走在街上，腳步像風一樣輕快，我聽見他說：「枕石，你會打羽毛球了吧？」

一個陽光燦爛的中午，剛剛放學，我帶著小龍，急匆匆地尾隨著豬皮。這時的豬皮已經今非昔比，班上男生大多已經不理他了，課間對他來說簡直度日如年，就像我當年一樣。放學後，他更是一隻游魂野鬼。我和小龍跟著他，走了一條小街，又一條小巷，一直追到公共汽車站。豬皮背對著我們，歪著腦袋遠望大街。一輛公共汽車過來了，豬皮挾著書包，正要跑向車門。哪知背上一緊，已被一隻有力的手抓住，他回過頭，正好和小龍的拳頭不期而遇。只聽得噗的一聲，他的臉皮紅了一霎，好像血液蕩漾起來，隨即向鼻孔奪路而出。他驚恐地站著，偷偷嘗了一下鼻血。我嬉皮笑臉地對小龍說：

「聽說這塊豬皮該 [1] 你一本《岳雲》，你不要他賠啊？」豬皮使勁吸了一下鼻子，忙不迭點頭：「我賠，我下午就賠。」

在小學畢業前的將近一個學期，我如魚得水，過了一陣快活日子。我的成績比誰都好，又有小童罩著，這讓我顯出一種小人得志的心態。蔣老師看出來了，有一次她終於在課堂上大發雷霆，她說：「有的人，人還沒鬼大一點，就學會了玩陰謀，拉幫結派，搞小團夥，孤立別的同學。這種行爲，說嚴重一點，就是地地道道的流氓行爲。褚枕石，你看什麼看，說的就是你。你不要以爲班上同學都跟你說話了，就尾巴翹上天了，你該屙泡尿照照自己了。我老實告訴你，你再怎麼蹦，也就是一隻鄉下人；而人家小朱同學的爸爸，可是響噹噹的大學生。」

1　該：欠。

十七　蚊帳

　　我家牆壁上有很多蛞蝓，它們總是不安分地爬來爬去，一點都不安靜，以致糊牆的報紙上，銀迹縱橫，正如李賀的詩「木窗銀迹畫」。我常常擔心睡著後，它會爬到我的身上，那該有多麼噁心。好在有蚊帳隔著，用不著太擔心，它頂多能爬到蚊帳上，透過細細紗孔，幽怨地朝我窺視，却永遠也無法接近。

　　之所以有蛞蝓，是因爲房子簡陋，尤其地基太低，比室外還低。仿佛原始時代的穴居人，住的是半地下室。在古代，文明稍微進步一點，都會把房子建築在地勢高敞的地方。實在沒條件，也會運幾車土，夯築一個較高的地基，再開始砌牆。我家，住宿條件相當於甲骨文時代。

　　江南多雨，因此屋子的牆壁似乎總是濕淋淋的，像夏天成年人身上的汗漬。尤其春天，淫雨下個不停。街道對面有一個自來水站，水站隔壁是一個理髮店。理髮店的男主人矮小瘦弱，像根發黴的短木板；母親和兒子，則胖得像氣球。我每次去提水，都會下意識瞟一眼理髮店的後牆，看牆角處是否趴著鼻涕一樣的蛞蝓，從未失望。蛞蝓們很文靜，很長時間都凝立不動，仿佛在思考著什麼問題。我家的蛞蝓，則要活潑得多。

媽媽喜歡挂蚊帳，除了蛞蝓之外，還有別的原因。簡陋的房屋沒有天花板，仰臉只能看見嶙峋的房梁。但一挂上那種粗紗綫織成的蚊帳，就好像身處一個溫馨的世界，陡然增添了一些安全感。

夏季那麼多蚊子，肯定是要挂蚊帳的。一個夏天的晚上，媽媽又給我講老套的《門閂子和門搭子》的故事，還沒講完，突然頭一歪，就失去知覺。我及時搖晃，也沒能把她救回，只好獨自呆在暗沉沉的夜裏，思考起人的生死問題來。那時剛剛親眼看見太公死去，躺在門板上，臉上蓋著一塊紅布，一動不動。大人們還嚇唬說，要日夜守靈，避免猫狗老鼠之類爬過尸體，否則會詐尸，也就是說，尸體會蹦起來，無論見到什麼，都會張開雙臂緊緊箍住，真讓人毛骨悚然。我那時深信不疑。後來又聽爸爸講過一個類似的故事，說是一個醫學院的學生，晚上去太平間，一拉燈，床上的尸體突然彈起，和他對面而立。他知道厲害，一動不敢動，和尸體僵持了整夜，直到第二天清晨，同事上班開門，才獲得解救。我驚訝道：「天啊，嚇死人，他爲什麼不跑呢？」爸爸說：「這你就不懂了。在黑暗中，尸體和屋子的環境達成了一個恒定的磁場。一旦開燈，就破壞了這種磁場，就會詐尸。除非拉滅燈，讓磁場回歸平衡，尸體才會爬回床上。但他的手沒有那麼長，摸不到燈繩。要是硬跑，一下就會被尸體箍住，死路一條。只能站到哪裏，跟尸體對望，才可保命。」

除了怕詐尸，也有別的恐怖。我親眼看見太公被裝進棺材，吹吹打打，搞了很多儀式。我當時茫然望著屋外，看見猪圈裏那對胖猪，突然想，如果它們死了，我們不是煮來吃，而是也給它的猪臉蓋上一塊紅布，給它發喪，給它燒紙，給它吹嗩吶，爲它裝殮、跪拜、啼哭、埋葬，甚至把它的遺容挂上墻頭，想想也蠻可怕的。如果停電，媽媽也會嚇得丟下兒女，落荒而逃吧。

爸爸在城南，總是不經常來。每天晚上，我和妹妹就要商量，今天誰跟媽媽睡一頭，最後達成的協議是，輪流。她大概是從沒想過我那些問題吧，因爲她從未失眠過，在十幾年後，一個春天的夜晚，皎潔的月亮鋪在我家灰頭土臉的破厨房上，我從媽媽手上接過一碗熬好的石木耳，黑色的藥水泛著漣漪，差點要溢出碗沿。我聞著它濃郁的餿臭味，咬著牙，一口氣灌進肚子。妹妹仰著頭，迎著月光，很同情地望著我：「爲什麽睏不著呢？你就死勁睏囉。」讓我哭笑不得，這他媽的怎麽使勁？

在冬天，我們大多時候依舊挂著蚊帳，外面寒氣凜冽，躲在裏面，似乎就神秘而溫暖了，其實可能是錯覺，至少是差不多冷的。有時候睡得迷迷糊糊，突然身上一寒，溫暖的被窩已被掀開，我一驚，本能往屁股下一摸，一片濕凉。媽媽一邊絮絮叨叨咒罵著天地，一邊撤下床單。在黃色的白熾燈下，我瑟縮在冬夜的寒氣裏，只盼她趕緊把床單換好，能重新睡覺，什麽想法都沒有。有些時候尿得不多，床單上濕地面積不算大，媽媽也就敷衍塞責，翻出一件舊衣服，覆蓋上那塊尿漬，繼續睡覺。

在蚊帳中，我思考過很多亂七八糟的問題，比如：我們不滿意某個人，爲什麽想打他呢？打在身上，爲什麽就會疼呢？把人家弄疼，自己就覺得高興，這又是一種什麼心態？許多看上去理所當然的事，細想起來總不那麼理所當然。就像死勁盯著一個漢字看，漸漸就會懷疑，自己是否認識這個字一樣。

那是一種粗糲的生活，只是回憶起來，粗糲總會被下意識過濾，以一種溫馨的狀態呈現。在後來的歲月裏，有時候睡夢中，會出現那個破屋子裏的溫暖燈光，以至於我現在認爲最溫馨的生活場景，就是在一個下著雨的早晨，外面灰濛濛的，門窗緊閉，簾幕低垂，我打開電燈，坐在溫暖的被窩裏看書，或者經典的電影。

十八　游泳

　　夏季到了，有一天中午，天氣晴朗，萬里無雲，差等生應新生說：「走不？到壕溝去游泳哦。」

　　幾乎所有的人都響應：「去哦。」

　　壕溝在江西印刷廠的西牆外，離我們學校不遠，早先是南昌城的城壕，後來填塞了一部分，剩下的就像一條狹長的池塘，大約有幾百米長，二三十米寬。壕溝旁還殘留著一座高高的土堆，是早先埋人的地方。那附近的地貌變遷，我媽媽最有發言權。她親眼看見一座豪華的墳墓被民工挖開，說：「棺材不曉得幾大，木頭嶄新，一點都沒壞。裏面睏了兩個人，是一對夫妻，穿著戲臺上的衣裳，肉色鮮紅鮮紅，跟活的一樣哦……都說是南京人，在南昌做過官的……手上戴了好幾隻金戒指，一隻起碼二兩重。那些民工跟強盜賊樣的，拿他們身上的金銀財寶全部扒下來，死人就拋到了壕溝。」

　　我們成群結隊，向壕溝走去。沒有走大道，而是從公路管理局的圍牆，翻越到印刷廠內，這樣可以節省很多路途。也沒有什麼游泳褲，把藍色短褲一扒，個個一絲不挂，面對一片浩蕩的水，就像公鷄見到了母鷄，興奮得不得了，一脚跳了進去。

　　小龍不會游泳，這倒也正常，城裏很難找到池塘，一般人沒機會學。離金塔街西部不遠的撫河，倒是不錯，偶爾有一些金塔街的人跑去游泳，但撫河面上貌似平靜，底下却暗流洶涌。河面上浮著很多竹排，幾個大的竹排，都固定在河面，上面還搭建了竹製的房屋，完全一副居家架勢。有些人游著游著，手腳一陣酸麻，就被暗流拉到了竹排底下，頭蓋骨把竹排碰得砰砰響，沒有用，只有變成水鬼一途。

　　因爲用自來水太貴，也不方便，媽媽很喜歡去撫河洗衣服，她把河邊稱爲「河下」。有一天我放學回家，她有氣無力，一副霜打了的茄子模樣，說：「崽啊，你差點子就沒有娘了哦。」我嚇了一跳，說：「怎麽啦？」她說：「今日我到河下去洗衣服，從竹排上跌下去了，還好，我一隻手扒到了竹排。」

　　我想安慰她幾句，却不知道怎麽說，我不懂得怎麽表達溫情，這是天性，總覺得表達起來有點肉麻。儘管表面顯得很冷酷，心裏確實是很害怕的，我無法想像沒有媽的慘狀。她有點不高興：「你一句話都沒有啊？生了你這樣的崽，等於沒有哦。」

　　看起來她似乎嚇破了膽，但這是錯覺。過了不久，她又故態復萌，頻繁去河邊洗衣服了。

　　我的游泳則是在城南學會的，城南沒有自來水，喝水得去井裏打，井很深，相當不便。鄉下人都是去池塘洗澡，沒有人不會游泳。爲了學會游泳，我差點被淹死兩次。

　　小龍蜷縮在離岸邊不遠的水裏，不停練習狗刨。我也盡情施展自己淺薄的泳技，却不敢橫渡，怕游到中間體力不支，或者腿腳抽筋。應新生一個猛子扎進水底，一會兒露出水面，舉起手，大叫：「看我撈到了什麼？」我哈哈大笑：「肯定是死人骨頭。」他火燙似的將那節骨頭甩了出去，正砸中蔣老師的兒子小黃的腦袋。小黃尖叫一聲，破口大罵：「我戳大你娘。」

忽從土山後竄出一群少年，領頭的對著我們大叫：「上來上來上來，哪個叫你們跑到這裏玩水的？」另一個少年卷起應新生的衣服，作勢欲扔：「不聽話，就拋到水裏去。」

我們趕緊連滾帶爬上岸，湊近一看，我感覺那夥少年大多面熟，應該都是金順大隊菜農家的。領頭的名叫大板，長著一對大板牙，還是我媽媽乾娘的兒子，他顯然認識我，也認識小龍，朝我們倆一揮手，說：「你們兩隻人可以走，剩下的，都給我站到，不准動。」

我瑟縮地穿上衣服，小龍雖然個子大，也沒敢理論，悶頭套上短褲。我們慚愧地看了看應新生等人一眼，想說兩句輕鬆的話，卻實在不知道怎麼開口，只好默然離開。走了兩三百米，我說：「小龍，就這樣走，有點不够朋友哦，要不，我們就站到這裏等他們？」他表示同意。我們停下來，爬上菜地的畦隴，遙遙張望。我望見他們似乎在交涉什麼，到底是什麼，也實在猜不到。我看見小黃似乎跪下了，但又不確定。過了大約十幾分鐘，他們好像都獲得了自由，五六個人絡繹而回，小黃走在最前面，一臉沮喪，其他幾個人也好不了哪裏去。我硬著頭皮迎上去問候：「沒有什麼事吧。」

他們低著頭，誰也不理我。我和小龍對望了一下，跟著他們往學校走。走了約莫幾十米，突然小黃叫了起來：「是你先叫他爸爸的，是你。」他指著差等生應新生。

應新生惱羞成怒：「放你娘的紫花屁，分明是你先叫的⋯⋯」

優等生小嚴也指著小黃：「就是你先叫的，還賴別人，你要不要臉？」

小黃又馬上換了息事寧人的語氣：「算了算了，你們公路管理局的人多，我說不過你們。不管怎樣，我們都叫了。」

我忍不住笑了起來，仿佛剛才的內疚都跑到爪哇國去了。應新生轉過頭面對我，憤怒地呵斥：「你笑什麼笑，肯定是你們金順村的小流氓，要不怎麼會只放你們兩個人走？你們這些死鄉巴佬，當真太他娘的無聊，太他娘的不要臉了。連卵毛都沒長出一根，你們就那麼想做爸爸？！啊？！」

十九　小柳

　　有一天晚上，外公突然宣布：「吃了飯，大家一起去工人文化宮看電影哦。」那個時代，有電影看，是一件讓人無比興奮的事，而且突然宣布，更讓人驚喜。但這不是外公的本事，電影票是小柳帶來的。

　　小柳是我的大姨夫，個子矮小，其貌不揚，不過，這并沒有妨礙他最後把我大姨娶走，因爲他是工人。我們有個鄰居，他家是收廢品的，似乎大門從來不開，門前永遠堆滿了廢品。全家出入，都走小門。他家有三個女兒，其中老三和小姨年齡相仿，常來找小姨玩。她的綽號叫「三釘頭」，我也不知道爲什麼有這個綽號，她的頭蓋骨倒真是挺尖，從側面看，說它像顆釘子倒也貼切。那時一臉青春痘，也沒多少姿色。穿著長裙，坐在交椅上，低下尖尖的頭蓋骨，開始聊男人。

　　「你找了個省建（江西省建築公司）的，幾好。出國回來，可以帶八大件。」我的小姨用一種吹捧的語氣對她說，不過顯然不够誠實，因爲從她的語氣中，聽不出什麼艷羨。我也不知道小姨一天到晚在想什麼，她本來和我一起上下學，我上一年級，她上五年級。我下課早，就會到她的教室門口去等她。教室裏齊刷刷坐著一群大人，個個都像該結婚的樣子。後來我自己上了五年級，才發現這是一種錯覺，在更小的人眼裏，比他們大上四五歲的人就仿佛大得可以結婚了。第二年，小姨小學畢業，就輟了學，順理成章去生產隊種菜。她的輟學不存在重男輕女、貧困交加等外在因素，只是純粹的讀不進書。於是從二年級起，我只好獨自一人上下學。

小姨這時還青春正茂，我不知道她到底多大，在我眼裏，她永遠都處在該結婚的年齡。兩年後，她被一個長得有些姿色的臨時工騙走了，她和他租了個房子，過著冷暖自知的生活。她打胎，結婚，挨揍，打胎，挨揍，離婚，外公開始很生氣，最後還是淡然接受了這些現實，他又不是鄉紳，講不了也不懂得那麼多排場。我那位曾經的小姨夫不是善茬，外公雖然經常對著自己的兒女們發酒瘋，在小姨夫的流氓氣面前，却一籌莫展。

扯遠了。面對小姨的吹捧，三釘頭照單全收：「那是哦，他要不是省建的工人，吃商品糧，哪個會找他哦。」她的表情驕傲而自豪。

三釘頭的選擇，也是我大姨的選擇。對女人來說，嫁人是上天賜予她們的改命機會。就連我的媽媽，也是看中了我爸爸有文化。他說話會用「畢竟」「精緻」這類詞，上衣口袋裏永遠別著一支鋼筆，手指肚長年浸染著批改作業的紅墨水，這些，對於我的文盲媽媽來說，都有莫大的吸引力，連這人擁有作田的農村戶口都顧不得了。

我們拿著小柳的電影票，集體去了工人文化宮。我不知道小柳爲什麼有那麼多電影票，後來才知道，是廠裏發的票，他從同事們手裏要來的。但工人一樣愛看電影，爲什麼會給他？

謎底很快就揭曉了。

一家人到了電影院，坐定，電影不久就開演了。第一束燈光打到銀幕上時，我們本能進入了節日狀態。銀幕、電影院這種設備，具備將人立刻拖入幻魅狀態的能力。

但看著看著，我有些不安了。銀幕上沒有展示別的，只有一個接一個的老頭魚貫而上，個個穿著筆挺的中山裝，油光滿面，樂呵呵的，雙手握著一個大信封樣的東西。他們走到臺上一個郵箱似的玩意跟前，煞有介事地將大信封樣的東西投進去。後來我才知道，他們在投票、選舉。他們一個接一個地投，沒完沒了。起初我還以爲，他們總會投完，接下來就會放一場好看的打仗電影，却沒想到，這些胖老頭們根本沒有停下來的意思，銀幕上閃爍著走不完的胖老頭，扔不完的信封。我忍無可忍，終於眼皮耷拉，進入了夢鄉。

朦朧蘇醒後，我發現自己已經趴在二舅的肩上，一會高一會低，在井岡山大道上移動。突然二舅驚呼了一聲：「那車上有豬肉跌下來了，去撿哦。」

沒多久，二舅等人就站在一大塊冷凍的豬肉面前，那是半片豬，硬邦邦地躺在馬路上，上面還蓋著青色和紅色的圓印章。這時人群蜂擁而至，把豬肉圍了個水泄不通。小柳說：「是前面那隻卡車上跌下來的，不要搶哦，肉聯廠會報案的，哪個搶回去都要坐牢的。」

第二天，全家人都嘲笑小柳，外公說：「硬是一個沒卵用的人，那也叫電影？我還說呢，同事怎麼會把電影票都給他，原來都是人家不看的，當垃圾一樣塞給他。」

大姨有些不服氣：「你們這些種菜的，連這樣的電影票也不會發哦，你們起什麼勁？」

說歸說，不久以後，大姨還是幸福地成了工人小柳的老婆。不過沒有房子，暫時租住外公所在的村裏。我去過大姨的新家，是一間院子裏搭的違章建築。我看見大姨滿面塵灰，彎著腰站在門口燒飯，用的是一口煤油爐，很讓我新鮮。我蹲下來，認真看了一會，又跑到旁邊的菜地裏去玩了。

後來有一段時間，外公經常去找小柳談話，請小柳不要打大姨。他說：「我屋裏愛珍是農村戶口，你開始又不是不曉得，有哪個騙了你啊？你也不過是隻普通工人，長得又矮，有什麼了不起哦？你以爲你是當官的？我屋裏愛珍如果不是農村戶口，不一定會嫁你哦。」

小柳就悶著頭不說話，三句才答一句：「上一日班回來，累得死，開水都沒一口。不打不得乖哦，哪個屋裏有這樣的女人不駄打哦？」

外公這下怒了：「我吐痰給你洗臉哎，你老婆坐在屋裏吃你的喝你的？你一個小工人，那點工資養得起老婆不？要是養得起老婆，以後你老婆不拿飯給你端到床上，我都會幫你打哦。你有本事，還租房子住？你怎麼不叫工廠分你一套房子？」

小柳是個很有修養的人，他不跟老丈人正面衝突，答應會改。

大姨長得高高大大，白白淨淨，跟我的矮子鬼媽媽相比，她真的很像個知識分子，就是缺個眼鏡。她一向時髦，喜歡抹雪花膏。媽媽有一次背地議論：「愛珍啊，她好摳的，參加工作後，一分錢都不交，偷偷存起來當嫁妝，她才會活命（生活）哦。」我爸爸在旁聽到，就插一句：「哪個女人不這樣嘛？都跟你這樣，帶著一隊紅衛兵去家裏挖金子，那不要完蛋？」媽媽訕訕地說：「我那時又不懂事，響應毛主席號召吵……」鐵公鷄爸爸一點不留情面，咬牙切齒地說：「人家都不響應，就你響應，扇（傻）絕了滅。」

有一天傍晚，我又聽見外公在院子裏罵：「有什麼了不起哦，屋裏也是鄉下的，比我們還鄉。老子種菜的，總比他屋裏作田的好。」

媽媽給我做了箋注：「愛珍又被小柳打了。」我睜大天真無邪的眼睛：「爲什麼要打大姨？」

爸爸在一旁接嘴：「肯定有原因，你們劉家生女兒，就是爲了嫁出去害人的。」

媽媽怒了：「我怎麼害人了？你好了不起，一個民辦教師，雙搶時還要下田，農哥哥，說出去，你還配不上老子。」

爸爸說：「老子要不是民辦教師，還會找你？一個盡料的扇頭（傻瓜）。你屋裏愛珍肯定也是這樣，你沒聽她那房東說啊，『好別有人謀，臭別挂上樓』，會馱老公打的，都不是什麼好別。」

媽媽聽了這句明顯涉嫌侮辱女性的諺語，倒也沒顯出絲毫不適，只是提出一個細節上的問題進行商榷：「我屋裏愛珍會差啊？配不上他高小柳啊？又矮又醜，一節冬瓜。」

爸爸說：「可人家是工人，吃商品糧，找了個農村戶口的，這個農村戶口的還不願做飯洗衣，人家心裏能不委屈？」

媽媽說：「委屈？什麼委屈，不要跟老子來這套。那節矮冬瓜，找得到工人當老婆，還會找我屋裏愛珍？」她到底還是承認小柳的優勢。

小柳還是有能耐，我爸爸說他很「調」，很「滑稽」[1]，沒多久，他就帶著大姨離開了租住屋，在廠裏分到了一間屋子。

有一個冬天，媽媽對我皴黑的脖子實在看不下去了，按她的說法是「結了殼」，光換襯衫已經無法滿足她潔癖的需要。她給了我五角錢，讓我帶著襯衣，到中山路附近的公共澡堂去洗一個澡。爲了誘發我的熱情，她還聲明，洗一個澡只要花兩角錢，剩下的歸我。

誰受得了這誘惑？要知道，那時看一場電影只要一毛五，買包糖豆子不過四分啊。於是我腋下夾著冰凉的襯衣，按照媽媽指點的路綫，在黑魈魈的街道上，開始了尋找澡堂之旅。然而，我來來回回，却怎麼也找不著媽媽所說的澡堂。

我氣咻咻地回家，說：「哪有澡堂嘛，根本沒有。」

「上面寫著『肉室』的？」媽媽說，「不可能沒有。」

我說：「也沒看到什麼肉室？害我白跑一趟。」心裏納悶，爲什麼把澡堂叫「肉室」，也太難聽了。但也好理解，洗澡要脫光，澡堂裏到處是全身赤裸的肉體。

媽媽也很奇怪，但也沒奈何。過了幾天，小柳一家來外公家了，媽媽隨口提到讓我去浴室洗澡的事，小柳說：「洗澡還要花錢啊，扯卵蛋哦。走，跟我去廠裏洗，一點都不冷。」

媽媽喜出望外，當即去櫥櫃裏翻出我的衣服。在小柳的

1　南昌方言：「調（tiáo）」和「滑稽」都指會爲人處世，能混。

帶領下，我高高興興來到了江西化纖廠，等到被姨父帶到澡堂門前，看到上面寫的「浴室」兩個字時，我傻了眼，原來所謂「肉室」的「肉」，是這個「浴」（南昌話「肉」和「浴」讀音相同）。

在充滿蒸汽的浴室裏洗澡，真是無比舒服，無可形容。那天，我足足搓下了一斤垢甲，整個人爲之面貌一新，心裏慨嘆：當工人，真的是太好了！

洗完澡後，姨父又帶我去吃了一頓好吃的，還特別叮囑：「以後要洗澡就來找我。」

於是我想，小柳人家其實也不是壞人，儘管他會打大姨。

初中的時候，有一天放學，我經過村辦塑料廠，看見白嫩的大姨坐在廠門口，認真細緻地剪塑料瓶蓋子。我走過去「哎」了一聲，算是打招呼。她神情蕭索，看起來似乎過得不好。好在不久之後，我經過塑料廠，就再也看不到她了。因爲金順村賣地，得到很多招工名額，大姨竟獲得一個絕好的指標，進了鐵路系統。從此，我再也沒聽說過她挨打的消息。

一個大年初二的日子，按照南昌風俗，女兒和郎回門的日子，我們又齊聚在外婆家，外公說起過去的事，小高毫不掩飾：「她現在掙得比我多，我打她做什麼？你看，這些都是專門給你到鐵路醫院開的，不要錢的。」從包裏撥拉出一堆藥，有氟哌酸，有嚴迪，還有一些叫不出名字的藥品，看包裝就知道價格不菲。

二十　大舅和二舅

　　大舅是外婆第二個孩子，有幸被招工，成爲公交公司的工人，每月能領回一個牛皮紙的工資袋，上面有個表格，詳細寫明工資構成。看得我很驚嘆，有些人的人生竟會如此精緻，連發個薪水都這麼多講究。我媽媽每個月領薪水，就沒有工資袋，她甚至都沒資格叫工資，只說「guānxiǎng」。我上到五年級，都不知道「guānxiǎng」是哪兩個字，那肯定是很土的土話，後來我才知道，應該寫作「關餉」，也并不太土。當然，確實沒有「工資」洋氣。

　　但我大舅辜負了這樣一份堂堂的工作，竟然娶不到一個城市戶口的老婆，因此工資袋要按月如數交到一個鄉下女人手裏。我曾見到大舅母屬聲訊問：「這隻月怎麼少了兩塊錢？什麼，單位死了人湊份子。你這隻鬼樣子，從來沒帶過一個人回來，你還有朋友啊？我看你是策謊打騙哦。也好，你這隻月就少吃二兩酒，烟也不要吃壯麗了，吃廬山。」壯麗烟，每包價格四毛一；廬山，二毛五，如果一個月吃十包，他倒是可以省下一塊六，但他的烟癮也沒這麼大。

　　其實大舅也談過一個不那麼鄉的女友，不過我沒有機會親見，只記得我有一件毛衣，胸前一邊一個，綉著我的名字，就是那個女子打的。但後來不知怎麼分了，而且那女子似乎曾經懷過孕，我的神經病二姨每次跟大舅吵架，都會揭露他這樁罪行：「強奸的，生葡萄胎的。」結婚前，大舅往往落荒而逃；結婚後，大舅母沖出來，一把揪住二姨的頭髮，啪啪就是兩個響亮的耳光：「你說什麼？你這張臭嘴，比茅坑裏的石頭都臭，你再說一聲看看。」二姨叫道：「我怕你啊，你以爲我不敢，強奸的，生葡萄胎的。」啪啪啪啪啪啪啪啪，這回的耳光可就爭先恐後。頭髮被捏在大舅母手中，二姨只好像猴子一樣轉圈，雙手亂抓，却休想抓到大舅母一根毫毛。她哭得撕心裂肺，從此再也不敢披露家醜。

大舅喜歡喝酒，但見不得三光，老叫我幫他去對面雜貨店買酒，二兩二兩地買，也不頻繁，幾天一次。我總會偷偷喝第一口，一種奇怪的舌頭刺激感，讓我樂此不疲。除非解大便，他甚至不願意到外面去上公共廁所，若要小便，就闖進厨房，對著攪煤灰的盆子一陣激射。等煤炭被糊上煤爐，整個屋子都洋溢著濃烈的尿液氣息，全家人都被迫吸過他的尿分子。年輕時代，外公曾當過皮鞋店經理，收藏了幾十雙民國時代的老式皮鞋，大舅覺得醜陋，忍無可忍，趁外公不在家的某日，一根扁擔挑到菜地裏，打個坑埋掉了；他還曾經撬開我家的房門，偷走我媽買的花瓶，因爲我媽不肯賣給他。在外婆的干涉下，他賠了錢，但過一段時間，覺得花瓶也不是那麼好看，又還給了我媽。他生錯了人家，成爲了一個盜版《世說新語》裏的人物，因此，只能娶個說話土氣的農村老婆。

我的二舅不怎麼幸運，他沒有獲得招工，輟學後，順理成章成了一名青年菜農。如果他出身在一個好的家庭，也許不是這樣的命運。曾經有一天，外婆正在生產隊的菜地裏揮鋤刨土，上小學的二舅突然從遠處跌跌撞撞跑來，背負著冉冉升起的朝陽，一臉狼狽。他越奔越近，額頭上滿是汗水，但沒心思擦，嘴裏只吐出四個音節：我——要——鉛——筆。外婆摸摸褲袋，分文皆無，眼睜睜看著二舅一骨碌躺倒在地頭，哭嚷喊叫：「我——要——鉛——筆，我——要——鉛——筆。」

對二舅的印象還有一個很慚愧的場景。一個早晨，大約九點多鐘的光景，我坐在兒童坐的一個木器具中，二舅突然回來了，嘴裏啃著一個渾身滾滿芝麻的餅子。他依著門框，啃著啃著，忽然發現二三歲的我正眼饞地盯著他，遲疑了一下，將最後的一片月牙伸過來，說：「吃。」我咬了一口，太香了。我不知道當時二舅眼中的我是什麼形象，但我知道現在的我，如果看到一個二三歲的孩子睜著兩隻饞眼望著我，心池一定會蕩滿漣漪。

二舅的老婆，出身於南昌鄉下一個偏遠村莊，却是村支書家庭，家境好，長相身材都有中上之姿，還擅長綉花。估計做姑娘時，也是父母的掌上明珠。我爸爸常評價：「她的爺啊，不曉得幾會拍馬屁，經常提一些脫大（巨大）的魚，跑到南昌來送各個領導。」他比劃了一個一米五六的長度，可怕，我真沒見過這麼大的魚。那是八十年代初期，大家的欲壑都不太深，魚也算好菜，也算奢侈品，又達到了這個尺寸，應該還是送得出手的。

如果她不是農村戶口，又生在偏遠鄉村，我敢說她絕不會嫁給我二舅。二舅是忠厚人，沒有小舅那麼會來事。我想，小舅應該是看不起他兩個哥哥的，他要娶就必須娶城裏人。當然，他起點本來就比兩個哥哥高，媽媽說：「你小舅舅的戶口，本來就不在爺娘名下，他過繼給了天燈下（地名）二瑪瑪哦。」這個原籍南昌崗上村的窮苦家族，在抗日戰爭的末期，幾乎像蟑螂一樣傾巢而出，爬到南昌市來討生活，最後混成了不同階級，但親屬間的稱呼自有一套體系，和爺爺同輩的配偶，都稱爲「瑪瑪」（普通話叫「奶奶」）。而那位我從未見過的二瑪瑪，顯然擁有城市戶口。

作爲大廠職工的小舅，爲了婚姻成功，還曾費過一番腦筋。因爲他不想讓女朋友的爸爸知道自家是菜農。婚前的幾個月，准岳父來參觀新房，小舅事先把我們都召集起來，嚴肅叮囑：「千萬不要提到外公是種菜的，要說是工人。」我們的頭點得像雞啄米似的，但這種事，又能瞞多久？

二十一　老姜的女兒

　　我和妹妹趴上窗臺向老姜屋裏窺視，那是一個初春的早晨，我看見兩個小女孩坐在爐旁炙火，一個烏黑的鋁水壺在她們面前冒著絲絲白氣。她們都長得貌美如花，比我的同桌小紅還要漂亮，至少在我看來是這樣。她們對我們笑了笑，我妹妹也咧嘴一笑，輕輕地隔著窗戶喊：「你們叫什麼名字呀？」這樣大家就認識了。

　　老姜是外公家的租戶。我的舅舅們日漸長大成人了，必須得給他們準備房子，外公於是在院內空曠地帶造了三間平房，但在舅舅找到配偶之前，平房還派不上用場，於是，房子先租給了老姜。

　　老姜有四女三男，次女較醜，其他三個都頗有姿色。我們看到的，是最小的兩個。在老姜三個兒子中，值得一提的老二，他大約二十來歲，一身肌肉，孔武有力，吃飽了飯，喜歡使勁捶打自己的胸脯，咚咚有聲：「再來幾碗，不夠吃哦。」大多時間坐在院子裏，製造火藥槍，全神貫注。材料主要是自行車鋼輻條。我時常看見他實驗新產品，對著人啪啪開槍。好在只有聲音，沒有子彈，否則人不夠他殺的。有一天清晨，朝陽初上，他蹲在馬路邊刷牙，突然嘎嘣一聲將塑料牙刷攔腰咬斷，旋即摔倒。嘴角兩邊，一群白沫你推我擠，蜂擁而出，好像吞了一袋洗衣粉。接著四肢抽搐，眼睛翻白，又仿佛挨了一電棍。他發出羊一樣的顫鳴，我差點以爲，《西游記》裏的妖怪真的出現了。

很快他又平靜下來，揉揉手上被砂礫磕出的傷痕，像一隻剛從蛋殼裏孵出的小鷄，滿臉茫然地看著嶄新的世界。但老姜一家人已經跑出來，七手八脚將他拉回屋裏，臉上仿佛有些慚愧。

我也沒當回事，看起來，只要不發病，他就和常人一樣。但後來發生的一件事，證明我的想法太天真了。有一次，我和妹妹又爲誰做飯的事吵了起來，最後我踢了她一脚。這在很多家庭是常有的事，大魚吃小魚，小魚吃蝦米。這時癲癇過來了，他捏住我的兩條胳膊，像捏住一個布娃娃，往空中一扔，一陣急促的翱翔後，我撲在地上，感覺渾身的零件滾成一團，叮噹作響。腦子裏顛三倒四，分不清現實還是夢幻。隨即痛感退隱，麻木上臺，四肢毫無知覺。我輕輕太息了一聲，靜臥不動。過了一會，疼痛回歸，才感覺好受了一點，但我依舊沒有吸取教訓，破口大罵：「猪婆癲，我戳大你娘，關你什麼事？」

癲癇沒有說話，一個衝刺跑過來，再次捏住我往空中一扔，這回我飛得更高，摔得更重。我趴在地上良久，才感覺體內零件逐漸複位，血管恢復暢通，生命逝而複返，這是何等珍貴？我含淚望著那個癲癇病患者，恐懼像水一樣滲透全身。過了大約十分鐘，我默默爬起，揮揮灰塵，擦擦鼻血，背上書包就走，再也沒敢說一個字。不過我有點不長記性，有一次不知爲什麼又得罪了癲癇，他一個魚躍，火藥槍凌空砸在我頭上，我一陣劇痛，手本能朝劇痛處摸去，只摸到一片黏黏的鮮紅。我媽媽回家看到，戰戰兢兢去找他媽媽論理，那個婆娘還好，對著癲癇呼天號地：「路斃[1]啊，路斃哎，你怎麼這樣惡，這樣扇哦？」癲癇是個孝子，一言不發。我收到了賠付的醫藥費，也收到了永恒的恐懼。

我對老姜的印象蠻好，他大約五十多，有顆大金牙，烟不離手，酒不離口，喝得微醺，就給我們講故事。兩個漂亮女兒隨侍身邊，引得我總是不離不弃。有一天他說：「晚上有相聲節目，我去主任屋裏把電視機借來，讓你們看一夜。」

這真是一個好消息，但我不知道電視機到底是什麼東西。夜幕降臨，我、妹妹和姜氏兩個小女崽在外瘋跑，玩躲迷藏，同時等待電視機搬來的消息。大點的女崽向我解釋：「電視機跟電影一樣，就是小一些，放在屋裏，拉開天綫就可以看，不花錢。」我又問：「什麼是相聲？」她說：「就是兩隻人在臺上說話，你說一句，我說一句，說得很好笑，很好笑很好笑，笑得合不攏嘴。」

總算等到老姜回來，他一臉沮喪：「主任不同意，說搬來搬去會跌壞。」他尷尬地對我外公一笑，「戳大她娘，買電視機的錢，我出了大頭，變成她的了。」看來頗有隱情，不過隨即他自己坦白了，「還不是看我沒戶口。」

他是以翻砂爲業的，有一天我在他屋子裏看到一大堆秤砣，原來翻砂就是鑄造秤砣啊。可是一根秤也就只要一個砣，又是鐵鑄的，只怕人死了幾代，秤砣還康健如初。這樣的工

1　路斃：南昌常用的罵人話，字面意思是路上倒斃。

作，怎麼可能掙錢？還能掙到買電視機的巨款？那個神秘的
主任，又到底是什麼人？這一切都很神奇。

有一天，大女崽說：「夜晚我們要去主任屋裏看電視，
你去不？」我當然滿口答應。於是吃過晚飯，我們又到大街
上瘋跑，旁邊館子店的收音機裏，飄出一陣高亢的女聲，說
是以江青爲首的反革命集團四人幫得到審判了。江青我知道，
是毛主席的老婆。毛主席那麼偉大，怎麼連他的老婆都反黨？
我覺得很奇怪，但也沒能力深想。我們圍著馬路邊上停著的
汽車捉迷藏，地面濕黑，玩了好一會，姜家大女崽說：「到
時間了，出發，去看電視。」

這回終於看到了神秘的電視和神秘的主任。主任是一個
肥胖的老太婆，看上去慈眉善目。她把電視機布套揭開，現
出一個方方正正的箱子，嵌著乳白色的屏幕。又從頂上一拉，
拉出一根閃亮的金屬桿。隨即擰開電源，啪的一聲，屏幕上
突然人影閃爍，但歪歪扭扭，好像木頭扭曲的紋理；她把天
綫挪來挪去，等人影終於站直，才回到座位。解說詞在介紹
一個人物的生平，這個人名叫劉少奇，他很早就參加了革命，
爲中國人民的解放事業嘔心瀝血，但最後死得好慘，火化時
連名字都不能用真的。那天晚上，沒有別的節目，就這個東西，
播了一遍又一遍，我們却依舊看得津津有味。最後就連這個
節目也不播了，熒屏上用「再見」二字跟我們告別時，隨即
滿是雪花點，刺拉刺拉放出雜音，我偷偷摸了摸熒屏，冰涼
冰涼，內心充滿歡喜。

有一天，我媽媽對老姜老婆說：「你兩隻女都這麼大了，
怎麼不上學堂呢？」

　　那時我已經念四年級，老姜的大女崽比我還大一歲，却沒念過書。小女崽比我妹妹大一歲，也不識字。老姜老婆慨嘆：「上不了哦，她們都沒有戶口哦。」

　　爲什麽沒有戶口？我至今也想不明白，看來世上還有比我慘的人，根本就沒有戶口，連學都上不了。媽媽很熱心，她有一個生產隊的姐妹，綽號叫「極綠婆子」，因爲高小畢業，被挑到金順小學教書，媽媽找到她，沒過多久，兩姐妹同時去了我的母校，開始念一年級。

　　她們很好學，總讓我出數學題給她們做。大女崽認了字，突然發現世界是如此的豐富多彩，她沉浸在各種文字的海洋中，《故事會》《兒童文學》《少年文藝》，再也不肯浮上來透一口氣。那些從小認字的人，估計很難有她那種跌宕的感受。

　　一個春天的晚上，老姜和我外公在一塊喝酒，突然吵了起來。外公眯著眼睛，嘴角噴著白沫，好像夢游：「老姜，你不要不曉得好歹，要不是我爺死得早，也空不出房間給你住，多少要加幾塊哦。」老姜說：「閻王啊，你這隻人也太貪了，去年才加了兩塊，今年又加，你得了錢癆是不？」外公立刻睜開眼，指出老姜是放屁：「我貪？現在什麽東西不漲價，你嫌貴就給老子滾。」老姜大叫：「你的事，這鄰鄰舍舍哪個不曉得，你爺就是活活在床上渴死的，你怕他拖累你，巴不得他死，還叫不貪？」外公說：「你放狗屁，老子用笤帚給你搽幾把臉，你明日清早就跟我滾。」舅舅們在旁邊聽到，忍俊不禁。外公大怒，乾脆站了起來，由於背駝，像一隻瘋龍蝦似的在院子裏跳跟：「你們笑什麽笑，天上跌錢下來，還要起早哦，像你們這樣，吃屎去哦，你們哪點能比得上老子？啊。」手臂像坦克的炮塔那樣旋轉一圈，表示面面俱到。舅舅們竊笑：「閻王又吃醉了，在院子裏發扇哦。」

我有點難過，因爲我捨不得老姜的女兒搬走。有她們在，生活是多麼豐富多彩。我們在一起玩過許多游戲。我們偷隔壁老朱家的木棍，削成紅纓槍打鬥。大的那個，很喜歡學戲劇裏的男人，躺在地上叫冤，腦袋像呼啦圈那樣晃，仿佛頭上有根無形的辮子；小的那個，雖沒有這麼活潑。但都很好玩，我捨不得她們。

第二天，我一早就爬起來，免得錯過了時間，都沒機會跟她們告別。天才濛濛亮，街上沒有幾個人，媽媽很奇怪：「你這麼早爬起來做什麼？有病啊。」然後和外婆推著板車，上工去了。

我一直等到上學，也沒發現老姜有什麼搬家的迹象，只好忐忑地走了。人坐在課堂上，不斷想像待會回家，已經人去樓空。誰知中午一進門，見外公和老姜面對面喝得正歡。原來老姜還是屈服了。「老姜有錢」，外公事後談起這件事，又說了一句哲理，「很多人跟牙膏一樣，不是沒錢，是你沒擠，一擠就出來了。」

老姜喝了酒會打老婆，打得老婆嗷嗷怪叫，終於有一天，猪婆癲提起菜刀沖過去，一刀劈在老姜頭頂上。只聽見哢嚓頭骨碎裂的聲音，老姜像挨了一鐵錘的牛，捂著腦袋蜷縮在墻角，慢慢滑倒在地。癲癇病踏前一步，想要補刀，徹底結果老姜的性命，却被老姜老婆抱住。老姜老婆哭喊道：「路斃啊，爺都能砍啊？趕快送醫院哦，天哪，趕快哦。」猪婆癲悻悻收起刀：「今日饒你一命。」好像在背影視臺詞。我像頭驚鹿一樣跑開，意識到當初只被他扔了兩下，敲了一下，算是萬幸。

第二天，老姜頭上纏了一圈紗布，像電影裏的傷兵，坐在樹下喝茶，很濃的茶，邊喝邊出神。我問：「你怎麼不吃酒了？」老姜搖搖頭，嘆口氣，不回答。我又說：「你怎麼愁眉苦臉嘛？」老姜仰臉望望頭頂上瑟瑟作響的梧桐樹葉，指著自己的太陽穴，說：「風一吹，我的頭就一獵一獵的痛哦。」我同情地看著他，他的兩個女兒則望著地上的泥巴發呆。

那天早上，正好是星期日，我正在睡懶覺，媽媽突然跑進來，叫道：「嘎要死，老姜自殺了，快去看哦。」我蹦起來，沖到院子裏，看見二舅正在大叫：「走，趕快跟我去叫救護車。」我跟在他背後，往第三醫院跑。第三醫院很近，大約只有一公里，我們氣喘吁吁跑進急診室，看見一個護士正站在檯子後面。二舅上前喊道：「救……護車，救護……車，我們那裏……有隻人……自殺了。」上氣不接下氣。護士呵斥道：「叫什麼叫，這裏不准喧嘩。」二舅嚷道：「人命……關天哦，我要……急救車，頭上有燈……會閃的……那種車。」他彎下腰，兩手分別撐住各自那邊的膝蓋。護士不耐煩地擺擺手：「去去去，哪有什麼急救車，我看你是電影看多了哦。」

二舅蹲在地上，等他喘勻了氣，我們沮喪地回來，看見老姜已經被抬到門板上，攤在他平常坐著喝酒的位置，頭朝門，腳朝裏。頭頂上一個血孔，還在淅淅瀝瀝地滴血。老姜老婆坐在一邊嚶嚶哭泣：「我昨日夜晚就覺得他有點子不對哦，但沒想那麼多，鬼曉得他會想不開哦。」

老姜是暮春死的，季節很快轉爲夏天，家家戶戶都把竹床搬到人行道上睡覺。一個陌生的中年人總來到我們院子裏，他衣著講究，風度翩翩，老姜屋裏的人都叫他「上海佬」，但我感覺他南昌話說得不錯。一個夜裏，我們幾個小孩圍在他身邊，聽他講故事，故事的主人公名叫「程咬金」。上海佬的口才比老姜好得多，繪聲繪色，在他嘴下，程咬金栩栩如生。程咬金栩栩如生去街上賣笤帚，栩栩如生和人口角，栩栩如生地打架……我們聽得抓耳撓腮，快感如潮，他却突然打住了，說：「今日就講到這裏，下次再繼續。」不管老姜的兩個美貌女兒怎麼抱住他的大腿撒嬌，他也不肯鬆口。我們悵然若失，期待他的下一次到來。

他確實再來了一次，但沒有講故事。因爲老姜的遺孀沒有選他，而是嫁了一個別的老頭子，據說家境不錯。得到這個消息，上海佬滿懷憂傷地上門，渾身酒氣，對著老姜老婆控訴：「你要是想一夜發財，可以叫你的神經病崽，拿把菜刀再去剁死你的野老公，反正這也不是第一次。」

老姜的老婆表情尷尬，怔了一下，哭了：「你這隻醉鬼，我已經嫁過一隻醉鬼，我他媽的已經受够了。」

上海佬說：「哈哈，你說我是醉鬼？積德哦，你曉得我這是第一次吃酒不……」

他的話還沒說完，猪婆癲出現了，他大吼一聲：「別崽子，跑到這裏來發酒瘋啊，你想死是不？」他大踏步上前，一把搶過上海佬的酒瓶，但并沒有占爲己有，而是立即敲在上海佬的頭上。上海佬站立不穩，正要軟倒。癲癇病患者沒有允許，他抓起上海佬的身體，大吼一聲，舉了起來，隨即奮臂一揮，上海佬像電扇葉片那樣旋轉著飛了出去，一聲慘叫過後，沉悶地撲在馬路邊上，像一堆牛糞，一動不動。幾輛汽車急劇拐彎，繞過他的身體，留下大同小异的謾罵：「我戳大你娘，不要命啊。」喇叭聲扔了一地，絕塵而去。上海佬忍痛爬起。旁邊有人勸道：「扇崽哎，他腦子有問題，打死你都不用抵命的啦，還不快跑。」上海佬醒悟，忍著痛爬起來，一瘸一拐走了。

「這個上海佬好扇，白白送了那麼多鷄鴨魚肉，硬是扇絕了滅。」我媽媽看著他的背影，評價了一句，然後嘆息著忙自己的去了。

有一天，我坐在小人書攤上，租了《隋唐演義》系列連環畫的一本，發現好像看過，一回憶，正是上海佬講的那個故事，原來他是從這販賣的。但我不得不說，他販賣得非常成功。他的講述，比小人書上的講述生動許多，讓我第一次見識到了，什麼叫做講故事的才華。他當初戛然而止的地方，正是這本連環畫的最後一頁。

我還聽小姨說，那天晚上，她半夜起床如廁，聽見猪婆癲在罵罵咧咧：「老棺材，這回看你怎麼活。」然後是「噗嗤」的聲音，好像斧頭砍入了頭骨。小姨說：「但我沒想到用的是剪刀。」她做出一副驚恐的表情，很像破案片裏的目擊群衆。

二十二　一個陰天的上午

　　一個陰天的上午，我口袋裏裝著五分錢硬幣，站在老福山 1 路車的站臺上。五分硬幣是我最喜歡的一種硬幣，在當時三種硬幣中面積最大，也意味著面值最高，視覺和手感都很舒服。

　　1 路車是城中僅有的電車，幾天前，我在表哥的護送下，坐這路車回到了金塔街，手裏緊緊攥著五毛錢巨款。那是婆婆給我的，爲此我被表哥深深鄙視。我暗示婆婆，我要買鉛筆和作業本。上學期開學第一天，蔣老師就叮囑，每個人必須準備四本嶄新的作業本。我一向不願向媽媽開口要錢，我知道她沒錢。雖然我還知道，只要開了口，就會在她心裏留下疙瘩，她終究要妥協，但我沒有開口。在那個同樣陰霾的星期天，我提著一竹籃豆腐乾，坐了一毛五分錢的公共汽車，再步行三公里，去城南村見爸爸。下車後，走了幾百步，我總感覺少了點什麽，突然腦中晴空霹靂，豆腐乾忘在車上。那時販賣人口的事不多，我敢獨自去鄉下；但一籃豆腐乾，善良的乘客却沒有義務爲你守護。何况，那趟車是開往更窮困更鄉下的李家巷、大沈橋、羅家集，那裏的人也想吃豆腐乾。我當即折返，傻乎乎在對面車站等候，終於等到那輛車回程。

我一個箭步跨上，車門迫不及待地閉合，嚇得我拖著哭腔大叫：「我不坐車，我找我的籃子，籃子裏有豆腐。」當然，一個屁也找不到。

婆婆很可惜那籃豆腐乾，她嘆息了好幾次，每嘆息一次，我的心就一緊。因爲我是來討錢的，不想額外起事。好在一頓午飯後，我拿到了十五元錢，婆婆把它密密縫在我的貼身口袋裏。我不喜歡她這麼做，感覺只有舊社會赤貧的人，才活得這麼沒體面，而我們成長在人見人羨的新社會，不應該這樣。但我剛顯示了一點不情願，就被爸爸凶了一句：「囉囉嗦嗦，要是拿錢搞丟了，老子活埋了你。」

他們并沒有離婚，鑒於工作崗位相距遙遠，爸爸有理由不去金塔街和我們常聚，但他不主動按時交撫養費，就太無恥了。後來我曾諷刺他：「你不承擔責任，結什麼婚，生什麼崽？」那時我已發育，我的言下之意其實還包括：沒本事你他媽的就別搞女人。他懵懵懂懂，沒有進入我的語境，而是堂堂正正辯解：「我那時還是民辦教師好吧，工資是生產大隊發的，從來不按時。他們不給我錢，我拿什麼給你們？」然後馬上對我進行思想教育：「讀不好書，你就是個菜農，還不如似我哦。」

我并非每次都這麼成功，記得有一次就空手而歸。然後媽媽帶著我，親自去了一趟城南，依舊提著一籃子豆腐乾。正是七月盛夏，稻穀飄香，鄉下的雙搶季節。那籃豆腐乾沒有發揮作用，爸爸依舊不爽快給錢，而是自顧自下田去割稻子。媽媽也跟著去，儘管她不肯吃午飯，卻在田裏幹得鞠躬盡瘁。她絕食，當然是抗議這男人不給錢；但她患得患失，知道除了這男人，找不到別的下家，所以不敢撕破臉，只好采取任勞任怨的手段，冀圖喚起他的惻隱之心，但這能有什麼效果？

在稻田裏，在烘爐一樣的太陽底下，我們三個人默默無言，將六分地的稻子奮力割倒。日之夕矣，婆婆煮好了飯菜等待，蚊子和黑夜也聯袂而至。他們吃糠咽菜，時不時將大腿拍得啪啪有聲。媽媽依舊坐在一旁，繼續絕食。我坐不住了，哭著求她吃一點，這大概不是那種神聖的叫做「孝」的玩意降臨，而是害怕她就這樣死掉。如果她死了，我就不得不永遠呆在這蚊蟲洶湧的地方，終年連一輛拖拉機都難得見到，這太可怕了。除此之外，我還覺得餓死是一件太痛苦的事。

有一天在北京，和已經年邁的他們談起往事，突然想起這一幕，於是和媽媽聯合聲討。媽媽首先發難：「我一個人帶你們兄弟姊妹三個，還要上工，回來還要洗衣做飯，他連一點撫養費都不給，不曉得幾惡哦。」我附和道：「就是就是，不負責任，沒有擔當，枉爲男人。」爸爸起先不語，仿佛一幅徹底認罪的態度，但突然嘴巴半張，瘋起，哭了出來：「你不曉得，你娘是扇的啦！」旋即又止住了，抬袖擦了擦眼睛，大概醒悟到自己的失態。

我驚呆了，媽媽也有點不知所措，安慰他：「你看你，這麼大年紀還哭。」又對我說：「奇怪，幾十年了，都沒見過他哭，今日不曉得搞什麼鬼。」我有點內疚，突然想，可能爸爸是對的，媽媽，你確實智商不大高，稍微高一點，你現在也是村幹部，也能吃香喝辣了。作爲村裏爲數不多的年輕女性，你趕上過好時代。政府宣傳「婦女能頂半邊天」，你當上了民兵排長；弘揚「赤腳醫生」，你被選拔參加培訓；「社會主義教育」運動興起，你二叔派了小車來接你，推薦你上大學……你還做過村會計，但有一次做賬，你發現少了幾十塊，哭著喊著堅辭：「我做不了，我賠不起。」從此就是一輩子普通菜農。也許爸爸說得對，媽媽，你智商要是高那麼一點，爸爸肯定不會這麼煩你。如果你像我大姨那樣招了工，進了鐵路系統，那更是不一樣。

那大概是個假期，因爲我當時就在城南，我的表哥來通知婆婆，說他的姐姐，也就是婆婆的外孫女產子，請她去玩幾天，兼有侍候月子的意思。在一個清晨，婆婆帶著我出發，但沒有直接去目的地，她的第一站是李家村。那是她第一任丈夫的老家，也是她城裏女婿的老家，她在這裏生了個女兒，不久，丈夫就被日本的飛機炸死了。在媒人撮合下，又帶著一小袋金戒指，改嫁給我爹爹。這真是一筆飛來橫財，我爹爹和他那被國民黨逃兵拐走的前妻生了三個兒子，正窮得茫然不知所措。若沒有這筆細軟，三個兒子娶老婆這事想都別想。但婆婆并未得到好報，就連我爸爸也沒有感激之情：「我那隻後娘哦，不曉得幾厲害，我小時候連褲頭都沒得穿哦。」我總是駁斥他：「沒有人家帶來的幾十個金戒指，你們兄弟還娶老婆？到廟背去娶哦。還不曉得感恩？」他無恥地說：「我們花了她幾多？大部分金器她都偷著給了順英，都不曉得啊？」

順英，還是蕣英，要是叫後者，那就太有文化了。鑒於鄉下人的文化水平，我想還是順英。她不是婆婆的親生女兒，親生女兒嫁到了可怕的大沈橋，那裏鄉氣甚囂塵上，遠超城南。順英曾被我大伯覬覦，但她可沒那麼傻。我大伯不但是地道的文盲，而且比一泡牛屎還要老實，稍有頭腦的女人，都不會理他。她的意中人是李家村某後生，那後生能說會道，通過招工，吃上了商品糧。於是這位姑姑隔三差五請婆婆去城裏住住，吃飽喝足，坐在街道上看紅男綠女，看犯人被死死按在解放牌汽車廂上游行；若是去大沈橋，只能看豬狗雞鴨，這些在城南難道還沒看够？

順英一共産了三女兩子，住處并不寬敞，只有兩間屋子，但位於南昌最熱鬧的街道上。沿著一條繁華的馬路行走，拐進一個破舊的院子，迎面可以看見一幅巨大的壁畫，一個鋼鐵工人舉著鋼釺，怒目圓睜，似乎一直想從墙上下來，破壞點什麼。從他身邊穿過，走進一棟非常老的兩層樓，霎時天昏地暗，仿佛進了山洞。又七拐八拐，推開順英的家門，才覺柳暗花明。因爲面積有限，表姐們只能像蝙蝠一樣，常年栖息在漆黑的閣樓上。

童年時，我跟婆婆來過這地方多次，有一個場景是和二表姐坐在桌前，聽著收音機裏不厭其煩播放的革命歌曲：

正月裏來是新春，趕上了豬羊出呀了門。

豬啊羊啊送到哪裏去啊，送給那親人呀八路軍。

正月裏來是新春，趕上了豬羊出呀了門。

豬啊羊啊送到哪裏去啊，送給那親人呀八路軍。

正月裏來是新春，趕上了豬羊出呀了門。

豬啊羊啊送到哪裏去啊，送給那親人呀八路軍。

好像還有其他不同的歌詞，但我只能聽懂這兩句，怎麼老是豬呀羊啊，音符間洋溢著濃郁的屠宰場氣味。我有點煩躁，二表姐倒不管不顧，趴在桌上，專心致志臨摹墻上一幅桂林山水。原畫是彩色的，她用鉛筆臨摹。我覺得這很簡單，我也會，沒想到她不是畫著玩的，而是早有目標，後來竟考上了美院。

還有一些不那麼愉快的場景，有一次晚飯，我看見桌上滿眼綠色，實在沒有胃口。姑姑說：「這細伢子有點挑食，給他炒個鷄蛋吃吧。」隨即我覺察到了來自四面八方的敵意。還記得的就是樓裏的厠所，必須蹲在兩塊木板上，下面臭氣熏天，和金塔街和城南鄉下的蹲坑沒有本質區別。

大表姐後來嫁到了洪都機械廠，吃商品糧的嫁吃商品糧的，很好，很門當戶對。我和婆婆在李家村住了一夜，她盡情和左鄰右舍敘舊，緬懷自己在這度過的青春歲月。之後我們才去洪都機械廠，順英姑姑一家早已在那，屋裏熱鬧非凡。婆婆和她分娩不久的外孫女親切交談，時不時有人指著我詢問：「這隻小鬼是哪個屋裏的？」婆婆不厭其煩：「金龍的崽哦。」金龍是我爸爸的別名，很霸氣，但我覺得用在那窩囊廢身上很荒誕。有見過我爸爸的就會說：「怪不得，好像金龍哦，一個模子裏刻出來的。」不認識的則文不對題：「哦，你老人家有福，孫子都這麼大了。」氣氛像是過年，無論人流還是食物的豐厚，都和過年沒什麼兩樣。這真是歡樂的一天！

婆婆留在洪都機械廠照看外孫女，我回到金塔街，也回到了以前的生活。那天早上醒來，媽媽已經如常不見，我想像她和外婆停下裝滿醬油的板車，站在路邊梗著脖子吞食白糖糕的場景，咽了滿滿兩頰口水。我坐起來，慢條斯理穿好衣服，走到隔壁的院子裏，外公一家正在吃早飯，但對我視而不見。天陰陰的，涼風習習，在這個快要開學的夏天，非常舒服。我走到旭日商店，用婆婆給的五毛錢，買了三本筆記本，幾支鉛筆，還剩下五分硬幣。我也不知道拿它派什麼用場。也許我該去圖書攤上看幾本小人書，我在圖書攤邊徘徊了幾次，那個看攤的老頭對我招手：「《三國演義》新來了一本，看不？」我搖搖頭：「不看。」然後鬼使神差向老福山方向走去，不知不覺就走到了路口，我看見一輛長長的電車駛來，拖著兩條朝天辮，停下，幾乎把肚子裏的人吐了個乾淨。我暈暈乎乎踏上去，把那枚寶貴的硬幣遞給售票員：「買一張車票。」她問：「哪站下？」我沒有回答，五分錢可以坐很多站，但大概不足以坐到洪都機械廠，我想渾水摸魚，於是重複了那句話：「買一張車票。」

她沒有再問，撕下一張車票塞給我。這時，我感覺電車一陣急拐彎，朝火車站方向駛去。它竟然沒走直綫，沒駛向南邊，而那才是洪都機械廠的方向。

但我沒有聲張，因為售票員已經問了我去哪。我只是有點可惜那枚寶貴的硬幣，本來也許可以拿它看上足足五本小人書。很快，電車顫抖了一下，噴出一股濃烈的廢氣，停住了。不多的幾個人，依舊向車門擠去，好像逃荒，這是終點站，雖然它離我剛才上車的地方還不到五百米。

我也跳下了車，圍著車搜尋它腹部嵌著的鐵牌，上面寫著：1路（支綫）。看來支綫和主綫天差地遠。我站著發了一會兒呆，兩手插進空空如也的口袋，心想，這也許是好事，又默默朝金塔街的方向走去。

二十三　兩角錢

　　大約很早開始，我就不願去城南鄉下了。因爲我逐漸發現了兩邊有差异，差异之大，就連鄉下小夥伴很多這個優勢都沒法彌補。但媽媽巴不得趕我去，我不在身邊，對她來說生活會輕鬆很多，她經常采用賄賂的手段，有一次豁出去了，說：「崽啊，去嘛，我拿四角錢給你。」我終於就範。畢竟賴在金塔街，日子也不那麼好過。

　　接過四角錢，我踏上了駛往城南方向的公交汽車。車費只要一角五分，這意味著能落下兩角五分。這筆錢，在那時有很大的功能，可以選擇以下的任意一項：

　　　　六包糖豆子

　　　　兩包五香蠶豆

　　　　八個香噴噴的麻圓

　　　　六隻鍋貼

　　　　一又四分之三場普通銀幕電影或者一又四分之一場
遮幅式寬銀幕電影

　　　　八根冰棒，或者在圖書攤看二十本小人書

……

這是我答應去城南的動力。

輕車熟路，我很快到達了目的地，才坐下一會，我就將五分錢交給婆婆，說：「婆婆，這是坐車剩下的。」

婆婆說：「拿到我做什麼嘛？你自己留到，留到。」

「不，你拿到嘛。」我也說不出什麼理由。

婆婆很感動，對著天井大聲表揚：「看哦，我的枕石，當真好懂事哦，坐車剩下五分錢，還曉得給我。人家一級谷話：『三歲看大，七歲看老』，我的枕石啊，長大了一定好孝順。」我興奮而羞澀，一言不發。誰都喜歡聽表揚，爲此在很小的時候，我會假裝推拒別人遞過來的餅乾或糖果，還會假裝很快樂地跟著堂姐們去地裏拾禾穗，回來後交到婆婆手中，換取她的贊揚：「你看我的枕石，幾懂事哦，這麼小就曉得撿禾穗。我這些鷄，有穀子吃了。」

只是也有些納悶，那個叫「一級谷」的，到底是什麼人，他常常活躍在婆婆的嘴邊，凡是他說出來的話，都好像很有哲理。他爲什麼叫一級谷？如果是二級谷，肯定就沒這麼厲害吧？後來我才知道，所謂「一級谷話」其實是「一句古話」，南昌話裏，「話」既可以當動詞，表示「說」，也可以當名詞，表示「所說的話」。但婆婆嘴裏的「一級谷話」的「話」不是動詞，而是名詞，我誤解爲動詞了。還有一個疑問，南昌話裏，「古」和「谷」不同音，「谷」是入聲字，不知婆婆爲何把「古」念成入聲，這也是我產生誤解的原因。

剩下的兩角錢，我偷偷藏在文具盒的夾層裏。有一天，我趴在飯桌上寫暑假作業，作業是印成一本的，每天做一頁。每頁的頁眉上，要記錄時間、日期和天氣狀況，我那時從收音機裏新學了個詞，晴天多雲，於是在每頁頁眉上都填上「晴天多雲」。南昌的夏天，天天烈日當空，我認爲這樣填是沒錯的。一會兒，爸爸的同事龍淑梅來了，穿過天井，見我那麼認真專注寫字，大約有些好奇，停下來觀看，突然忍不住笑了：「晴天就晴天，加個多雲做什麼嘛？」我說：「收音機裏就是這麼話的，這叫書面語。」她樂不可支，指著屋外：「現在天上哪裏有雲嘛？」

我望望屋外，天空湛藍如洗，確實一朵雲都沒有，可這能說明什麼？晴天多雲，就是指天色晴朗，這是一個成語，成語應該綜合理解，不應該死摳每個字的意思。這時爸爸也回來了，他聽到我的辯解，說：「寫個『晴』字就足够了，你這叫畫蛇添足哦。」

我有些沮喪，用橡皮擦把除「晴」之外的三個字全部擦去，擦了十多分鐘，總算把整本擦了個乾淨。我又寫了一會，再百無聊賴地坐在門前，望著外面的烈日發呆。我感覺耳邊仿佛響起一陣陣的嗡嗡聲，提示著天氣的炎熱。屋外菜園的墙上，南瓜花、絲瓜花金黃艷麗，簡直要把人的眼睛晃瞎，蜜蜂、蝴蝶在其中亂飛，空中時不時盤旋過一隻小蟲，甲光向日，色彩繽紛，那是金龜子；時不時掠過一隻肥碩的大蟲子，黑乎乎的，吧嗒吧嗒響，飛行路綫直接乾脆，絕不迂回，那是知了。

坐了一會兒，小鵝跑過來，叫我：「作業寫完了不？去玩嘛。」

我看了他一眼：「　寫完了。」

他說：「那走嘛，我儂去捉金念蟲嘛。」

城南鄉下人所說的「金念蟲」，也就是書面語的「金龜子」。我們喜歡捕捉它，用棉綫系著它的脖子，讓它振翅飛翔。它們的翅膀隱藏在閃亮的硬殼下。硬殼或者是淡紅色，或者是淡綠色，或者淡黃色，在陽光下飛翔，光彩奪目。據說淡綠色的，總比其它兩色的體力好，飛行能力強。但我實驗過，好像看不出差別。剛捕到的金龜子個個精力充沛，飛起來全力以赴，但每每被棉綫拉回來，於是逐漸絕望，再也不肯飛，當然恐怕也是因爲沒有氣力。這麼一來，就不好玩了。所以，不斷捕捉新鮮的金龜子，才能不斷獲得樂趣。

我說：「好。」於是興高采烈地跟著他，在屋前屋後的樹叢和菜園間游蕩。只尋找穀樹，這是金龜子最喜歡的樹，它們愛爬在穀樹鮮紅的果實上，或者樹幹上有傷口的地方。傷口附近堆積著一坨一坨的淺褐色的糞，不知道是它們愛吃的，還是它們拉出來的。

我們很快捕到了四五隻，又覺口幹得要命。這時從園子旁邊的小路上，走來一個陌生人，他肩膀上挎著一個木箱子，像要死一樣，有氣無力地叫喚：「冰棒，丁公路的冰棒哦，三分錢一根哦。」

丁公路在哪裏，我不知道，但據說那裏做的冰棒最甜。如果城裏的孩子聽到，或許會嘟噥：「要能買一根吃就好了。」可是城南的孩子，連嘟噥都不會。因爲在他們心裏，冰棒從來就不是能買來吃的東西。也真難爲了這些貨郎，竟跑到鄉下來推銷。他們偶爾能做成幾單生意，總有兩三個父母，會給愛子買一根嘗嘗。我看見鵝頭的目光隨著賣冰棒的人移動，表情木然，好像被摘掉了一部分腦組織，這符合城南孩子的普通特徵。

我突然對鵝頭產生了無窮的憐憫，於是叫住貨郎：「等我一下，我回去拿錢。」接著我發足狂奔，回家翻開書包，在文具盒的夾層內找到那張綠色的兩毛錢鈔票，南京長江大橋在上面巍然屹立。我攥在手裏，氣喘吁吁跑回，把鈔票遞給貨郎，說：「買兩根。」他看了我一眼，忙不迭找給我一毛四分，抓起兩根冰棒塞到我手中。淡藍色的包裝紙上，散布著細密的水珠，摸上去沁涼沁涼。我遞給鵝頭一支，他小心翼翼撕開包裝，將四棱分明的冰棒塞入口中，狠狠吮吸了一口，再拖出來時，已經棱角坍塌，他問：「你怎麼還有錢嘛？坐車剩下的五分錢，不是都給了婆婆嗎？」

「我還弄起了兩角。」我低聲說，「你不要告訴婆婆哦。」我把他當成了一個值得信任的人，我想這是應該的，吃人的嘴短，光憑這點，他也應該爲我保密。

但不久之後，鐵公鷄爸爸就找我談話：「你還弄起了兩角錢是不？」

他怎麼知道？我囁嚅地說：「嗯。」低下了腦袋。我覺得接下來他會說：「你吃得蠻活啊，還買冰棒吃，你以爲屋裏好有錢哦？剩下的呢，拿出來，交公。」這是必然的，不然他就不是鐵公鷄。

但竟然沒有，他說：「你這隻扇頭，這種事都告訴那隻鵝頭啊，他還會跟你保密？他鵝裏鵝氣的啦！」他轉過頭，又止住腳步，語氣中夾雜痛心和惋惜，「婆婆已經曉得了，你這隻扇頭，她硬是想不到啊，這麼喜歡的孫子也會騙她。」

又止住腳步，語氣中夾雜痛心和惋惜，「婆婆已經曉得了，你這隻扇頭，她硬是想不到啊，這麼喜歡的孫子也會騙她。」

二十四　下雨天

　　中午，下著極大的雨，我從辦公室出來，臉上帶著江老師的掌印。他說我上課和同桌交頭接耳，不但賞了我一巴掌，還讓我在教室後面站了足足兩節課。

　　江老師是我的語文老師，他個子還算高，相貌一般，談不上英俊，惹人注目的是一口黃牙，黃中透黑，色彩斑斕，色與色之間，幾乎沒有過渡，讓人看了感到緊張。有一次，一個社會青年來到學校，在操場上物色徒弟，笑語喧嘩，鷄飛狗跳。江老師不畏强禦，上前制止，說：「這是學堂裏哦，你要吵，到外頭去吵囉。」那人渣愣了一下：「你是這裏的老師不？」江老師自豪地說：「當然是哦。」人渣笑道：「你看下你那口牙齒看哦，還當老師，還來管我。」江老師臉上登時飛起一朵紅雲，愣在那裏。我在旁邊聽見，隱隱覺得人渣說得也不是毫無道理，我猜想，他本來對老師還是尊敬的，但他心目中，老師的地位過於崇高，而江老師的牙齒可能摧毀了這種崇高，所以他憤世嫉俗，淪爲人渣。

　　江老師是高考的落榜者，這可不關文革什麼事。因爲他成爲民辦教師的時候，文革早就結束啦！已經恢復第一次高考啦！我至今還清楚記得第一次見他的情景，他和年輕貌美的桂老師合抬一張課桌在操場上走著，初升的朝陽射在他赤紅的額頭上。我背著書包，系著紅領巾，咬著手指頭，站在靠他很近的地方，好奇地看著。他剃著一個鄉下會計頭，對我笑了笑，牙齒在陽光下閃爍，象蒼蠅的翅膀。

他好像很博學，板書時，偶爾會寫個把繁體字，比如軍隊的「軍」寫成「軍」，但馬上會自己抹去，換上一個簡體。同學們往往插嘴：「哎哎，江老師，就寫繁體字吧，繁體字幾好看呀！」可能因為《三國演義》的連環畫看多了。但江老師是不會放任的，他響應國家號召，堅決擦掉重寫，絕不賣弄。

每星期固定寫作文的日子，讓我又愛又怕。江老師會把講臺搬到教室一側，再加上一把椅子，椅子上蒙著一件舊軍大衣，他坐進去，儼然宗師。我們誰寫完了，就拿上去給他批閱。人不許走，站在他身邊，隨時準備接受他的嘲諷。我雖然比較會寫作文，這時也不由得緊張。他常常轉過臉來，語氣沉重地懇求我：「你也學著用兩個成語囉？太陽這麼大，就應該說『天氣晴朗，萬里無雲』……義務勞動，當然要『熱火朝天』……春游玩得這麼高興，難道不會『依依不捨』嗎……」

江老師多才多藝，兼教我們體育課，只要不下雨，他就像趕豬一樣把我們趕到操場，命令我們不停地左轉右轉。他教的轉法很正規，腳板一定要始終摩擦地面。他擁有大概幾乎所有教師的共同習性：對優秀學生很客氣，反之就不客氣。我又瘦又小，不太優秀，難免被他譏笑。夏天，我身上的排骨格外鮮明，他叫我「骨頭」；冬天，我的脖子老縮在黑乎乎的領子裏，他效法蔣老師，稱我「烏龜殼」，都很貼切。

尤其值得稱道的，是他的教學特色。他不喜歡全班人都坐著聽課，每堂課總要選拔一兩個人站在墻角，給其他同學當榜樣，以便大家深刻體會平靜求學的不易：中國之大，隨時都有容不下一張書桌的危險。在和平時期，這種憂患意識不是每個老師都能具備的。僅此一點，他的才華就遠超常人。看來他不但是一個文學家、學問家，還是一個思想家和教育家。他也許不那麼偉大，但就一個村辦小學而言，已經算難能可貴了。公平地說，蔣老師的教學方法固也不錯，和他比，却要遜色不少。娛樂方面，大概各有千秋，思想深度則遠遠不及，讀者可以從我的描述中細細體會。

話說這時我走出門，見操場上積水成河。門口一堆大人，披著雨衣，拿著雨傘，來接各自的崽子。我心中波瀾不驚。記得第一次見到這種場景，我非常驚奇，世上因何有如此體貼兒女的父母？又怎能同時如此有閑？後來就見怪不怪了。我看見差等生應新生、優等生嚴俊、優等生王志文相繼被大人接走，他們都是公路管理局的。優等生猪皮呢，接過蔣老師遞給他的傘，扎起褲脚，也快樂地離開了學校。甚至連金順村的小龍，他媽媽也挾著一把雨傘，一路小跑著趕來。校園很快門可羅雀。我百無聊賴站在地面凹凸不平的走廊上，高高挽起兩條褲腿，望著淩亂的雨絲發呆。下這樣的雨，媽媽的醬油板車一定堵在路上。即使我跑回家，也許只是白白受淋，再空著肚子回學校。可是，現在我能去哪裏呢？站在這裏發呆，也不好受。

忽然看見優等生老鼠從面前走過。老鼠是我的同班同學，無論智力還是體力，他都是我勢均力敵的對手，當然我要強一些。因爲我代表學校去公社參加過兩次數學競賽，他只去過一次。而且他參加的那次，蔣老師第二天把競賽題給我做，我很快做完，她看後連連惋惜：「昨天要是叫你去就好了，最後兩道題陳志強都做錯了。」體力上，恐怕我也要強些。有一次上江老師的體育課，他把我們編成兩兩一隊，分別賽跑，我的對手就是老鼠。江老師脖子上挂著一個口哨，用一根質量普通的鞋帶穿著，看上去很英武。他哨子一響，我就甩開兩條瘦腿箭似的沖出，把老鼠遠遠拋在後面。按慣例，江老師會叫每組的優勝者又分成兩兩一組重新比賽。我趾高氣揚站在優勝群裏，和他們討論跑後感，心裏癢癢，等待江老師的重新分配。一組、二組……五組……八組……，一對對跑出去了，江老師沒有安排我。我站在那，有些尷尬，旁邊有很多小姑娘圍觀，尤使我心頭恨恨。同桌的美女小紅看不下去了，爲我鳴不平：「江老師，還有褚枕石呢。」江老師輕蔑地掃我一眼：「他，就算了罷，阿圈似的。」阿圈，阿圈是誰呢？我傻乎乎地問江老師：「老師，阿圈是好人還是壞人。」江老師悲天憫人地看了我一眼，說：「好人。」然而我看出他的意思來了，我想向他表示熱烈祝賀：「我戳大你娘，你才是阿圈，你們全家都是阿圈。」但終究沒敢。

老鼠也是金順村人，他家就在附近，不到幾百米，大概因此沒人送傘。就算跑回家，衣服也濕不到哪去。但他似乎有些猶豫，望望天又望望地，活似洞穴門口的饞鼠。我叫他：「老鼠，我們打一盤水仗，怎麼樣？」

我沒抱什麼希望，只想藉此聊聊天，免得寂寞。誰知他竟欣然答應：「好，來一盤。」我感覺他吃錯了藥，但是，這又何樂而不爲呢？

這時雨突然小了，只拋灑些細細的雨絲。我們立即走下操場，準備較量。我占據了一個大水窪，用穿著塑料涼鞋的腳猛然一鏟，一大片水箭向老鼠飛去；老鼠也對我如法炮製。不知是不是因爲剛站了兩節課，體力消耗太大，我感覺自己狀態不佳，幾個回合過去，老鼠沒有像往常一樣，縮著脖子告饒：「嘿嘿嘿，不打了，不打了好不好，你厲害你厲害。」我們倆身上，被擊中的水漬面積截長補短，大致相當，這讓我越戰越焦躁，突然，後腦挨了重重一擊。

老葉瘸著腿站在我身後，橫眉怒目。老葉是個殘廢，就住在我們教室隔壁，一間小教室改造的家居。據說他以前也是老師，但不知什麼原因，他的一條腿突然越長越細，終於躺下。他老婆却坐擁兩條象腿，姓聶，正是我小時候親眼所見被變電箱下面的鐵絲觸得顫抖不止的那個黑胖子。

「亂踢，你在這裏亂踢。」老葉吼道，「這是學堂。」

他的聲音如同鐵勺刮鋁鍋，極其難聽，滿臉猙獰，一副悲憤交織的表情。

我呆呆站在那裏，特別難過，不是因爲挨了這一掌，而是因爲挨了殘廢老葉一掌。我心潮澎湃，刹那間，回思了自己在短短一早上，從一個自以爲是的中等發達國家，淪落爲最不發達國家的全過程，現在連本該開除球籍的殘廢老葉也來欺負我。於是我悲從中來，積蓄起全身最後一點功力，狠狠鏟起一片污水，射向老葉。他只配得到這個。

我的耳朵伴著老葉憤怒的咆哮被揪住了，痛感神經指使我的身體向疼痛所在的位置靠攏，我踮起腳尖，歪著腦袋，用目光向上尋找，結果找到了聶老師的胖臉。

「你敢打老師！老師怎麼教你的？連尊敬老師都不曉得？你他媽還敢打老師！你是哪個班的——你這個畜生。」

江老師聞聲出來了，他看見我象一隻野鴨樣被老聶提著，動了惻隱之心，勸道：「算了算了，這隻小鬼是我班上的，確實有點子調皮。」

老葉俯身捏著褲子上的水漬，嘶聲嚎叫：「這他媽算什麼學生？簡直就是個小流氓，長大了肯定要吃花生米，坑爺坑娘……」

江老師不說話，用沉默來表示對黑暗勢力的反抗，他拉著我來到辦公室，在熊熊的爐火旁，他的臉和藹又崇高。他掏了掏口袋，遞給我一張兩角的鈔票，呲著黃牙，說：「你這隻樣子，恐怕也不好回家了。去買兩隻包子吃吧，辦公室有開水，有火爐，你可以拿衣服烤幹。」

我突然想起和媽媽一起看的電影《英雄兒女》，感覺當下這場景，如果能像電影裏那樣，有《國際歌》作爲背景，就太相似了！

二十五　鄉巴

初中了。

我的新同桌小姜，叫姜衛東，他老是問我：「我的牙齒白不白？」他呲牙咧嘴，把一口灰色的牙齒展示給我。他平時說普通話。

「白。」我說，但心裏幷不以爲然。

他得意道：「我每天用鹽刷牙。」

我心想，刷你媽的別，人家都用牙膏刷牙，你他媽用鹽，怪不得牙都刷成了灰色。我對一切不循常理的做法都很討厭，於是他的牙在我眼裏不但是灰色的，而且很噁心，但我表面上還是笑呵呵的，說：「怪不得，我也要學學。」

他說：「你家住哪？」

我說：「金塔街。」

他搖搖頭：「哦，沒聽過。我家住新溪橋汽車運輸團院內，就在江東機床廠旁邊。」

「啊。」我驚訝道，「汽車運輸團，我爸爸差點也去了這個單位。」但我沒有告訴小姜，我爸爸因爲體檢不合格沒去成，我經常聽到爸爸憤怒的抱怨，尤其是他和媽媽吵過架之後：「那隻女醫生，是隻盡料的夾沙糕，硬說我有心臟病，我哪陰間裏有心臟病嘛？」但他那時沒想到去醫院做個心電圖什麼的，而是向我的太公請教。老郎中告訴他：「吃十隻水煮豬心，要公豬的，越強壯的公豬越好，不能放油鹽。放到爐子上煮，半夜三更爬起來，吃了困覺，包好。」爸爸問：「爲什麼要半夜三更吃哦？」老頭說：「那哪個曉得哦，反正是我師父說的。」又感慨道，「你一個後生子，年紀輕輕，怎麼這麼多病哦。」爸爸回去一說，婆婆當即到處搜尋豬心，半夜熱騰騰煮好，爸爸捧在手裏，像啃玉米一樣，接連十天，十個豬心一個個啃得殘渣不剩。他對我回憶：「沒有油鹽，不曉得幾難吃。但還好是豬心，要是他說吃屎能治好，又能不吃？你曉得不，有一種治病的方子，就是把煮好的鷄蛋放在塑料袋內，沉入糞池，漚十天十夜，撈起來，一吃就好。」我說：「你的心臟病好了嗎？」他說：「當然好了，不曉得幾靈。」我說：「後來沒有招工機會了？」他一怔，說：「有是有哦，但是後來碰到的醫生，也是一隻夾沙糕。」

我估計他幷沒有真正的心臟病，體檢出問題只是因爲緊張。豬心要來自強壯的公豬，可以理解，吃它的人，希望變得像公豬一樣強壯，但爲何不能放油鹽，還要半夜爬起來吃，未免過於滑稽。當然，想到魯迅的《藥》，多少又會有些理解。

「那你爸爸現在什麼職業？」小姜問。

我說：「小學老師。」我沒告訴小姜，爸爸是個民辦老師，農村戶口。其實他這個民辦老師，當得有點冤，他初中畢業，考上南昌航空學校。那是一個全國招生的學校，主要爲祖國培養和戰鬥機相關的技術人員。城市戶口是他的囊中之物，只要混到畢業，就可獲得一份旱澇保收的工作，吃商品糧，跟泥巴和大糞徹底再見。不過很可悲，他的智商究竟不大行，才念一年就半途而廢。據他說，成天失眠，頭皮屑繁如雪花，腦袋裏好像有人打洞，只好噙著熱淚離開學校。在後來的漫長歲月裏，他時常回味那段短暫的溫暖時光。當然無關學習，以他的智商，學習這種事他不可能感興趣。事實上一進那，他就成了校醫院的常客。最新奇的是有一次，老校醫說要給他打一種營養針，他頓時驚恐起來，覺得生病倒不要緊，吃藥就行了，弄到要打針的地步，肯定是絕症，他問：「還要打針啊，不打行不？」

老校醫人很好，用充滿同情的口吻說：「這種針很貴的，你還不打？你們農民要賣多少擔穀子，才打得起這一針哦。」

爸爸頓時喜笑顏開，二話不說扒下褲子，將半片瘦削的屁股蛋晾在高脚凳上。這個鐵公鷄認爲，既然一針值幾擔稻穀，只要不是死刑注射，都可以商量。後來每次說起這事，他總是哑著嘴巴回味：「當上公家人你曉得幾好哦，哪怕是個學生，享受的福利都不得了。還打營養針，幾輩子都沒聽過。」

不過那些針對他而言，真是浪費了，他的頭疼沒有止住，最終不得不灰溜溜退學，而病也立竿見影好了，從這事可看出，他命裏只配幹體力勞動，先天條件擺在那，翻不了天。我也經常學他的語氣譏諷他：「你硬是一條龍命，作成了蛇命哦，硬是扇得絕了滅哦？」他總不服氣：「我是從小營養不够，大腦才發育不好，你曉得我屋裏有幾窮？連褲頭都沒有穿哦。」我制止他：「行了，都說一千遍了。」他笑了笑，又說：「我後娘養了隻母鷄，每次聽到鷄咕咕叫，我就沖過去，摸起鷄蛋，順手一敲往肚子裏倒。要不是那些鷄蛋，我還要扇。」我說：「你的後娘就不奇怪？」他無恥地大笑：「她老說只聽見母鷄打鳴，沒看到蛋——我他娘的才管不了那麼多。」

這個偷鷄蛋生吃的男青年，從此成了地道的作田佬，經常披星戴月，去城裏各大厠所推糞肥田。用一種獨輪車，頸上搭一根廢弃的自行車內胎，兩手握著車把，人站在後，四個臭氣熏天的糞桶伫立於前，想看看面前的鄉村風景，都離不開糞桶的修飾，這哪能有詩意？正常人不可能熱愛這項勞動，爸爸也不例外，但却成爲他緬懷青春的重要道具。每次經過金塔街，這群臭氣熏天的傢伙都遭到市井閑漢的嘲笑。不過他并不寒心：「你曉得不？毛主席時代，人民的思想不曉得幾好，哪像現在。有一次我在金塔街推糞，一個後生短命鬼笑我，馬上被他旁邊的老人訓斥：『笑什麼笑，沒有農民兄弟種糧食，你吃屎哦？』你看，毛主席時代，人民的思想幾好？農民幾受尊重？」

我譏笑他：「農民那麼受尊重，怎麼沒有一個城市戶口的女的嫁給你？」

他一怔，顧左右而言他：「不談那些。我的身體就是那時間練好的，大半夜推著滿滿一車糞，走幾十裏土路回鄉下，一身的臭汗，再沖個井水澡去困覺，不曉得幾舒服。毛主席他老人家說得對，知識分子就是應該強迫下鄉，接受貧下中農再教育。」

我却想起小時候，他下課回來在門前的菜園忙碌，進進出出，像一隻蜜蜂。有一次我跟著他轉，不小心踩到一柄鋤

頭的刃部，鋤柄反彈，擊中他的額頭。他氣急敗壞，當即抽
了我一個耳光，剎那間慈父的光輝從我面前消失，取而代之
的是個精神極度躁狂的神經病。他還不知道我的大腦屏幕正
在上映他的斑斑劣迹，猶自一個勁慨嘆：「半夜裏去推糞，
一個獨輪車，四個大糞桶，一邊兩個，不曉得幾苦哦，你想
歇一下啊，人家早走到二十五里外去了，哪個等你哦？再說
了，獨輪車，也沒有辦法歇。推到背後（後來），一身的汗，
衣裳跟水洗了一樣，粘到身上，不曉得幾舒服。要是還在學
堂讀書，身體就廢了哦。」

　　他的話我一向只姑妄聽之，因爲我知道，他一點也不喜
歡體力勞動，也瞧不起。他的偶像是鄧稼先，雖然他經常將
之與王稼祥搞混。推了幾年糞，他又不安分，慫恿婆婆去找
大隊長，要求在村小學當民辦教師。那時南昌城裏也滿街滿
巷的文盲，何况鄉巴佬雲集的城南大隊，他當然有很強的競
爭力。在收了婆婆幾條臘肉之後，村支書順水推舟，滿足了
爸爸。小學教師，嚴格意義上說，算不得腦力勞動者，所以
他的頭痛病再沒犯過。

　　有一天，小姜和我扳手勁，小姜是留級生，力氣很大，
我怎敢和他比試。他說：「我用手掌，你用手腕，這總可以吧？」
隨即攥住我的手腕，這傢伙確實力氣大，我的手背依舊漸漸
被他壓近桌面，我很不甘心，使出吃奶的勁頑抗。他突然怪叫，
砰的一聲，將我的手背狠狠砸在桌面上。我疼得呲牙咧嘴，
脫口而出：「我戳大你娘。」

　　小姜哈哈大笑：「我給你娘系尿經帶，我給你娘系尿經

帶。」[1]

我莫名其妙，很想問他：「什麼是尿經帶。」但沒好意思，顯然那不會是什麼好話。

小姜看著站在一邊的小胡，說：「你笑什麼？鄉巴，你曉得的還不少啊。」

小胡轉身走開。小姜對我說：「這隻老短[2]也是我們汽車運輸團的。你有沒有感覺，他的頭剃得很怪，是標準的鄉下會計頭？」

「好像是。」我說，「就跟《月亮灣的風波》裏面的鄉下會計一個樣。」

他說：「告訴你吧，他是才搬到城裏來的，現在還是農村戶口。」

課間操的時候，我站在小胡旁邊，跟他攀談：「聽說你是汽車運輸團的，和小姜住在一個院子裏。」

他點點頭，不說話。

我說：「我也是農村戶口。」

他的臉色突然生動起來：「是嗎，跟我一樣。你也因為媽媽是農村戶口吧。」

我心想，我他媽比你還慘，我爸爸更土，他種田的。但我沒說什麼，只是點頭。

他說：「我一直搞不懂，為什麼子女的戶口不能隨爸爸，而一定要隨媽媽呢？」

「這是國家規定。」

「國家為什麼要這麼規定？」他追問。

1　尿經帶：其實就是月經帶，小姜吐字不清。
2　老短：一種略帶侮辱性的稱呼。

我說：「鬼曉得。」

晚上我拿這個問題問爸爸。他說：「因爲男的招工或者讀書出去的多，女的少。也就是說，男的擁有城市戶口的機會多。」

「你的意思，國家故意這麼規定，就是要限制城市人口數量，爲什麼嘛？」

他說：「國家的規定，總有他的道理。我們國家還不富裕，養不起那麼多吃商品糧的。」

「哦。」我說，「原來是這樣啊，我們國家真不容易啊。」

他突然感嘆起來：「當初我找你娘，就是看中她是金順村戶口，比我們作田的好，希望對你們好。」

我說：「你也不容易啊。」

爸爸喃喃道，「哪曉得你娘是扇的，早曉得，就找了那隻六百工分囉，身體不曉得幾好，做事不曉得幾麻辣，活到現在，我的日子不曉得幾紅火，房子起碼是二層樓嘍。」

我有點不高興了：「你才是扇的，你不是扇的，爲什麼既沒有招到工，也沒有讀書讀出去？你要明白，你現在的戶口比媽媽還要差，還要土。」

二十六　詹老師

　　上課鈴響了，我又像往常一樣，假裝什麼也沒發生，等待詹老師走進來。

　　詹老師大約四十歲，教我們英語，她身材龐大，滿臉橫肉。第一次上課，她剛到門口，教室就黑了一片，再走幾步，才恢復光明，好像發生了日蝕。她放下參考書，師生照例問候完畢，這壯實的婦女開始嘰里呱啦，用英語講了半分鐘。我左顧右盼，看見同學們臉上放光，也不由得心情激動：進了中學就是不一樣，老師都這麼厲害！我暗暗發誓，一定要好好學習，爭取將來能像詹老師那樣嘰里呱啦說話，說些父母都不懂的話。

　　但有一天剛站上講臺，她就慚愧地對我們說：「上節課我教你們讀『一百』這個詞，讀成『杭得來得』，回去跟教研室的同事商量了一下，可能更流行的讀法是『杭覺瑞得』，對不起，就此補充。」我一下子跌落了冰窖，雖然我知道，誰都不是聖人，但像「一百」這樣的單詞，按說家常日用，無論如何也不該讀錯。那麼，只有一個原因：詹老師水平很低！我猜她應該是個工農兵學員，因爲出身好，被臨時培訓了幾天，就送來教書育人了。而那些有能力教的知識分子，不是被發配到了遠方，就是早已槍斃。

　　大約因爲此，我迅速對詹老師這門課失去了興趣。有一次她帶讀著課文，踱到我身邊，突然手臂暴長，從我桌肚裏抽出一本《三國演義》連環畫，然後一把抓住我的胳膊，揪到黑板旁邊的墻角上。我不大願意。墻角放著一堆掃把，綠頭蒼蠅在其間嗡嗡亂飛。爲了掩飾尷尬，我嬉皮笑臉地說：「詹老師，我能不能換個地方？這裏有蒼蠅。」從一個曾經的高材生，墮落成了一個極力喬裝的混混，倒沒有讓我感覺很難。似乎只有這樣，才能減輕尷尬。

　　詹老師睎了我瘦小的身子一眼，哂笑道：「不行，你只配站到那裏。」

　　我有點不服氣：「上次吳俊嫌這裏髒，也換了個地方，你也同意了。」

　　詹老師鄙夷地看了一眼：「你跟人家吳俊比？你拿什麼跟人家比？人家的爺爺是老紅軍。你爺爺是幹什麼的？老工人？」

　　我滿臉通紅，她竟然高估了我，以爲我爺爺是老工人。這讓我頓時心生善意，她說得也對，老紅軍的孫子，生得偉大，確實應該優待些。但我還是有點不甘心，不是委屈，而是實在受不了。我說：「詹老師，你說得對，但這裏蒼蠅實在太多了，不衛生。」我指了指教室的另一側，「我站到那邊吧，就站過去一點點。」

　　不知怎麼，全班同學轟然大笑起來。我的腦袋一片混亂。詹老師也忍俊不禁，她說：「褚枕石，你要麼站在原處，要麼出去。一旦出去，不叫家長來，就別想再上我的課。好了，現在安靜站到，不要影響別人聽課。」

這幾句話大約刺痛了我，我忍不住回敬了一句：「不上就不上，你以爲你水平幾高？連個杭覺瑞得都會讀錯。」

詹老師偉岸的身軀顫抖了一下。我知道糟了，驚恐地望著她，我看見她嘴邊的肌肉迅疾繃緊，又迅速放鬆，爆破出幾個巨大的音節，裹挾著聲波，憤怒地向我襲來：「滾——出——去，小——流——氓。」

我打了一個寒戰，像游魂一樣向教室門口飄去。伸手拉門，那是一扇爛門，連個把手都沒有，只有一個鐵釘釘在門把處，聊以塞責。我捏住鐵釘，使出吃奶的力氣，門紋絲不動；又使出彌留的力氣，還是紋絲不動。同學們又笑起來了，笑得更歡。詹老師蹬蹬蹬幾步跑過來，伸手捏住鐵釘，手腕一抖，門戶大開。我走出去的時候，依舊想喬裝成混混的模樣，但沒有成功。混混一般都肌肉發達，沒有哪個混混是要女士爲他開門的，何況這位女士還是他的老師。我不由自主地縮著頭，灰溜溜地出了教室。身後是同學們一浪一浪的笑聲。

我真的不在乎上不上詹老師的課，我確實認爲，跟著她學不到什麼東西。但是，我本質上還算個正派人，不習慣在外面過漂泊的生活，更不想就此離開學校。我的學習成績確實不怎麼好，但只是不够用功，我覺得自己只要稍微用功，就能好起來。說白了，我還是想在讀書這個行當上，有所作爲的。所以，在外邊漂泊了好幾次課之後，我決定下次不再主動回避，我要假裝什麼事情也沒發生。

但是詹老師幷沒有忘懷，她進來了，低垂目光，掃了我一眼，說：「出去，你的水平太高，我教不了你。」

　　我又想回嘴：「曉得自己水平不高，何必尸位素餐？」平日我喜歡翻成語字典，家裏沒有什麼書，除了一本成語字典，一本新華字典。新華字典好像意思不大，尤其當我學會了其中筆劃最多的「鱻」字之後，就覺得不過爾爾；但成語字典很新鮮，我沒事就翻翻。「尸位素餐」這個詞，是我新近學的。我覺得這個成語非常形象；其他很多成語，也非常形象。中國的成語真讓人拍案叫絕，比如蠅營狗苟，四個字看上去就獐頭鼠目，像四顆猥瑣的腦袋排在一起，充滿了粗糲的質地感。「尸位素餐」也一樣，瞄上一眼，一股陰森悲涼的氣氛就撲面而來。我覺得詹老師就像一具無能的尸體，霸占著英語教師這個光輝崗位；不能因為她霸占這個崗位，就剝奪我學習的權利，該滾蛋的是她。當然，我自己也賤，過元旦的時候，還一窩蜂似的，效法其他同學，給她買了一張畫紙當作禮物，她配嗎？可是，這樣的想法，我不敢出口。

　　我再次怏怏離開了教室。

　　在走廊上，我迎面碰到了朱老師，她是我的班主任，看見我，驚訝地問：「怎麼回事？現在不是上課的時間嗎？」

　　我只好垂著腦袋承認：「詹老師不讓我上課。」

　　「你做什麼了？」

　　我說：「前幾日上課看了課外書。」

　　「啊。」她吃了一驚，「看來今日不是第一日？」

　　「第五日。」

　　她沉吟了一下，說：「三日之內，你要拿家長叫來，否則你什麼課都不要上。」

　　這回是真的躲不掉了，我不能假裝每天背著書包去上學，實際却在外面游蕩，我做不出這樣的事，這是浪費糧食，是犯罪。那天晚上，爸爸正巧來到了金塔街，我很小的時候，盼望他來，經常站在門前的人行道上，眺望他必經的道路。有一次，他給我帶來了一小叠每頁400個格子的稿紙，引發了座位四周的艷羨。我的前座羅細紅說：「送我兩張吧？我拿一張牡丹跟你換。」

羅細紅這個名字很怪，第一次聽到我差點笑出來，這傢伙分明是個男的，却叫什麼紅，還是細的。我感覺「細」這個字，渾身散發著鄉巴佬氣息。我城南的那些堂弟堂妹們，經常蹲在門前的菜園子泥墻下，圍著一堆運貨的螞蟻，咿咿呀呀地唱：

麻銀裏麻銀裏拖拖，

大大細細都來拖拖。

前頭個前頭，

後頭個後頭，

騎馬坐花翹翹。

翻譯成文雅的語言，就是：

螞蟻螞蟻拖拖，

大大小小都來拖拖。

前頭的前頭，

後頭的後頭，

騎馬坐花轎轎。

在金塔街，小，大家就說小，和電影裏叫法一樣；但在城南，小，他們都叫細。因此，在我耳朵裏，「細」這個字，是純正的鄉巴佬語言。

不過羅細紅能言善道，雖然他是個留級生。我曾經買過一本作業本，封皮上印著一個雙眉緊皺，頸系紅領巾的小學生，背景則是魯迅嚴肅的樣子。但我那時不知道魯迅，羅細紅主動沉重向我講述，他粗短的手指在封皮上移動：「這是一隻悲慘的故事，這隻老頭，是這隻細伢子的爸爸，這隻細伢子，正在想念他爸爸，但是他爸爸已經被地主打死了，他每次想起，腦海裏就苦大仇深，雙眉緊鎖，一日到夜，都不忘報仇……」現在想想，羅細紅真的很有編故事的才華，可惜沒人發現他，培養他，沒准就是七零後的韓寒。

我答應了羅細紅的建議，那時我們時興玩香烟盒子紙，牡丹牌的烟貴，盒子紙摸上去都和「壯麗」「飛馬」「廬山」不一樣，很光滑，像打了蠟，很難弄到，但羅細紅有好幾張，據說他舅舅住在鐵路新村，也就是火車站附近。他星期天總是去舅舅家，到鐵路月臺上逛來逛去，那裏人來人往，地上經常有天南地北的旅客們扔的香烟盒子，不少是高級烟盒。我說：「我要一張過濾嘴的。」過濾嘴的牡丹香烟盒子更長，更貴重。

他討價還價：「那你給我三張？」

我小心翼翼給他撕了三張。

　　那叠紙用光後，我請求爸爸再給我帶一點。他答應了，但好幾天沒有露面，等到再次出現，却說忘記了。我只好期待下一次。總算等到他又一次現身，却沒有帶來預想中的稿紙，而是兩本用淺紅色薄紙訂成的小冊子。他似乎有點歉疚：「稿紙很貴，已經沒有了。」我很失望。而且隨著年齡的增大，我越來越不喜歡他了。有一次外婆要帶我去看贛劇，整個傍晚，我都驚恐地站在人行道上，眺望他必經的道路，生怕看到遠方出現他其貌不揚的輪廓。還好，他那天沒有來，我和外婆在戲院度過了快樂的一晚。

　　爸爸跟著我去了學校，他和朱老師寒暄了兩句，立刻步入正題：「我這隻小鬼啊，從小就調皮。他娘是金順村生產隊的社員，日日幫醬油廠送醬油，大街小巷，到處亂跑，忙得死；我又在讀書，沒有時間管他。屋裏這麼困難，他還不好好讀書，硬確實一點用沒有。」

　　朱老師驚奇地說：「你還在讀書？不會吧。你好像也是老師吧。」

　　她倒是印象深刻，不久前，爸爸拿出一張報紙，說凡是父母有一方為教師的，可以減免學費，逼我去找老師討回學費。可是錢早已交了，怎麼好意思再要回來？這實在說不出口。我拖了好久，懾於爸爸的淫威，最終還是硬著頭皮跟朱老師說了。朱老師驚詫道：「有這隻文件嗎⋯⋯不過錢早就收了，不曉得要不要得回來。」她的記憶力不錯。

　　爸爸說：「是哦。但我是民辦老師，去年才參加民轉公的考試，考上了南昌師範學校，還有一年才畢業，讀書期間，工資只發一半哦。」

　　我鄙夷地看著爸爸，這麼大的人了還在讀書，竟好意思到處講。你不要臉，我還要臉呢。我低著頭，看著脚尖。

　　朱老師嚴肅地看著我：「抬起頭來，你看看你，屋裏這麼困難，還是農村戶口，更要好好學習了。」又對爸爸說，「他就是不用功，剛上初中，成績排行第一，我叫他做副班長，結果第一次期中考試，跌到中下。現在算中上，他要是用功，絕對不會這樣。」

　　一會兒詹老師也來了，她沒好意思說我搶白她水平不行，估計巴不得大家都忘記。但她心靈創傷看起來不淺，嚷道：「越是鄉下人，越是農村戶口的，越野蠻，越不老實，越不聽話，我教書這麼多年，這硬是一條規律。」但在爸爸的賠笑下，總算允許我回課堂了。

　　那天晚上，一切都很平靜，我以爲事情都過去了，可以重新開始。我坐在燈下，拿出課本和作業本，認真學習起來。我要給爸爸一個好印象，顯示自己是浪子回頭金不換。他默默出去了，過了一會，又出現在門口，手裏握著一根青翠的柳枝，一邊走一邊捋葉子，我抬起頭套近乎：「你這麼大，還玩柳枝啊。」我以爲他想做個柳冠，像電影裏的解放軍叔叔那樣。誰知他捋完樹葉，笑著說：「不是玩，是拿來打你的。」接著，他就操起柳枝，抽得我像隻生猛海鮮，活蹦亂跳。

二十七　國慶節

　　國慶節快到的時候，爸爸來了一趟金塔街，他剛把自行車搬進屋內，就宣布：「國慶節，光頭他們想來玩哦，要到我們屋裏住兩夜。還有蓮弟孀，也想來看一下。報紙上說的，這次建國三十五年國慶，鄧小平閱兵，會搞得好隆重。我們南昌，作爲英雄城，也要放一夜晚的焰火。」

　　光頭是我二伯父的長女。爲什麼叫光頭，我也不知道，也許她小時候頭髮稀疏。她比我大兩歲，讀書成績也好，對祖國的明天充滿憧憬，報紙上歌頌什麼，她就熱愛什麼；不歌頌，就不熱愛。蓮弟孀，則是城南鄉下的鄰居，五十多歲了，生了個獨女，捨不得外嫁，招了個上門郎，以便養老。她的外孫女貴英和大鵝，都是我小時候的玩伴，我們經常在門口的青石板上玩泥巴，黃泥淄泥都玩，但最愛黃泥，因爲淄泥太散，捏不出形狀。我們用黃泥捏桌子，捏椅子，捏凳子，捏碗筷，而且還玩一種很恐怖的游戲，比如捏個棺材，再捏個小人，把人放進去，蓋上泥巴棺材蓋。這種悲愴氣息我受不了，總是爽然若失。

　　沒想到把蓮弟孀那個鄉下老媼都驚動了，看來這次國慶節確實聲勢浩大，土包子們都想來城裏，親眼看看祖國新貌。

　　媽媽自言自語說：「屋裏這麼小，怎麼住得下哩？」不過她是極好客的人，馬上想出了解決辦法：在房間裏再搭兩張竹床。我們家有兩張竹床，一大一小。大的，可供蓮弟嬸和光頭擠擠；小的，歸大鵝。雖然接近十月，天氣依舊特別炎熱，睡竹床一點都不涼。

　　那天，三個人如期來了，看了看我們寒酸的屋子，沒有說什麼，估計心裏都在感嘆：好窮，確實好窮。但還是住下了，畢竟來都來了，再說這裏確實離廣場很近。

　　媽媽那天也破天荒被國家賜假，她把幾張票券和一個籃子推給我：「去，買兩斤肉。就在豬市那裏。記到，要五花的哦。」又叮囑道，「肉票不要跌掉了啦，跌掉了就沒有肉吃的。」

　　我捏著珍貴的肉票，帶著光頭他們一起出門。我知道，因爲過節，國家慷慨地給每戶發了幾斤肉票，沒有肉票，有錢也買不到肉。我們走到賣肉門市部，門口熱火朝天，隊伍排成一條巨大的蜈蚣。我沖向其中一條蜈蚣後面，嵌了上去，像蜈蚣新增的一節，耳邊好像聽到哢嗻的一聲，紋絲合縫。緊接著，我屁股後面又嵌上了幾個人，這讓我感到非常安穩。我自豪地問站在一旁等待的光頭：「你們那裏發肉票不？」

　　光頭說：「還有肉票發，你以爲是你們城裏哦。只發了兩條魚哦，大隊的塘裏撈上來的，一家兩條。」

　　我見過鄉下分魚的場景，一條條銀光閃閃的魚，分堆躺在大隊部圍墙的墙角下，頭部暗紅，皮下充血，洋溢著青春早逝的氣息。大隊長唱名，唱到的，就上去領，每戶按照人數多少，所得不等。用草繩子穿過魚的腮部，提起來，一晃一晃地走。很少吃到葷腥的鄉下小孩看見了，就免不了開始想像它們安分守己躺在盤子裏的樣子，我曾經就是這樣。

「發魚也不錯哦，我喜歡吃魚。」我說。

「魚哪有肉好吃啦？肉，塘裏又撈不到。」她說。

「這倒也是。」我說。這時排到我了，我的臉緊緊貼著窗口的欄杆，身後的人還不罷休，推推搡搡，簡直想把我從窗口塞進去。但我不在乎，這是過節，應該有這種熱鬧的氣氛，我也希望光頭能目擊這種熱鬧的氣氛。我從窗口遞過錢和肉票，賣肉的并不看我，三下五除二將肉斬下，扔到秤上，又提起來，揮刀修訂了兩下，扔回秤上；再次捏起，摔進我的籃子，意氣風發：「正好。底下。」最後兩個字連讀，「下」字的發音與平常略有不同，聲母由「h」變成「g」，也就是說，從畏畏縮縮的摩擦音，變成爽快乾脆的爆破音，顯得大氣磅礴。我提起籃子，還沒挪動，早就被身後的人群擠了出去，好像閹割工匠從牛陰囊裏擠出一顆睾丸。他們推舉出我身後那個人，再次將他的臉死死按在窗口的鐵欄杆上。

我帶著光頭他們去買豆腐乾。城南的鄉下，間或會有農人殺自養的猪來賣，但沒有人會做豆腐乾。從某個角度上來說，這是比肉還珍貴的東西。豆腐乾也憑票，花樣繁多，有塊狀的，有盤香狀的，有香腸狀的，琳琅滿目。地址在賣肉的斜對面騎樓下，光綫比較暗，黑魆魆的。這裏偶爾也賣牛肉，我曾經看過現場殺牛，非常可怕。牛被牽過來，抖抖索索地站著。一壯漢光著膀子，雙手握定鐵錘，掄起一陣風朝牛頭砸去。牛趔趄了一下，後退幾步，好像一個鐵杆愛國者，又重新站定，眼泪汪汪看著壯漢，好像那就是他的祖國。壯漢可不管那麼多，掄起鐵錘又是一擊，牛渾身一陣巨顫，終於站不住，龐大的身軀重重摔倒，淅淅瀝瀝拉起尿來；鼻子裏喘著粗氣，四腳抽搐，全身顫栗，瞳孔逐漸放大，含恨看著這個殘酷的世間，陷入昏迷。牛的脾氣真好，要是豬，早就哀啼婉轉了。殺豬我在城南見過，幾個害饞癆的成年鄉下男人，將一頭清清白白的豬堵在土墻角落裏，七手八腳，強行捆上。豬撕心裂肺地呼救，可是沒有一個人理它，都害著饞癆呢。它被死死綁在俎上，豬頭懸空，是那麼無助。豬頭下擱一個大木澡盆。隨即一人上前，將尖利的刀捅進它肥碩的脖子，喉管一漏氣，它淒厲的呼喊就終結了，血柱之外的分支像落梅一樣四處噴濺。它的眼珠也瞬即停止了轉動，晾在這個它無比眷戀的人間裏。

很殘酷，名稱是「人間」，意味著與它這頭豬無關。

現在沒有牛肉賣，我各選了一樣豆腐乾，又在菜市場轉了兩圈，不經意地問光頭：「你們那裏現在有賣菜的不？」

光頭也比較配合：「我儂鄉下，都是自己種菜，哪有錢買菜吃。你不曉得啊？！」

這就足够了。我們提著一籃子肉菜，歡天喜地回去。

晚上，享受完豐盛的晚餐，媽媽說：「帶你姐姐和大鵝去看下夜景囉，人家難得來一趟城裏。」

這是個好主意。我和妹妹帶著光頭、大鵝，順著街，一直走到了高橋商場，又走到江西影劇院，起碼走了兩三公里。在江西影劇院門口，我看見門前黑板上寫著碩大的幾個字：祁連山的回聲。下面是密密麻麻的時間場次，我定睛看了看，如果願意的話，正好可以進去看最新的一場。我問：「看不看電影？這是全江西最大的電影院。」

也許後面那句話管用，他們都异口同聲：「看。」於是我掏出一塊錢，媽媽給的。光頭已經瞥見，「我來。」她三步幷作兩步搶到窗口，掏出同樣紅紅的一張鈔票，「買四張票，八點二十的，馬上開演的。」

我無可奈何把自己的一塊錢塞回口袋，沒有暗喜能落下一塊錢，也許我該暗喜，但我真沒有，因爲我很想爲他們花掉這塊錢，真的。

江西影劇院的確是全江西最大的電影院，其他電影院的30號座，肯定已經差不多靠墻，但在江西影劇院，還位於中間的邊側。電影很不好看，我沒有看進去，因爲我之前在電視機上已經看過《霍元甲》《血疑》和《排球女將》，這種打打殺殺的革命電影，已經不合我的胃口，我感覺他們也沒看進去。但這不重要，重要的是我帶著兩個鄉下親戚和朋友，來城裏最大的電影院看電影。

第二天就是十月一日，一大早，我們就擠在外公家的院子裏看電視。旁邊的美人蕉開得正艷，爸爸沒有讓我安心觀看，他用一塊破毛巾纏在我的脖子上，要給我理髮。當然沒有電動推子，是用那種鋸齒狀的理髮剪，不知道這個鐵公鷄從哪弄來的。顯然用得年月長了，比較鈍，每剪一下，都仿佛在生扯我的頭髮，疼得我呲牙咧嘴。電視裏小平同志在一遍又一遍地喊：「同志們好，同志們辛苦了。」解放軍士兵們也在一遍又一遍地喊：「首長好，首長辛苦了。」我說：「鄧小平好像不是國家主席吧，怎麼讓他來閱兵。」爸爸說：「除了軍委主席，其他主席都沒有卵用，不管什麼人，只要拿軍隊掐到手上，就是老大。坐好，不要動。」他用力按了我一下，繼續說：「鄧小平硬是有兩下，毛主席怎麼眯（玩），都眯他不死；毛主席一死，他就幹魚子划水，活過來了，還拿毛主席的老婆侄子一家都捉起來了。在中國，只要拿軍隊掐到手上，就是老大，都要聽他的。」我點點頭，似懂非懂，好像又有點神往，突然頭髮又是一痛，我本能地站了起來。爸爸再次用力一按，將我重重按回座位，又是一剪刀。這回我感覺頭皮都被他掀下來一塊，終於忍不住了，抱怨道：「剪個頭剪這麼久，連把好剪刀都捨不得買，痛死人，你以爲是印第安人剝頭皮啊。」我的身體扭了一下，但隨即臉上火辣辣一痛，同時聽到他憤怒的聲音：「什麼好剪刀差剪刀，我還不是用這把剪刀剪的，人家都剪得，就你嬌氣？就是沒馱到打的病。」我哭了起來，光頭和大鵝看著我，不知所措。我很想忍住眼泪，但既然沒忍住，還不如繼續哭下去。我哭得很傷心。

下午，我依舊帶著光頭他們逛街。天氣非常熱，時不時就想買根冰棒吃。還好，頭髮剪短了，倒真的比較凉快。街邊也時不時看見賣冰棒的老頭老嫗，以老嫗居多。她們步履蹣跚，推著藍漆斑駁的冰棒箱，誰招呼一聲，就會停下，翻開層層叠叠的棉絮，露出穿著包裝紙，整整齊齊碼在一起的冰棒們。我買了一次，等第二次看見冰棒箱路過，大鵝已經跑上去，我也跑上去，但大鵝推開我，掏出一塊錢，對老太婆說：「要四根牛奶冰磚。」我有點不好意思，因爲冰磚要貴一點。大鵝說：「這就是交朋友之道，要交朋友，捨不得花錢哪行。」我望著他，感覺有些事情不大對頭。我比大鵝年長兩個月，很小的時候，我們就在一起玩。那時還好，我和他打架，勉强能勢均力敵。我現在猶能記得和他在老家的宅子後面，像牛一樣角力，這傢伙力氣確實大，我累得不行，很渴望大人們上來，把我們拖開，但沒有一個人那麼做，反而只聽到鼓勵的聲音。後來他生長的速度越來越快，把我遠遠拋在後面，如今體形已經當我兩個了。他應該開始發育了，這意味著已經長卵毛了，這讓我有一點沮喪。他這番話，也顯得有些成人，看來長了卵毛就是不一樣。

晚上才是重頭戲，光頭他們就是爲這個來我們家的。我們一人拎著一隻小板凳，趕往八一廣場，我手裏還多抱了幾個月餅。廣場上人山人海，熱氣騰騰，月亮懸在中天，看上去也仿佛粘糊糊的，沾滿汗漬。不過我還是興致勃勃。一個大喇叭正在洪亮地播放著通告，大意是說，我們英雄城南昌，是偉大的人民子弟兵的發祥地，是我們偉大的党能够成就豐功偉業的基礎，五十七年前，就是在這裏，打響了面向國民黨反動派的第一槍，經過艱苦卓絕的奮鬥，犧牲了無數先烈，最終迎來了全國人民的解放。所以，爲了配合國慶三十五周年閱兵，市政府決定，在八一廣場進行禮炮表演。

很快，半空中升起了燦爛的禮花，主席臺放完了，萬歲館頂樓接著放。賣冰棒和橘子水的老太婆在夜色中穿梭，蚊子在無數條不同的大腿間盤桓，目不暇接，它們一定感覺物質產品極大豐富。我們個個仰著頭，張望著半空中綻開的五彩，有的禮花還帶著降落傘，每次冉冉降落，人群都前呼後擁，跑上去瘋搶，仿佛夜風中起伏的稻田。幸好這樣的禮花不多，最終沒有發生踩踏事件。禮花的發射時間真的很長，我吃完了兩個月餅，又吃了兩根冰棒，一軟管橘子水，焦渴不耐，禮花還沒有放完。不知什麼時候，終於等到最後一支禮花冉冉升空，在告別的廣播聲中，所有人蔫頭蔫腦，提起小凳，拋下一地的冰棒包裝紙，心滿意足離開了廣場。

街道兩側都是緩緩移動的人群，我們夾在其中，夜色像一張灰色而緻密的網，休想掙脫它的懷抱。每個人都拎著一個小凳，有點像小時候在城南鄉下，看露天電影散場。只是城南的夜色更深，像黑色的麻袋，被它裹住的，除了我們，還有稻田和咕咕叫的青蛙；而這裏沒有青蛙，只有偶爾路過的汽車發出的汽笛聲，一點也不詩意。我感覺脖子上粘糊糊的，是汗液留下的痕迹。但剛才的不耐煩已經消失了，我摸了一下脖子，問光頭和大鵝：「怎麼樣，你們覺得好看嗎？」

他們异口同聲：「好看哦，放這麼多焰火，不曉得要花掉幾多錢哦。當真好隆重，不到城裏來，硬是看不到哦。」

我淡然說：「其實也不怎麼好看。」然後將手中的橘子水軟管愉快地扔到地上。

二十八　搬家

　　媽媽討好地對爸爸說：「閻王終於答應了哦。」

　　爸爸問：「答應了哈，他要幾多錢哦？」

　　「一個月二十塊。」媽媽說，「我們還是能落下來不少嘛。」

　　爸爸嘆口氣：「閻王這隻人，不曉得幾惡，蚊子脚骨上，都要割二兩肉去。」但也承認無奈，「算了，有什麼辦法呢，賺就讓他賺了。」

　　那真是一個繁榮的時代，街頭小店，到處開花，祕酵綻放。馬路對面的篾匠店，早就變成了雜貨店，我妹妹和他家的女兒，綽號叫「大肚皮」的，打得火熱，常常能吃到免費的汽水，我多麼希望自家也能開一個這樣的店啊，但那顯然需要本事，像我爸爸那樣的窩囊廢，絕對做夢。不過有一天，我突然在本地電視新聞上看到了對街的篾匠，他剃著光頭，穿著囚衣，和其他七八個凶神惡煞的人站成一排，畫外音告訴我們，原來他是一個「糞霸」，霸占了半個城區的糞便，給人民群眾的生活帶來了巨大困擾，在人民群眾的強烈呼籲下，終於被捉拿歸案。這真是難以想像，原來家對面那個胖胖的憨憨的張篾匠，竟是這樣的人。

　　很快有人瞄準我們家的屋子，確切地說，是外公家的房子。因爲它位於馬路旁邊，適合商業開發。有一段時間，不時有人跑來，夾著一個上海牌的皮包，站在人行道上東張西望一陣，然後走近院門，輕叩柴扉，要求會晤。他們代表某個單位，打算購買這片宅基地，不過總被外公的血盆大口嚇跑：「不管建什麼樓房，我屋裏幾個崽，加上我，房子一人一套，這是少不脫的。除此之外，下面一排鋪面，也少不脫。」

我真想住那種西式樓房，全身水泥澆築，水泥地面，一擰，水管子就出水；半夜擰亮燈，就可以蹲下來大便。那樣，我就不用羨慕應新生、吳俊那些蠢貨了，就算不是城市戶口，至少過上了工人的生活。所以，對外公的貪婪，我非常憤慨，在心裏罵過他百轉千回：「這隻閻王，不曉得幾貪，硬不是人啊。」

接著有人來單獨找媽媽，要租我們住的兩間破屋。那是一個很胖的婦女，五十多歲，像條獨木船一樣一晃一晃，划到我家門前，問：「這是哪個的屋子哦，可以談點事情不？」

原來她是做小吃的，租我們的屋子是想賣早點：「租金一百二十塊一個月。」這個巨大的數字當即將我爸爸擊倒，因爲他的月薪不過三十塊，我媽媽也差不多。

閻王勃然大怒，把爸爸召去，一通叱罵：「金龍啊，我吐痰跟你洗臉哦，當初要不是我看你可憐，你想到我門口搭屋啊？夢都不要做哦。你現在隨便租給人家賣早點，我門口不要被你作得屎臊尿臭？」

其實也沒那麼複雜，二十塊錢順利堵住了閻王的嘴，然後爸爸不顧我們所有人的反對，在七八公里之外的洪都大道邊租了個房子，房租一個月二十七塊。

　　新居是小姨的老公介紹的，他當時也賃居在那裏。那是一個楊姓的村莊，原先也墳冢出沒，那時已被開發，傍靠一條大馬路，離我上學的中學也近。但公共廁所比金塔街的還要恐怖。有一次，我和同班同學小楊在那不期而遇，他是個名人，前幾天上英語課，他像豬婆癲發作一樣，突然大叫一聲，跳上桌子，用彈弓對著另一個同學發了一彈。臺上精瘦的女老師氣得渾身哆嗦，走下去揪著他的胳膊，想把他拖出門外，但小楊捨不得放弃寶貴的課堂，負隅頑抗。女老師力氣不足，最後自暴自弃，放開小楊的胳膊，蒙住臉哭了起來。課堂上略微安靜了一會，但旋即又宛如鬧市，女老師發現，原來她并沒有獲得真正的理解和同情，於是果斷停止了啜泣，夾起書，扔下一句話：「你們這個班，真是小流氓成堆，我教不了。」走了。第二天，果然換了一個中年女老師，修養很好，不管誰鬧，不管鬧得多凶，她自管站在那念自己的，完全當我們透明。

　　和小楊在廁所裏碰面，讓我意外且榮幸，他蹲在我旁邊，一邊拉屎，一邊親切地詢問我的來歷。我沒有心思拉屎，一一恭敬回答。他拉完，提上褲子，踏著滿地的尿漬和蛆蟲走了。我的心這才平靜下來，不慌不忙把自己的糞便排到體外。從此之後，他見了我都和和氣氣，別人看在眼裏，也因此對我和和氣氣。

　　念高中的時候，有一天中午，我和同班同學老熊吃完飯，討論一道數學題。老熊也是鄉下戶口，立志要考大學跳出農門。他很用功，至少比我用功得多，雖然他的成績比我好不了多少。我對數學不感興趣，是真的不感興趣，數學書都是嶄新的；而老熊除了數學課本，還額外買了十本八本數學課外題庫，每一本都翻得跟破爛一樣，所謂「韋編三絕」，恐怕也不過如此。當然，從表面成績來看，老熊不應該有這麼勤奮。我們圍著那道數學題，研究了一會，我就放棄了；但老熊沒有，依舊趴在桌上，冥思苦想。突然，響起一陣巨大的撞門聲，把我們嚇了一跳。

我看見了久違的小楊，他還像念書時那樣坑精鬼瘦，嘴裏哼著小曲，一搖一擺，好像一隻跳躍的蚱蜢。身後跟著幾個和他年齡相仿的夥伴，也都一副烏頭黑殼、營養不良的樣子，展示出強烈的鄉下青少年特徵。南昌人把游手好閑的流氓稱爲「羅漢」，在流氓這個行當混稱爲「打羅漢」，以前，鄉下青年被困在稻田裏，很少有人打羅漢，隨著改革開放，鄉下也開始出現羅漢了，我不知道是什麼原因。

老熊從題庫中抬起頭，看著小楊，親切地問：「你們好，你們找哪個哦？」我也趕緊對小楊笑了笑，以示友善，小楊沒有回應，低頭看了一眼老熊的皮帶，說：「好差。」

老熊腰間系的是一根軍用皮帶，這是羅漢最青睞的東西。誰要是戴一頂真軍帽，系一根真軍用皮帶走在街上，隨時可能被羅漢搶去。大鵝曾經跟我炫耀他的鑒定才能，說真品軍帽的下檐有一角是拼縫的，喻示臺灣沒解放，祖國的統一大業未完成，假的就沒有這個特徵。我聽得稀裏糊塗，我對「打羅漢」一向沒有興趣，也沒有放在心上。

小楊無疑是發揮了「羅漢」的本能，順便給老熊的皮帶做個鑒定。老熊可能沒有理解他的意思，脫口回應：「做什麼？」小楊已經走到教室門口，聞言回頭，隨手操起一個板凳，猛然擲向老熊，嘴裏吼道：「做什麼？做你娘的別。」老熊趕緊跳開，板凳砸在墙上，發出沉悶的聲音。老熊嚇住了，臉皮緊繃，望著小楊，顯得很不服氣。

「你還相（看），相什麼相？老子打死你這隻別崽子。」小楊吼得更大聲了。

我也嚇住了，剛才不還好好的嗎？怎麼突然就暴跳如雷了。「打羅漢」的人，情緒這麼不穩定？好在小楊轉眼看了我一眼，叮囑自己的同夥，「那隻扇頭就算了，不要打他。」隨即奔向老熊。

我眼睜睜看著粗壯的老熊遭到三隻瘦猴的圍攻，他根本不敢還手。其實我覺得如果還手，以他的體魄，未必會吃太大的虧。他只是抬起胳膊，護住自己準備用來跳出農門的聰明腦袋，其他地方則拱手出讓，真是喪權辱國。仿佛正下著暴雨，拳頭雨點般落在他身上，啪啪啪，聲音清脆，但他一動不動。這悲壯景象，大概讓小楊也有點不好意思，他突然叫道：「算了，不打了。」他的兩個夥伴狐疑地看著他，他解釋：「這隻扇頭還算老實。」又對著老熊罵道，「今日放過你，你給我記得，再多嘴，老子打死你。」老熊緊閉著嘴巴，目光中夾雜著憤怒和不解。

在楊村，我們只住了兩三個月，那幾個月都是盛夏，熱得要命。我們租的房子是二樓的一個大房間，有二十多平米。通過外面靠墙單獨的「觀光樓梯」出入。隔壁還有一個小房間，租給了別人。我每次走上樓梯，都要路過那個房間的窗口。那好像不是正經的住家，沒有家具，也沒有鍋碗瓢盆，只有幾個年輕男女出入，神秘莫測。窗戶沒有窗簾，平常都敞開著，裏面一床一桌，一望無遺；但有時會突然挂上一塊洗臉毛巾，將窗口遮蔽。我那時還沒發育，却也知道，屋裏的男女大概正在性交。當然，我從未聽到過女性呻吟的聲音，就像我從地攤小報和書上看到的那樣。可我總是想入非非，充滿艷羨。

沒多久，鐵公鷄覺得二十七塊錢的房租也貴了，決定舉家搬往城南。雖然大家都不願意，因爲那樣一來，媽媽上工，我上學，路途都變得望而生畏。但誰也沒有辦法，鐵公鷄在家說一不二。從那以後，我經常是披著夕陽往城南走，而快到家時，黑夜已經將周圍的一切全部吞噬，只剩下青蛙們歡天喜地，呱呱鳴叫。

金塔街這時也出了問題。城管局突然搞了個清理違章建築的運動，我們住了十幾年的屋子，被劃爲違章建築，限期拆除，否則就要搗毀。消息傳到城南，爹爹主動請纓：「讓我去住，看他們敢拆。我就不信，共產黨的天下，會這樣亂來。」婆婆取笑他：「撑什麼硬氣哦，你去大崽屋裏討要養老糧，還被他推得跌到地上呢。」爹爹默然不語。

幾天後，十幾個城管小夥子們蜂擁上門，每人扛著一根鐵棍，不由分說，把屋子搗成了廢墟。那段時間，爸爸到處托人找關係，可他一個鄉下小學教師，能找到什麼關係？只見他和外公等人坐在黯淡的燈下，請了一撥又一撥的陌生人來商量，都是層層請托。那些人個個豪氣干雲，最低也認識局長，說只要準備點烟酒，就可以搞定，但最終房子再也沒能建起來。

爸爸於是去找金順村的書記老宮，據報紙說，老宮當年在部隊表現優异，一門心思聽黨的話，終於成功加入了黨組織，轉業後回到村裏，被選拔爲村書記。他任勞任怨，全心全意爲村民服務。這輩子最關心的事，就是提高本村社員的生活水平。爸爸找到他辦公室，說明來意，希望他能批一塊地建房，老宮說：「你不是我們村的，你愛人雖然在我們村，但她是女的，女的不能批地。要批，找你們城南村去批。」

爸爸耐心講道理：「她戶口又不在城南，新社會男女平等，爲什麼女性就不能批？」

老宮說：「平等，呵呵，平等，當然是黨的政策，按理我們應該執行。但實際操作中，也有具體的困難，何況共產黨的天下，不可能兩頭占便宜。你在城南村有地有房子，你愛人又想在金順村占地建房子，這能叫公平嗎？」

「我是公辦老師，戶口不在城南，城南村住的房子是爺娘的。」

老宮說：「爺娘的，將來就是你的。希望你能理解我們的困難，就好比你們城南村，會給女的批地建房嗎？」

爸爸啞口無言，回到家，開始給鄉長寫告狀信，告發老宮把自己鄉下的親戚都弄到金順村，分良田美宅；而自己一家，戶口從出生起就在金順，却批不到宅基地，這是不公平的，也是違反黨的政策的。他寫了整整三天，鄭重塞進信封，鼓鼓囊囊地寄出去了，沒過多久，媽媽正在池子裏洗汽水瓶子，突然廠長把她叫出去，扔給她一封信，皺巴巴的，好像久經蹂躪。廠長說：「這封告狀信，是你老公寫的，通篇都是不實之詞，對我們宮書記極盡惡毒誹謗。本來我們要采取措施，念在你是老社員，就原諒一回。你回去跟你老公說，再這麼不負責任亂寫，我們村委會一定不會聽之任之。你也曉得，宮書記是我市優秀村幹部，得過好幾次獎，跟市長省長都握過手，汙衊他，是辦不到的，也是不可能得逞的。」

回到家，兩個人大吵，媽媽說：「你這隻鐵公雞，自己沒有本事，還想坑我們。你告人家宮書記，你以爲你是哪個？人家官官相護，告狀信一轉身，還不是到了人家手上。你一個男人，指望女方的地建房子，要不要臉哦？我這生世啊，就是被你害死了。」

爸爸說：「被我害死了？那就離婚嘛，省得我再害你嘛。」

媽媽嚎叫道：「我離你娘賣別，崽女都長得這麼大，還離婚。不要臉的東西，你不要臉，我還要臉。」

爸爸抱著腦袋蹲在地上，嗚咽道：「我硬是頭世造多了孽哦，找了一隻夾沙糕。」

二十九　電視機

大約是寒假，堂兄小林說：「去看電視不？今日夜裏演《馬陵道》哎，香港古裝片哎。」

於是裹緊棉襖，跟著堂兄堂姐們，深一脚淺一脚，來到村西頭水井邊一戶人家。堂屋裏早已濟濟一堂，坐滿了村裏的年輕人。西鐵城石英鐘的廣告之後，正片開始了，孫臏和龐涓在熒屏上鬥智鬥勇，最後亂箭齊發，龐涓死在大樹下，真是過癮。我天生就喜歡古裝片，覺得古人的穿戴真是好看。他們老了，都有一捧白鬍子，飄飄欲仙，說起話來，總是那麼有哲理，不像現在的老頭下巴光溜溜的，特別猥瑣。

過幾天，爸爸從金塔街回來，說：「閻王屋裏買了一隻電視機哦，花了五百多塊錢。」

婆婆艷羨地說：「硬是有錢哎。」

正是包產到戶政策剛實行的年月，農民們突然在年底分到不小的一筆錢，我舅舅幾個瞞著外公，從商店抱回了一隻日立牌電視機，黑白的，十二寸。看來，城南鄉下同時也出現電視機，不是偶然的。

我於是迫不及待想回到金塔街。電視機，讓我對鄉下的生活產生了強烈的逃離衝動。到別人家蹭看，和在外公家看，心情自然是不一樣的。

一回到金塔街，就感覺到氣氛不同，小姨首先迎上來，臉上笑眯眯的：「屋裏買了電視機，夜晚有電視看哦。」小姨只比我大五歲，仿佛姐姐，曾經帶我在旭日商店斜對面的文化館看過彩色電視，五分錢一張票。第一次是放《釵頭鳳》，看得我打瞌睡；第二次不錯，是電影《曙光》，打仗的，歌頌賀龍，有些畫面嚇得我心臟砰砰直跳，我沒想到紅軍也會那麼殘忍，肅反，自己人殺自己人，眼都不眨。

吃完晚飯，小姨帶我去系馬樁的商店，買了兩包糖豆子和蠶豆，然後我們回家，坐在電視機旁。二舅撳一下按鈕，嗞的一聲，熒屏上出現一個年輕小夥子的頭像，正在播報兩伊戰爭。接著換了畫面，模糊不清，只看到一個人影將炮彈塞入炮筒，又捂著耳朵跑開，隨即炮筒噴出火焰。不久後播天氣預報，很快又演出正片，熒屏上顯出「響鈴公主」四個字，故事已經記不清了，只記得女主角臉盤大，膚色黑，卻很漂亮，我前不久看過她主演的電影《紅牡丹》。

小姨那時還沒有男朋友，她的眼睛近視，每天晚上都搬個小凳子，側身坐在離電視機最近的地方。最有名的，是播《敵營十八年》；然後是南斯拉夫連續劇《黑名單上的人》，裏面南斯拉夫共產黨員像老鼠一樣奔逃，依舊被蓋世太保追上，一陣亂槍擊斃，這讓我百思不得其解，怎麼外國的共產黨員這麼不經打？甚至有的被捕後，一頓酷刑，將機密和盤托出，一點都不英勇，比我們國家的共產黨員差遠了！

當然還有其他溫情外國片，比如《大衛·科波菲爾》，每次播完它，才是《敵營十八年》，我們都不喜歡看，索然寡味，猶記得主人公還是個沒發育的小孩，就強行要吻一個年齡相仿的小姑娘，這小孩還竟然是正面人物，還竟然敢拍出來，英國人怎麼這樣流氓，公安局就不管一管？

很快小姨就不見踪影，因爲她有男朋友了，我不明白，爲什麼男朋友比電視的誘惑還大？有時我看著電視，偶爾掃一眼她留下的小凳子，非常悵惘。

有一個單集電視劇《王冕》，講王冕跟一個老翁學畫。老翁鬚髮皓白，宛如神仙中人，感覺古代真是比現在好得多啊！畫荷花的情節尤其記憶深刻，塗完色，還要用細狼毫蘸粉色，在花瓣上鈎出纖細的豎紋，也就是花的脉絡，逼真得好像一陣風吹來，它就會晃兩晃。看完獨自走出院門回家，黯淡的燈光下，媽媽早已睡著。我掀開粗紗的蚊帳，坐在床沿，脫衣服，脫鞋襪，心情猶自難以平復，又握著冰凉紅腫生著凍瘡的脚板，獨自想了好一會，才鑽進被窩。

還有一個單集電視劇《鵲橋仙》，講秦觀和蘇小妹的，是在破廟裏，男主人公出場，姿態萬千，吟出一句詩：「兩情若是久長時，又豈在朝朝暮暮。」我和我的耳朵同時驚呆了，世間怎會有這樣好的詩句？長大後想，却覺得有點扯，有情人老不在一起，情怎麼久長？可是詩句就像野蠻女友，漂亮得你抵抗不住。

外公家買電視機後，老姜還活著，他的女兒們還經常跟我們一起看電視。電視機放在大舅房間裏，星期天早上也有電視節目，我們總是百般討好大舅，他那時剛有個兒子，才一兩歲，我們說幫他帶崽，只求他給我們開電視，看動畫片。因爲貪看周日早上的《大鬧天宮》《哪咤鬧海》，我不肯去學校補課，被蔣老師罵得狗血淋頭。

很快就念初中了，街上商業活動日漸增多，過年時尤其明顯。以往春節前後，只有幾個賣氣球和彩紙飛機的小販，現在則擺滿了各種鞭炮和新奇玩具。電視機越發普及，幾乎家家戶戶都有，節目也日漸增多，省市都相繼建立了自己的電視臺。首先是省臺，因爲慶祝新建，播放香港武打劇《霍元甲》《陳真》，我們驚得差點掉了下巴，世上怎麼會有這麼好看的電視劇？兩年後，市電視臺成立，首播節目則是《射雕英雄傳》，劇中人個個都有內力神功，和它相比，《霍元甲》簡直土得掉渣。另有日劇《血疑》，國產劇《包公》，都讓我們神魂顛倒。夏夜，家家戶戶把竹床搬到街邊睡覺，電視機也搬出來，躺在竹床上看。我在外公堂屋裏看《血疑》，爸爸把我扯出來，道：「這種片子教壞人，不要看。」我只好悲憤地爬上竹床睡覺，却怎麼也睡不著。看著鐵公鷄躺在星空下，腦袋一歪，似乎進入了夢鄉，我又偷偷爬起來，站在裁縫家門口的人群中，看連續劇《包公》。正看得起勁，突然臉頰一陣熱辣，我驚恐轉頭，見鐵公鷄怒氣衝衝：「還偷看戀愛片，人才幾大，心思就這麼腌臢？」我泪水盈眶，想辯解又無從開口，也不想開口，只覺得心中天昏地暗，怎麼攤上這麼一個爸爸，完全就是一條瘋狗！

冬夜裏，經常和外公一家圍著火爐看電視。周末，爸爸來了，被舅媽們邀請打撲克，那時他們也還年輕，邊打邊看。熒屏上播放著連續劇《諸葛亮》《霍東閣》，他們却已經不能全身心投入，對電視劇的熱愛，成了明日黃花。

當我們住在楊村的時候，離開了外公家的日立，只能去小姨家蹭看《射雕英雄傳》，有時候他們已經昏昏欲睡，劇還沒有播完。我們都苦勸爸爸，也買一臺電視，總被拒絕。好在他終歸是人，每天天一黑就睡，他也受不了，終於對小姨的老公說：「請你幫忙，買一臺電視機囉。」

之所以不自己去買，是因爲小姨夫確實很「調」，能說會道，朋友多，吃得開。而我爸爸是上不得檯面的，他常常自哀自嘆：「我要是稍微調一點，早就入黨了，早就可以吃剝削了。」

第二天傍晚，小姨夫就來了，從他的飛魚牌自行車上卸下一個大紙箱，又將一個塑料袋丟到桌上，說：「發票在這裏，保修一年，總共五百二十一塊。」

爸爸一面說著感謝的話，一面割開紙箱，將電視機和兩塊白色的泡沫塑料一起提了出來。真是相貌堂堂，熒光屏位於中間，左右兩邊各有一個喇叭，好像雙卡錄音機，連天綫都有兩根，跟教科書上畫的一樣；而外公家的那臺日立，只有一根天綫。只是牌子沒聽過，叫什麼「凱悅」，遠不如「日立」如雷貫耳。

那天晚上如同過年，我們歡天喜地打開電視，播的是《八仙過海》，香港電視連續劇。我有一種异樣的感覺，就是感覺八仙們，或者說時尚，通過這臺現代化的機器，終於嵌入了我家，再也跑不出去了。我們也是有電視機的家庭了，想想真如在夢裏！

接著就搬到了城南，爹爹、婆婆還活著，但那幢地主的老宅子前些年已經拆掉。大伯和二伯依舊在原地建屋，却沒有多餘的地方分給我爸爸，經村幹部調解，重新給爸爸分了塊地，搭了一間簡陋不過的屋子。這屋子和大伯、二伯家的新宅子一樣，都再也沒有地板閣樓，只有一地的泥巴。爸爸因爲更窮，更偷工減料，因此，屋子更簡劣，墻壁凹凸不平，紅磚面，沒有粉刷，兩個房間一左一右，除了一扇破舊的大門，連房門都沒有。這是一棟濫竽充數的鄉式農宅，老伯和二伯的新房子稍好一點，但好得也有限，不過大概他們不覺得。

爹爹和婆婆又隨我爸爸一起住，地方遠離老宅。屋後除了一個池塘，再沒別的人家，顯得冷僻蕭瑟。

於是每天早上，我和媽媽一起，趕臺鉗廠的班車上學。有一天下午，我在校門口等車，媽媽早就在車上，見了我，緊張地說：「聽說屋裏著了賊哦。」我悚然一驚：「那電視機呢？肯定被偷了。」媽媽說：「還不曉得。」我很難過，回到家，却發現電視機完好。婆婆有點不好意思：「我就出去了一下子，回來就發現門被撬開了。」爸爸煞有介事地拿出紙筆，描摹闖入者的鞋印，水波形，說要報案，但警力哪會爲他浪費？當然沒有什麼結果。好在家裏赤貧，沒有現金，不過丟了幾十塊錢的國庫券而已。

吃晚飯時，鄰居紛紛來吊問。二十多的男鄰居華子義憤填膺：「下午聽我娘說，會生婆屋裏著了賊。我還奇怪，兩個老人家，屋內有什麼可偷的嘛。才曉得是細崽跟新婦也搬來了。」很顯然，賊以爲我們家是城裏人，有很多油水。我想他們肯定很失望，會破口大罵：「原來是隻窮鬼，比我儂鄉下人都不如哦。」

鄰居七嘴八舌，有的說：「肯定是村裏那些好吃懶做的後生子做的。」又有的說：「這些後生子硬是壞，連人家兩隻老人家屋裏都偷。」

　　婆婆說：「還好哦，沒拿電視機也端走哦。」

　　爸爸說：「電視機家家戶戶都有，這麼大的東西，偷出去也不好轉運。」

　　我總是站在屋後，看著池塘和池塘外目極千里的稻田發呆，哀嘆自身的命運每況愈下。有個鄰居見到爸爸，搭訕道：「你屋裏都搬到鄉下來了哈，不再走了？」爸爸說：「哪個曉得哦！」這句分明是掩飾羞愧的話，被妹妹聽到，傳給我，當成笑談。我也加入了取笑的隊伍，心底卻萌生一絲希望：他這麼說，難道我們還有重回金塔街的希望？

　　和童年時的老屋不同，再也沒有堂兄弟堂姐妹一塊玩，寂寞時，只好經常跑過半個村莊，去找他們。他們不再圍上來，聽我描述城裏看的電影，雖然依舊比較熱情。大伯母家的四個女兒，共住東北朝向的一間小屋，小窗外就是當日老宅子的花園兼菜園，現在是一片瓦礫，寸草不生。四個女孩睡在一張大床上，很擁擠，但和舊時住在老宅裏那樣，非常溫馨，令我神往。嘰嘰喳喳，該有多少有趣的事可以聊呀！

　　二伯家也經常去，他喜歡讀書，所以經常能從他那撿到一些書看。他的大女兒光頭，和我有更多的共同話題，喜歡探討一些形而上的問題，不過總不如在大伯母家那麼熱鬧。

　　後來日漸長大，串門也少了。一個夏夜，媽媽還沒回家，婆婆做了晚飯，因爲太熱，把桌子搬到外面。媽媽感覺不合口味，嘟噥了兩句。婆婆也有些不高興：「我這麼大年紀，弄飯弄到你們吃了，還那麼多話。」這讓我深感憂慮，生怕她們吵起來。好在沒有，往後也沒什麼機會，因爲第二年，婆婆就去世了。

有時在外面小桌上吃飯，電視機也搬出來，放在凹凸不平的窗臺上，看著老革命劇的翻拍《歐陽海》，邊吃邊看。劇情緊張，似乎還不錯。婆婆生病的那些個晚上，正播放《濟公》，聽到那迂腐書生的臺詞：「想我這蟾宮折桂之手，怎能去幹那加減乘除的勾當。」爸爸大笑：「一隻盡料的扇頭，只會白嚼，一錢事都做不來。」

也正在那時，爸爸媽媽經常要去金塔街那裏，商量怎麼保住那個老屋。我們害怕，叫爹爹和我們一起看電視，看《鐵道游擊隊》，問他：「日本鬼子是不是真的跟電視裏演的那麼壞？」他可能惦記著另一間房的婆婆，答非所問：「如果真的有鬼，我也打不贏它呀！」

隨著我們逐漸長大，一間房逐漸住不下了。有一天我見媽媽和爹爹在吵鬧，大概是媽媽希望他搬到我二伯家去住，因為二伯又建了一棟新樓，老房子空著。爹爹不願去，對媽媽發怒：「一日到夜就曉得吵吵鬧鬧，老媽子就是被你氣死的。」他說的是婆婆。

媽媽當然不承認：「怪我啊？人老了就會得病，哪個還能活一百二十歲啊？總不要死的。」

爹爹怒不可遏，拍著飯桌大吼：「就是被你氣的，還想抨[1]我走。這間屋當時建起來，我也出了力，我也有份，你當時在哪裏？現在抨我走，你這隻惡女人，沒有良心的東西。」

媽媽說：「你也不體諒一下我們，脫大的崽，跟我們擠一間房，你看得過去？你對哪個拍桌子捶板凳嘛。」

1　抨：南昌方言，趕。

　　後來爹爹還是搬走了。媽媽爲自己辯解：「不是我惡，實在是屋裏住不下哦……他一日到夜擱手卡脚，坐到那裏，跟頂（尊）菩薩樣的，還捶桌子打板凳，戳戳罵罵。」

　　我失聲而笑，媽媽的描繪倒是挺形象，印象中的夏天，爹爹經常坐在樹蔭下，或者房屋前，袒胸露乳，露出兩版肋排，肩胛骨窩深不可測，足可以盛兩碗水。就那樣一直坐著，紋絲不動。暮年的氣息在他四周流淌，而他那刻的内心，大概正波瀾汹涌：這美麗的夕陽，還看得了多久？

　　媽媽的行爲似乎太過分，但我也不知說什麽好。也許我應該像書上記載的那樣，數落媽媽：「你不對爹爹好，將來怎麽指望我對你們好。」但說不出來，而且我懷疑那些故事是文人編的。一般情況下，人對父母的親昵，遠遠壓倒對祖父母的同情，不可能因爲別的什麽原因改變。

　　有一天，我踱到二伯那個老房子，看見爹爹坐在院子裏，正在縫衣服，身上穿的衣服打滿補丁，瘦骨嶙峋，臉上老人斑星羅棋布，眼珠渾濁無光，像被兩泡陳尿泡著。他看著我，微微笑了笑：「你來了！」有些凄凉况味。我一陣心酸，也不知說什麽好，只浮現出媽媽以前對他的形容：「每日回家，就看到他跟尊菩薩樣的，擱在那裏，一動不動，胛窩裝得下一碗水。」

　　爹爹搬走後，媽媽請人把兩個房間的地面澆了水泥，大概因爲省錢，水泥少，沙子多，地面澆得疙疙瘩瘩。但她仍舊每天認真擦洗，不管回來得多晚，也要完成這道程序。乾淨得讓我們夏天習慣鋪個席子，坐在上面看電視，甚至乾脆躺在上面睡覺，身邊杭生牌臺式電扇蹲在地上，不停把腦袋轉來轉去，殷勤吹拂；凱悅牌電視機黑黑白白，一閃一閃，映著大家專注的眼球，也黑白分明。那些日子父母還年輕，我也年輕。

那時的節目，最記得的是《海燈法師》《天涯同命鳥》《陰陽鑒》，還有一些香港劇《神雕俠侶》《流氓大亨》，因為經常停電，看著看著，就「啪」的一聲，熒光屏閃出一道白光，四下一片漆黑。我們破口大罵：「戳他娘的別，又停電，正演到好看的時間。」但也只能哀嘆著跑出來，躺在外面的竹床上，望著燦爛的星河，唱著影視劇歌曲，以遣漫漫長夜。那時，一句其他的流行歌曲都不會，天空真的很純淨。

冬天的日子難過。在我有了自行車，再也不用趕臺鉗廠班車的那段時間，每天早晨要騎車迎風北行，朔風怒號，兩隻手雖然帶著皮手套，也凍得幾乎沒有知覺。風擊打在臉上，讓人氣都喘不過來，自行車的速度，僅僅能維持不倒，真覺欲哭無淚。

最記得看香港劇《武則天》，覺得馮寶寶好美。她那時還沒有進宮，和心上人坐在草垛上談笑，突然她的男朋友旋轉著飛了起來，像龍捲風出沒，同時劍已出鞘，然後一片金鐵交鳴的聲音，打得天翻地覆。我大吃一驚，原來歷史劇也可以武打。片頭的主題歌好聽，「誰人做我公正，心中會不痴情」，伴隨著馮寶寶由明艷走向陰鬱的面孔，頓感人世滄桑。

似乎因為實在上班不方便，有時媽媽也到外婆家搭宿。聽著門後怒吼的寒風，我站在煤油燈下，等爸爸洗刷電飯鍋，等待過程中，我會背背詩詞古文，以為他也不聽。有一天，正呵著寒氣背誦，至《隆中對》最後一段：「孤之有孔明，猶魚之有水也，願諸君勿多言。羽飛遂不復言。」爸爸突然插嘴：「背錯了。」我說：「沒有啊。」他說：「最後一句是那樣的嗎？」我默默背了兩個來回，說：「不是這樣的是怎樣的嘛？」他說：「是羽飛乃止。」我頓時對他刮目相看。天氣真冷，躺進被窩也半天不熱，等終於熱了，又被催促著起床：「天光了，要上課了，晏了就趕不上車了。」爸爸站在床邊大叫。

冬天，也有溫馨的時刻。夜晚，五口人一起，坐在床上看日本連續劇《阿信》，所有人的腳都在被子底下交叉相碰，間或互相挖苦：「你的腳怎麼跟死人一樣，冰凉沁骨。」「你的腳才像死人呢。」於是挪動幾下，一會兒，大家的腳都熱了，專心致志看電視，真是很好的電視劇。第二天，妹妹會啞著嗓子學裏面一個老太婆的配音，惟妙惟肖。還有印象比較深刻的，是南昌臺《聊齋》系列劇，開頭一陣鬼火，一個燈籠，一陣驚悚的風聲配音，繼而主題歌響起：「你也說聊齋，他也說聊齋……」，總讓我們心驚膽戰。有一天播的是《阿綉》，兩個字在片頭出現，我見爸爸沒有呵斥我去複習功課，心中竊喜，大氣不敢出，默然看著，總怕他想起來，一揮手：「嘎要死，你讀書的人，還看電視啊？」

還有一天播《蓮香》，先是一個狐狸，狐狸是好的，真心對書生好；鬼是壞的，專門來吸書生的精血。最後狐狸幫助書生，殺死了鬼。好不溫馨。突然熒屏上電閃雷鳴，女鬼披頭散髮，在書生的窗口出現，嚇得我們都尖叫一聲，但又何其過癮。

大多時候的印象，是看著看著，爸爸和媽媽都相繼歪著腦袋，發出鼾聲，我們還生龍活虎。雖然從年齡來看，他們那時還算年輕，還牢牢統治著整個家庭。

有時候會出現尷尬，某個晚上播放電影《張鴻漸》，也是改編自《聊齋》，說窮書生張鴻漸的漂亮老婆出門洗衣，一路哼著歌，一個地主老財迎面踱來，鬍鬚飄然，色眯眯盯著她，搖著摺扇，吟道：「真是一曲清歌，暫引櫻桃破啊！」我對老財頓時肅然起敬，還知道李煜的詞，沒准是致仕回鄉養老的侍郎呢。然後是張鴻漸坐在粗製濫造的油燈下讀書，老婆給他端來一杯熱水，說：「郎君辛苦了，請早些安歇吧，明日再讀不遲。」張鴻漸把著書，眼睛盯著老婆看，一霎不霎。老婆有點羞澀：「傻瓜，光看有什麼用？」眼波流轉。張鴻漸會意，將書扔下，一把將其抱起，兩人倒在寒酸的破床上交歡。把我一個清純的中學生，看得臉辣辣的，耳邊適時響起爸爸的感嘆：「現在的電視，當真是，把好人都教壞了。」

春節時間，對電視的印象尤為深刻。平時沒電，電視節目也沒春節豐富，就觀賞心情而言，吃糠咽菜之後，也不如酒足飯飽之時那麼愜意。而飯菜最豐富的時間，就是春節了。臘月二十四是小年夜，臘月二十九是大年夜，晚上有幾個好菜：木耳炒肉，辣椒炒肉，蹄花肉，煎魚。除夕的晚宴，會加一個燉雞。菜肴起碼有六種，還有一瓶南昌土產香檳。這是一年中飯菜的極致，最豐盛的吃喝齊聚今明兩晚，到大年初一，就每況愈下，要吃剩菜度日了。

除夕的下午，一般要打掃房舍，寫對聯，叫做新年新氣象。有一次除夕，外面灰濛濛的，我和爸爸、妹妹站在桌子椅子上，用積攢的舊報紙糊墙壁和天花板。由於房子破爛，天花板和墙壁都凹凸不平，糊起來很困難。但我們毫不氣餒，最後整個屋子都被密密麻麻的方塊字填滿，面貌一新。我順勢躺在床上，讀著墙壁上的字：「熱烈慶祝黨的十三屆二中全會勝利閉幕。」感覺人生無比美好。那時爸爸指揮若定，還是一家之主，誰也想不到，他很快就會變成一個沒人理會的糟老頭子。當然，也并不奇怪，想想每隔十年，世上不知會有多少個家庭破碎：夫婦走向風燭殘年，做飯都力不從心；又或者死了一個，家庭也就轟然垮塌。雖然也許不久前，他們還牢牢掌控著一切。

非常盼望除夕，還因爲想看那個春節聯歡晚會，相聲小品固然是最大期盼，但最重要的，在於它傳遞一種普天同慶的氣氛，讓我這種鄉村窮少年也有那種當家作主的錯覺。主持人搖頭晃腦，朗誦著雪山上邊防士卒的來信，就仿佛我們真在被他們保護，身處一個十億人之衆的溫暖無比的大家庭之中。

有一次過年，爸爸還接了一個活來做，幫村裏一位率先發財的老闆寫信封。他們發財的方法，就是印製一些小學生試卷，賣給外省的各鄉村小學。原來每個城市的小學真是多如牛毛，我至今猶自記得，光填寫廣東電白縣，都是寫不完的「廣東」和「電白」兩字。後來我找到竅門，廉價買來一袋劣質橡皮擦，刻了「廣東」兩個字，蘸上墨水，一個信封一個信封蓋過去，啪啪啪，效率果然提高不少。後來連各個市名縣名也都用橡皮擦刻印，只有具體的鄉村名才用手寫。我們一邊幹著這項活計，一邊看江西二套播的香港劇《上海大世界》，一心二用，手腳不停，劇情緊張，倒也沒有什麼遺漏。

　　再一年春節的晚上，不知初幾，我在爸爸媽媽的房間裏，看一個西班牙電視劇，不大好看，但我還是堅持看完，等我打著呵欠跑回房間，弟弟已經酣睡。我有點氣憤，叫道：「賽巴斯先生，您已經看到我了，現在，我不得不殺了您。請原諒，賽巴斯先生！」弟弟嚎叫一聲坐了起來，看見是我，嘟噥道：「有病是不。」又重新倒下。我揪起他：「你說哪個有病。」他訥訥地說：「又沒說你。」

　　城南終年缺電，每天只能在油燈下吃飯，洗臉，洗腳，等半夜醒來，一拉燈繩，燈火耀眼，但又有什麼意義？春節期間的幸福，只持續到初五。有一年，媽媽聽了鄰居老媼的慫恿，花了近兩百塊，買回一個電瓶燈。那是一個公文包大小的箱子，很重，上面支著一盞檯燈，沒有燈罩。買來的名目，說是讓我複習功課，然而在春節享受了現代化照明之後，我們剎不住車，總是圍坐床頭，讓它照耀著我們打牌。我、妹妹、弟弟、爸爸，正好湊成一桌。碰上有很好看的電視，才將電視機插頭接在電瓶上，能勉強看個一兩小時，然後畫面開始劇烈扭曲，對話聲也緩慢詭异，仿佛老年女鬼的哀嚎，宣示電力不足，只能怏怏放弃。電瓶可以充電，但其重複充電能力，比現在的蘋果手機電池差得遠。大約還不到五十次，就基本上油鹽不進，成了一箱垃圾。

　　實在很想不明白，一向鐵公雞的爸爸，怎麼允許買一個如此山寨的電瓶。供我複習功課這理由是說不通的，大約他自己也過於嚮往電燈。

　　家裏從來都沒有窗簾，甚至起初連房門都沒有，鬼可以自由出入。最後在我的強烈要求下，媽媽請村裏的木工來家打了兩扇房門。一個除夕的下午，我騎車去廣場新華書店看了一下午書，又去商店買了幾尺淡綠的棉布，上面印著更綠的毛竹。我自己動手，做了個簡易窗簾。第二天一早，我被那綠色晃醒，門外此起彼伏的鞭炮聲，襯著新窗簾，充盈著幸福氣氛。

這棟破舊的屋子，看著我們歡聲笑語，和悲傷憂愁；看著老的死亡、壯的衰老、少的壯大，人生就像走在流水綫上，過一段時間，舊的退出，留下空白，由新的去填補。音韵學上有個研究方法，叫內部擬測法，就是隨著歲月的發展，在聲韵體系中出現空格，老的退出，新的擠進，真是一模一樣的。我們還只是平民人家，我們住的屋子，壽命也不過幾十年。那些皇宮大宅，它們才真是見多識廣，如果他們能够思考，該是多麼悲欣交集！

妹妹念到初二就輟學了，因爲她特別喜歡看電視，對那時播放的《一剪梅》《情深深雨濛濛》之類臺灣言情劇，毫無抵抗力。她還在村裏結識了一幫姐妹，這些女孩個個處於春心萌發的年紀。艱苦的鄉下歲月，使得萌動的春心，成爲她們枯竭心靈的唯一滋潤。她們大概都盼望在不久的將來，嫁一戶好人家，改變目前蔫黃的生活。這種期望，需要找人傾訴，因此她們常常相聚，擁抱取暖。但迎接她們的，絕對不會是電視裏那種浪漫的場景。

有一個親戚女孩叫艷香，和妹妹尤其打得火熱，最後晚上也同床共枕。她們曾是同班同學，但艷香小學畢業就輟學，妹妹還在初中苦苦支撐。終於有一天，她也提出了輟學的要求，說想跟媽媽一起，到炒貨廠去包糖果，掙錢養活自己。另外還有一個理由，就是她在城裏那所中學，感覺特別孤寂。學校雖然很爛，學生到底都是周圍的工人子弟，他們仿佛熟知妹妹的情況，叫她「鄉下妹子」。爸爸權衡利弊，批准了妹妹的請求。從此，她如願告別了學校，而那是我一輩子都不想告別的。我無法想像，一個人年紀輕輕就離開學校，該是多麼可怕，這種恐懼可能滲透到了我的血液之中，讓我後來毫不猶豫找了一所高校謀生。我再熱愛電視，也不願意和學校決絕。我經常想，如果離開學校，被拋到險惡的社會，將有怎樣一種不安全的感覺。

這些記憶碎片，像樹葉縫隙間透出的斑駁陽光似的，一直躲藏在腦子裏，總在不經意中突然熠熠生輝，照亮沉睡的情感。它們一定是我心中非常重要的部分，至少，它們契合我的心靈。

三十　蹭飯

　　外公家的院子門上，有一個粗糙的屋頂，用油毛氈草草搭蓋的。我和小舅在它下面擺了一張小竹床，坐著下象棋。太陽火辣辣籠蓋大地，腳下的土仿佛隨時都會不堪忍受，「噴」的一聲爆發，燃燒起來。我百無聊賴地移動著棋子，其實沒有多大興趣，我的心思全部落在大舅買的一本准色情期刊上，那個期刊名叫《金盾》，封面上畫著一個穿紅色連衣裙的少女，兩個雪白的、圓滾滾的乳房裸露在外，臉上一副驚慌失措的表情，暗示乳房的裸露，實非她本人所願。在她上方，則畫著一個戴著大蓋帽的公安民警頭像，目光炯炯，滿臉正氣，對位於自己下方的乳房視而不見，一門心思都在考慮如何才能改善社會治安，更好地為人民服務。少女下方，是碩大的「金盾」兩個字；下方，是「逃離淫窟的少女」；再下方，印著一行小字：XX市公安局主辦。

　　那本雜志現在正靜靜躺在大舅的抽屜裏，我很想攤開它，快速尋找那些准色情段落，如饑似渴地閱讀。對「乳峰」「豐臀」「喬其紗」這些字眼，正常人都會有特殊的敏感。當然，在外公家看這種雜志，不是一個很好的所在。我希望能帶回城南的家，躲在陰暗的角落，細細品味遐想，可是，雜志是大舅的，我只能在這裏看。可惜正要看的時候，就被小舅叫了出來，他要我陪他下棋。我不敢不聽。

下棋的間隙，我時不時望望院外，純粹無聊。小舅的棋藝很低，我足以從容不迫。突然，我發現一個熟悉的人影走過來了，好像那是妹妹。怎麼回事？她怎麼也來了，我當即夢游一樣站起來，迎了上去。

「不是說好了，我來你就不來，你來我就不來的嗎？」我走到她面前，很生氣，低聲斥責。

她躲避我的目光，盯著隨時可能燃燒的地面：「今日太晏了，趕不回去吃飯了。」

我說：「你怎麼跑出來了？」

自從搬到城南以後，我們就沒吃過像樣的飯菜。家裏的米總是有蟲子的，細細的肉蠕蟲，和渾身硬殼的象鼻蟲，應有盡有。這可怎麼辦？我們的辦法，是偶爾去外公家蹭飯。自從我們被趕離金塔街，他的日子一天比一天紅火。由於房屋靠近大馬路，不斷有人來找他，商談拆遷補償事宜。每天早上，他提著籃子去菜市場，鷄鴨魚肉一個勁往家裏搬，見了我們，就會感嘆：「油葷太重哦，現在吃不了幾多哦。」他家的米粒，都是細長細長，半透明的，玉粒金錞，前兩字用來形容他的米，毫不過分。

我和妹妹曾經商量，如果要去外公家蹭飯，就輪流去。兩個人一起，一定會招致外公的臉色。當然，即使一個人去，他未必就不給臉色，只是尚不至於讓他徹底撕下偽裝。一個人吃的畢竟少些，他多少會藏怒強忍。我們雖然年齡小，多少有點骨氣，等閑不會去吃。但有時真有難處，比如上學時遇到雨雪天氣，回城南就有些難；還有時候去城裏玩，不到他那裏蹭飯，實在找不到別的辦法。我們可沒有錢下館子。

我想起了外公難看的臉色，對妹妹說：「那怎麼辦？你說話不算數啊，以前給媽送飯也是這樣。」我很憤激，簡直帶著哭腔。

媽媽曾經在村辦食品廠工作，那時我們還在金塔街。有一天上中班回家，妹妹和弟弟都睡了，我趴在燈下看《中學生作文》，爸爸也坐在身邊，他正在南昌師範學校補文憑，所以常來金塔街。這時媽媽披著夜色走了進來，她穿著粗糙的工作服，臉上露出一絲若有若無的得色。走到燈下，突然從口袋裏掏出拳頭，攤開，是兩塊小小的餅乾。她笑道：「我偷出來的。」但臉上并沒有羞恥。

餅乾實在好吃得驚人，裏面可能摻雜了杏仁，或是別的什麼堅果。我說：「沒想到你們在做這個，好吃，確實好吃哦！」

她說：「你每日去給我送飯嘛，在車間裏，吃幾多都沒人管，只要你肚子裝得下。」

這當然是好差事，但妹妹也不會讓我獨吞。於是商量好，一人送一天。爸爸嘲弄地說：「你們這麼饞，當真羞死好厚的人哦。」我也有點抬不起頭來，但那時我的思想沒有現在這麼深邃，否則我會一句話把他撐靠壁：「還不是我爺沒有卵用，他要買得起餅乾，鬼才搶著去送飯。」

餅乾似乎總沒有吃膩的時候，除了那種小小的杏仁餅，還有華夫、桃酥、老婆月餅，以及其他叫不出名字的種類。即使是普通的桃酥，也比外面賣的好吃許多，大概因爲是剛出爐的。第一次來到車間，我看見一個剛捏好的餅乾方陣，整整齊齊蹲在傳送帶上，氣氛悲壯。電鈕一按，它們被緩緩送入爐子，好像集體屠殺。沒過多久，爐中溢出可怕的香氣。不勞媽媽親自動手，她的那些同事阿姨就抓起一個，塞到我手中：「吃啦，崽啊，最新鮮的，外頭有錢都買不到的哦。」

我一邊啃著美味的餅，一邊四下觀看。在墙角的一個工作臺上，我看見老鼠和蟑螂車水馬龍，宛如趕集，但所有人都視而不見，媽媽解釋說：「那堆佐料啊，是做月餅餡的。不到這裏做事不曉得，要吃餅就吃桃酥，只有桃酥乾淨。」

有一天傍晚，我心急火燎跑回家：「給媽的飯準備好了沒，我今天值日，跑回來的。」

爸爸說：「這麼晏才回來啊，你妹子已經先去了哦，她想吃餅乾哦。」我如雷轟頂：「這才晏幾分鐘嘛，我能去哪裏嘛？今日輪到我，她怎麼能去？」爸爸笑了笑：「有什麼辦法呢，她也饞唄。」

我說她不講道理，就是指這件事。

「沒有辦法。」這會她低下頭，「就只一次囉，總不會拿我們趕出來。」

「你總是沒辦法，可我沒那麼厚的臉皮。」我低吼了一聲，想了想，毅然撒開兩條腿，往馬路上大步走去。我聽見舅舅在後面喊我：「馬上吃飯了，你到哪裏去哦？」

我沒有理他，走得飛快，感覺胸中燃起一股悲壯的烈火。我想起了大舅舅抽屜裏的准色情雜志《金盾》，想起了封面上那個裸露著兩個雪白乳房的少女，但奇怪的是，我再也沒有一點衝動的念頭。

三十一　鄉下話

作爲城南小學老師的爸爸，他的發音也常常被我們嘲笑。

我會朗讀《草原》那篇課文：「今日，我們看到了草原。」

但接下來，不是「那裏的天比別處的天更可愛，空氣是那麼清鮮，天空是那麼明朗」，而是我的創作：「草原上一隻野鷄被獵人打死了，一是因爲這隻野鷄沒有本事，二是因爲這隻野鷄太老實了。」

「打死了」「本事」「老實」，這三個詞的發音，城南和金塔街很不一樣，金塔街的「打」「本」「老」都是念上聲；城南的發音，則像普通話的陰平，有著鮮明的鄉村特色。我念的時候，模仿爸爸的鄉下口音，以示譏諷。他當年每次去金塔街，總因爲這些或者其他因素被我二姨突然呵斥。我二姨精神不正常，對鄉下人有一種天然的歧視，對別人還好，看見我爸爸，就會沒事找事：「你望到我做什麼？鄉下人。」爸爸總是和氣地反駁：「我哪裏望到你了嘛？再說你沒望到我，怎麼曉得我望到你呢？」二姨不屑地說：「你不是望我，你是睞[1]到我。鄉下人，一口鄉下話，還在這裏起勁。」爸爸只好笑一笑走開，私下對我們解釋：「不要跟神經病一般見識，

<hr>

1　睞：瞪。

拿她擱高些。」其實二姨應該知道，自己才是農村戶口；也許發病之後，對自己沒有認識。當然，她後來如願，也成了城裏人。因爲金順村經常有土地出售，每出售一次，都會獲得不少招工名額，家家戶戶有份。有一次又來了機會，大舅媽想爭這些名額，吵得沸反盈天，但沒有得逞。最後給了我大姨和二姨，媽媽常嘆恨道：「我是過了年齡，不然不管怎樣，作爲屋裏的老大，都少不了我的。」二姨神奇避過體檢，成了南昌床單廠的職工。但很快就露餡了，廠長找到家裏交涉，意欲退貨，但在外公一家野蠻人面前，也不可能得逞。最後只好懇求她別上班，廠裏願意按月發給生活費。

每次念這幾句，媽媽也笑得前仰後合，雖然不久之後，她的口音神速染上了城南色彩。她和城南的婦女們，熟稔地在井臺邊洗衣服，攀談，討論家長里短，黃色見聞，仿佛金蘭故交，連我爸爸都笑她：「身邊死了張屠夫，就換毛吃？什麼意思？不曉得吧，我曉得你就是亂學。人家說的是死了張屠夫，就和毛吃？意思是，如果張屠夫死了，難道大家就吃帶毛豬？難道沒有別的人會殺豬鉗毛？你跟那些鄉下婦女學，學得什麼到嘛？都是些扇頭答腦，話都說不清的人啦。」媽媽笑得上氣不接下氣：「我哪曉得那麼多。那句話怎麼說啊，劉備借金子，有借沒還。」爸爸說：「去去去，你一生一世都學不會。」媽媽自我解嘲：「沒有辦法哦，吃了哪裏的水，就會說哪裏的話哦。」可是，我的口音就沒變啊。

搬到城南之後，妹妹和弟弟也不得不轉到城南小學念書。

其實城南小學，和我當年就讀的金順小學，也沒什麼不同，都是村辦的（當然教育局必須備案）。最大的不同，就是城南小學位於城南村，鄉下；金順小學位於金塔街，城裏。還有個小不同，就是城南村是個自然村，全村人都一個姓，而老師又基本都是民辦，從這個村選拔出來的，所以稱呼這些老師，光稱姓是不行的，必須連帶叫名字。這聽上去不大禮貌，却沒有辦法。

就歷史來說，城南小學比金順小學長得多。金順小學是有了金順村之後才有的，而金順村又是新政權成立後，將流落在城裏的流民們組織起來後成立的；城南小學，民國時就有了。爸爸曾經對我們娓娓講述校史：「創辦人就是我們村的，叫褚岳明，舊社會那時間啊，當了南昌市警察局局長，屋裏不曉得幾有錢，丫鬟傭人一大堆。起了床，只要拿手一伸，就有人幫他穿衣。兩個兄老早就跑到黃埔軍校去了，畢業後馬上就是軍長，不曉得幾威風，解放後逃到臺灣去了。」鑒於爸爸極其痛恨舊社會，我當即就嘲笑他：「看來國民黨反動派裏面也有好人嘛，人家還知道建個小學，造福桑梓。」

他的回答牛頭不對馬嘴：「你曉得不？老百姓那時間窮得連短褲都沒有，還想穿鞋子啊？草鞋都穿不起。我的親娘，聽說當時就是在屋裏打草鞋，擺到路邊上賣，換點米吃的。你曉得幾窮哦，要不然也不會跟到國民黨逃兵跑掉。」

「看來國民黨軍紀不行啊，怎麼那麼多逃兵？」

「軍紀那是還可以哦，聽我爺說，有兩個國民黨兵強奸婦女，馬上捉到塘邊槍斃了。」

「那怎麼打不贏共產黨？」

198

他說：「貧富太不均了，國民黨反動派維護的是大地主大資產階級的利益，我們辦公室的大榮老師，你曉得的，他舊社會就是少爺，聽他說，飛機場這邊，所有的地，都是他屋裏的；老百姓啊，一壂卵都沒有，這社會公平啊，太不公平了嘛！」

我產生了興趣：「原來你們老師裏面還混進了地主少爺，沒被槍斃啊？」

他說：「不要聽有些人亂嚼，無緣無故，政府都會殺人啊？有血債的才會殺囉。」

「文革呢？他這種地主崽子，很容易被革命群眾揪出來打死的吧？」

「那也不會，他那時間還在坐牢呢。」

看來他說漏了嘴，我趕緊追問：「啊，坐牢，看來還是差點子被鎮壓了嘛。」

「他坐牢，是因爲男女關係方面的事啦，不是政治問題。」他沉吟了一會，「坐牢也是幸運，至少不敢再亂嚼了。他自己也說，坐牢是贏到了，要是當時在外面啊，早就被打死幾回了。」

有一天，爸爸乾脆拉我到大榮屋裏，接受社會經驗教育。大榮先誇張地恭維了我一番，是的，很誇張地恭維我，然後步入正題：「讀書，你厲害；但社會上的事，我比你還是多懂一些。你曉得我幾聰明不？那時間要我發言，給共產黨提意見，好多人熱血沸騰，紛紛舉手，我有那麼扇？早看透了。我坐到那裏，一言不發，硬要我說，我就一個勁說好，拍巴掌，喊毛主席萬歲。那些出身貧農的，有的都被打成了反革命，槍斃了；我啊，大地主崽子，活到現在。我跟你說，這世界頭上，沒有什麼正義不正義的，共產黨趕走了國民黨，你以爲會不一樣？其實一樣的哦，換湯不換藥啊。什麼天下興亡，匹夫有責，那是策（騙）你們這些知識分子的。國家跟你們有個卵關係，負責？你一想負責，就要馱生意（惹麻煩）……」

我很想問問他坐牢的事，但因爲涉及男女關係，怕他羞慚，沒好意思。可是真應該開口，寫出來，沒准就是史詩。他躺在搖椅上，捧著保溫杯，緬懷逝水年華：「什麼世道，都差不多，當官的永遠吃剝削，窮人永遠幫人家賣命。歌廳、舞廳，這算什麼新鮮事物哦！解放前城裏就有的，我那隻去臺灣的兄，就帶我去舞廳跳過幾次舞，跟現在一模一樣。國民黨、共產黨，條條狗都咬人哦。」

他說到民國，我的腦海裏立刻浮現出一幀幀黑白電影畫面，我總是有一種錯覺，那時候的一切，都是沒有色彩的；人的舉止動作，還是生硬跳躍的，甚至閃爍著雪花點的。

大榮才華橫溢，字寫得比印刷品還好，據說在獄中，除了會拍馬屁，還負責刻鋼板，出墙報，深得政府喜歡。出獄後，又葉落歸根，被城南小學延請爲教師，校園裏所有的牌匾都是他親筆所書。小時候，我常見爸爸給村裏人寫春聯，對他景仰而崇拜，但這時候，我仰頭望著教學樓二樓上懸挂的八個篩匾，看著「團結緊張，嚴肅活潑」八個魏碑大字，刀戟森嚴，巧奪天工，正是大榮的手筆。我質問爸爸：「你爲什麼寫不了這麼好嘛？你怎這麼差嘛？」他垂頭喪氣地說：「比不得哦，人家是地主屋裏的少爺啦，基因好哦。」他還知道「基因」這個詞。

不過我小時候見的教學樓不是這個樣子，那時只有一層，外表很精緻，裏面却頗陰森。我常聽堂姐堂妹們繪聲繪色描述教學樓裏的「毛脚鬼」，說有一天晚上，李根香老師去辦公室拿她的課本參考書，突然一截毛茸茸的小腿從天花板直墜而下，嚇得她奪路而逃，但事後檢查天花板，看不到任何痕迹。我說：「是不是看花了眼哦。」堂姐小鳳斬釘截鐵：「怎麼會看錯哦，好多人都看到過啦，張淑梅老師說要複習功課，考公辦老師，夜裏到辦公室去複習，其實是和書舟老師通奸，剛關上門，一條毛茸茸的小腿又突然跌下來，嚇得他們奸都沒通成。」她稚嫩地笑了起來。

不久，老教學樓就拆了，預製板蓋的新樓拔地而起。除了我，家族所有的孩子都在這裏接受教育，老師們響應党的號召，挨家挨戶動員，要家長讓孩子上學。他們給鄉巴佬描繪了一幅幅美好藍圖，說將來考學進城，就能吃商品糧，當城裏人，吃香喝辣。這很有效，等我們全家回到城南，村民的素質明顯提高，家家戶戶都主動把孩子送進教室。但教學樓的設施，實在不敢恭維，窗戶玻璃早就殘缺不全，被白色塑料布代替。在一片低矮的房子中，二層樓的小學校鶴立鷄群，獨自面對怒號的朔風。有一天爸爸回家，指著妹妹哈哈大笑：「硬是想不到，她今日冷得在課堂上哭，羞死人哦，搞得我只好帶到她去辦公室炙火。」妹妹氣憤地説：「你們這裏是什麼棺材教室哦，窗戶上連塊玻璃都沒有。」接著，她突然大聲念了一段我發明的課文：「今天，我們看到了草原。草原上一隻野鷄被獵人打死了，一是因爲這隻野鷄沒有本事，二是因爲這隻野鷄太老實了。」然後嚴肅地宣判，「你們這些老師，不曉得幾差，比金順小學差遠了，我硬是想不到，連念課文都用鄉下話念，硬是差得跌跤。」

爸爸的反擊很有力，也很無恥：「你看下你的戶口看哦，到底哪個是鄉下人？到底哪個是哦？啊！」

三十二　打人

　　夏天的傍晚時分，大鵝來了，邀我一起去河裏洗澡。每到夏天，我們都去池塘或者河裏洗澡。如果沒有意外，我們都是相邀一起去。光著膀子，左手捏著一條褲頭，肩上搭著一塊毛巾，右手有時拿著一個肥皂盒，有時什麼都不拿。

　　我們一邊走，一邊聊天，大鵝說：「過幾日，我們要去教訓一隻人，你也去幫個忙嘛，怎麼樣？」

　　仿佛一夜間，城南這個鄉巴佬聚集的地方，年輕人也開始不安分了。他們不再老老實實作田，而是三五成群，騎著自行車滿街亂逛，看見村姑，就吹著口哨調戲。有時他們騎到一個修車攤邊，突然剎車，腳尖點著路面，剎車鼓發出一陣尖銳的叫聲。修車攤老闆就趕緊放下手中的活，站起來，掏出烟，滿面堆笑地迎上去，一一散發。他們接過烟，有的直接點火；有的暫時不吸，夾在耳朵上。其中一個撿起地上油膩膩的氣筒，給自行車打氣，扔下一張毛票，修車店老闆趕緊撿起遞回：「打個氣還拿錢，兄弟啊，這是看不起我囉，這個攤子，有什麼事還要請兄弟幫忙呢。」扔錢的把錢繼續塞回去：「脫卵哦，拿到拿到，有事再作。」腿一蹬，自行車緩緩啓動，另一個一屁股跳到後座上，叮叮噹當地走了。

這是城南的新生事物，也就是「打羅漢」，隨著香港警匪片普及，他們也漸漸說「在道上混」。

大鵝在青雲譜中學念書，那是個比我念的中學還要爛的爛中學，只有初中部，學生絕大多數是附近村莊的孩子，大家一般稱它為「農中」。我的堂姐堂兄堂弟們，都從農中畢業，或者不畢業。比如我一個堂弟，曾跟我談起他的光輝事迹：「農中有隻姓宋的男老師，不曉得幾壞，好幾次叫我罰站。我讀到初二退學，有一日叫了幾個兄弟，跑到教室找他，要剺他一餐（打他一次）。他正在講臺上約手劃腳，不曉得幾起勁，看到我，拋掉粉筆就跑。我帶到兄弟在後頭追，拿他堵在樓道。他嚇得從二樓一下就跳下去了，腳骨都跌斷了。」我驚訝地說：「你們這麼殘暴啊？！」他得意地一笑：「殘暴，你曉得他幾壞？有一次檢查作業，他叫全班同學拿教室裏的桌子搬開，跟開茶話會樣的，空出中間一片地方，然後要我們這些沒寫作業的，在教室前後黑板間來回跑，每次跑到黑板邊，都要拿頭撞一下黑板。有一隻老短又瘦又小，更好欺負，那隻姓宋的就說他撞得不合格，上前按住他的腦袋往黑板上撞，撞得咚咚響。你說他該不該打？」

「按的就是你的腦袋吧？」我笑了。

他說：「我還好，就撞了一下。」

在這種破中學，大鵝想學好，恐怕不容易。不過我也是爛中學的學生，對大鵝是五十步笑百步，所以，我沒有完全拒絕，畢竟他是我從小的玩伴。我問：「打哪個哦？」

「農中的一個老短。」他說，「有個兄弟想打他。」

我說：「你們兩個人還打不了嗎，難道他好厲害？」

他說：「厲害個卵，我一個人打他兩隻都綽綽有餘。但是，打人這種事，要體現聲勢。一兩個人跑去打，人家看不起，說你沒有兄弟。」

哦，這樣。我還是有點擔心：「我沒打過人啊，萬一那隻人暗地報復我怎麼辦？」

他說：「那隻短命鬼，又不是打羅漢的，報復個卵。再說，就一次，他認得出來是鬼打他啊。」又繼續懇求，「去吧，就算幫我一次。」

我說：「爲什麼不叫小鵝去。」我心想，好歹我是個正規中學的學生，小鵝早就肄業在家，找他去做這種事恐怕更合適。

「他？」他輕蔑地說，「鵝裏鵝氣的，我跌不起那臉。」

我於是有點得意：「好吧。」

幾天後的一個中午，太陽熱辣辣的懸在半空，我跟著大鵝，走到門口的馬路上，有一個男人已經等在那裏。他跨在一輛飛魚牌自行車上，腳尖點地。看上去十七八歲，比我們都大，普普通通，屬於那種作完案，却很難被苦主回憶出面貌的類型。他瞟了我一眼，對大鵝說：「這就是你帶來的人啊？」仿佛很失望的樣子。

我有點不舒服。這也難怪，我一個還沒發育的初中生，一副只配被人打的可憐相，拉我去打人，確實有點廢物利用。

大鵝含含糊糊地說：「打那隻扇頭，够用了。」

那人說：「那就這樣吧。」他從口袋裏掏出一包牡丹牌的烟，遞了一支給大鵝，又遞一支給我。我遲疑了一下，還是接過了，臉上一陣發燙，心裏却有點滿足。

　　我坐在大鵝自行車的後座上，十多分鐘後，就到了農中門口。每天上學，我都要經過這個爛中學，從來沒想過會進去打人。正是將要上課的時刻，人群熙熙攘攘。我跟著他們倆，走進了教學樓；又走上樓梯，來到了二層。我感覺有無數雙眼睛盯著我們，這很正常。在自己念書的校園裏，我也一眼能分辨出哪個是小混混。他們走路的樣子都與眾不同，一言不合就訴諸暴力。我有個同學，有一天正自我陶醉引吭高歌：「不要問我從哪裏來，我的故鄉在遠方……」誰知立刻聽一人接道：「我要問你從哪裏來嘛，你的故鄉到底幾遠嘛？」他朝那人看了一眼，馬上縮回了眼光，但已經來不及了，那人跑過來，啪啪就給了他兩個嘴巴，嘴裏還罵道：「你相什麼相（看什麼看），相你娘賣別，老子敲死你。」我感覺現在，自己也成了無數雙眼睛中的混混，我有一點不安，也有一點得意。

　　突然大鵝低聲叮囑我：「來了，我們一動手，你也上去打。一定要打啦，要不跌死人的。」他對我有點擔心。

　　我說：「不要緊說（老說）嘛，我曉得。」

　　我們繼續走了兩步，領頭大哥突然叫了起來：「就是這隻別崽子，給我打。」他已經沖了上去，賣力打了起來。我也毫不猶豫，沖上去掄了兩拳，感覺拳頭觸及一個軟軟的身體。然後我定睛再看被打的人，他穿著一件短袖海魂衫，面相斯文白晰，簡直不像個鄉下孩子。他微微蜷著腰，背依墻壁，驚恐地看著我們，好像一隻被活捉的老鼠。旁邊無數學生望著他，又望著我們，但沒有一個覺得驚訝。

　　領頭大哥又上前，扇了他一個巴掌，說：「你還到處靴禍（挑唆引發禍端）不？你還害我老弟啊，還敢不敢靴禍？」

那孩子連連搖頭：「我沒靴禍。」換來的又是兩巴掌。「還沒打乖是不？」領頭大哥說，他回頭看了看我們。大鵝踏上一步，又是一拳打去。那孩子趕緊點頭：「不靴禍了，再也不靴禍了。」

領頭大哥比較滿意：「下次再囉嗦，拿你打變屎。」

我們三個人大搖大擺下樓，學生們像受過培訓一樣，熟練散開，讓出了一條整齊的通道，只是沒有人鼓掌獻花。我簡直要揚起手掌，叫一聲：「同志們好，同志們辛苦了。」忽然看見鄰居家的孩子小春也在，他比我小一歲，我們都斯斯文文的，暑假在一起下象棋。我猜他怎麼想也想不明白，我這樣的人也會「打羅漢」，還跑到他們校園裏來打人。我避開他的目光，低著頭，背對著無數的目光，離開了校園。

領頭大哥打開自行車鎖，跨上車，腳尖點地，又掏出烟，分別遞給大鵝和我一支。這回我沒有遲疑，爽快地接過。他給我們分別點上火，三個人一起吞雲吐霧起來。我們邊吸烟邊交流了一下打人感受，之後往回騎，騎了大約五分鐘，在一個路口分別，領頭大哥對我揚起手掌，說：「兄弟，多聯繫。」我也揚起手掌，笑道：「多聯繫。」

過了幾天，我出去玩，走在村莊的路口，那裏正在修路，一輛挖土車喘著粗氣賣力勞作，龐大的身軀將狹窄的道路堵得嚴嚴實實，我只好站在旁邊等候，突然發現領頭大哥騎車過來，自行車後座上，綁著兩個糞桶。我有點慌張，想躲開他。但他已經看見了我，對我笑了笑。我只好硬著頭皮上去打招呼。他又遞給我一支烟，我裝作大方得體地接過，熟練地吸了一口，對答了兩句。他說：「有空一起玩，走了。」一蹬自行車，往農中方向馳去，兩個糞桶大概沒綁牢，又或者是裏面裝的糞不安分，發出撲通撲通的響聲。我望著他的背影，心中不知是什麼感覺。我狠狠吸了口烟，將半截烟摔到地上，又狠狠踩了兩脚。

三十三　送水

　　天氣非常熱。

　　我和堂妹接受大人的命令，回家去打水。早晨帶來的水喝光了，誰也沒想到，天氣會這麼熱，人會渴得這麼快。走過田埂的時候，我們被鄰居大白攔住了，她說：「跟我娘說一聲，裝一壺水，讓你們幫忙帶過來，謝謝啊。」

　　大白的媽媽，外號叫地主婆，我很小的時候，每逢一些特殊日子，大隊部就要開會，就要把她拉到臺上批鬥。不過在平時，她和鄰居婦女和老媼們談笑風生，沒有什麼不一樣。批鬥時，也只是嘻嘻哈哈走個過場。據說有些地區非常革命，群衆苦大仇深，會把地主全家滅門，相比之下，我們這裏倒是比較文明。大白長得高大健壯，皮膚也白，我爸爸曾感嘆地說：「跟我儂這些窮人比，地主的基因還是好。」

　　我和堂妹答應了一聲，繼續往回走。堂妹邊走邊咕噥：「叫人家幫她帶水，這麼熱的天。」堂妹是我二伯的次女，很胖，整個人像一個氣球，生在農家，她也沒吃什麼好的，不知道爲什麼這麼能長肉。當然她比較矮，大概營養都分配到橫向生產綫上去了。我認爲人在生長發育的過程中，有兩條生產綫，一條縱向，一條橫向。一個人長得高還是長得胖，就看哪條生產綫本事大，攫取的資源豐富。

　　正是農家的雙搶季節，搶著收割稻子，搶著栽種稻苗。天空好像被水洗過一般，一朵白雲都看不見。雖然只是半早上，太陽已經够毒辣，到處都黃燦燦的刺眼。在太陽力不能及的地方，比如屋子裏，樹蔭下，眼睛是好受些了，暑熱却低不了多少，只覺得渾身像要冒火。田埂兩旁都是金黃的稻子，我低著頭，像瘟鶏一樣踽踽而行，稻田裏幾乎所有的雄性都脫光上衣，袒露出黑乎乎的上身；褲腿高高卷起，兩條棕黑的雙腿，在水田裏趟來趟去。女人們略微有些不一樣，年輕一點的，比如大白，戴著草帽，整個臉還用毛巾裹住，比中東女人還嚴實。上身穿著長袖秋衣，下身套著劣質布料的長褲，褲脚在泥水裏摔來摔去，每走動一步，都發出啪嗒啪嗒的響聲，好像一條響尾蛇。在這樣的天氣，裹得這麼嚴實，簡直是蒸包子。她們的擔憂，不過被太陽曬黑肌膚。可這是徒勞，實際上，她們中間沒有幾個真正算得上白的。陽光奮力穿透厚重的外套，强行在她們身上捺下印記，儘管烈度有所衰減。她們的皮膚，大部分是淺棕色的。

　　爸爸常拿她們給我現身說法：「你看，她們還是閨女子，還能講究一點。將來嫁了人，生了崽，那不跟男的一樣啊。」他說得很對，稻田裏那些中年婦女，確實跟男人一樣，除了不袒胸露乳，個個也都烏頭黑殼。鄉下人不會動不動就離婚，一旦嫁人，就算找到了歸宿，曬黑一點也無所謂了。每當這時，我就會想起學校裏那些城裏的女孩，想起她們白裏透紅的臉蛋，雪白的胳膊，和那種不知稼穡艱難的慵懶和悠閑。就算鄉下的女孩和她們一樣白，那種慵懶也是學不來的。我承認，我喜歡城裏的女孩。

這也正契合爸爸的言外之意。自從民辦教師轉爲公辦之後，工資高了很多，他一直得意非凡，也巴不得我初中畢業，能考上他的母校。有一天，他參加同學會回來，把破舊的自行車搬進屋，草帽沒摘，水也沒喝，就興致勃勃描述他那些同學的裝束。其實用不著他描述，我是經常見的。通常是上身短袖襯衫，下體西裝短褲，露出兩節不事勞作的小腿；腳上套著絲光襪，腳底蹬著包尖皮鞋，皮鞋面的左右兩側是一排長形的透氣孔。除了上下班，他們等閑不出門，出門不是旅游，就是買菜。男的，往往張開手上摺扇，頂在頭上，擋住肆虐的陽光；女的，則多半撐著陽傘；倘若騎車，則戴著可以折叠的絲綢白帽，手臂上套著兩個衫袖套，一樣是怕曬黑。不過，陽光對她們輕薄的遮擋物却無可奈何，不會留下印記，這大概因爲她們暴露日光下的時間較短，還可能她們遠離蒸騰的暑土之氣，那些暑土之氣，能輔助陽光，將印記打在皮膚上。

爸爸描述完畢，又以語重心長的勸誡結束：「好好學習，等你考上南師，也可以穿襯衫，穿西裝短褲，吃國家的，用國家的，免費旅游，一點子太陽都曬不到。要不然，就要跟他們一樣作田，活受罪。」他指著散落在不遠處田野中，蜷曲著的，烏龜般的人群。

可我知道自己考不上南師，我也不喜歡當小學老師。小學老師有什麼不好，我也說不上來，但我本能地覺得沒意思。我不喜歡帶著孩子念「鷄鴨鵝」，「上中下，人口手」，當然，我覺得這種工作真要做的話，可能也不錯，至少輕鬆。而且，最重要的是，我不用看爸爸那副嘴臉，也不用聽他用拖長了的聲調揶揄我：「這個菜你還不吃？作命哦。看下你的戶口看哦，看有沒有資格作命哦。」

我當時就會氣沮，其實他說這些既無恥又無理，畢竟這個農村戶口不是我自己爭取來的，如果他不結婚，不生子，就沒有我，我也用不著這麼受苦，可這個得意忘形的神經病，却不會想那麼多。他喜歡從我們的境遇中尋找幸福感，而忘記了這一切都是他自己造成。如果做小學老師，能逃離這個神經病，那確實是值得付出的代價。可惜，我真的考不上，我實在沒有桂英那麼聰明。

桂英是大鵝的姐姐，比我大一歲，學習成績好得驚人。每次我想到年幼時，她也是和我一起玩泥巴長大的，就感到羞愧。她怎麼會那麼聰明，去年以可怕的高分考上了南師，成爲鄉下學生跳出農門的楷模。也許像她那麼好的成績，應該考大學，可鄉下人不會這麼想，誰知道以後的事？能早一天跳出農門，早一天變成城市戶口，早一天逃離稻田，才覺得安心，誰都難擔保，國家政策會不會變。我二伯父當年也考上了大學，可是快畢業時，一紙政策下來，說農村學生哪來回哪去，稱爲「下放」，有些同學不吃那套，把派遣證當場撕成碎片，賴在學校不走，也沒什麼事。二伯父則老老實實回到家鄉，重新成了一名農業戶口擁有者。好在他有知識，被舉薦爲農中的老師，最後穩定爲鄉翻砂廠的技術員，每天的工作是畫圖紙。開始日子似乎過得不錯，我經常見他手裏捧著一張小小的報紙，看得津津有味。還坐著綠皮火車，到處出差，把祖國壯麗河山踏了個遍。那時，他是我的崇拜對像。

晚年鄉里的翻砂廠改制，他當即被拋弃，只好給人看大門。某年我寒假回家，他突然來了，站在太陽下吸著鼻涕，沒頭沒腦地說：「金庸的小說確實好看，什麼《三國》《水滸》，都超過了哦。」一身黑呢短衣，可能還是當年風華正茂時置辦的，現在已經皺巴巴，像鹹菜一樣，更稀奇的是褲扣竟恬不知耻大開，隱約露出裏面的猩紅絨褲。他本來早該是城裏人，那麼，和我現在一起走回家的堂妹，也許不會這麼黑，這麼胖。

堂妹這時念四年級，估計還沒有領悟到農村的痛苦，她一蹦一跳往前走，因爲胖，一直喘著粗氣。我看著她的背影，心想，這麼胖的女崽，將來會嫁給誰？誰會要？這個念頭在腦子裏一閃而逝，我覺得這樣想自己的堂妹，有點不好。

我們儘量揀有蔭處的地方走，只要有蔭，不管是房屋還是樹木帶來的，都絕不會放過。太陽真像烈焰，不動聲色，我却隱隱能聽見它在四下裏低嘯。我的脖子背面熱辣辣的，有些生痛，仿佛那是吸引陽光的一個焦點。大約走了幾百米，總算快要到家了，經過矮子的家門時，我百無聊賴往裏面望了一望，那個啞巴正坐在南瓜藤底下洗衣服，她瞪著我們，嘴裏發出嗚嗚呀呀的聲音，很不友好。我感覺殘疾人都不怎麼友好，也不知道是怎麼回事。

一邁進家門，我們就大口大口地喝水，然後長舒一口氣，把大罐小罐裝滿，準備出發。地裏的人正仰著脖子還等著，雖然望著屋外黃閃閃的陽光，我很不願意出去，但躲是躲不過去的。這是命！

我艱難地說：「走吧。」和堂妹來到後鄰。地主婆蜷著腰在門口刨絲瓜，用一塊薄薄的飯碗碎片，刨得很仔細。老年人有的是時間，她大概在準備中午的飯菜。我還聞到一股濃郁的紅燒肉氣味，走近一看，果然見桌上攤開一盆，大部分都呈現半透明的狀態。也只有在雙搶時節，才會像過年一樣，買些葷菜。地主婆客氣地説：「到這裏吃晝飯不？」

這是客套，誰也不會當真。堂妹説：「大白説，帶去的水喝光了，要我們給她再提一罐去哦。」

地主婆跳了起來，説：「好好，我來裝水，勞煩你們。」

我們提著幾個罈罈罐罐，頂著日頭，繼續往田上走。幾隻狗趴在墻壁下，舌頭伸得老長。聽見我們走過，無精打采地望一眼，眼皮又耷拉下去，繼續趴著。到處是蟬的叫聲，仿佛也在悲號該死的天氣，這種聒噪讓人更加煩躁。太陽爬得更高了，錯落的房屋帶來的屋蔭面積越來越窄，我們只好像壁虎一樣，緊貼著墻壁前行，突然堂妹停下來，一屁股坐在疤子家的門檻上。疤子家的房子很高，房蔭寬闊。但房門緊閉，一個人也沒有，大概全家都去田頭忙碌了。

「歇一下，太熱了。」堂妹説。

我也趁勢在臺階上坐下來，是啊，這個鬼天氣，真讓人生不如死。我一低頭，看見幾隻螞蟻在地上忙忙碌碌，我想它們大概不知道炎熱，它們一絲不挂，害怕的應該只是冬天。我正在遐想，突然聽見堂妹笑道：「你説吐一泡痰到水罐裏，大白會不會發現？」

我一下子來了興趣，説：「不曉得。」

堂妹説：「那我試下看哦。」

她打開地主婆給的那罐水，張開血盆大嘴，噗的一聲，將一口痰激射在裏面。她的牙齒顯然沒怎麼刷過，縫隙間塞滿了牙垢，金黃金黃的，看得我頭暈。我看了看水罐，發現痰裏還帶著血絲，不由得一陣噁心。堂妹似乎也發現了，她伸出一根肥胖的手指，插進水罐，攪了攪，血絲和痰立刻融化在水中，看不出一點痕迹。

我大笑了幾聲，她也大笑了幾聲。笑聲讓我們興奮起來，變得精神抖擻，什麼暑熱，似乎全不在話下。我們立刻站起來，拍拍屁股，提起水罐，就往田頭奔去。太陽似乎也不那麼毒辣了，一路上，我們眉飛色舞，討論而且想像大白喝水的樣子。那是多麼噁心啊！又是多麼讓人興奮。

很快我們走到了田頭，我看見大白直起腰，遠遠就發現了我們，她像電影裏演的勞苦大眾看見親人解放軍那樣，將手中的鐮刀和稻子扔掉，雙手在衣服上狠狠擦了幾下，三步并作兩步，跳上了田埂。從堂妹手中接過那罐水，二話不說，仰起頭，咕嚕咕嚕喝了半罐，然後抬起袖子一抹嘴，對堂妹說：「謝謝你哦。」她砸吧了幾下嘴，望了望頭頂上的藍天，又滿足地打了個嗝，轉身走下了水田。

三十四　打米

晚上，爸爸吩咐：「屋裏的米吃完了，你明日下午放學的時候，打五十斤米回來。」說著把一張鈔票和兩張糧票扔到桌上。

我很不情願。平時我都是等臺鉗廠的班車去上學，如果買米，就得騎爸爸的自行車。按說這是好事，我很喜歡騎自行車，那樣比較自由。我不用站在街邊，像個傻瓜一樣翹首等候臺鉗廠的班車。可問題在於，爸爸的自行車太爛了。那是一輛永久載重車，伴隨他已經有足足十幾年光陰，不管他怎麼照顧，車就是車，比人衰老得快。全身油漆剝落，後輪擋泥板更是銹蝕得爛掉了半邊，像一隻尾巴燒焦了的鳥。但這還不是最重要的，最重要的是車子的裝飾。爸爸給它後輪轂的兩側各綁上了一塊黑色輪胎皮，這是典型的鄉巴佬自行車做派。鄉巴佬的車沒有一輛不是二八載重車，他們買車，就為了運各種貨物，稻米、瓜果、甚至糞桶。綁上兩塊輪胎皮，可以有效避免糞桶和車轂的碰撞摩擦。

爸爸的車沒有載過糞桶，但他在假期販過水果，站在街邊叫賣，有時會剩幾個李子杏子歸來，就成了我們的美味。他還騎過破自行車走街串巷，縱聲吆喝：「有雞毛鴨毛烏龜殼脚魚殼換不？有鷄毛鴨毛烏龜殼脚魚殼換不？」不要小看這個行當，我大堂姐嫁到萬家村，就是一個幹這種營生的人家，每次進城路過，都看見她握著個耙子，辛勤耙松晾曬在門前水泥地上的鷄毛鴨毛，腥臊沖天，但很快成了萬元戶。爸爸當然是小打小鬧，到了晚上，他結算一下，說：「今日挣了五塊錢。」笑嘻嘻的，一臉滿足，讓人齒冷。

我不想騎爸爸的爛車去學校丟人，但又無法抗拒，只希望沒有被同學看見，笑掉大牙。

下午一般只上一節課，其他都是自習。我的同桌長得文質彬彬，細皮嫩肉，帶副玳瑁眼鏡，我一般叫他四眼。四眼喜歡跟我顯擺，也許并非顯擺，只是愛說這樣的話：「甘地那個扇頭，號稱聖雄，在外頭受了氣，回到屋裏就打老婆，一日到夜打。」又或者說：「魯登道夫差點把英軍打垮，結果英軍換了新將，拼死抵抗。魯登道夫久攻不下，氣得大罵對方是『英國瘋牛』。」說到最後一句，他已經笑不成聲。有一回他抖著政治考卷，憤憤不平：「英國首相這道題，我填的是『瑪格麗特·撒切爾』，却得了個叉，她說正確答案是撒切爾夫人，我說她屋裏死人，簡直胡說八道。」他眼睛一翻，射向講臺上的政治老師，「這隻文盲，自己懂又不懂，誤人子弟。」有一次，我旁邊一個女生向歷史老師發問：「老師，請問中世紀到底指的是什麽時間段？」那胖老頭怔了一下，機智地說：「中世紀嘛，就是古世紀和近世紀之間的那個世紀。」四眼趴在桌上，樂得不行，悄聲說：「她問到了一隻扇頭，這隻老頭是個徹頭徹尾的混混，不曉得怎麽混上了中學老師。」又說，「其實原先那隻老頭蠻厲害的，就是比較古怪，可能在文革的時間被批鬥過，嚇出了毛病。」

　　他說的原先那個老頭，是我們高一時的歷史老師，解放初期武漢大學畢業，後被打成右派，終身未娶，栖身在學校門口搭的一間簡陋瓦房內。據說他每天窩在屋裏抄卡片，密密麻麻。他給我們上世界歷史，憑你怎麼吵鬧，都充耳不聞，只顧念自己的。有一次舉例，還教我們唱「大海航行靠舵手」。講完課，留幾分鐘提問，蜷著腰，在課桌間巡行。旁邊一個同學叫住他：「老師，這隻是什麼人？」指著課本上空想社會主義者傅裏葉的畫像，但早已改頭換面，被他畫上了甲冑和鬍鬚，面目全非。老頭知道是耍自己，低眉順眼，輕笑了兩聲，又走過去了。

　　我表示反對：「不一定。我們過去那個班主任，那隻拐子，文革時也倒過黴，你看他幾囂張。」我想說我爸爸就見過那班主任，當年被押到鄉下，到處游行。爸爸見他和一群人站在一起批鬥，被革命小將逼迫合唱：「我是牛鬼蛇神，我是人民的敵人。我有罪，我該死，我該死，人民把我砸爛砸碎，砸爛砸碎。」爸爸說：「你那隻拐子老師啊，是那堆人裏面唱得最積極，最動情的，聲音不曉得幾洪亮。」

　　但我想了一下，沒有說出來。

　　我很羨慕四眼的博學，他倒比較大方，說：「我們廠的圖書館好多書，我有一張借書卡，你想看什麼書，我去幫你借。」我饞涎欲滴，不僅因爲他有借書卡，更爲了他嘴上那個「我們廠」。

　　已經是第三節課，大約過去了二十分鐘。我向口袋裏窺視了一下，看看那隻破爛的電子錶。那是過年的時候，我在大姨家的抽屜看到的，沒有錶殼，但數字還會蹦躂。大姨說：「這隻表蠻准，你要不？要就拿去。」我想，雖然爛，究竟是個現代化的東西，能看看時間也是好的，就收下了。誰知四眼看到了我的動作，問：「你在看什麼？」

我脫口而出：「電子錶。」

四眼很感興趣：「怎麼樣的，拿出來看下吵。」他的手腕上熠熠生光，前不久剛換了塊很時髦的電子錶，還附帶指南針。

我當然不好意思拿出來：「沒有什麼好看的，我要去打米，要提早走，屋裏沒米了。」

「看一下嘛。」他很堅持。

「真的沒什麼好看，沒有你的表漂亮。」我說了違心話，其實何止沒有他的表漂亮，我這個簡直就是垃圾，「我得提前走，晏了，糧站就很多人了。」我當即忙碌收拾，將一個蛇皮塑料袋塞進書包。他說：「好吧，再見。」

「還是農民好啊，自己種糧食。」我咕噥了一句。

背後的女生突然問我：「褚枕石，你不是說你沒有自行車，不能騎車去郊游嗎？難道扛著米回家？」

我有點尷尬。

前個月，我們現在的班主任挺著兩隻高聳的乳峰，帶來了一個青年男人。她介紹說：「這位是你們的實習老師，師大歷史系大學四年級的，今後兩個月，由他來給大家上歷史課，同時兼實習班主任。」

那是一個長得還算英俊的年輕人，在我看來，是真正的成年人。他走上講臺，自我介紹，神情非常激動，後來給我們上課，也總像一條磕了藥的鮎魚，啪啪啪跳來跳去。他大概想好好表現，在實習表上得個優。期中考試過後，他還辛勤地畫了大大的一張表格，將我們每個人的考試成績填好，貼在墙上。但幾天後，他走進教室，發現那張表已經被撕去一邊。他張大嘴呆了一會，突然激情不可遏止，重重拍了一下桌子，嚎叫道：「同學們，我們不說別的，但至少應該做到，尊重別人的勞動果實。爲了畫這張表，我整整花了一天一夜，覺都沒睡，你們知道嗎……」

但他確實還比較得同學喜歡。前幾天，他說自己實習期將滿，希望和同學們騎車郊游，以爲告別，願去的舉手。面對滿堂的如林手臂，我無動於衷。背後的女生問我：「爲什麼不舉手？一起去吧。」她家住在附近計算機廠內，長得身材豐滿，面如滿月，還天性純良，富有同情心，曾把家裏的魯迅文集借出來給我看，都是一小冊一小冊的版本，1973年印刷，封面素淡，書體散發著濃郁的黴味。我看了幾本，大多數看不出什麼名堂，直到我看到書裏面有一句：「我的文章，要三十歲以上的人才懂。」於是釋然了，趕緊把書還了她。

我當然很想去，但想到爸爸那輛鄉飄十裏的自行車，黯然搖頭。

此刻也只能撒謊：「騎了我爺的車，但他的車周末他自己要用。」我要儘快結束話題，「再見。」對著四眼招手，又對著她招手，走出了教室，皮鞋的鐵掌發出清脆的聲音，似乎掩蓋了我一點羞愧。

外面冷冷清清的，這正是我需要的，我可不想讓人看見爸爸的鄉巴佬自行車，輪胎側面還有一圈黃泥，洗都洗不掉。

城裏都是柏油路或者水泥路，沒有黃泥，只有黑泥。沾滿黃泥的自行車，一定是鄉下人騎的。我像風一樣飛到車棚，火速打開鎖，咣當咣當把那堆破爛蹬出了校門。

學校不遠處就有一個糧站，我支好車，捏著糧票。門口黑板上寫著早米和晚米的價格，這對我沒有意義。我們家從來不買晚米，爸爸說：「我屋裏作田出身的，還不曉得？晚米吃是蠻好吃，但不曉得要打幾多次農藥哦。夏秋的天氣，蟲子硬是不曉得幾多，不打農藥，只要兩日，禾苗就要被它們啃光，還收得穀到啊？到陰間去收穀哦。」

這番話好像很專業，充分考慮到自身的健康問題，但我知道，實際情況還是因爲晚米貴，另外就是不耐吃。「晚米沒有料，一樣多的米，煮出來沒有早米多。」這是媽媽的看法。

其實這些理由早已不重要，我們金順村發的糧票，現在只能買早米。不知什麼時候，市里改革，菜農不再供應正規糧票，只給一種特殊糧票，印製粗糙，用它買米，價格比黑市米低，但比正規商品糧高得多。

糧站沒有什麼人，我看著工作人員給前面一人稱米，她拉了拉繩子，墙上的懸門升起，米像瀑布一樣從壁間傾瀉而下，好像神話；再一放繩子，懸門落下，瀑布消失。那人扛著鼓鼓囊囊的米袋走了，我把手心裏攥著的糧票，做賊一樣遞給工作人員，她漠然接過，瞄了一眼，說：「今日不行，沒有米，賣光了。」

我說：「怎麼會賣光呢，你剛才不還在賣嗎？」我指著那個剛走的人。

她從箱子裏拈出一張糧票，說：「你看下人家是什麼糧票，你是什麼糧票？你這種糧票，每日只有一定數量的米可賣，今日的定額已經賣光了。要買，明日早點來。」

我面紅耳赤，默默地接過那張低劣的糧票，出了糧站。我彎下腰，打開車鎖，同時朝學校門口方向望去，已經有人稀稀疏疏地出來。我跳上車，朝著天罵了一句：「我戳大你娘的別。」然後大腿一發力，奮勇馳向上方布滿鉛灰色雲彩的城南。

三十五　臺鉗廠的班車

　　一起乘這趟班車上學的，除了臺鉗廠的子弟，像我這樣的鄉巴佬還有兩個。一個叫金水，一個叫地寬。據說都是一等一的好學生，考大學穩穩當當。這兩位高材生在車上很難沉默，總是相互攀談，談數理化，也談別的。他們比我高兩個年級，我從來不插嘴，只是默默景仰著他們。

　　賣票的瘸子披著他的軍大衣，一如既往坐在那裏。其實他沒有什麼事幹，大多數人都買了月票。我和媽媽的月票，是大鵝帶我去買的。

　　大鵝的爸爸名叫有權，或者叫友全，鬼知道。他是臺鉗廠的工人，却入贅到我們鄰居家，成爲「贅婿」。業餘時間，喜歡背個漁網出去捕魚，晚上家裏就魚香氤氳，逗得我饞涎欲滴，起坐不能平，碗裏的青菜南瓜愈發顯得面目可憎。爸爸對我怒目而視：「不吃，拿砧桯給你築進去。」我鄙夷地看著他，心想，沒本事捕魚，還這麼暴力。我多麼想移民到友全家，多麼希望自己的爸爸是友全啊！

　　我去找大鵝幫忙的時候，他正在試穿一套破爛的藍衣，很大，晃晃蕩蕩的。我說：「怎麼這麼大，哪裏揀來的破衣服？」他蔑視地看了我一眼，懶洋洋地把衣服胸前的裏子翻開：「破衣服，看清楚點子哦，這隻印章，什麼部隊，看到了不？這是正宗保藍，全建帶把。那些老短身上穿的，看起來是嶄新，都是地攤上幾塊錢的萬貨。」所謂「全建帶把」，就是真貨，「萬貨」，就是假貨，這是南昌人口頭的俗語，起先大概活躍在混混之中，像是黑社會切語，後來逐漸普及，全民通用。

我於是對大鵝刮目相看，雖然我并不熱衷軍服，但作爲少年，總覺得他們這種游俠式的人物比較神秘。我問：「哪搞來的？」他說：「今年請了一隻木工到我屋裏打櫥子，他是退伍兵，窮得不得了，但那身軍裝倒是正宗的。我就拿件嶄新的衣服跟他換了，可惜這麼正宗的保藍，那隻扇頭不曉得珍惜，穿爛了。當然，再爛也是建貨，我每次穿出去，羨慕得那幫老短流口水。」

大鵝帶著我向臺鉗廠走去。我們村莊周邊，原始得充滿詩意，除了大隊部旁有個供銷社，基本接觸不到商品經濟。就算這個供銷社，平時也罕有人來，鄉下人根本沒那閑錢。員工大概是城裏人，嫩皮細肉的，閑得發慌。有一次，我和堂弟小鵝在商店門前打架，吼聲連連，以壯聲勢。兩員工全部跑出來圍觀，評點助威，興奮得像過年。那時候，我對這個供銷社貨架的背面特別好奇，感覺那是個神秘藏寶洞，因爲貨架上的商品，都從那背後搬出來。我是多麼想跑進去看看呀！

供銷社不知什麼時候撤掉的。除了它，另外和現代化有關的，就只有臺鉗廠了。

按照計劃經濟的分類，臺鉗廠不屬於全民所有制，也不屬大集體所有制，而是小集體所有制，屬於工廠裏級別最低的一種。我第一個女朋友的媽媽是北京人，因爲上山下鄉，來到了南昌，被一個普通工人俘獲，一直後悔不已，屢屢告誡自己的女兒：「以後找工作，不是全民的不要去。上山下鄉？我就是死，都不會讓你去。」我是從此知道這些等級區分的。

臺鉗廠確實是個很破的廠，雖有一個門，却沒有門衛。門邊左右各有一個池塘，都清澈見底，左邊那個，水底躺著各種幽藍或褐紅的金屬條，無疑是廠裏傾倒的垃圾。從大門走進去，面前是一排排簡陋的平房，和破墙外的鄉下房子沒什麼不同，那竟然是家屬宿舍。

但工廠畢竟是工廠，它擁有一輛班車，每天深一脚淺一脚在城鄉之間走上兩個來回，接送工人，也正是我和媽媽迫切需要的交通工具。

我們在一個破破爛爛的樓裏，找到一個破破爛爛的辦公室，見到一個塗滿脂粉的青年婦女。她看見大鵝，說：「哎呀，哪陣風拿你老人家吹來了哦？」大鵝說：「帶我表哥來辦坐車證哦。」婦女說：「沒聽說你有表哥誒。」大鵝說：「這不帶來給你看了嗎。」

在他們的寒暄聲中，我向這個婦女交了兩塊錢，辦了兩張搭車證。這樣，我和媽媽就可以合法乘車了。

那是一輛大客車，像現在二分之一長的公交，淺綠色的車身，看上去也頗體面。但不知是南昌的冬天太冷，還是車況本身不是太好，走到目的地，總看見司機站在車頭前，曲著腰，對著車的嘴巴瘋狂搖動轆轤。有時很快，汽車就怒吼起來，於是一片歡呼。但有時，比如碰上大雪紛飛，任怎麼搖，汽車都裝聾作啞，讓人傻眼。我和媽媽只好毅然轉身，邁開兩條腿走向城市，黑暗在腳步下逐漸遠去，天色由朦朧而至透亮，早晨潔淨濕冷的空氣兜頭灌來，頭腦一片空明。遲到是免不了的，好在這樣的情況不算太多。

　　窗外黑漆漆的，一望無際的稻田，隱藏在夜色中，遠處南昌飛機製造公司的試飛跑道倒是燈火輝煌。金水的爸爸就是那個廠的技術員，那可是個十萬人的大廠，金水騰出攬著車欄杆的手，自豪地指著跑道方向：「飛機廠是永遠不能停電的，停一秒鐘，國家要損失幾百萬。」這時客車拐彎，一個趔趄，踩進一個低窪。金水一個俯衝，差點摔個狗啃屎。好在車上人多，將他托住。窗外隔著路邊一條小溝，是一個軍用雷達站，被一片菜地和墳塋包圍。雷達張開兩扇蜻蜓般透明的翅膀，呈 X 形，傲慢地轉動著，下有兩間小小的屋子，燈火通明。金水又興奮起來，騰出手指著它：「雷達站也是一秒鐘都不能停電的，停一秒鐘，都可能錯過敵人的飛機。」他稚嫩的臉上籠罩著神聖的光輝，五官仿佛組成了兩個字：國家。我也被他感染了，心想，我們過得雖然苦，但身後畢竟矗立著一個空前強大的國家啊，這個國家的飛機場和雷達，一分鐘要忙碌六十秒，都是為了保衛我們。而目光遠處的城南村，此時正趴在一片漆黑之中，看不見任何輪廓，只有一兩點鬼火閃爍，那是煤油燈的光亮。我仿佛看見爸爸正站在煤油燈下，煤炭爐旁，笨拙地翻動鍋鏟，熱飯熱菜，接著我就坐在燈前，一邊吃，一邊吸著嗆人的油烟，一邊看著油燈的火焰忽高忽低出神。寒冷的空氣砭人肌膚，讓我沒心情想別的事情。

　　班車每天出發很早，尤其是冬天，我們頂著寒風，披星戴月趕車，晚上也是披星戴月回家。沿著一條小道，緊貼著臺鉗廠年久失修的圍墻，走上七八百米。小道的另一側是稻田，夏天雜草叢生，我總怕有蛇。後來的歲月中，我不止一次夢見重走了這條路，到處都是毒蛇，幾乎無處下腳，嚇得我在夢中一路尖叫，悲哭啼號；好在現實中，從來沒有碰到過。

除了我們這些學生固定搭車，偶爾也會出現零星的鄉下人，進城買東西賣東西。在車門開啓的一剎那，他們像老鼠一樣穿越人縫，竄上去搶占座位。那些沒搶到座位的工人就會抱怨：「我們上夜班累了一夜，還沒有座位，都被鄉下人搶走了。這隻廠，到底哪個的廠？憑什麼讓鄉下人坐車，還跟我們搶位子。」那些和我們上同一所中學的廠家屬子弟，也會嘟嘟嚷嚷：「這些鄉下人，煩死了。」賣票的瘸子不理會，只顧一個個收錢。媽媽低聲咕噥：「買了車票，總不能老是我們站到。」又低聲說：「你一隻爛廠，好吃價，了不起？有本事不要賣票。」

臺鉗廠實在破爛，否則，它不會連一座哪怕兩層的家屬樓都沒有，也不會坐落在荒凉的城南村旁。我家在村北部小運河邊有一塊菜地，我經常在爸爸的命令下，隨著他，扛著鍬和長柄木勺，穿過雜草叢生的小徑。雖是鄉下，却沒有什麼雜花生樹，除了那些野生不起眼的小花。果樹也不見人種，是怕人偷，所以乾脆不費那勁？或者是生活太苦，枯寂的心靈幷不覺得花有什麼好看？我不清楚。當然，我見過的比較大的花，還有南瓜花，絲瓜花，可是我總感覺，把它們稱爲花有點抬舉。

我們經常來到這塊菜地，侍弄一下午，出一身臭汗。菜地海拔較高，站在上面，可以俯瞰一水之隔的臺鉗廠後墙。整個墙都帶著死灰的紅色，大概常年被金屬殘渣浸潤。破爛的廠房歷歷可見，還有蹲在廠房外吸烟的工人，套著灰撲撲的工作服，一副懶散模樣，跟後來崛起的農村金屬小作坊沒有太大區別。爸爸却說：「不要笑人家，人家看上去是不起眼，但都是城市戶口，吃商品糧。」我心中油然升起一股敬仰，感覺那破舊暗淡的圍墙，已經將高尚和卑賤的鄉下隔開，成爲了一個世外桃源。墙外充斥著巫術、愚昧和不確定；墙內則代表高科技，現代文明，吃喝撒拉，都有人負責，一切都有保障。

有一個夏天的傍晚，班車回來時，天色還是亮的。車子剛掠過幾個墳堆，迎面也罕見駛來一輛客車，是省國藥廠的，不知那天爲什麼走這裏。兩車交錯，按說路幷不算太窄，空間尚够。但因道路不平，我們的車一脚踏空，猛然向鄰車傾靠，發生了輕微撞擊。一個中年工人朝那輛車叫道：「不要緊，出事故的話，我們有臺鉗修車，你們有國藥拯傷。」這句毫不幽默的話，引得全車一片哄笑，沉浸在廉價的歡樂當中。

車子離城南村越來越近，黑暗像苦難一樣，愈發濃郁無邊，那個一直抱怨鄉下人的中學生突然站起，興奮地大叫：「看，他們城南放電影，吃了飯去看哦。」透過車窗，他竟然看見了遠處高挂的銀幕。我一時想，真沒出息，這真他媽的是個破廠！

我老早就對電影已不感興趣了，自從家家有了電視，很難想像還有這麼熱愛電影的人。

在城南這破地方，曾有人想搞個電影院。那天，肮髒的街道上鑼鼓喧天，地址因陋就簡，選用以前用來開革命大會的禮堂，擺上幾十排簡陋長椅。不知從哪流竄而來的一個利益團夥，想在城南撈上那麼一筆。

第一天放的是戲曲片《智取姜維》，我向婆婆要錢，買了一張票，剛剛對號坐定，幾個同村的少年就來了，要我讓開。我拿出票，說：「要對號入座。」他也將票在我面前晃了一下：「我就是這個號。」他身邊四個少年目露野性之光，呲牙咧嘴，躍躍欲試，我只好默然讓開，挑了一個側面的座位坐下。電影勉強看完，心情很不愉快。鄉下真是沒有秩序，惡少年無法無天，隨時要憑拳頭說話。我對這簡陋的影院很不看好，它確實也是曇花一現。最主要的原因是，在貧窮的城南，大家根本就不具備去電影院消費的能力。

球場上放電影，曾經還算好，安安靜靜的。即使是一場看過無數遍的電影，比如《董存瑞》。那仿佛是一種對於聲光電化的崇拜，只要銀幕上有活動影像，就能喚起農民們無限的熱情。到八十年代末，就截然兩樣。上了年紀的鄉人幾乎不出現，現場只有二十左右的鄉村青少年，却并不爲看電影。他們晃著一頭洗剪吹的殺馬特髮型，叼著香烟，晃著膀子，在人群中嗅來嗅去，尋找孤身少女的氣息，偶爾會爲此發生火并。我爸爸的同事張淑梅，她的女兒有一天夜裏就遭到了幾個少年的輪奸，我問：「報了案不？」爸爸懶洋洋地說：「報案？哪有那麼足的勁，這種事不曉得幾多。拿不到好處，警察才懶得搭你。」

記得一個除夕的夜晚，我在大伯家看完春節聯歡晚會，由於我天性怕黑，兩個堂姐從村南送我回村北。我們裹著大衣，走在午夜的鄉村煤渣路上，爆竹聲此起彼伏，倒也不顯寂寞。突然從遠處飛馳過來兩三輛自行車，在我們面前急速剎住，一個青年嘟噥了一句，又掉轉車頭，飛馳而去。我問堂姐：「他們說什麼哦？」堂姐很內行：「以爲我儂是落單的年輕女崽，想泡馬子，沒想到身邊已有男人。」我將呢子大衣裹緊自己十六七歲的單薄身軀，說：「可我分明還不是大人。」她們說：「這麼黑，他們哪裏曉得，你總有這麼高囉。」

雖然有臺鉗廠的班車，但我記憶中，却和媽媽無數次用腳丈量過那條煤渣鋪成的道路。有時起床稍晚，車就跑了，有時車提前開拔，有時車出了故障，有時……那些原因，我不是都能記起。我能記起的是，曾經好幾次深夜，和媽媽打著手電筒在這條路上奔走。四下都是墨色的稻田，以及稻田中蹲踞的墳堆，只看得到輪廓。我非常恐懼，即使有媽媽在身邊。我也曾一個人在寒冬的下午，在這條道上踽踽獨行。路邊的樹葉全被冰封，我摘下一片，剝離出一塊完整的冰片，晶瑩透亮，還帶著葉子的脉紋。我用生滿凍瘡的手舉著，對著天空，一時簡直要自憐，感嘆人生的艱苦。

我曾在秋天的傍晚走過這條道，有一個女孩走在我前面，快到村莊時，她突然回過頭，問：「你是不是小英的堂弟？」我點頭說是，但并沒有繼續攀談，依舊一前一後獨自行走，天邊的落日逐漸隱沒，彩色的天地逐漸褪爲黑白，遙遙眺望，倒不乏一些詩意。我還曾在春日的上午，踩著濕漉漉的春草前行，路上坑坑窪窪，到處積滿春水，迎面則千萬種濃綠，馬不停蹄，陸續向我奔來，我目接不暇。那時全身血液中奔騰著無限的青春，對生活無所畏懼。只是，媽媽那時已經勞碌了大半輩子，會不會暗暗慨嘆生命的痛苦？

後來，這條煤渣路改成了混凝土路，雖然很快又變得坑坑窪窪，却是城南村走向現代文明的一個象徵。很快我有了一輛自行車，曾經在無數個夜晚，騎著自行車去接媽媽下班，飛馳在這條道上。我能熟練地拋開車把騎行，即使帶著媽媽，我也能輕鬆避過路上的各種障礙和坑洞，脚下絲毫不減緩蹬車的力度。再後來，媽媽自己買了一輛小三輪車，也哐當哐當騎得飛快，從此可以獨立上下班，自從搬到城南村後，困擾她十幾年的交通問題基本解決了。她那個年紀，學自行車已經不可能，但三輪車不需要學，只需要買得起。

而自那以後，臺鉗廠的班車就被我們徹底拋弃，雖然我記不清楚那具體是什麼時間。

三十六　發育

　　有一段時間，我在憂慮自己的發育問題。因爲我看見很多同齡人都開始變得不同了。他們聲音洪大，偶爾一起去廁所撒尿，能一眼瞥見他們陰部長滿了捲曲的毛髮。而我那個地方，還是平蕪曠野，一片蕭條。雖然，這并不影響我已經擁有澎湃的性欲，但我不要這個，我想真正的長大成人。我羡慕村裏那些原先和我一樣大的小孩，身體迅速膨脹。他們一絲不挂，站在池塘邊唱流行歌，采摘蓮蓬，逗引來往的村姑。腋毛蓬勃，肌肉發達，濕漉漉的褲衩套在大腿根部，隱約露出似乎超出我一倍的圓柱體，讓我無比氣沮。

　　我也想發育，我也想光著粗壯的膀子，站在池塘邊唱歌。雖然我并不願意對著村姑唱歌，我不喜歡村姑，我無法想像有朝一日，和她們一起交配生子，然後帶著一堆腦殘樣的孩子在田裏勞作。我無法想像看著她們逐漸發胖，臉上仿佛堆積著永遠洗不掉的煤灰，和其他農村婦女擠在井欄前開猥瑣的玩笑。我不想在夏天的夜晚，一邊吃飯，一邊應付蚊子們波浪式的圍攻……當然，我也沒想過自己要過什麼樣的生活。我還太小，沒有認真思考這個問題。我那時只是單純渴望光著膀子，展示發育後男性的年輕軀體。

　　有一天下午，我蹲在爸爸所在的城南小學廁所裏大解，廁所面西背東，臭氣熏天，但我那時，并沒有見過更高級的廁所，所以處之恬然。我還捧著一張舊報紙，邊蹲邊看，大便暢通的感覺，加劇了閱讀帶來的享受。夕陽正掉落在一個適當的角度，將光束直直射進廁所，我看完了報紙，也拉好了大便，俯頭用那張硬得嚇人的報紙擦拭肛門，突然發現陰部頗有不同，一簇黑色的毛髮根，像鬍鬚荏子似的破皮而出。這讓我驚喜不已，陰毛，等得我好苦，你終於來了，雖然姍姍來遲。而且，請原諒我，也許是我對你關注不够，以致拖到今天才發現；但或許必須感謝那輪即將墜落的太陽，因爲初生的陰毛，是那麼稀疏羞怯，只有陽光在適當角度的直射，才能使它無所遁形吧。

　　我終於要長大成人啦！

　　在南昌，長大成人，一般要吃一隻大公鷄，還要加上一隻鯉魚。據說，這是專門促進發育的。吃公鷄時，必須將它的睾丸吃下。

　　爲什麼？大概因爲吃什麼補什麼，這是我們中國人的思維。

　　經常看見惡少般的小公鷄，頂多剛剛性成熟，一直正常著，突然身子一歪，一隻爪子瘋狂划著地面，圍著母鷄旋轉，隨即縱身一躍，躍到母鷄身上，用尖尖的喙死死咬住母鷄的冠子，使勁往下壓。也不過三秒，又跳下。

　　吃了它，你就獲得了這樣淫邪的能力。人類世代繁衍，需要這種能力。

　　可那時太窮，公鷄不易得，問父母要來吃，也張不開口。

在鄉下，大家都心照不宣，吃雄鷄就是爲了「做大人」，「做大人」代表什麼，不言而喻。每個黑夜，無論是城市還是鄉村，無數張床上的人都在「做大人」，可做而不可說。

爸爸和媽媽曾經爲這事進行過交流，爸爸一如既往嘮叨：「我小的時間，你曉得屋裏幾窮哦？連褲頭都沒得穿哦。但我後娘還是給我煮了一隻樣鷄（公鷄）。我連皮帶肉吃得精光，要不然能長這麼高？」

媽媽感嘆說：「你蠻好啊，我就沒吃過樣鷄。窮得死，還有樣鷄吃，沒有那麼好的命。沒有吃還事小，每日還要跑得老遠去挑潲水喂猪，猪都是我喂大的，賣了猪，我說買一條圍巾，我屋裏閻王都不肯哦。開始還答應了的，結果一分錢都沒得到。」難道女性也要這種淫邪能力？

「怪不得你長成了一隻矮子鬼。」爸爸嘲笑道。

媽媽已經習慣了，但還是本能回應：「你好了不起，還不是不到一米七。」

「比你總高一個頭。」爸爸笑。

他只有一米六八，但他瘦，顯高。我饒有興趣地看著他們鬥嘴，因爲我知道，這種情況，一般發展不到真正的吵架。

對天發誓，我想吃雄鷄的目的，真的不是爲了「做大人」，我只是想走出瘦弱，加入到強壯者的陣營，因爲我親眼見到，那些和我年齡相仿的孩子，一年後不見，就換了個人。他們以前打架和我頂多旗鼓相當，而那時我感覺自己經不住他們一擊。我想他們一定吃了雄鷄。

有一天，爸爸回家從後門走進來，喜滋滋地舉著一個竹筲箕：「看，鯉魚。」

那是條半死不活的鯉魚，肯定是從屋後的池塘中撈上來的，池塘被一個叫大眼螺的人承包了，每隔半個月，我就能聞到臭大糞的味道，那是大眼螺在向池塘裏傾瀉飼料。我經常看見大眼螺背著手，沿著池塘邊上巡行，威懾著任何一個潛在的偷魚者。

爸爸喜歡在天氣非常炎熱的時候，繞著池塘轉悠。這種天氣，魚容易死亡，其科學原理我并不清楚，但這是事實——他給我撈上來了一條死的鯉魚。

那天晚上，我吃乾淨了鯉魚，滿懷希冀地躺在床上。我幻想鯉魚身上的特殊營養成分被身體盡數吸收，讓我全身各個主管膨脹的器官蠢蠢欲動。當陽光照在房梁上時，我一摸腋下，毛髮濃密，從此加入肌肉虬結的成年男子行列。我想打誰打誰，想挑逗誰挑逗誰。雖然，我并不真想那麼幹。

從初三時的惴惴不安，到高中一年級。我一下子串升了十五厘米，晚上我經常被劇烈的抽筋痛醒，有一天躺在床上，隱約聽見二伯母在堂屋和我媽媽談話。聽見我的慘呼聲，她問媽媽：「枕石經常這樣嗎？」

「是哦。」媽媽說。

「可能在扯長哦。」二伯母說。

也許，那種疼痛，真是身體迅速拔節導致的。

課堂上，坐在我身前背後的，都是女生，她們胸前早已鼓鼓囊囊。而我的雙腿也變得修長，可以在騎車急速路過她們時，一個急剎車，腳板輕鬆點地。然後在她們的尖叫聲中，跨在車上，和她們熱烈交談。

我也許對某個女生有過好感，但這種好感，記憶并不深刻，大概純粹是荷爾蒙勃發帶來的。我很早就發現，即使你沒發育，你照樣有性欲，但你絕不會想著找一個女孩，和她戀愛，娶她爲妻，和她白頭偕老；只在發育之後，你才會夢想，將來能否碰到一個明眸皓齒的女孩，她扎著馬尾巴，或者長髮披肩。她穿著淡雅的裙子，她和你一起坐在白熾燈光下，吃飯、讀書、聊天、看電視、親吻、做愛。這是發育成人的夢想。

這種夢想并不常有，我睜開眼睛，看著面前的蓬蕈，按說應該會想起爸爸的譏諷：「看下你的戶口哦。」但確實從未想過，因爲太過年輕，沒心沒肺，想不到那麼深遠。

我明白，我找不到那樣的女孩，我最大可能也不過是娶個周圍到處都是的農村婦女，每天起早貪黑幹活。她大字不認識幾個，出口就是鄉村俗語，每日任勞任怨，但事情永遠做不過來。她也痛苦，發泄的方式却只有撒潑打滾，從嘴裏噴出無數個詛咒，最後日子還得過下去。她迷信，却抑制不住嘴巴的發泄，這一切都不美好。是的，很不美好。

三十七 屋後的池塘

　　屋後的池塘旁邊，屹立著一棵大苦楝樹，一棵大柚子樹，一顆中穀樹。前兩棵估計是鄰居某家已經死去的老人種的，否則不可能那麼大。穀樹則是我爸爸的勞動成果，一到最熱的天氣，枝頭便綴滿紅色的果實，引來營營青蠅。有熟透的，便吧嗒吧嗒往下落，摔得汁液四濺。我們普遍嘗過，沒人怕髒，之所以沒有大規模摘來吃，只因爲味道不佳。鄉下幾乎沒有書上艷稱的果樹，連桑樹都是不産桑葚的品種。偶有幾棵柚子樹，也極酸。但就是極酸，也擋不住偷竊，每到中秋來臨，我爸爸就要趁黑偷摘池塘邊樹上的柚子，便是明證。

　　冬天，我坐在冰冷的屋裏看書，隔一段時間就來到屋後，站在鄰居胡東家菜園的露天糞坑旁，向右扭著脖子，一邊欣賞池塘的粼粼波光，一邊暢快地撒尿。之後打個寒顫，抖一抖青春勃發的生殖器，很滿足地走回屋去。想起馬上過春節了，有肉吃，一陣強烈的幸福感油然涌上心頭。

　　剛開始的時候，池塘可能比較清澈。因爲媽媽每天回家，首先不是做飯，而是把屋前屋後都掃一遍，房裏房外都擦一遍，水都從池塘裏舀。不知什麼時候，也不知是誰，將一條長長的預製板從岸上伸入池塘，吸引了方圓兩百米內所有婦女。她們像野鴨一樣蹲在上面洗這洗那，親切交談。我媽媽很快就融入了鄉村大家庭，爸爸氣得咬牙切齒：「夾沙糕，碗都到塘裏洗啊？那塘裏養魚，潑了糞的，不怕得病？」

媽媽也沒有好聲氣：「不到塘裏洗到哪裏洗？拿臉盆洗，盡是油。你自己筒著雙手，跟老爺一樣，就只曉得呼七喝八。」

爸爸無可奈何：「夾沙糕，不曉得幾夾。」撒開腿走了。媽媽望著他的背影，送了一句：「又到外頭去竄死，不要回來才好，我叫隻黑麵包拖到你去火葬場。」

有個富人的老婆也來塘邊洗衣服，富人的爸爸靠印製試卷，兜售給各省的小學校發家，之後立刻在城裏買了商品房。兩個兒子高大帥氣，一身真皮夾克，看不出來持農村戶口。他們每天騎著簇新的日本摩托車，突突突在布滿鶏屎的小徑上狂奔，嚇得鶏鴨鵝們失色而走。婦女們則站起來，艷羨地看著他們的背影，慨嘆兩聲，又蹲下來槌衣服。兩兄弟中的一個，就居住在我家附近。在城南村，正月初七這天很隆重，有「上七大似年」一說，家家戶戶都要放爆竹，弄兩三樣葷菜。那富鄰居看見婦女老嫗們在池塘邊清洗剛剛處決的鶏鴨，譏笑道：「什麼上七大似年，其實就是嘴饞，千方百計找理由吃一頓。」這高屋建瓴的評點，只有不愁酒肉的人才說得出。

他這麼闊，闊到專門買了發電機，在幾乎天天停電的鄉下，他家照樣燈火通明，於是聚了一群小孩，去他家看《神雕俠侶》。他老婆倒是挺低調，經常親自來池塘裏洗衣。爸爸有一次指指點點：「這隻女的，本來是城市人，吃商品糧的哦。」長得也漂亮，臉上沒有紅二團，但并不因此能駕馭丈夫。我曾見那富鄰居跨在熄火的摩托車上，回頭對老婆吼叫：「想滾就滾，老子找一隻你這種卵樣的還找不到啊？」
女人還嘴硬：「那你就去找嘛，你這隻不要臉的，你就是一隻種豬哦。」聲音却明顯弱了八度。

一個很凉快的仲夏早晨，塘邊那株女桑長得正熱烈，陽光燦爛，我坐在爸爸種的穀樹下背誦《生物》，應付即將到來的中考。富鄰居的老婆和我媽媽一起蹲在預製板上洗衣服，同時聊起天來。她穿著藍色的絲質連衣裙，身材苗條，背後兩條胸罩帶子約略可見，鄉下似乎很少有人戴這個。我聽見她和我媽媽在一邊細語，話題後來涉及到我，無非是多大啦，上幾年級啦之類不鹹不淡的話。四圍靜謐，只剩若有如無的天籟，我忽然想，一兩千年前，大概同樣的一幕也出現過，除了沒有預製板，也沒有《生物》。

按說池塘裏可以游泳，我也確實游過。池塘中心，立了一根電綫杆，那裏地勢比較高，游過去就可以駐足歇一會。可惜水不大乾淨，雖然鄉下人幷不講究，也覺得不舒服，所以只游過寥寥幾次。不過有一次表弟從金塔街跑來做客，十歲不到，在池塘裏玩了一圈，立刻迷上了，捨不得回家。因爲在城裏，都是沖浴，很不過癮。我也想留他下來玩，但爸爸呵斥我：「人家獨生子，出了問題你負責？」於是他哭哭啼啼被我送回去了。

夏夜，鄉人一般都去旁邊的小運河洗澡，那是一條很窄的河，爸爸說，是解放後人工開挖來防旱的，寬度頂多五米，水是活動的，暗綠，常有海帶般的水草從上游漂下，死猪甚至死嬰也曾見過，但不常見。這是鄉下人夏夜的澡堂，他們固定聚集地在一個橋墩下。孩子們像魚一樣游來游去，大人基本不游，只站在水裏，露出半截黑乎乎的身體，邊擦洗邊聊天。範圍很廣，上至國家大事，下至鄰里軼聞，有點古代「鄉校」性質。常去的有一個禿頭，私下都叫他「鉗毛鬍頭」，是村裏少有的大專生，在洪都機械廠工作，老婆却是鄉下婦女，所以家依舊安在村裏。他喜歡聊的話題，都是哪家孩子考上了大學。但村裏考上大學的，前後十幾年實在寥寥可數，所以話題不會太新鮮。他對大學是如此興致盎然，還在於他兒子金水已經到了高考年紀，正向商品糧衝刺。金水赫赫有名，我堂姐曾跟金水同班，說：「他的成績不曉得幾好，什麼數學題都會做，班上的女生好崇拜他，有人還專門給他帶早點呢。」禿子也非常得意：「我那隻崽蠻聽話的，考個本科沒問題，北京海澱區特級老師們集體編的《數學精編》，你們曉得不？做爛了好幾本。」

於是傳來一致的贊嘆聲，但也有异響，比如有一次，我那年輕的富鄰居也在，他金鷄獨立，一邊慢吞吞往腿上套短褲，一邊語帶譏諷：「是不是考上大學得了癌症就有救？考不上大學，就沒有救？」胯下黑乎乎的生殖器吊兒郎當地晃蕩。河邊頓時沉默，除了孩子們依舊的笑聲。

但禿子家從此成了我爸爸認准的爭吃商品糧教育基地，他沒事就要做拉扯狀：「我帶你去看下人家金水，《精編》都做爛了，你還日日要看電視，完都完了。像你這樣康筋鬼瘦，一輩子當菜農，你吃得消？」

一個炎熱的日子，金水親自光臨我家，爸爸熱情相迎，仿佛蓬蓽生輝。金水是專程給我送《精編》來的，他滿面春風。被我爸爸稍微誘導，就忍不住把喜事和盤托出，他說：「今日早上剛估完分，填完了志願，考個本科沒問題。我買了夜裏的火車票，去北京旅游，我爺獎勵的。」我接過那本《精編》，捏住書脊，整個書面就耷拉下來，猥瑣得不行，好像一本閱人無數的黃色小說。他指著那書，爽朗地大笑：「裏面每道題我都做了三遍。」我崇敬地望著他，但不久傳來噩耗，他一個屁也沒考上。我問爸爸：「你說那本《精編》要不要還給他，我感覺他還應該再做三遍。」爸爸尷尬地笑了兩聲，說：「不要說風涼話，人家是沒發揮好。你看下看你的數學書，連課本都是嶄新的，你注定是種菜的命。」

終於輪到我的高考時間了，爸爸的教育基地換到了土根家：「你去看下土根的崽哦，人家從來不看電視，頭懸梁錐刺股，像你這樣一日到夜離不開電視啊，完都完了哦。」手上同樣拉拉扯扯，要帶我去看，我總是尷尬地掙脫。但最後的結果也很不妙，我考上了大學，爸爸嘴邊的新模範離中專綫都差幾十分，挽起袖子在村裏幹起了殺豬的行當。這對爸爸打擊很大，他沉默了很長時間，一直到四年後，我考上研究生，他才開始嘮叨：「讀書也沒有什麼卵用，你看人家土根的崽殺豬，不曉得幾賺錢，蓋了一棟好大的二層樓，崽都生了兩個……」

炎熱的夏日時光，我們一般大開著破舊的後門，透過樹幹，滿眼是波光粼粼的池塘。凉風習習灌入，說不出的愜意。但大多時候，照樣一絲風也沒有，和別處一樣悶熱。柚子樹非常結實，有一根手腕粗的枝條平伸，很像單杠，我經常站在遠處，往前一躍，兩手攀住它，做引體向上。冬天則非常可怕，北風毫無間歇地怒號，我總是心驚膽戰，害怕簡陋的後墻被它刮倒。好在想到還有那幾棵大樹藩護，心中略安。但風吹池水，逐漸蠶食著樹下的泥土，幾年之後，那棵苦楝樹首先歪倒，走向彌留之際；然後結實的柚子樹也逐漸坍塌，步入生命的黃昏。而我也將要離開老家，用不著再在上面做引體向上了。

後來大伯得了癌症，幾次手術，還是死了。死之前，我跟著爸爸去看他，他躺在我大堂兄的懷裏，臉變得像一個骷髏，胸脯一喘一喘，猶自拉著風箱，看起來就很痛苦。我趕緊跑出去，不敢等著他斷氣。他死後不久，大伯母得了糖尿病，越來越胖，也迷上了麻將，沒日沒夜。女兒們嘖有煩言，有一天下午，我一個堂姐去叫她，嘟囔了幾句，她突然把麻將牌一摔，撐桌而起，搖晃著企鵝般的身體，向五十米開外一個曾經清澈無比的臭池塘奔去，灑下一路的哭嚎：「不要攔我，活到這把年紀，還被自己的女管束，簡直活去死哦！」當然誰也不可能讓她這樣死，她贏了，從此女兒們沒人敢再放一個屁。

但我媽媽也曾在屋後的池塘表演過這一出，却沒發揮什麼作用。那時她所在的炒貨廠整改，放社員休息半月。由於不是全民所有制，也不是集體所有制，而是村辦企業，沒上班當然不發工資。我爸爸於是一天到晚嘮叨，有一天她終於氣哭了，穿過後門跑向池塘，三寸丁似的矮小身軀一寸寸向池塘中心挪動，爸爸站在岸邊張望，看不出什麼表情。她的痛哭驚起了周圍鄰居，於是都來相勸，也有年長的，責怪我爸爸。我跑過去，將其實很熱愛生命的媽媽拉了上來。

我上大學後不久，家人也搬離了老屋。媽媽肯定不習慣，不過那時她身體已經垮了，否則絕對離不開那池塘。不管水有多髒，她都覺得那不可或缺。她熱愛洗洗刷刷，感覺只有一片數畝大的水面才够她盡情揮灑，對她而言，池塘就是一個巨大的木盆。她還有個很奇特的稟賦，不管天氣多麼寒冷，她的手都不會生凍瘡。我曾經在寒風呼嘯的冬夜，站在池塘邊的預製板上，站在她身後，打著電筒，照耀她搓洗衣服。不管多晚，她都不能容忍衣服沒洗完。在暗淡的手電光下，我面朝北方，呆呆地看著池塘，池水的縠紋不斷在北風呼嘯下向我脚下奔馳，一層又一層，永無止境。我突然有一種眩暈之感，感覺脚下的預製板像一條船，正在向前移動；我站在船頭，乘風破浪。

三十八　紅樓夢

　　我有個同學叫老董，他戴一幅黃色邊框的眼鏡，吻部突出，像一隻猩猩。但我們當時玩得很好，因爲我也找不到更優秀的玩伴，或者說，在我們這個破中學，也談不上有什麼優秀的玩伴。

　　老董騎一輛不新不舊的自行車上學，課間時，總拉著我去車棚裏聊天。其實也沒有什麼好聊的，就是互相取暖。有那麼一段時間，我喜歡倚在不知誰的自行車上，一邊和老董聊天，一邊有意無意眺望教學樓二樓的窗口。我想看看那個初二的女生，我知道她的名字叫龍筠。我曾經和她做過三天同桌。那是期中考試的時候，大約爲了節省人力物力，期中考試改革，讓我們和初二的學生坐在一起考試。龍筠正好和我同桌，她扎一個鵲尾辮，走起路來風風火火，鵲尾一晃一晃，很配合這種幹練。皮膚也白，尤其兩隻眼睛特別大，睫毛特別長。我從沒見過睫毛這麼長的女生，她撲閃著大眼睛問我：「馭器是什麼東西？」表情像個布娃娃，讓人愛憐。原來睫毛長一點，會給女孩增色那麼大。

　　我結結巴巴說：「馭器，就是一種尖底的陶瓶，不裝水或者裝滿水都會翻倒，只有裝半瓶，才能立起來。」她說：「作文出這個題，是什麼意思呢？」我說：「就是告誡人要虛心，不要自滿。」她說：「你好厲害啊，早曉得上午考語文時，問問你就好了。你是語文課代表吧？」我不好意思地說：「不是。」同時瞥了一眼她的作業本，上面寫著兩個字：龍筠。真是個好聽的名字，好聽的姓，讓我想起了金庸小說裏的小龍女。

有一次，老董神色緊張地叫我幫忙。原來他自行車的鈴鐺被人旋走了，他決定旋別人的一個補償自己。於是在上課鈴響的時候，他說：「幫我看著一下，有人來了，就叫一聲。」我只好留下。車棚裏空蕩蕩的，剛才熙熙攘攘的操場一個人影都沒有，正是偷竊的好時光，可老董依舊嚇得臉色發白。他旋下一個，放在掌心看了看，又旋了回去。我說：「你怎麼回事？」他回答：「這個不够新，沒有我的那個新。」我很想罵他一句：「我操你媽，老師都進課堂了。」但忍住了。因為我剛才也央求過他，要他把《紅樓夢》借我看看。

這年的春節，電視劇《紅樓夢》試播了，我對裏面的人物關係莫名其妙，以為外婆知道，因為她越劇《紅樓夢》看過三十遍，越劇《紅樓二尤》也看過二十遍，我想她應該有發言權。誰知她死死盯著黑白電視機屏幕上的秦可卿，咕噥：「這隻女客夥裏（婦女），是寶釵的姐姐哦。」我就知道完了。

於是決定去找原著看，但上那弄呢？老董說：「我家有一本上冊。」

第二天，他把書帶來了。連封面都沒有，還是竪排繁體的。晚上等爸爸睡下，我從書包裏把書掏出來，躺在被窩裏看。翻到「賈寶玉初試雲雨情」一節，發現書頁上有一些污迹，像一泡乾涸了的鼻涕。我有點噁心。內容好像也不過癮，還不如幾年前風行的地攤讀物，連個「高高的乳峰」都沒有。

但不得不說，還是別有一番韵味，到底怎麼個韵味，我說不上來。我感覺，文字顯得很有文化，很經得起咀嚼，和那些地攤讀物不一樣。至少裏面的詩詞，我很喜歡。兩個晚上之間，我就把十二金釵的曲子背得爛熟。老董催問我：「書看完了沒。」我說：「還沒。」他推了推眼鏡，用吻部突出的嘴吐出一句話：「要不，就賣給你怎麼樣？」我一怔，問：「幾多錢？」他說：「兩塊吧。」

兩塊，這太貴了。我去書店查過，人民文學出版社的新版《紅樓夢》，三冊，也只要七塊六。何況他的殘缺不全，上面還有莫名其妙的污迹，我說：「算了，我沒那麼多錢。」我沒告訴他，有錢也不會買。

我想問媽媽要七塊六，去買嶄新的《紅樓夢》，但實在說不出口。她一個月累死累活，才掙三十幾塊。那段時間，我幾乎放學後就去接她。她不會騎自行車，我把爸爸的爛永久二八自行車騎去，坐在後座上等候，看從後排女生那借來的《儒林外史》什麼的。有一天媽媽從車間出來，說：「廠裏的事做不贏，要招臨時工哦，你暑假來做兩個月嘛。掙的錢，你自己想買什麼買什麼，我一分都不要你的。」

我心動了。兩個月如果能掙六十元，即使我自己留下一半，也有三十元，買一套《紅樓夢》綽綽有餘。我說：「好。」

事實上早在一個月前，我的堂弟小鵝就加入了。他幹的

是第二道工序——倒瓶子入池和初次洗滌。剛運來的瓶子，全都髒得要命，一倒進去，滿池清水頓時就成血尿色。倒入

的過程，不管如何小心，總有一兩個瓶子會破。手伸進看不見底的血尿，瞎子摸象，摸來摸去，突然指尖一陣銳痛，觸電般抽出來，髒水和鮮血齊流。旁邊的工友倒比較友愛，會馬上為你呼喚：「闊口哎，拿一隻創口貼來哦，有人割到了手哦。」一個嘴巴確實很闊的中年男人就跑進來，遞過來一枚創口貼。但別想休息，還得繼續伸入污水，如果實在流血過多，就暫時換到第三道工序——在高錳酸鉀水池裏刷瓶子。

我幾乎幹過製造汽水的所有工序，每一道都不輕鬆，都苦不堪言。比如第三道，有一個不停旋轉的機器，豎立著七八支昂首朝天的塑料刷子，刷子本身也在不停旋轉，每把刷子旁各有個小孔，不斷向上噴著清水。我的任務是把瓶子倒插在刷子上，讓它接受洗刷。這動作要快，瓶子插慢了，機器就空轉。第四道，從永不停旋轉的刷子上，把瓶子抽出來，放到傳送帶上，傳送帶一刻不歇，瓶子放慢了，產量就提不上去，大家都要受罪。因為每天製造多少箱汽水，是有規定的。時光緩慢，好像一分鐘變成了六百秒，有時看見日光西斜，暗暗鬆口氣，突然闊口踱進來，傳達指令：「各大商店都說，我們的汽水賣得好火，貨源嚴重不足，領導剛才發話，今日加班，多做兩百箱。食堂開了飯，大家先去吃了再做。」我聽在耳朵裏，感覺天都要塌下來。他又指著我，「做事就做事，還坐到，你是來做事的，還是來享福的？」發音古怪，屬於南昌某偏遠郊縣的口音。他一邊說，一邊從我屁股下一把抽走裝瓶子的木箱，奮力一甩，箱子撞在外面的墻壁上，四分五裂。

媽媽好像沒有什麼，她逆來順受慣了，還時不時安慰我：

「崽啊，你累不。」這是廢話，怎能不累。她還采取貶低幹部的方式安慰我：「剛才那隻不准你坐到的闊口豬，不曉得是哪隻山溝裏的人，只是因爲認得王玉英（村書記），戶口就轉到我們金順來了。這還事小，跑得來還做監工，管我們這些老社員，不曉得幾舒服。」最後以一句比喻結束，「有當官的親戚，幹魚子都會划水哦。」

夜色彌漫，我們使出最後一點力氣，洗刷著瓶子。車間外，蛐蛐在鳴叫，廠長劉三駝來視察了，但沒有跟我們握手，只是鼓勵我們大幹快上。他認得我媽媽，說：「你還在這裏做啊。」但沒有後話，被兩個小頭目擁著到了外面，坐著喝酒嗑瓜子說笑。一個立地臺扇站在附近，對著他們不停吹拂。媽媽說：「這隻劉三駝，年輕時是跟我們一個小生產隊的，挑尿桶，沒想到現在當上副村長了。」我憐憫地看著她。整個車間幹這種苦活的，幾乎都是鄉下跑來打工的年輕人，像她這樣的老社員，絕無僅有。多麽可悲的人生！

最輕鬆的，當屬第一道工序，只要用小推車推著一箱箱瓶子，堆到水池邊就行了。幹這道工序的，是一個矮墩結實的青年，嘴巴有點歪，大約二十七八歲，只要有空，就看見他蹲在那裏擦拭一輛二八自行車，車很破，但鋼圈永遠錚亮，白晃晃耀眼。他一邊擦，一邊歪著嘴跟我搭訕：「今日的報紙上說，有只流氓強奸殺人。我就搞不清楚，爲什麼要做這種事嘛？想女人，找個老婆不就行了嗎，你說是不是嘛？」一個成年人跟我聊這麽沉重的話題，我簡直有點不習慣。他似乎有點弱智，總聽見有人揶揄他：「歪頭，你蠻辣（厲害）哎，找了一隻那麽漂亮的老婆。」明明是嘴歪，爲什麼別人叫他歪頭，我沒搞懂。每次聽到這話，他的嘴巴就更歪了，笑得。媽媽說：「這隻人，也是村幹部介紹來的，要不然扇頭搭腦的，能做到那麼輕鬆的事？」我說：「有什麼好說的嘛，就你最沒用。」她笑了笑：「是哦，我太老實了，人也扇哦。」

最可怕的是夜班，頭頂上電扇不停旋轉，它們不會換班，除非碰上停電。而停電，幾乎是沒有的事。我曾經為它們擔憂，想想它們，究竟比我更苦。我擔心它們中的一個，最終會不堪重負，從屋頂上掉下來，一陣俯衝，將正在勞作的苦命人的腦袋削掉幾個。

但有時會碰到機器壞了，一時半會修不好，仿佛是天賜。我離開崗位，躲到倉庫旁邊，偷偷從窗口爬進去，躺在一堆飲料瓶上睡覺。哪怕周圍的空氣可以點燃，都會迅速睡著，但總會很快被人搖醒：「起來哦，路斃哎，機器修好了哦。」掙扎著醒來，感覺渾身都癢，蚊子已經不假思索在我身上咬了無數個包，而睡夢中的我，毫無知覺。

熬夜勞作一晚上，騎著自行車回家，路過疤子家開的雜貨店，用一毛錢買了一塊桃酥餅，邊吃邊騎往小河邊。朝陽剛由深紅的圓盤變成橘紅色的圓環，斜挂天際，神采奕奕。幾個中老年婦女正蹲在橋洞下洗衣服，偶爾砧聲橐橐。我跳進河裏，游了兩個來回，萬物靜謐，耳邊只聽見水波之聲，感覺渾身清爽，睡意仿佛也離我而去。但剛一上岸，又忍不住呵欠連連。我跨上車，背著朝陽，歪歪扭扭騎回去。躺在堂屋的竹床上，很快沉沉入睡。頃刻後醒來，陽光已經斜斜照在堂屋東側的墻上，暗紅色，無精打采，仿佛也等待下班。我看見小鵝正站在我的床前，穿得整整齊齊，叫道：「叫都叫不醒，要上工了，準備走哦。」

　　有個婦女，也帶著她念高中的女兒在那幹活，女兒長得白白嫩嫩，偶爾跟小鵝調笑，當然只是爲了打發寂寞和辛勞。有一次日班，我帶了一本《讀曲常識》，修機器時坐在那裏隨便翻兩頁。她問：「你還看書啊，看什麼書哦？讀曲常識，什麼意思。啊，不懂，你蠻用功哦，想考大學是不，來，幫我抬一下這個箱子。」我不好意思地把書收起，接過她抱在胸前的木箱子，手背碰到她軟綿綿的前胸，不知道是乳房還是別的什麼。我的心跳了一下，尋思，摸到的到底是乳房還是肉？

　　有很多鄉下姑娘，被或遠或近的親戚介紹來，個個面色黧黑，謹小慎微，但不久也就略施粉黛，和男員工打情罵俏。小鵝很快也泡上一個，人矮矮胖胖，濃眉大眼，其實蠻精明。她和小鵝搭配，做第二道工序，就有人在旁起哄：「你們是一對哎，搞成了請我們一起去吃酒哦。」不久他們真的結了婚，我坐在迎親的客車上，直往西奔，走過八一橋，走過各種不知名的村莊，一上午都在山路上顛簸，終於，汽車喘出一口長氣，熄了火。我的面前是一個猪圈式的村莊，四圍散落著跌跌撞撞的破屋，地上屎尿橫流。一條狗站在樹下，呆呆地看著我們，瘦骨嶙峋，一臉蠢相。我看見堂弟的新婦濃妝艷抹，頭戴紅花，被兩個黧黑的婦女攙扶著出來。她的爸爸滿臉風霜，穿著一身很不像樣的西裝，但和他的臉相比，似乎還要體面些。他不知所措地笑著，目送女兒走上客車，逐漸遠去。我坐在車裏回望，很久，仍看見他呆呆像一截枯木樁，立在一片鷄鴨鵝屎之間。

　　月底終於到了，我領到了三十一塊錢。我如願去鐵路書店，買到了那套《紅樓夢》。

三十九　金瓶梅

我把媽媽給我的二十塊錢塞給二舅，二舅把錢推回來，說：「算了嘛，一家人，拿什麼錢嘛。」我又堅決推給他：「那哪行哩，白住到你屋裏，已經不好意思了，總不能又白吃吧。」

推托了幾個來回，二舅接下了那幾張鈔票，我也松了一口氣。

那段時間我借住在二舅家裏。因爲將要高考，而城南經常斷電，晚上複習功課不成，所以媽媽跟二舅母商量，希望能借住一學期。二舅母和媽媽一向關係還不錯，答應了。她答應了，二舅當然不在話下。但伙食費是要給的，我們很自覺。

就路途來說，金塔街離我念書的中學不算近，和城南差不了多少。只是金塔街永遠不會停電，燈紅酒綠，繁花似錦；而城南滿眼漆黑，仿佛遠古洪荒。就算不爲了複習功課，在金塔街借住，心情仿佛也不一樣。

我偶爾會溜到外婆住的樓下看一會電視，但不敢多看，畢竟借住的理由，不是爲了看電視。大多時候，我都會裝模作樣在燈下看書。二舅母住在二樓，外婆住在一樓。他們原先的老房子早就推倒重建，臨街起了四層樓房，最下一層，被改成鋪面，出租給修車鋪，收入過得去。修車鋪的青年滿面油污，油嘴滑舌，有一次我聽見他調侃外公：「爬灰是什麼意思，你老人家曉得不？」外公說：「回去問你爺哦，他做這種事，不曉得幾輕車熟路哦。」他還挺會用成語，畢竟念過私塾。

金塔街離新華書店很近，我經常去逛，那時還不開架，只能隔著櫃檯張望。有時鼓起勇氣，請店員幫我拿一本看看，但如果連著看兩三本，我就一定會買一本，仿佛只有這樣，才不算白麻煩別人。曾看見賣新版的《魯迅全集》，十六冊精裝，塞滿一紙箱，很眼饞，但七十六塊，幾如天價，想都不敢想。有一天，赫然看見一本《金瓶梅》，封面上畫著一個窈窕的女人，我當即面紅耳熱，曾在一個文摘報上看見介紹，說此書以色情描寫而聞名，只有縣團級以上的幹部，和專門研究者才能憑介紹信購買。難道現在竟然公開出售了？改革開放的春風，真是吹遍了神州大地啊。我強作鎮靜，對店員說：「麻煩幫忙拿那本書看看。」我的手指著它。店員臉色漠然，說：「三塊八。」沒有一點動手拿的意思。我有些尷尬，只好硬著頭皮說：「好，買一本。」

我把書藏進書包，鬼鬼祟祟離開了書店。夜晚，在燈下做英語試卷，心思完全粘在了那本書上，又不敢拿出來看。舅舅和舅媽在隔壁房間看電視，我怕他們過來。終於，隔壁的電視機聲音戛然而止，燈也熄了。我也趕緊去廚房洗漱，鑽進了被窩，同時打開了檯燈，掏出了那本書。

翻開封面，有幾幅綫描的插圖。有一副比較火爆，一個披髮的古代女子，雲鬟倭墮，金釵半輝，半側著站在梳妝檯前，上半身一絲不挂，畫出了一個高聳的乳峰。我立刻硬了起來，開始看正文。第一頁就發現不對，現代味十足，不像明朝人的口吻。繼續翻下去，越發感覺蹊蹺，於是用拇指按住書頁，嘩啦啦一翻。我曾從小鵝那裏借過一本署名全庸的武俠小說，黃得不得了，我也根本不屑看情節，只用拇指按住書頁，嘩啦啦一翻，色情段落一個都沒跑掉。但這回，我傻眼了。

乾脆翻到前言，果然上當，不是「蘭陵笑笑生」的原稿，而是現代人改寫的純潔本，純潔得簡直可以推薦給中學生當課外讀物，可它怎麼敢命名爲《金瓶梅》？這豈不是欺詐。但等我再仔細看封面，才發現錯怪了人家，原來書名「金瓶梅」三字下，有一個很小的篆書印章，顯然是個「傳」字。也就是說，這本書根本不叫《金瓶梅》，而是不知哪個流氓改寫的《金瓶梅傳》，改革的春風，幷沒有吹遍神州大地。我喪氣地將書扔下，躺了一會，感覺下面還是一如既往的硬。又撿起書，翻到有半個飽滿乳房的女性側影那頁，邊看邊快速把體液放了出來。

有一天半夜，我感覺有點不舒服，爬起來上廁所。已是晨光熹微，我望著窗外，路上還沒有多少行人，偶爾有幾輛汽車跑過。不遠處一個工地腳手架靜靜屹立，上面挂著幾盞燈，正紅艷艷亮著。却萬籟無聲，仿佛剛剛發生了核灾難，被人猝然遺弃。我站在窗前，凝神觀看，突然百感交集，眼淚撲簌簌掉下，不知爲了什麼。然後又劇烈咳嗽，眼前一陣目眩。二舅也被我吵醒了，他走過來，問：「怎麼了？」

我說：「沒什麼，只是有點不舒服。」

他過來摸摸我的額頭，說：「發燒了，到醫院去看看，你前段時間也咳。走，我帶你去。」

　　我感覺很冷，兩手交叉，抱緊自己的肩膀，說：「我這麼大了，自己去吧，又不是什麼了不起的病。」但隨即一陣噁心，呼的一聲，噴出一束發酵的食物殘渣，像腦漿一樣，濺了滿地。

　　二舅沒有生氣，相反，他給我披上他的呢子大衣，說：「天氣冷，要注意帶熱火點。走吧，去醫院。」

四十　在病中

　　我站在暗室裏，等待Ｘ光照射。這不是我第一次照射Ｘ光。初一時，班主任老朱突然要我們交五毛錢，說是有好事，有人弄來了一架Ｘ光機，給我們做體檢，機會難得。我回到家，艱難地向媽媽說了這件事情。她無可奈何，給了我五毛錢，送我在胸透機上吃了一回射綫。

　　此刻我很喜悅，我隱隱感覺，這次會有一個徹底的解決方法。

　　金順村有一個醫務所，可以免費拿藥。醫務所裏常年駐扎一個中年婦女，矮小黝黑醜陋，名字叫美鳳，隱含著出生時，父母對她的無限期望。媽媽仿佛跟她很熟的樣子，一旦我們有點頭疼腦熱，她就說：「到美鳳那去拿幾粒藥嘛。」在鐵公鷄看來，這真是了不起的福利。

　　那年深秋，我開始咳嗽起來，爸爸說：「去村裏的醫務所看嘛，不要錢的藥，吃不得啊？」

　　於是去了多次，從美鳳手中拿了不少藥，黑乎乎的，圓圓的，甘草片什麼的。但沒有什麼用，時好時壞，斷斷續續。

　　也自己去了兩回正規醫院，比如市第三醫院，由於年輕而愚魯，加上咳嗽確實時好時壞，我總是拿不准咳嗽的時間：

「咳了有半個月吧。」醫生也不望聞問切，也不聽診，低下頭就開藥，龍飛鳳舞，中藥片，西藥片，我拿了回家去吃，仿佛也沒什麼用。

這回醫生果斷要我去作胸透，我想，真好，應該能查出真正的問題，我受够了，就讓這一切結束吧。

懷疑是肺炎。中年女醫生龍飛鳳舞，寫了三種藥名：

複方奎寧 2 片 3/1 日

Penicillin80 萬 2/1 日

Streptomycin100 萬 1/1 日

只有第一種我能看懂，但我很高興，這應該是有水平的醫生。事實證明，也確實是這樣，只打得兩天，頑固的咳嗽完全止住了，渾身上下說不出的通泰舒服。這讓我對那個女醫生極其崇拜，有事沒事就模仿她的筆迹，在紙上寫青黴素和鏈黴素的外文名，偉大的西方神藥。

每天中午，我騎著自行車去一趟醫院注射室，在一個破舊的板凳上擱下我的屁股，瘦削而青春。第一天我還皺著眉頭，閉著眼睛感受著尖銳的針頭插入屁股，幾秒鐘的功夫，中年護士就將藥水盡數推入了我的肌肉，一陣酸脹。我提起褲子，如釋重負。她問：「什麼病哦？」我說：「肺炎。」我跑出門外，騎著金獅牌自行車，冲出了醫院的大門，在春天的南昌城中游弋。浩瀚如海的青春，真的視疾病如無物，真的沒有放在心上。

一周後，我重新站在 X 光機前，等待著醫生輕描淡寫地揮手：「沒事了，回家去吧。」結果我走出去，他面無表情：「再去挂個號，找醫生看看。」

遵照吩咐，我接著又拍了一張X光片，我崇敬的中年女醫生說：「你只咳嗽了半個月？不，起碼半年，……我們這裏不行……轉院，去肺科醫院吧。」

如果時間提前半個世紀，我就該和青春告別了，它一點都不浩瀚，它不是蔚藍色的大海。它是沙漠，是黃昏，是枯枝敗葉，是渣滓。小時候看過一個日本電影，《絕唱》，女主人公就是得這個病死的。她苦苦等待當兵的丈夫歸來，有一天一邊幹活，一邊咳嗽著，下意識用手帕去捂，一片血紅，她傻眼了，癆病是那時的時髦絕症，她知道，這意味著她很快要進入墳墓。我還在書中讀到了無數個這種病患者的命運，史蒂文森、萊蒙托夫、契訶夫、魯迅、郁達夫……最後都是個死。但在上個世紀八十年代末，我完全無需擔心，這點知識，我還是有的。

肺科醫院坐落於八一公園後面的一個破院子裏，全是平房，像六七十年代的大隊部。帶我來的是大姨父小柳，他的老婆，也就是我的大姨，前不久也剛告別這種病，從蘇州療養院痊愈歸來。他大包大攬地說：「這隻醫院我有熟人。」

他把我帶到一個老醫生面前。那傢伙長得很像一隻老猴子，滿臉皺紋，一圈一圈的，像漣漪一樣，以鼻子爲圓心向四周發散，或者說像草帽尖頂上的紋路，又或者更像沙皮狗的身體。總之，好像他的臉皮曾被極力拉開，又一鬆手，彈了回去，但從此就大了一號。從他身上，看不到一點醫生的影子。他接過小柳遞過去的香烟，塞進嘴裏，一邊吞雲吐霧，聽小柳代我敘述病情，一邊眯著眼睛，好像身處中午時分的動物園，沒有游客，只好靜坐養神。小柳又遞過去一根烟，他嘴上的烟才抽了一半，但幷沒有推辭，照樣接過，將其夾在耳朵上。最後狠狠噴出一個烟圈，慢條斯理地說：「先去做個透視。」手不停，刷刷刷已經開好了單子。

我抱回了一箱子藥，鏈黴素和利福平，開始吃了起來。那時我的身體已經沒有生病的感覺，但既然被告知，肺部已經出現一個空洞，也只好吃著。

半個月後，我和小柳又去見了那隻老猴子，他再次讓我去做胸透。放射科的醫生說：「半個月前做的胸透，又做？」我對小柳說：「胸透這東西，老做恐怕不好吧。」小柳有點不高興：「亂嚼什麼哦，醫生還會亂來？聽醫生的。」

我只好不情願走進了陰暗的屋子，想像著無形的射綫像機關槍一樣在胸前掃射，心中一陣悲凉。

吃了很久的藥，也早已離開了二舅家，因爲舅母頗爲恐慌，擔心傳染給她才三四歲的兒子。我也很慚愧，重新搬回了城南。我還得承認，藥吃得很不規律，有時甚至隔兩三天不吃，現在回想起來，頗爲奇怪，當時真的無所畏懼。

最後見到那隻老猴子，大約已是一年之後。他看著胸片，說：「不行，抗藥，你得換吃二期抗結核藥。」我把藥拿回家，這種藥沒有膠囊，也不包裹糖衣，很苦。除此之外，也似乎沒有別的感覺。半個月後，我照例去檢查肝功能，一個年輕的女醫生看了檢查結果，用一種同情的態度告訴我：「轉氨酶指數偏高，要吃保肝藥。」

但她看了看我的胸片，隨即驚訝道：「全部鈣化了，你已經好了。」

「不要吃藥了？」我不敢相信自己的耳朵。

「好了，片子上已經鈣化了。」

「真的？但那隻醫生怎麼還說我產生了抗藥性，還給我開吡嗪醯胺？」

她怔了一下，輕輕地說：「可能吃了那種藥，就立即鈣化了。」

這是一個很好的理由，但我并不信。我說：「好吧，謝謝你啊。」

我一身輕鬆地跑到外面，仰望蒼天，正是春季，路邊的法國梧桐上，已經滿是毛茸茸的葉苞。我的心中倒也沒有什麼太大的喜悅，只是覺得輕鬆，再也不用和這個破地方打交道了。我甚至懷疑，那種名叫吡嗪醯胺的藥根本不需要吃，我腦子裏再一次浮現老猴子猥瑣的影子，罵了一聲：「這隻該死的老棺材，完全就是個混混！」隨即推著自行車，一陣疾跑，接著縱身一跳，跳上了座位。我奮力蹬動腳踏板，像風一樣奔馳在春天的城市街道上。

四十一 除夕的下午

　　除夕的下午，我和弟弟坐在床上打牌。往常我們都是一家四口坐在床上打牌，有時住在我們前面的麗華也會來，她和我妹妹年紀差不多大，是鄉下罕見的獨生女，還是城市戶口。她父親吻部突出，當時覺得長得像個猩猩，綽號叫「鵝相」，名實非常相副。現在想來，有點像新版 007 丹尼爾·克雷格。他爲什麼能娶上城市戶口的老婆？是因爲他哥哥很富，我前面提到過的那對孿生富兄弟，就是他的侄子。

　　麗華很喜歡跟我們一起打牌，我們總是贏她的錢，一角兩角的，也不多。贏她的錢不需要串通，因爲她智商不高，小學還沒念完就輟學了。有一次我妹妹從前面跑回來，捂著肚子狂笑：「你們曉得不？麗華的娘，請了那隻瞎子跟麗華算命，瞎子說，麗華將來能考上大學，還會當官。搞得鵝相信以爲真，罵他的老婆，說都是他老婆讓麗華退學的，吵著要再送麗華去學堂。麗華的娘不服氣，說兩門功課加起來都不到六十分，上個卵學……」我也笑得差點躺到地上。

　　媽媽在廚房裏忙碌，準備豐盛的晚餐。我們的心情自然是好的，爲了突出節日的感覺，我們開著那臺可愛的黑白電視機。平時想看，也沒有電，但除夕的下午，這個擔心是不必要的，村長早就提著財貨去了供電局。此外，平時我們不可能打牌，更不可能開著電視機打牌，鐵公雞可不是好惹的。他本質很農民，信奉過年吉利，不能發脾氣，只要我們不太過分，他就不會干涉。可憐的是，他永遠無法實現自己的理想，因爲在這個美好的時刻，媽媽總會找上他吵架，這注定是他人生的保留節目。

爲什麼吵？當然爲錢，難道還爲政治理念？但再窮，過年總要買肉，經濟免不了緊張。這兩傢伙就會像鬼一樣叫喚，尤其我媽，簡直比鬼還凶。她平日任勞任怨，動物一樣勞作，好像無怨無悔，却不是想像的那樣安貧樂道，一到過年，尤其絕望，捺著屁眼尖叫：「都怪那隻大沈橋的扇別，要不然老子哪會這樣吃苦？在我們金順村，退得出去隨便找一個，都不曉得比你這隻鐵公雞好到哪去了。」

我去過大沈橋一次，那是婆婆死的時候，我的二姆娘分派我和堂姐小鳳去報喪。二姆娘，也就相當於書面語的二伯母，但你知道，鄉下的稱呼總是不可理喻。她不講衛生，一張臉永遠烏貌烟糟，家裏比猪圈好不了多少。有一次我放學，和同學走在一起，一輛風燭殘年的公交車突然跑來，身子晃了兩下，在我們身邊停住了，兩扇破門咣當一聲彈開，嘔出一堆灰不溜秋的人，其中就有一個她。這是一次巧遇，我和她寒暄告別，同學問：「那隻女的是哪個？」我下意識覺得姆娘這稱呼不可靠，但那時小，不知道怎麼換算爲書面語，只能老實說：「是我姆娘。」幾個蠢貨果然笑得打裁。「是不是保姆啊」，他們說，「你還有保姆，跟地主階級一樣。」

二姆娘當時坐在婆婆的尸體旁，按照鄉下的禮節演奏般幹嚎：「我的可憐的婆子哎，你一生一世都在吃苦哦，沒吃沒喝哦哦哦～～～」又戛然而止，語調正常，給其他親戚分派任務，「小林啊，你去洪都機械廠跑一趟囉，買幾對粗點的紅蠟燭來囉，跟大牙叔同去；你，小秀，去鄰舍屋裏去借些桌椅板凳來囉……」隨即又突然轉入幹嚎：「我的可憐的婆子哎，你一生一世都在吃苦，沒吃沒喝哦哦哦～～～」好像一臺收音機正在調試波段，喜怒哀樂之間沒有任何過渡，又仿佛是一個壞了交感神經的中風患者。

我和堂姐立刻行動起來，一人推出一輛破自行車。婆婆唯一的親生女兒住在大沈橋，我應該叫她姑姑。我畢生只見過這位姑姑兩次；而那位城裏的，倒見過無數次。有一次我還莫名其妙夢見過後者的女兒，可能我潛意識的夢想是做一個畫家。

繼續說我這位大沈橋的姑姑。嗯，我只見過她兩次，一次是她來看望病重的婆婆，帶著一包馬糞紙包的紅糖，坐在床沿上，嘆息了一兩聲，回去了。再就是這次報喪。我和堂姐像過年一樣，在坎坷的鄉村煤渣路上歡快奔馳，正是春回大地，夾道楊柳依依，我們笑逐顏開，自行車顛簸的噪音，絲毫沒有擾亂我們聊天的興致。現在回想起來，主要是堂姐的興致，她那時剛剛發育成一個大姑娘，正是思春年齡，一路眉飛色舞，跟我炫耀有哪些男人追她。「喝臭的頭子，也不屙泡尿自己照照。」在傾訴的過程中，她不斷發出上面這句感嘆。前一句是南昌方言，外地人不好理解。其實只是記音字，「喝」是修飾「臭」的，讀音比普通話的「喝」嘴巴要圓一點，表示「極其」；「頭子」，是指長相。堂姐的意思是：「好醜的相貌。」看來她是個唯美主義者，但她後來的老公又矮又胖又黑，應該正是「喝臭的頭子」中的一個。不過我能理解騎在那輛自行車上的堂姐，那時她年方二九，正位居可以挑三揀四的驕傲年齡。

我們進了姑姑所在的村子，村裏的泥巴路上滿是碩大滾圓的牛糞，小腸般結實的豬糞，以及狹小瑟縮的雞糞，琳琅滿目，我們毫不在乎，把破自行車蹬得飛快，咣當咣當，在它們身上留下青春飛揚的軌迹。很快就到了報喪地，我的姑姑滿面風霜，正站在她破舊的屋子前面紡著麻繩，身子一扭一扭，但無精打采，好像剛流産過一次，以她那個年齡來說，確實很傷身體。聽到訃告，她面無表情，回頭嚎叫了一聲，低矮黑暗的屋門立刻吐出兩個青年農民，男的，我應該稱呼爲「表哥」。他們似乎剛剛起床，頭髮仿佛雞窩，直愣愣看著我們，一臉呆痴，兩條紅紅的布帶子分別系在他們的褲腰上，顯得非常喜慶。頭上只缺一條白羊肚毛巾，否則我真擔心他們會突然婆娑起舞，敲起那什麼安塞腰鼓。這將很不搭，要知道，我們這可是江南。

此地，就是我媽媽口中常說的大沈橋。那個給她做媒的女人，就住在這裏。媽媽總是委屈地提到這個地名，但其實我對那神秘的媒人充滿同情，她可以說是做了一件好人好事，又招誰惹誰了？我的意思是，就我媽媽那樣，既沒文化，又談不上什麼姿色，嫁給我爸爸那個窩囊廢，也算相得益彰。我真的不明白，她有什麼好委屈的。爸爸對此就很清醒，他常常一句話就把媽媽撐靠了壁：「是怪那隻大沈橋的哦，我也是吃錯了藥，找了你這隻神經病，一年到頭，就曉得駡人，嘴巴比屁眼還臭，硬是隻屁眼嘴。」然後，然後有時候，這兩個可憐蟲就會扭打到一起。

我和弟弟就這樣幸福地打著牌，我已經贏了他五角錢，那是他可憐的壓歲錢的一部分。和別人在除夕夜才能得到壓歲錢不同，我們在除夕的下午，壓歲錢的數目就好像二十歲那樣定型了。我們沒有什麼親戚，也不指望能從他們那拿到壓歲錢。壓歲錢的習俗和外交一樣，是遵循互惠互利原則的。我只能遺憾，我們的窮鬼父母無法給別人的孩子相應的待遇，曾經有個同學告訴我，他的壓歲錢有一百多塊，我心裏一口咬定他是吹牛，但嘴上得意地告訴他，我的所得也差不多，雖然實際上連他的零頭都不到。

我一邊打著牌，一邊有一眼沒一眼地望著那臺黑白電視，在同學面前，我還會告訴他們，我看的《紅樓夢》也是彩色的，真不要臉。可是既然在這樣的家庭成長，要臉有什麼用，能吃還是能喝？我看著那臺黑白電視機，它沐浴在喜氣洋洋的除夕氣氛中，賣力地給我們播著電影，一個黑白的故事片，估計故事背景是八十年代初，講的是一個城市女青年，被父母逼著考大學，好幾年都沒考中。後來認識了一個男青年，說是大學生。兩人在屋裏耳鬢廝磨，那時銀幕上還不興脫褲子，他們只是依偎在一起，你摸摸我的肩膀，我捏捏你的手臂，連聊解饑渴都談不上，真替他們著急。那女的是演員，長得頗有姿色，我見猶憐。她喃喃地說：「親愛的，找了你這個大學生，我考不上大學，也沒什麼遺憾了。夫妻倆至少有一個是大學生。」男的突然滾下床，從床下抽出一把鐵鍬，狂笑幾聲，像厲鬼一樣嚎叫起來：「哈哈，大學生，大學生，這就是我的大學，我他媽就是用它上大學的。」原來他是一個鏟垃圾的清潔工。

我摸牌的動作突然停了下來，電視裏那兩個神經病，和我爸爸媽媽似乎有點相仿，要在現實中，恐怕會讓我抓狂；但出現在電視裏，就顯得那麼溫馨，絲毫沒影響過年的興致。我把手中的牌一摔，乾脆全神貫注欣賞起電視來。我那七八歲——或者有十歲——的弟弟很有些意見，他用長滿凍瘡的手把散亂的牌收好，橫著洗了一遍，豎著又洗了一遍，再橫著洗了一遍，豎著又洗了一遍，畏畏縮縮地看著我：「還打不打嘛？」我粗魯地呵斥他：「死開死開，不玩了。」他愣了一下，默默地收起牌，悶著頭坐著。我不怕他生氣，反正他打不過我；我也不怕他難過，我的心靈還沒那麼豐富。我突然對打牌這種娛樂很不滿意，看黑白故事片，才是真正的娛樂。那真是一個溫馨的故事，戀愛是主綫，考不考大學是副綫，愛情最終會戰勝現實，比起我們家鬼哭狼嚎的生活，真是不知溫馨到哪裏去了。我沉浸在那種溫馨中，把弟弟完全拋到了腦後。我甚至都忘了，應該把剛贏的五毛錢還給他，但在那時，我完全沒有把他放在心上。

四十二　畫畫

　　園子很簡陋，也不過就幾種花，茶花最多，還有月季和含笑。花名都是銅鑼告訴我的，他對這些很熟。除了園子，還有一個玻璃屋頂的溫室。銅鑼的爸爸是學校的老師，兼管花房，於是他借了一把鑰匙，帶我進了花房。從此，詩詞中的意象才像花朵一樣，朝我真正綻開。我那時肚子裏已經藏有上千首詩詞，也覺得美得不行，但都是麻木地背誦。我很想坐在這裏畫畫，畫這些花。

　　銅鑼說：「我找兩個模特給你畫吧，前面這個女孩子怎麼樣？」他用手指指。

　　我心中暗喜，因爲不久前注意過她。有一次，見她站在門框邊，西風吹起她的額發，場景非常古典，仿佛《楚辭》裏的意境，讓我有點怦然心動。於是我說：「好啊，看你的本事。」

　　當天下午的自習課，她果真就坐到了花室裏，當我的模特了。我的素描水平幷不高，畢竟沒有經過科班訓練，但我從小喜歡這個。兒童時期，外公家的堂屋上貼有一幅猛虎下山圖。有一天晚上，我趴在陰暗的電燈下描摹起來，讓我的舅舅們大驚，說：「畫得這麼像啊，有點子天分哎。」念書的時候，我愛上了篆刻，興趣越來越濃，對很久以前熱愛的畫畫又重燃了火焰。我偷偷買了一些書自學，一度也曾想考美院。只是，我不知道怎麼才能進入那個考試圈子，我聽說是有一個圈子的。

有一個暑假，我那美院念書的表姐來城南掃墓，祭奠我的婆婆。天熱得像火葬場裏的焚屍爐，表姐打扮得儀態萬方，一身簇新的裙子，坐在我家簡陋的房間裏，搖著摺扇，宛如天人。我爸爸指著我說：「枕石也喜歡畫畫哦。」拿出幾張我的習作。表姐順口說：「不錯不錯。你改天來我家找我吧，我給你介紹幾個朋友認識。」我諾諾連聲，將正在搖頭的電扇固定方向，只爲她一人服務，不過後來幷沒有真的去找她，實在是不好意思，臉皮太薄。

我買了一些書，照著畫素描，石膏像、靜物，還畫過一些女性裸體，但從來沒有因此硬起來過。這到底怎麼回事？難道藝術果然只是藝術？我弟弟那時十歲，他向爸爸告狀：「你看哦，枕石日日畫些不要臉的東西，還貼到挂衣櫥上和墙上。」爸爸竟然很理解地說：「你不要管他，那是藝術，你不懂。」但背過身去，又開始嘟噥，「藝術家都是流氓，畫畫難道一定要畫赤膊裸體？畫別的就增長不了技術？」

還買過一本《保羅·加利的鉛筆畫》，太厲害了。鉛筆的綫條，每一根每一根都能看出起止，整幅畫面就是一條條鉛筆綫聚攏攢射，但組合起來，明暗灰白各種色調齊備，人物風景栩栩如生，所謂中國畫的「墨分五彩」這句話，仿佛就是爲他造的。一支普通的鉛筆，在他手中簡直好似魔棒。在一根根灰色的綫條下，上帝創造的世界，就此誕生。我學了好久，當然學不好。那真是可怕。

國畫也學過，那時喜歡畫工筆，描綫就描半天，三礬九染又兩三天，不過效果還可以。我挂在衣櫥上，不管遠看近觀，都和印刷的無异。當然，我其實更喜歡寫意，那種墨色茸茸，淺淡不一所造成的獨特效果，我認爲才是真正的藝術，而工筆，總歸要呆板些。但寫意一筆下去不能修改，而我非但沒有老師教，也沒有那麼多錢可以買生宣。每次買兩張宣紙，都要躲著爸爸，否則會惹他大發雷霆：「叫花子玩畫眉，你也得看看自己配不配。」工筆畫壞了，還可以一遍遍地塗色掩蓋，只要肯花時間，效果總不會差。這其實也是虛榮心所致，我想讓別人看到自己的「才華」。

我正在畫著，有這個掩護，我可以盡情盯著她看，而且可以要求她不許動彈。突然，砰的一聲巨響，花房的門被一脚蹬開，班主任老衛沖了進來。蓬鬆的短髮仿佛根根竪起，她左右掃視了一下，邁著弓步，戟指對我怒駡：「你這個人是怎麼回事，以你的成績，考個重點大學都不難，至少是本科，畫什麼屁畫？考美專，你是不是瘋了，美專那都是一些混混去考的，他們考不上任何學校，沒有辦法才走那條路。」駡完，又隨便掃了其他人一眼，大概覺得都是些人渣，根本不值一駡，恨恨地將門一摔，走了。

我們面面相覷，靜默了好一會。銅鑼訕訕地笑道：「老衛怕我們這些差等生把你帶壞了，她拿不到獎金呢。」

吃晚飯的時候，媽媽拿出一張照片，是外公和外婆的合影，在陽臺上，背對著陽光。都穿著老式服裝，紐扣還是布的。外婆自小心靈手巧，很擅長縫製衣服，我媽媽每次縫被子都束手無策，只能請她幫忙。她一邊縫一邊呢喃：「硬確實沒有用哦，連被子都不會綻[1]哦，沒有用哦。」大概這身衣服，也是她自己的剪裁。他們坐在椅子上，慈祥地微笑，萬物都仿佛蒙上了聖潔的光輝。媽媽說：「他們聽說你會畫畫，你能照著這張照片，畫一副合影不？」

我還沒回答，爸爸插嘴：「畫什麼鬼合影哦，你上次倒專門給你那隻閻王訂了一幅瓷板像[2]啦，他說了你好不？」

媽媽說：「死開死開死開，又在說這些沒有油鹽的事。他說不說我好，那是他的事，我這隻做女的，總不能不孝順。」

爸爸仰天大笑：「不要自作多情。」他轉向我，「你還不曉得吧？你娘扇裏扇氣哦，想拍閻王的馬屁，給他去畫像店訂瓷板像，就只訂一幅；你外婆，她就不管了，笑死人不？你那幾個舅舅看到了瓷板像，說，這是我們劉家人自己的事，她哪有資格管哦。又重新給閻王和你外婆各訂製了一幅。你說她是不是扇絕了滅？浪費錢，又討不了好。」說著，再次面對媽媽，「他們這次拆遷，三個崽一人分到兩套房子，你有一壅卵份不？還有金塔街靠大馬路的鋪面，一個月租金一兩千，分四份，閻王跟三個崽一人一份，你不眼饞？你幾個姊妹，除了老二在鐵路上工作，活得蠻平整之外，你跟小妹子幾個，都窮得無立錐之地；你那些兄弟，錦上添花，哪個搭理過你們嘛？」

「做女的，嫁出去的女，潑出去的水。」媽媽怒道，「你城南大隊哪個屋裏的女分了爺娘的房産？說話不憑良心，這

1　綻：縫。
2　瓷板像：南昌習俗，父母年老，生前要給他們畫肖像，燒製為瓷板，將來去世後，挂在墻上作紀念之用。

三個子女，小時候不是我娘屋裏人幫帶，長得到這麼大？你這種卵男人，自己沒本事，日日眼羨我娘屋裏的房子，你要不要臉哦。」

「不要吵了。」我煩躁地打斷他們，「一日到夜，就曉得吵得卵斷。」

爸爸往嘴裏扒完最後一口飯，把碗重重按在桌上，說：「我懶搭得你們，娘娘崽崽都是盡料的夾沙糕。」

收拾洗漱完一切，他們坐在床上看電視，我則回到自己的房間，并不是複習功課，我不喜歡複習功課，也不知道多久沒複習過功課了。我拿出她的照片，這是我借機問她要的，說不如照著照片畫。她也爽快地給我了。是那種黑白證件照，半寸的，很小。我在檯燈下左看右看，然後鋪開一張素描紙，開始描摹。我感覺肖像能不能畫得像，主要在於嘴唇，當然，這大概是我個人的獨特理解。因爲我看一個女孩，檢驗自己能不能喜歡上她，就是看她的嘴唇，是否能讓我產生親吻的欲望。她能，她的嘴唇豐潤，上唇微微上翹，啓我遐思。然而悲哀的是，我畫了一兩個小時，怎麼也畫不像。

還好，外公和外婆的畫像，我却畫得不錯。因爲他們老，臉上溝壑縱橫，特徵明顯。

第二天傍晚，媽媽回來後，我把畫像給她看。她高興地說：「蠻像蠻像，我們下次給閻王送去。」

四十三　春游

　　星期天，依舊是沒有睡好的一天。每天夜晚，我都忐忑不安，躺在床上，眼睛雖然閉上，大腦却像進入極晝，頭蓋骨內亮堂堂的，七竅仿佛可以透出光來，找不到以前那種在夢鄉中酣暢摸索的感覺。我依舊在自己的頭腦中活動，只是動作要慢些。我有時想，人要是能不睡覺，該有多好。

　　可是依舊要起來，而且一會兒就精神抖擻。我把自行車推出來，時間還早，就按照慣例，抱著一本詩詞書，從後門出去，站在池塘邊縱目遠望。春天清晨的空氣，沁人心脾，遠處光禿禿的河岸，倒也頗有一些意境。

　　我家的屋子後面不遠處，就是經常去洗澡的小河，人工挖掘的。在農耕季節，這條河是農業用水的重要保證。小時候，和堂姐們一起下農田，幹到半途，她們會突然赤著兩條腿瘋狂跑上田埂，好像通緝犯發現了警察，拋下一地的泥巴脚印。她們一徑跑到河邊，撲倒在橋下的石階上，垂下頭，兩手捧起河水就往口裏送。我也曾經這樣做過，因爲那河水是碧綠的，仿佛確實很乾淨。

　　河兩邊的植被非常茂盛，從後門出去，越過田埂，走上兩百米，就能到達河邊。周圍都是菜地，菜地旁，是稀稀疏疏的小喬木和密密麻麻的灌木。夏天的時候，整條河都被植被籠罩，就如周邦彥詞裏所言「朦朧暗碧」。一個中午，在幹完一點體力活後，渾身是汗，我和爸爸來到河邊洗澡，坐在濃密的樹蔭下，點點滴滴的陽光濺在身上，感覺無比美好。突然水中掠過一道透明的 V 形波紋，大約是水蛇游過，我驚恐地跳起來，再也不肯下水，鐵公鷄就嘲笑：「水蛇又不會咬人，你這隻人啊，簡直適合生活在蛋殼裏頭。」

現在是暮春。

我從未對春天有那麼直接的觀感，因爲不管在金塔街還是城南，我從未見過詩詞上所說的春景，什麼「滿城春色宮牆柳」，什麼「燕子歸來，陌上相逢否」，什麼「梨花落後清明」，什麼「明日落紅應滿徑」，統統都沒有感受。「一川烟草，滿城風絮，梅子黃時雨」，按說寫的就是江南，可在我心中，詩詞就是詩詞，是文字優美的童話想像，和現實沒有什麼關係。南昌是有梅雨，我所見的，却只有污穢的下水道，墻壁上濕漉漉的蛞蝓，以及到處灰敗的墻壁。

可是前幾天，我坐在課堂裏，偶然望了一眼窗外，突然有點難過的感覺。我看見深綠的樹木投下的樹影，時而和陽光形成濃烈的對比，時而又模糊得打成一片。那是一個多雲的早晨，雲彩遮蔽著太陽，但又沒有耐心，一會便游到別處，將陽光釋放；直到另一塊雲活潑地游來，接替它的位置，亭亭碧樹的影子也因此陰晴不定。春天的陽光幷不耀眼，在樹底下拖成一片溫暖的陰影。

不一會兒，我就站在河岸邊，現在早已看不到當年濃密的植被。不知什麼時候開始，菜地化爲烏有，樹木也不翼而飛，河面整個一絲不挂，觸目驚心。我望著遠處河流的方向，大聲朗誦著詩詞。太陽逐漸露出了半邊臉，我怔了一下，又負著朝陽走回，扔下書，跨上了自行車。

銅鑼在學校的花園裏等我。含笑正在開花，分泌出一絲若有若無的香氣；茶花紅艷艷的，只有兩三個品種，也不會有什麼「童子面」或「抓破美人臉」，但對我來說，已經够浪漫了。銅鑼對著天空大吼了一聲：「你好，春天！」他的中氣充沛渾厚，普通話也絕佳，是塊做播音員的料。我也吼了一聲：「你好，春天！」他說：「沒想到你的嗓音也不錯，你知道嗎？有的人嗓音好像還行，但一錄音，就會露餡，所以他們都喜歡在廁所裏唱歌，因爲廁所小，有回聲，可以遮蓋音色的單調。」

我們推著自行車，站在校門口等候，一會兒，遙遙望見她騎車而來，她身上斜背著黑色的照相機，那正是我們需要的。

穿過人聲鼎沸的市區，穿過人流稀少的八一大橋，就進入昌北。車輪任勞任怨，碾過一路的劣質柏油，逐漸進入了山間小路，起初灰撲撲的，但空氣逐漸如洗。突然路邊一大片黃白的小花吸引了我們，它們點綴在藤蔓般的綠葉叢中，顫巍巍地搖著腦袋，憨態可掬。她立即刹住車，我們也都停下來。推著車，跟著她過去，腦子頓時飄出周邦彥的詞《六醜》，因爲就是寫薔薇的。「正單衣試酒，恨客裏、光陰虛擲。願春暫留，春歸如過翼，一去無迹。爲問花何在，夜來風雨，葬楚宮傾國。釵鈿墮處遺香澤，亂點桃溪，輕翻柳陌。多情爲誰追惜……」我低聲背誦，一霎之間，仿佛自己獨自仁立於薔薇環繞的山谷，渾不知今夕何年，一縷自憐之意，油然而生。雖明知無聊，却也無法壓制。

她推著車邁步走向那片花叢，將車支好，從口袋裏掏出一把折叠剪刀。剪刀銹蝕得很厲害，像從垃圾堆裏淘出來的，但因爲在她手裏，一樣粲然生色。她剪下一支花，轉身遞給了我：「這是薔薇。」我心中暗喜。然而她又給每個人剪了一支，把小破剪刀遞給我：「你幫我拿著。」我接過剪刀，像文物一樣，小心翼翼放進了自己的口袋。

剛剛進入山中，五六個成年男女，提著兩個大喇叭的錄音機，興匆匆上山。有點像八十年代電影中的時髦青年，他們也掃了我們一眼，笑道：「現在的小崽子，也開始早戀了哦。」

我們相視而笑，我想，可惜不是真的。我縱目遙望，遠處的竹林像一簇簇細密的工筆畫，看不出是竹子。我們走進山中，翠色照地，時不時和一片一片的映山紅偶遇，甚至還有一棵孤零零的碧桃樹，突兀地站在坡上。尚未生出葉子，一樹的輕薄花瓣，像無數隻蝴蝶綴在上面，美不勝收。我們不斷地爬山，下山。從山坡下來的時候，有一回她要我牽牽她。接著我就觀察，她會不會也向銅鑼伸出手去：「拉我一下。」但好像沒有，這總會讓我高興一陣。

轉眼就日光西斜，我們開始往回走。有些迷路，一會看見前面有一幢孤零零的屋子，夯土的墙，稻草的屋頂，仿佛古代的茅廬，但絕不會住著什麼鬚髮皓白的隱士，也不會有什麼小童。屋子附近有一塊稻田，大約幾畝。一個中年農民正站在田裏犁地，皮膚黑黃，像上了層釉。銅鑼走過去問路，用普通話。農民仰頭看著他，呲著骯髒的牙齒，一臉迷茫，似乎聽不懂，又仿佛是故意的，就像《論語》裏寫的隱士，不屑理會紅塵俗人。我對銅鑼說：「你不會說南昌話啊？」他說：「你知道我只能聽懂。」

　　總算還是搞清楚了方向。一會兒，我們成雙成對走在下山的路上，好像很默契似的，相互相隔幾百米遠。我的心中不斷泛著漣漪，那些細膩的情感，像石頭子一樣不斷扔進我的心湖，我聽見她突然說：「其實我挺自卑的。」

　　「爲什麼？」

　　「因爲我成績不好。」

　　我心想，那你也不會去作田。我望著前面地上不遠處的牛屎，沒看到這個地方有人養牛，但地上總有一堆堆像生日蛋糕那麼大的牛糞，暗黃色，圓圓的，走幾步就能碰上一個。我面前這一灘上面，還被人插上了幾支鮮艷的映山紅，她指著牛糞笑說：「看，鮮花插在牛糞上。」

　　「這灘牛糞不錯，不止一朵鮮花插它呢。」我也笑著說。

　　但是心裏突然有一些難過。

四十四　李髂婆

　　校長綽號叫李髂婆。「髂」這個字不好念，它有很多同源詞，但「髂」是字庫裏唯一能找到的字，所以用它。其實按照我們那的讀音，是個入聲，用國際音標記音，念：khat。相比常用的「禿」字，這讀音要鏗鏘有力些。「李髂婆」，這個稱呼猥瑣、粗暴、毫無教養，但我們所有人都樂此不疲，三個字依次從舌尖、喉頭、雙唇間爆破出來，很有快感，李（li）—髂（khat）—婆（po）。

　　李髂婆是個禿子，這秘密不知怎麼傳出去的，反正最後無人不知，無人不曉。在私下裏，幾乎沒有人稱她「李校長」，都是「李髂婆」，仿佛叫了一個人的正名，就很難受似的。我一個堂弟說：「李髂婆教我們算術，有一次我假裝問她問題，她站到我旁邊講解，我沒有聽，一直偷看她的假髮，好想一把扯下來，看看她到底髂到什麼程度。」他發出爽朗的笑聲。

　　我爸爸還好，他一般都尊稱「李校長」，怎樣怎樣。但有一天，他突然在飯桌上氣衝衝地說：「那個李髂婆，硬是隻夾沙糕，學堂操場上，脫大一棵的泡桐，你曉得個吵，遮天蔽日，熱天坐到樹底下，不曉得幾凉快。今日開會，她說要全部砍掉。硬是一隻盡料的夾沙糕。」

我說：「爲什麼要砍掉？」

爸爸說：「她不是有胃病嗎，就找了個算命的算命，那隻人告訴她，她的病，就是因爲那些樹。夾沙糕，跟人家樹有什麼關係嘛，樹礙了她的魂她的魄啊？」

「這麼迷信啊？」我吃了一驚，「她不是黨員嗎？黨員可是唯物主義者啊。」

爸爸答非所問：「什麼卵黨員哦，就是一隻盡料的夾沙糕。」

我喜歡那些泡桐樹。泡桐樹大概是世上生長速度最快的樹了，據說樹幹是空心的，不堪大用。但也因此長得快，遮天蔽日，幾乎覆蓋了整個校園。微風一吹，碩大的葉片不由自主撞在一起，嘩啦嘩啦，歡樂成一團。那些樹，是我最大的堂姐們還在這裏念書時就栽下了，它也承載了歷史。

第二天，我騎著車，特意跑到校園裏去看。果然，除了兩棵，其他的連樹根都沒有了。剩下那兩棵，也不完整，都遭到了斬首，樹冠闕如，只留了兩根一人多高的樹幹。削得很平整，每個樹幹頂端，還各擺著一盆花，看上去頗爲滑稽。

這是搞什麼鬼？那麼高大健壯的樹木，沒招誰沒惹誰，一個瘋婆子兩句話，就讓它們遭到滅頂之災。這是爲什麼？我圍著它們騎了兩圈，嘆口氣，回家了。

我也在近距離見過李鬍婆一次。有一天，大約是寒假，下著濛濛細雨，爸爸在學校值班，中午跑回來，說：「等下李校長要到屋裏來吃飯，弄幾個菜哦。」他頓了一下，「也不要太好。」

我在媽媽的吩咐下，去買了一斤肉，還有幾個鷄蛋。肉剁成臊子，和著雞蛋打成了肉餅蛋湯，在我們家，算是奢侈菜，平常休想吃到。正午時分，李鬍婆來了，她歉疚地解釋：「麻煩你們了，寒假裏校工休息，沒有人蒸飯，硬實在是沒有辦法哦。」

所謂校工，其實就住在我家隔壁，是個六十多的老頭，脊椎已經曲成弓形，仿佛裝上一根弦，就能發射箭矢。他的綽號叫「棺材」，力氣大得驚人，曾經和年輕後生各自握住扁擔的一端，朝對方平推，比試力氣。棺材輕鬆取勝，拍胸道：「你曉得我年輕時，吃了幾多生黃鱔血哦？那個是最長力氣的。」村政府每月花幾十塊錢雇他，給學校教師蒸飯、看門，寒假不給錢，當然就不去。

媽媽殷勤地說：「李校長這麼客氣做什麼？吃餐飯有什麼關係，我們能接待校長，不曉得幾榮幸哦。」她還會這樣文縐縐的客套。李鬍婆又謙讓了幾句，坐下。我有意無意地湊近，看了幾眼她的頭頂，但一片烏黑，蓬鬆鬆的，看不出假在哪裏。

又過了幾個月，爸爸回來說：「鐘老師的老婆得了精神病，提前退休了。」

媽媽說：「就是那隻住在羅老師隔壁的鐘老師？怎麼會得了神經病嘛？」

爸爸說：「她的崽出了車禍，死了，本來就搞得有點瘋瘋癲癲；最近變本加厲，老說有人要追殺她。她又不是什麼大人物，鬼會追殺她哦。」

「那她住的房子空出來了？」媽媽的腦子不知轉到哪去了。

279

「那總不空出來了。」爸爸說。

我馬上接嘴：「既然空出來了，你去搞來，我想住嘛。屋裏住不下，我一個人到那邊，看書也清靜，效率高。」

雖然是鄉下小學，城南小學也有教工宿舍的，寥寥兩三個公辦老師，都曾住在教工宿舍裏。早期的教工宿舍，用土磚砌成，在我懂事時，已經變成斷壁殘垣，匍匐在亂草之間。後來村裏出錢，重新建了一棟兩層的大瓦房。上下各三間，一上一下，合成一套。每個老師一套，總共住了三戶。再後來，有兩家家境日佳，陸續搬走，房子空了出來，又陸續被別的老師以各種名義占據。所以，我才會說出那句話。我渴望那個房子，因爲它位於校園內，比較靜謐。而且，它究竟是樓房，比我們自己的房子，要顯得乾淨。

「那哪裏搞得到啦。」爸爸說，「我們又不是沒房子住。」

我譏笑他：「那些占著房子的，哪個沒房子住？還都城裏有樓房。李梅鳳沒房子住？人家洪都機械廠的；王根香沒房子住？人家老公是水利局機關的。」

媽媽也附和我：「說得對，你就是一隻老鼠坨子，沒有一莖（截）卵用。」

爸爸臉上有點挂不住了，他咬咬牙，說：「我去跟東寶話一下看。」

東寶是城南村的書記，而學校宿舍，是村裏出錢建的，書記說給誰住，應該就十拿九穩。我滿懷希冀地目送他。傍晚他回來了，興沖沖的，說：「東寶答應了哦。我跟他說，屋裏細伢子都大了，住不下。他就點頭，可以哦。東寶的爹爹，跟你的爹爹是同一個爹爹，沒出五服的，算是我儂屋裏人，要不哪有這麼好？」

我喜不自禁誇他：「太好了，你也不是太差勁嘛。」

爸爸掩飾不住得意，說：「明日去找李校長，跟她話一句，叫她拿鑰匙到我，就可以搬進去了。你一個人住，怕不怕啦？」我說：「不怕。」心想到時再說。

哪知第二天中午，爸爸抱著一個飯盒，灰頭土臉回來：「李鬍婆那隻夾沙糕不同意哦，說我有房子住，那間房要留到，給別的老師。」

我說：「脫了卵，白高興一場。」失望得不得了。爸爸有些羞慚，自我安慰說：「那間破房子，也沒有幾好，沒有什麼意思。」

我不說話。

爸爸呆呆坐了一會兒，又出去了。傍晚，他再次回來，揚著一把嶄新的鑰匙：「明日就搬進去。」

「李鬍婆答應了？」我驚奇道。

「沒哦。」爸爸說，「我搭她那隻夾沙糕做什麼，我拿到老虎鉗，就去撬開了門，換了把鎖。」

「啊。」我沒想到一向老實的爸爸兼鐵公雞，竟然有這勇氣，還捨得買新鎖，我反倒有點擔心起來，「搬進去了，被人家趕出來怎麼辦？」

爸爸說：「房子是村裏建的，東寶都答應了，怕她做什麼哦？」

第二天，我跟著他，用板車拖了一張床過去。我們正在屋裏安裝床榫，忽然聽到窗外一個尖利的女聲，大喊爸爸的名字：「褚金龍老師，你不要躲到，出來，你擅自撬門，破壞公物。我跟你說，你要承擔一切後果，趕快拿你的床搬走，還可以既往不咎。」

我有點不知所措，看著爸爸。他扔下手中的活計，大踏步出去，然後我聽到他憤怒的吼聲：「老子就不搬，哦，人家就不要活，就等你一個人活？你這隻夾沙糕，不曉得幾夾，硬是隻盡料的夾沙糕。」

這大概是爸爸有生以來第一次在領導面前發火，我猜李鬍婆也沒料到，更料不到會當面罵她「夾沙糕」，還是「盡料的」。我差點笑出聲來，透過窗戶朝外面望去，看見李鬍婆臉色煞白，她轉頭望了我一眼，隨即對著爸爸跳腳大叫：「你還是不是人民教師？是不是？滿口粗話，蠻不講理，簡直連街上的流氓羅漢都不如。你等到，我要向上級領導反映，你必須承擔一切後果。」說完，蹬蹬蹬下樓走了，滿頭烏黑濃密的大波浪在風中凌亂。我突然想，爸爸還真不算刻薄，只是說她夾沙糕，沒有罵她「鬍頭婆子」。

我們惴惴不安了好多天，卻沒等到什麼後果，有一天爸爸回來，說：「今日李校長跟我說話了。」我問：「說了什麼，還是叫你搬出來？」他說：「不是哦，她要我當教導主任。」我一怔，又聽爸爸自言自語地說，「看來，人太老實了就是不行。」

媽媽在旁邊插嘴：「是哦，鬼都怕惡人哦。那隻鬍頭婆子也是，沒想到她這麼壞，好歹還到我們屋裏吃過飯呢。」

四十五 春日

　　十八歲之前，我照過兩次生活照，三歲和十三歲。三歲那次，被小舅侮辱過，記憶猶新。十三歲那次，是小姨帶著我、我妹妹以及大姨，突然神經病似的去了八一廣場，照了一張合影。這張照片我以爲早丟了，但有一天，突然不知怎麼跳了出來。照片上的我身穿短袖海魂衫，緊皺眉頭，一臉嚴肅。我妹妹剪著短髮，看不出性別，茫然地望著鏡頭，似乎對人生充滿迷惑。大姨那時已經患了神經病，滿臉麻木。獨有小姨意氣風發，她穿著時髦的裙子，握著一把自動遮陽傘，渾身上下洋溢著八十年代昂揚向上的氣息。她絕對想不到，最後她老公始亂終弃，使她帶著一個孩子再嫁，一下子就被生活甩到了中年，那些我見過的青春歲月，仿佛如同夢幻。

　　趙元任的老婆寫回憶錄，說她小時候，民國初年，她祖父就買了一臺照相機。這讓我慨嘆。記得看好萊塢電影，那些和我差不多年紀的人，從謀生的大城市跑回老家奔喪，往往能找出一卷卷自己童年時候的彩色錄像帶，重溫童年時光。而我，却連張照片也沒存下。有一個晚上，我躺在床上，想入非非，想穿越到清末時代的城南村，看看村莊那時候的樣子，想看看我爺爺的爸爸，甚至爺爺的爺爺，看看我的基因，是從一些什麼樣的老農民身上傳下來的。想看看繈褓中的爸爸，和他那個被國民黨逃兵拐走的母親。想看看那時的城南到底有多麼貧窮，在面前的那條幹道上，來來往往的都是些什麼人。想看看村裏傳說中的地主，腹中到底有多少墨水。想看看地主和長工之間，到底是不是勢如冰炭，水火不容……

春游那天，我們照了一卷膠卷，用的是國產樂凱。洗出後，我們在學校附近的街邊花園聚會。花園裏種滿了永不凋謝的月季，黃白粉紅，生氣蓬勃。評點完照片，我們坐在草地上唱歌，或者看著月季在陽光下怒放。

銅鑼喜歡唱歌，他嗓音很好，如果他出身再好一點，生活在北京上海，沒准能成爲歌星。但他只是普通人家，就只能唱給我們聽了。他愛唱電視連續劇《紅樓夢》裏的《紅豆曲》，還有就是些很老的歌，比如「花兒爲什麼這樣紅」，不過也很好聽；有些歌的詞很能引起我的共鳴，比如其中一首是這樣的：

如果我們倆不曾相戀，泪水不會占據我的眼。
如果你的心還有一點牽挂，不會將我孤獨地留下。
我不願回顧，因爲在記憶深處，思念常刺痛我心靈。
人生旅程充滿艱辛和坎坷，我需要你的雙手牽引。

不知他在單戀誰，抑或是隨便唱唱，沒有針對性，但我也被打動了。我偶爾瞥一眼她，又趕緊跳開。當然，我知道這不是單向的，因爲我也能覺察到她的情愫，微妙，視而不見，聽而不聞，捫而不覺，但能朦朧感知。

看著陽光逐漸拋開月季，躲到了高樓背後，我們也拍拍屁股上的草葉，騎車回家。暮色中，左側是看不見天際的草地，右側是稻田和村莊。它們一個個，一簇簇被我的車輪拋開。突然，我發現有人對著我笑，在暮色中，四圍一片灰蒙，笑容仿佛春天山坡上的映山紅，很容易被目光捕捉。原來是堂姐小鳳，她頭上裹著厚重的工作帽，身穿工作服，灰撲撲的，站在一個破舊的小屋子外面。那是一個私人辦的鍍鉻廠，屋子的牆壁下，撒了一層閃亮的銀粉似的金屬，還有一些黃褐色的東西，不知道是什麼污染元素。我一個剎車，停下來，跟她聊兩句，又重新出發。沒多久，這位堂姐嫁給了她的老闆，從此告別了那個有毒的作坊。

我騎車疾行在黃昏中鄉間坑坑窪窪的水泥道上，腦子裏似乎念頭紛繁，又仿佛一片空白。臨近村莊時，忽然又被一片稻穀擋住。我的另一個堂姐光頭，正和她的幾個同胞姊妹一起，在夜幕下收著稻穀。她看見我，扔下手中的活，叫道：「哎，這麼晚放學？」

「是啊。」我停住車，腳踩著大地，「這麼晚收穀，不白曬了？」

「總有點用。」她說，「對了，正想找你談一點事，有空不？」

「說吧。」

「到這邊來。」

我跟著她到旁邊的灌木叢，站在一面古老的馬頭墻下。屋子的主人已經拉亮了她的電燈，昏黃昏黃，比外面亮不了多少。隱約還能聽到屋裏傳來香港電視連續劇的臺詞聲：「吶，做人呢，最重要的是開心。」估計是老片重播。光頭說：「我今年打算參加高考，你覺得可以不？」

「什麼？」我信不過自己的耳朵，「爲什麼？」

光頭上過高中，在鄉政府辦的中學，剛進去的時候，校長和老師都信心滿滿，發誓要把破爛的鄉中學振興起來，爭取送出幾個大學生。爲了達成這個目標，學校準備仿照其他重點中學，讓學生一律住校。光頭第一天報名回來，興奮得坐臥不安，向全家鄭重通報這個消息。然後火速去商店，買了新棉被蚊帳熱水瓶，然後在第二天清晨，像生離死別那樣，告別家人，奔赴學校，開始了苦讀生涯。其實沒必要這麼悲壯，因爲每周末都會回來一次。不知過了多久，忽然一天，她找到我，沮喪地說：「硬是碰到了鬼哦，我儂學校的校長說，限於能力，學校準備撤銷高中部，發誓？算了哦，不要提發誓的事哦，都是些嚼白話的吹牛鬼。」我說：「要不轉到別的學校？」她垂頭喪氣：「沒有卵用哦，這隻爛學校，教的東西都是些好簡單的，轉到別的學校，只怕也跟不上。」我說：「不一定。」她說：「我儂老師自己說的啦。」我只好跟著她，騎著自行車跑到那個爛中學，把剩下的東西打包帶了回來。宿舍裏一片狼藉，扔滿了雜物，牙膏盒、破水杯、筆記本，甚至還有一條猪肝色的月經帶。當初這裏住著十個青春少女，可以想見她們曾經嘰嘰喳喳，對未來充滿憧憬，而現在已經人去樓空。我看見墻角躺著一本雜志，彎腰撿起來，吹掉灰塵，見封面畫著幾個古裝男女，旁邊碩大的四個紅字：十二銅人。下面是三個小字：梁羽生。原來是一本武俠小說。我把雜志甩回墻角，心中莫名凄涼，說：「走吧。」

　　還好，她拿到了高中畢業證，雖然入學還不到兩年。

　　「你曉得不，我前不久談了個朋友。」她娓娓道來，「他是江東機床廠的工人，城市戶口。」

　　光頭心高氣傲，我媽媽曾經想給她介紹男朋友，她跟爸爸說：「我同事三全子的侄子，身高一米七二，省建的工人，馬上要去中東好有錢的國家，回來就有八大件，彩電冰箱，什麼都有，跟你二兄屋裏的光頭說一下嘛，要不得啊？先拿照片到她看下。」過幾天爸爸來到金塔街，把照片扔回給媽媽：「光頭看不上哦，說這隻男的，長得跟隻窩囊廢樣的。」媽媽有點不高興：「話說得這麼難聽，她難道好吃價？長得也不漂亮，說不定人家還看不上她哦，一隻農村戶口。」爸爸說：「那是比他長得好看點哦。」媽媽虎著臉：「去去去，閻王看到摔掉筆，好看個卵。」這個閻王可不是指我外公。

　　「不曉得，工人啊，當真蠻好哦。」我腦子裏一邊閃過這些畫面，一邊回答。

　　「但是，他屋裏爺娘不同意哦，說我是農村戶口，將來生了崽女，也是農村戶口，一輩子翻不得身。」

　　「哦。」我低下頭，「那怎麼辦？」

　　「不過他就是喜歡我，說非我不娶。有一次帶我去他屋裏玩，其實也沒有什麼了不起，鴿子籠一樣大的房子。吃了夜飯，他娘說：『帶你的朋友去看下南昌夜景嘛。』又對我說，『你住在鄉下，沒看過吧？高樓大廈，好多霓虹燈哦，不曉得幾漂亮。』是哦，還有這樣的人，我儂城南離城裏哪裏好遠啊？哪個會沒看過南昌夜景嘛，這種老婦女啊，不曉得幾市儈，看不起人。」她說到後面，抑制不住笑了起來。

「是啊，不過，問題怎麼解決呢？」

她說：「所以我決定參加高考，你幫我一下吵。只要考上大學，我也是城市戶口，那就不怕他了。」

我心想，這周圍的破中學不知道多少，那麼多學生，全天坐在教室裏上課，有的發奮苦讀，也沒幾個能考上大學，你突然心血來潮，報個名考試，就想變成大學生，世上哪有那麼便宜的事。但也不能打擊她，說：「好，後天周日，我們再商量一下複習的事。我先走了。」

回到家，我打了一桶水，蹲在門前洗澡，之後頂著濕漉漉的頭髮，坐在門前吃飯，菜都放在小竹床上。堂屋裏的電燈斜斜鋪出門外，照著我們。不知怎麼，我忍不住拿出照片來給他們看。我自嘲地說：「從小到大都沒照過相，總算狠照了一回。」媽媽就著燈光，眯著眼審視照片，說：「這隻女的長得蠻不錯哎，有本事拿她追來不。」爸爸嘲笑說：「盡說些扇話，這怎麼可能嘛？人家是城市戶口的啦。」

四十六　兩個傻子

　　池子的另一側後面，有幾棵高大的柳樹，下面蹲著一個墳冢，春天時，掩映在黃色的油菜花之中，頗爲淒美，不知道是誰的。夏日到了，沒有油菜花，只有蟬聲伴隨著柳蔭，與墳墓作伴。我一向怕看見墳墓，但隔著一個池塘和一塊農田，仿佛就離得很遠，不再現實，盡可當成畫上的景色。一天早晨，我光著膀子站在後門，眺望八九點鐘的稚嫩陽光，我看見一個髒婆子蹲在墳邊燒紙，不由得驚叫起來：「啊，原來那就是你們這裏獨眼龍支書的墳墓，他已經死了？」

　　爸爸說：「是哦，我還以爲你曉得，死了好幾年了。」

　　「鬼曉得哦。」我說，「哪個吃飽了沒事，關注這些。」

　　那位死去的支書，我見過多次。村裏有些人，如果長久不見，多半是死了，我當然該料到這點，但若根本不關心的人，你也不可能留心。獨眼龍也是這樣。他有只眼睛很大，渾濁，不會轉動，一看就知是假的。有人告訴我，那裝的是狗眼，我還真信過。因了這隻假眼，他看上去面相凶惡。我對他的較深印象，是在村大隊的院子裏，他蹬著一雙長筒雨靴，吆五喝六，指揮分魚。那是端午節臨近的日子，一條條銀亮的魚攤在大隊部的院子裏，爆眼珠一個個叫名字，叫到誰，誰就能拎上一條或者兩條，用草繩穿過魚嘴，拎著回家。那應該是他最爲得意的時光。

他老婆却是個傻子，經常帶著兩個同樣傻的孩子，在村路上游弋。衣著邋遢，偶爾發出哼哼唧唧的聲音，宣告其語言能力也成問題。有一次我經過她家門口，隨便瞄了一眼，大吃一驚，墙上滿是鎧甲似的污垢，又仿佛糊了一墙的蜥蜴皮，肮髒到猙獰。我見過最髒的屋子，是我二伯母家，也不過是一地的鷄糞，滿桌的殘粥，墻壁至少還是乾淨的。那傻女人呆呆坐在門前，兩個孩子像狗一樣在地上爬來爬去。她看見我，竟咧開嘴笑了笑，迅疾跳出一排黃牙。我掉過頭，趕緊快步逃離。

曾經問爸爸，爲什麼貴爲村支書，竟然娶了個傻子。他兩次的回答不一樣，一次說：「那時的幹部思想有幾高尚，你曉得不？那真是響應毛主席號召，吃苦在前，享受在後哦。別人不要的女的，他才要，等於挽救殘疾人哦。」聽得我肅然起敬，對黨的熱愛油然而生。但有一次他似又說漏了嘴：「他在舊社會是雇工，你曉得幾窮不？吃了上頓沒下頓，不找扇頭（傻子）怎麼辦？也有人問過他，爲什麼連扇頭都要嘛。他說，人總要有個家嘛，沒有老婆，哪像個家呢？」

我無法辨別哪個版本更接近真相，但按照做學問的辦法，把其他材料也搜集起來，估計會有所突破。我聯想起爆眼之前的那任村支書，老婆竟也是個殘疾——啞巴，只會像餓了的鷄一樣，發出嘰嘰咕咕的聲音，讓人覺得她每時每刻都充滿覓食的焦慮，於是初步判斷爸爸前一說興許是對的，向他求證，誰知他一點都不配合：「你說那隻矮子支書啊，也是雇農，冬天都打赤腳的，所以一解放，就當了貧協主席。又窮又矮，好人哪個會嫁他？」我說：「可他是支書。」他却打了個呵欠：「那時候，支書也沒什麼錢的。」頭一歪，睡了過去，涎水流了一嘴。

有趣的是，爆眼支書的老婆芳名叫蓮香。這我倒沒驚訝，鄉下女人取名，慣於荼毒各種花草，不管你喜歡不喜歡，絕對不講客套。然而有次我在大伯母家玩，她正跟幾個婦女聊天，肥厚的身軀壓在瘦弱的竹製交椅上，前仰後合，交椅不勝其痛，不斷發出咯吱咯吱的呻吟。她們神采飛揚，正談論蓮香的諸多姘夫。但蓮香——怎麼可能？我驚恐地竪起耳朵，聽著大伯母發出爽朗的淫笑：「好別（逼）醜別，男人都想嘗一下哦。」我的世界觀轟然坍塌，眼前塵土飛揚。

我坐在後門口，注視著那墳冢方向。爸爸站在我身後，好像畫外音解說：「那是蓮香屋裏的自留菜地。」那個髒婆子帶著兩個一樣髒的傻孩子，蹲在樹下燒紙，哭號。蟬聲綿長，陽光明媚，青蛙喧鳴。我這個清亮純潔的少年，也感受出了一些荒誕。

兩個傻孩子，好像都是女兒，總也長不高，不知道是營養問題，還是生理本就如此。但竟也奇怪地嫁出去了，我見過大的那個出嫁，戴著紅花，抹著胭脂，侏儒似的站在一輛解放牌汽車車鬥裏，旁邊一個五十多的老頭，筆挺的新裝和他滄桑的相貌互相抵觸，這是她的男人。在鄉下，女人是不愁嫁的，因爲總有各種稀奇古怪的男人。鄉下的天空，也無時無刻不彌漫胡亂交配的氣息。

暑期快要結束時，家裏特意買了幾斤肉，請親戚吃飯。

我和兩個堂姐在井眉的空地上埋頭洗著猪肉，突然一個瘦削的老太婆走過來：「辦酒啊，今日走破是不？」

我聽得一頭霧水，什麼意思？堂姐倒是心頭雪亮，回答：「不是哦，是我這隻老弟考上了大學，請親戚到屋裏吃餐飯哦。」

我恍然大悟，明白了老太婆的意思。「走破」這詞我是知道的，但萬沒料到會用在我身上。農村談嫁娶時，若雙方父母都答應聯姻，女方父母就要上門，和男方一家聚會喝酒，討論後續，這叫「走破」，意思是確定了，不再有遮掩了。大概老太婆看我發育成人，已到婚配年齡，又突然在井水邊洗肉，就推想跟嫁娶有關。誰知我那時何等純潔，竟全想不到這層。雖然，我也經常看見房前屋後的農家少年，嗓音都還是清脆的，突然一天敲鑼打鼓，從附近的村莊迎來了一個女人。很快孩子出生了，稚嫩的少年開始抽起了烟，變成了一個爸爸的樣子。不幾年，帶著孩子蜷曲著爬在田裏插秧割稻，熱成幾條伸出舌頭的狗。

愕然之下，我突然想起了她。年輕的生命真是滿懷憧憬，我無法想像將來能在一起，成爲夫妻，天天相處，永不厭倦。課堂上的目光交換，一閃而避，會換成目光相粘，柔情似水。

那老太婆我是認識的，她家的屋子，正位於我每天的必經之路上。她的兒媳，也是個傻子。

這位傻子名叫細妹，和蓮香不同，蓮香烏頭黑殼，看上去就知道營養不良。她却白胖白胖，只是從臉上表情，可以判斷她智商在六十以下。她也有個女兒，倒不是侏儒，但和她仿佛是俄羅斯套娃，站在一起，就是那樣兩個粗糙的工藝品。

不需要我追根究底，爸爸主動給了我圓滿的解答：「那隻扇頭啊，不要小看人家哦，人家是城市戶口哦。要不是扇一點，怎會嫁到鄉下來？那是做夢打瞌哦。」我反諷他：「你當初也是因此和媽結婚的吧？」他說：「你娘又不是城市戶口。」我說：「郊區菜農，至少不用種田。」他嘆了口氣：「也就是看上她這點，但現在想，得不償失。」如果碰得巧，就會傳來我媽的叫聲：「鐵公鷄，又在說我是不？你以爲你自己好了不起？農哥哥，作田佬，你還會用兩隻成語，好了不起耶。」

我見過老太婆的兒子，瘦高蒼白，一看就老實得像火腿，然而就這樣被命運死死扼住咽喉，動彈不得，一輩子泡了湯。當然，他也許不會想得那麼深，人的一生，在他心中，并沒有我期望的那麼豐富。娶個有著城市戶口的弱智老婆，能給他帶來商品糧，孩子也可以承繼這種戶口上的特權，在他看來，也許是值得的事。一個人，對農民的身份有多大的恐懼，才會如此不顧一切？

傻子第二胎生了個男孩，很快就被他舅舅帶走，他說：「吃了他娘的奶水，肯定就跟老大一樣。」他的意思是說，他不想再看見第三個俄羅斯套娃出爐，這太摧殘神經了。據說帶走的那個孩子，見不到他媽媽，果然很正常，甚至讀書成績還不錯。

傻女人是完全做不了家務的，大多時間只是添亂。我的印象中，她總是穿得鼓鼓囊囊，頭上扎著一根紅頭繩，像影視裏的舊社會婦女。見了人，就露出一臉討好的笑。我有時奇怪，同樣的笑容，爲什麼能讓人迅速分辨出智商差別。據說她會到處撒尿，把家裏折騰得像廁所，都只能靠她的婆婆來收拾。老太婆看上去確實手脚麻利，虎虎生風。但架不住時間的流逝，司命總會來召喚她。以她的强勢，也許這門親事當初就是她做主訂下的。她會爲此後悔嗎？也許不會，因爲給兒子娶個正常的鄉下婦女，生活又會有多大光彩？

我曾經怪异過這種畸形的婚姻，長大後看史書才發現，在古代，很多男人娶不到老婆是正常現象。我們印象中，每個男人都該有老婆，是囿於我們狹窄的認知。是因爲不管多麼不好，畢竟我們還生活在相對穩定的現代社會，享受了部分現代文明。除了極個別的例子，每個人好賴都有一個老婆，實際上，這在歷史上幷不是超穩定的常態。

四十七 淡淡的月光下

我買過一本《唐宋詞格律》，有一天翻到《阮郎歸》，選的兩首詞都很觸發我的心境，一首是晏幾道的：

舊香殘粉似當初，人情恨不如。

一春猶有數行書，秋來書更疏。

衾鳳冷，枕鴛孤。愁腸待酒舒。

夢魂縱有也成虛，那堪和夢無。

還有一首是秦觀的：

湘天風雨破寒初，深沉庭院虛。

麗譙吹罷《小單于》，迢迢清夜徂。

鄉夢斷，旅魂孤。崢嶸歲又除。

衡陽猶有雁傳書，郴陽和雁無。

我坐在教室的最後一排，望著這些繁體字出神。我又望著窗外，意外發現校園裏竟然有一株桃樹，花朵像蝴蝶一樣，綴在枝頭。我悄悄吟著這兩首詞，每一句都帶著愀然憂傷之氣，尤其前一首，他寫的春天，正是我當時眼中所見。它讓我第一次那麼熱愛春天，第一次對春天那樣敏感。可惜好景不長，夏天將以火辣登場。我希望它不要那麼快到來，但有時又希望它儘快到來。王國維的詞說：「若是春歸歸合早，餘春只攪人懷抱。」寫出了我心中同樣的感受。春天的燦爛固然讓人心喜，暮春一到，離銷歇則已不遠；而搖搖曳曳的恍如游絲般的將斷未斷，越發摧人五臟。這就如死亡，也許最可怕的不是死本身，而是明知要死，卻不得不等待的那段時光。

於是也開始偷偷模仿著填詞，有一天夢裏，看見她了，在一個碧桃花落的池塘邊，真是浪漫，醒來提筆寫下幾行：

東風莫惜滿庭芳，飛花亂下池塘。

花妍人瘦更神傷，惱恨春長。

雲外惜無青信，月邊空溯流光。

休言夢裏不飛霜，凍損柔腸。

找出《唐宋詞格律》一搜，發現竟然暗合平仄，詞牌名也是現成的《畫堂春》，大約讀詩詞多了，會有异樣的直覺和語感。

春色終於殘破，時光一路迤邐，走到了夏季。早上，下著瓢潑大雨，收音機裏播放著防汛信息，說是要不惜一切代價，力保省會城市安全。我坐在教室裏，發現很多同學都沒來。已經臨近高考，課程都結束了，我們來學校，也基本是自習。我旁邊的座位空空的，銅鑼也不知幹什麼去了。她突然從前排站起，坐到我身邊，說要跟我討論一道習題。我看著她瘦削的胳膊放在課桌上，近在咫尺，心情激蕩。我們聊了很多話，最後我突然問：「下午你來不來？」

她愣了一下，低聲道：「你來我就來。」

下午，雨下得更大了，我望著屋外。爸爸說：「這麼大的雨，就不要去了吧，反正下午也沒有正經課。」

我說：「臨近高考，不能請假。」披上透明的雨衣，推出自行車，馳入漫天的雨幕。

她的座位空蕩蕩的，而外面的雨，一點也沒有消停的迹象。我卷起濕漉漉的褲腿，一直卷到膝蓋上，感覺膝蓋隱隱作痛，不會得關節炎吧。我想。但心中空蕩蕩的，仿佛搬離了久居的華屋，就要奔赴不可知的遠方了。

第二天早上，我戳戳她的後背：「喂，有草稿紙嗎？借兩張。」她回頭說：「有。」把一叠紙遞給我。

那是一叠工廠用的空白帳單，大概是他父親揩油，從廠裏順回來的。狹長，上面有一部分是她的塗鴉，有的是數學演算，有的則是歌詞和詩句。我那時候不懂得什麼叫私隱，饒有興趣地翻看起來，稿紙上寫著一首席慕容的詩：

不要因為也許會改變

就不肯說那句美麗的誓言

不要因爲也許會分離

就不敢求一次傾心的相遇、

總有一些什麼

會留下來的吧、

留下來作一件不滅的印記

好讓好讓那些

不相識的人也能知道

我曾經怎樣深深地愛過你

這突然讓我受了鼓舞，激動起來。

打鈴了，我又捅了捅她的後背。她轉過頭，對我粲然一笑。我將那叠草稿紙遞給她。她說：「不用還我啊！」我感覺自己的眼光閃爍了一下，說：「我寫了些字。」她似乎有些會意，接過了。我背起書包，跑下了樓。

下樓的時候，我看著她走到她的飛鴿自行車旁，陰鬱潮濕的天空下，我的心中却開著期待的花朵。柔嫩，羞澀，又像小鷄剛孵出時，毛茸茸的頭撞著蛋殼，蠢蠢欲動。

她看了我一眼，什麼也沒有說，跨上車走了。我們雖然每天都有一段路是相同的，但從不相約，只有幾次偶爾碰見，才順理成章一起走。有一次，我和她幷肩才騎十幾米，碰到鄰班一位男生，他和我共同的路程更長，好像心裏有鬼似的，我竟然立刻叫他。他騎得很快，回頭看了看她，說：「你們聊嘛。」我說：「沒什麼，我們更同路。」心中却惱恨惋惜得不行，抱怨這個傢伙爲什麼會出現得這麼巧。又怨自己心裏有鬼，憑什麼怪別人。

第二天中午，她遞給我一張紙條，我心狂跳，屏住氣息打開，上面寫的是：「下了課，到那個公園去見面吧。」

我松了一口氣，仿佛心裏有一簇綠芽在生長。我不知道她會跟我說什麼，我想我們都沒有經驗。

正是陽光燦爛，我們在車棚碰到，她看著我，面無表情，跨上自行車，向校門馳去。我尾隨著她，一前一後。她穿著淡黃色的裙子，在仲夏的陽光下，顯得更加明艷，後腦勺的馬尾辮子一甩一甩，發質淡黃，似乎有些營養不良。出了校門，她向右轉彎，那不是回家的方向。

很快到了那個免費的公園，我們一前一後，推著車進去，走了大約二三十米，她回過頭，很矜持地說：「你寫的我看到了。」我說：「你……同意嗎。」說完我有點後悔，感覺應該用「願意」這個詞比較好。

她說：「我，同意吧。」

「真好。」我說。心中一陣喜悅，我覺得用狂喜來形容可能不大合適，但我確定，它比狂喜的喜悅程度更高，却寧靜、悠閑、不動聲色。大概像大洋之底，水流無聲無息，却和海面一樣浩瀚，且多了一份深沉。我想再說點什麼，又不知道說什麼好，我看著她，她笑了笑，說：「但這段時間不要想這些事，考試完後再聯繫。」

好像也沒有什麼可說的。我們騎著自行車回去，五六百米的距離很快就過了，在路口分手的地方，她又說：「不要因爲這個影響學習，考完後聯繫吧。」

去年的一個傍晚，我提著一桶溫水，在池塘邊洗澡。爸爸站在後門邊，看著我撩起水，擦洗瘦弱的肋排。我想對他傾訴：「下午體檢，醫生拿聽診器在我胸前聽了很久，比別人要久。我有些害怕，擔心她看出我的肺有問題。但她問，你有心臟病嗎？我說沒有。她又聽了兩下，說，那你平時會感到心慌嗎？我說，可能有點吧。她說，那你要好好檢查一下。難道我真的會有心臟病嗎？」

他哼了一聲：「像你這樣，肯定有。」

我的心頭一凉，好像中了一支毒箭。

晚上，一直輾轉反側，一大早，我暈沉沉爬起來，騎著車去了醫院。醫生聽我結結巴巴叙述完，說：「先做個心電圖吧。」

很快結果出來，只是竇性心動過速，醫生說：「很正常。」

「爲什麼會心動過速？」我說。

「你可能太緊張了，但各種波綫是正常的。」

我說：「會不會機器沒檢查出來，那個體檢的醫生問我是否會心慌，我感覺會。」

她看著我，笑了笑：「難道你想有病嗎？你其實并不知道，那種心臟有問題的所謂心慌是怎麼回事，跟你想像的不一樣。」

「哦。」我心頭一陣溫暖，給我體檢的醫生也像她這麼大，五十多歲，可是，我現在很想提刀去殺了前者，很想，人和人竟然會如此不同。熱辣辣太陽懸在頭頂，我一路騎回家去，心頭縈繞著說不出來的煩悶。

爸爸坐在鄉間六月淡淡的月光下，顯得溫和善良，我突然又想對他傾訴：「我老是仿佛能聽見自己心臟的跳動聲，但檢查過了，沒有心臟病，但我老會想，想多了，就覺得真的不舒服了。我還想，要是讀書時告訴自己，你一行字也不認識怎麼辦？一個字也讀不進去怎麼辦？」

他看了我一眼，輕蔑地說：「還去做心電圖，你以為自己是王百萬啊？不要找藉口，自己讀書差就是差囉。」他坐在那裏，頭都沒抬，望著前面暗淡的青磚墻壁。仲夏傍晚的暮色，像水一樣，流淌在周圍。

我突然生出一種衝動，想一腳踢在他的腦門上，踢得他滿地打滾。一刹那間，我真希望自己有神奇的能力，能跑到從前，殺死青年時代的他——童年時大概好殺點，但我下不了手——我以為他算是有點文化的人，可我應該想到，他和一般的鄉間文盲毫無區別，甚至還不如。我不指望別的，只想得到一句安慰，然而得到的只是傷害；如果他昨天給了我一句安慰，也許我今天就不會跑去醫院。我氣得手腳發抖，好一會才忍住自己的衝動，默默走回了房間，只覺腦子裏劈劈啪啪，火花閃爍。

嗣後，我花了一年的時間，想要壓制這個痛苦，僅僅只能與它取得暫時的和解。就像一個魔鬼，暫時放過了我，但不保證適時再來。如今鄰近高考，它真的又來了。

第二天中午，爸爸抱著飯盒回家，飯盒裏是在學校蒸熟的飯，那是我們的午餐。沒有什麼菜，偶爾有昨晚剩下來的青菜，或者蘿蔔乾。我們把飯盒裏的飯切成三份，吞咽下去，午餐就結束了。不過這次，他剛進門，就說：「有你一封信。」

我心頭砰砰亂跳。在鄉下，沒有門牌號碼，無法收信。所以我給別人留的地址，都是爸爸工作的小學，也好聽些，多少像個正規單位。我拿過信，信封口是用米飯糊上的。我感覺爸爸偷拆過，心想：「這個猥瑣的傢伙。」但并不意外。我走到房間裏，把信封撕開。

信裏附了她一張照片，她坐在一塊山石上，穿著綠色的裙子，消瘦而青春的面龐，充滿憂鬱。我翻到背面，發現還寫了幾句比較動情的話，這讓我興奮起來。爸爸站在堂屋裏，斜著眼睛看我一眼，說：「除非你考上大學，否則是不可能的。」

我忍住氣，沒有理會他，默默吃完飯，坐在窗前，拿過課本，但一個字也看不進去。我的腦子裏縈繞著不久前端午節那天下午的事，我和銅鑼、她約了出去散心，我們沿著她家所在的方向騎行，兩邊不少老幹部療養院，一條小河橫亘其中，河邊除了房子，還有些野地，卉木萋萋。我們停下來，坐在河岸上。天氣非常燠熱，我油然升起了青春的傷感，背誦起了《哀江南賦》，聊以排遣。其實并不切題，但那些傷感的句子，却仿佛句句直擊人心。少年時代的憂傷，也許對於老年人要面對的生老病死，算不了什麼，可在那個年紀，就已經是要面對的全部了，我不可能去想那些還未知的事物，只覺得古文音調鏗鏘，是打發愁悶的利器，怪不得古代那些文人，登個樓什麼的，也要做一篇詩賦。

偶爾把頭轉過來，發現她在看著我，臉色凝重。我的心一動，又一陣悲凉。

日光西斜，我們揮手告別。我沒有直接回家，而是向外婆家騎去。按照慣例，一年三節，我們都要派代表去外婆家聚會。酒菜已經擺好，兩個舅舅都在，座上還有一個我不知道該怎麼稱呼的親戚，他是我舅舅的堂弟，很年輕，帥氣斯文，戴著眼鏡，有點像香港影星梁家輝，據說在南昌的一個什麼電大念書。他的父親，就是上高縣的那位局長。他來念書，也是受父親的安排。幾個月後，我聽說他精神出了問題，不得已退學住院，但在那時，還看不出有什麼不正常。他只是不大說話，我後來想，他估計也沉浸在自己的痛苦當中，他雖然長得斯文，却根本沒有念書的天賦，固有的智商甚至不足以應付一個電大的課程，所以才會崩潰。可在那時的我看來，他是那麼讓人羨慕，至少是城市戶口，當官的父親也完全有能力給他安排一個像樣的工作。

我們坐在一起喝酒，幾杯「雷司令」下肚，我的腦子逐漸模糊一片，我有些難受，談起生活之艱難，借酒直抒胸襟：「一個鄉下人，將來找個老婆，也只能是農村戶口，實在沒有什麼意思。」二舅說：「那有什麼，我們金順村的女人，和那些城市戶口的，有什麼不一樣嘛？」我說：「也許，但至少還得像你們這樣，在城裏有房子。而我什麼也沒有。」

我這樣想著，默默收起她的信，想打開課本，但真的又什麼也看不進去。

四十八　飲湯

　　媽媽坐在爐子邊，爐子上的鋁鍋正在悶頭煮飯。她看見我，神秘地笑著：「回來了。我跟你說啊，今天那隻算命的瞎子來了，我跟你算了一個命。」

　　我說：「啊，幾多錢？」

　　她說：「兩塊錢，那隻瞎子算命好靈的，連市長都坐著小車來找他算過。一般情況找他不到哦，兩塊錢划得來。」

　　「怎麼說？」

　　「他說你跟你爺在一起就會吵架，命裏相克。你不能叫你爺叫爸爸，要叫叔叔。」

　　我哈哈大笑：「是蠻靈。不過，兩塊錢就算了些這個？太浪費了哦，難道叫了叔叔就不吵架了？」

　　「是哦。」

　　「但是我平時本來就沒叫他爸爸啊，叫叔叔就算親熱了。」

　　「這倒是。」媽媽無奈地笑了笑，「好多爺崽之間，都是合不來的，瞎子說的。」

　　「還說什麼了？」

　　「還說你會考上大學，將來會做官，還會找個四川的老婆。」

我哈哈大笑：「簡直閉到眼睛胡說，別的不說，做官，我這種人像做官的啊？」

「那說不定。」媽媽似乎很有信心。

我又心中一沉，我愛的她并不是四川人，難道我考上了大學，也無緣和她結爲夫妻？

這時鋁鍋發出噗噗噗的聲音，蒸汽把蓋子頂了起來。我看了看門外，有一隻木盆蹲在水管下，裏面蜷著一團床單。我感覺床單正焦急地等待著，就問媽媽：「又要漿被單啊？」

媽媽說：「是哦，不曉得幾腌臢哦。」她從爐子上端起鋁鍋，走到門外木盆旁，把乳白色的滾水汩汩倒進去，這種水，我們叫做「飲湯」，字到底是不是這麼寫，我不敢肯定，反正讀音是這樣。估摸到了一定的刻度，媽媽將鍋放回到爐子上，讓它繼續煮飯。然後回到木盆旁，捋起袖子，躍躍欲試。被飲湯裏泡過的床單，曬乾後會變得挺括，仿佛一張棉質的席子，將它往床上一扔，只要力度合適，就會恰如其分地蓋住墊被，非常美觀。如果不用飲湯，床單曬乾後也是軟塌塌的。媽媽愛好乾淨，她不能容忍床單不求上進，以皺巴巴的面貌示人。

她剛想把手伸進木盆，著手漿洗，突然，木盆一躍而起，像個輪胎似的，向遠處滾去，床單早摔了出來，飲湯一路傾瀉，毫不留情，讓人心痛。木盆一直滾，滾到鄰居胡東家菜園的泥巴牆，才不甘心地撞回，但仍未罷休，又以平躺的姿勢，依照越來越弱的振幅彈跳了十幾下，才徹底僕倒。媽媽蹲在地上，抬頭張望，看見了爸爸暴跳如雷的臉，他吼道：

「夾沙糕，不曉得幾夾！米的營養全在飲湯裏，都不曉得啊。沒有飲湯，飯有什麼營養？連豬潲都不如。跟你說過幾多次？屢教不改，硬是不曉得幾夾！」他咬牙切齒，仿佛一個難民，發現自己的伙食被無端克扣，痛心疾首。

媽媽也不想示弱，叫道：「你這隻鐵公雞，自己不做事，就曉得約手划腳，還干涉別人。不拿飲湯漿洗一下，床單跟爛鹽菜樣的，你去眠。」她一邊說，一邊緩緩走過去，撿起那隻空蕩蕩的木盆，抱了回來。我看見她眼睫毛上，有幾顆淚花。

爸爸餘怒未息，木盆剛放好，又一腳踢去，但立刻怪叫一聲，捂住腳叫喚：「哎喲，戳他屋裏死人，腳都踢斷了。」呲牙咧嘴，像只燙傷的猴子。

我心裏暗暗好笑，但不敢表露。媽媽暗示我，再把木盆撿回來，我裝作沒理解，站著不動。爸爸一瘸一拐跑回屋，不一會聽見他在屋裏嚎叫：「我那半瓶正紅花油哪去了，是不是又被你拋掉了……」媽媽說：「鬼會動你的哦，你自己放在最底下的那隻抽屜裏，還怪別人。」慢慢走過去，撿回腳盆。已經沒有飲湯了，她只好把床單在普通的井水裏搓洗了一下，草草挂在柳樹間的晾衣繩上。

這樣的口角，一直持續到他們的暮年。有時我在清晨陽光的照曬下蘇醒，就隱約聽見客廳裏他們的唇槍舌戰。因為在我家，寄人籬下，他們倒是頗能克制，至少在音高上。一對男女年壯時，他們是家庭的主宰，一切圍著他們旋轉；一旦年老，他們就被邊緣化，再也沒他們什麼事。

我聽見媽媽的抱怨：「那個菜吃不吃？不吃我倒掉，老

棺材，吃飯不曉得幾慢，一點子蔬菜，這餐吃到下餐，盡是
筷子水。」爸爸說：「倒什麼倒，留到那裏，我會吃。關你
什麼事，你好闊，掙幾個錢嘛，動不動就倒掉。」他對自己
被冠以「老棺材」的稱呼幷不以爲憮，糾纏點全在剩菜方向。
媽媽說：「我不跟你留，嚇死巴人（髒得要命），不曉得幾
腌臢，你自己洗又不洗，就曉得一張嘴白嚼。」爸爸終於怒
了，抬高了嗓音：「夾沙糕，留到那裏礙了你的魂，還是礙
了你的魄？擱到那裏，我自己會洗。」媽媽說：「你會洗個
火板子[1]，你這輩子洗過幾隻碗？」爸爸又是仰天長嘆：「我
硬是請隻鬼來管閻王。這輩子最後悔的，就是找了你這隻夾
沙糕！」

1　火板子：南昌俗語，指薄板釘成，不塗漆的簡陋棺材。

四十九　看電影

　　每次見面，都可以看出來，她經過一番打扮。衣服總歸沒有相同過；而我，却永遠一樣的襯衫和褲子。有時她穿得端莊，裙子筆挺，一塵不染；有時則鮮艷，宛如春花綻放。有一次在大橋上，她背倚著欄杆，身後江水長天，她指著自己艷麗的花上衣，笑說：「這是我外婆穿過的，你別看她年紀大，很時髦的。」

　　「你外婆幹什麼的？這麼時髦。」

　　「她呀，是北京人，解放初期隨著部隊南下，就到了南昌。」

　　「哦。」我贊道，「是老幹部，養尊處優，怪不得。」

　　我聽一同學說過軍隊的事，說他外公就是軍轉幹部，三年灾荒期間還在軍隊，非但從來不知道什麼是挨餓，每天還有牛奶麵包，從不匱乏。這也正常，一個警察在我眼中，都已經威風八面，何况擁有飛機大炮的軍隊。江山都是他們打下來的，他們怎麼享受，都理所當然。在那時的我心中，軍隊是鋼鐵壁壘一樣的存在，堅不可摧，雖然潛意識中，我也許對它并不喜歡。當然，也并沒有什麼反感，只覺得離我很遠，和我無關，不必當做話題。有幾次我跟爸爸說笑：「爺爺爲什麼當初不去參加紅軍，否則不奢望吃香喝辣，至少我們現在是城市戶口。」爸爸嗤笑：「參加革命？你曉得死幾多人哦？十個，會死掉八個。他要是參加了革命，骨頭都不曉得埋在哪裏，哪還有你和我？」我說：「沒有更好，勝似現在活得像狗一樣。」

大多數時候，我們都是去看電影。

當年還住在金塔街的時候，離家門往西走三百米，有一處茶鋪，裏面擺滿了四方桌，每一張都積滿油垢，已和木質連爲一體。每張桌子頂上，都懸挂著一盞三個嘴的煤油燈，停電的夜晚就點亮，仿佛星光璀璨，却因此沸騰著濃郁的煤油氣息。燈下每張桌子邊，都坐滿了六七十歲的老棺材。大廳中間的那張桌邊，站著一個說書的，操著流利的老南昌話，語氣一驚一乍。時或拍一下醒木[1]，頓時，老棺材們就從青花茶杯上抬起頭來，齊齊把眼睛射過去。

而我們小孩，當然不會喜歡這些。我們喜歡的是電影。

對影院的回憶很懷舊。還記得工人文化宮電影院，銀幕兩邊墻上，各鑲嵌著一列竪排的巨大宋體字，左邊是：領導我們事業的核心是中國共產黨！右邊是：偉大光榮正確的中國共產黨萬歲！血紅的背景，宛如蒸汽機車碩大的車輪，雄偉猙獰。時間一到，中間猩紅色的帷幕從中裂開，緩緩向兩邊撤退，燈光條然黯淡，音樂響起，銀幕上出現一尊工農兵的雕塑，背著鋼槍，舞著大錘，揚著鐮刀，橫眉怒目，苦大仇深。整尊雕塑慢慢轉圈，以一百八十度方式向觀衆展示，下面是一行出品單位：XX電影製片廠。電影開始了，整個大

1　醒木：說書藝人爲了使聽衆肅靜或加强語言氣勢，用來拍桌子的小木塊。

廳墳墓一般寂靜，能聞見滿足和期待的氣息。

其他的電影院也大同小异，我至今記得城裏大多數電影院的名字：愛國、人民、勝利、東方紅，每個名字都正氣凜然，巍然不可侵犯。曾記得兒童時期，跟小姨和小舅去東方紅看革命電影，瓢潑大雨中，身穿雨衣的小舅突然轉身，站在路中間回頭張望，其形象不知怎麼，難以忘懷。這個名字最革命的電影院，後來改成了「百花洲」，我曾經爲此奇怪過，直到我了解了中國的政治規律。

還有一次，跟小姨去愛國電影院看電影《熊迹》，坐最邊上的兩個位置。電影剛開始，銀幕上兩個人剛走下轎車，突然一束手電光射來，我們遭到盤問：「這是你們的座位嗎？」我們肯定地說：「是。」他看了看我們的票，說：「下一場的，這麼早就跑進來，硬是猴[1]電影猴瘋了哦。」原來屬於我們的那場，還遠在兩小時後。有一次，我的文具盒裏夾著一張幾天後的電影票，江西影劇院的《奇襲》，那期待的幾天，被興奮和憧憬填塞，我總是時不時打開文具盒看一眼，時不時看一眼。

後來家附近的公共交通公司，也建了個電影院，每天路過它，總看見門口貼著花花綠綠的海報，那成了我們經常去的地方。影院裏有一種特有的氣味，坐在位置上，快開映時，就會響起廣播：「觀衆同志們，觀衆同志們，電影馬上就要開映了，請大家不要自由走動……」然後，我游目四望，幸福感就像浪潮一樣涌來。

我所知道的談戀愛的方式是看電影，大概本身就是受電

1　猴：南昌俗語，指眼饞。

影影響，七十年代末和八十年代初，銀幕上的年輕男女，總是約在電影院，進場之前，男的會爲女的買一瓶橘子或者檸檬汽水，插一根吸管在裏面，邊吸邊含情脉脉低語。不過在我所見到的現實中，汽水倒是有賣，却從未見過吸管，只覺得非常高級。

真的，我想不出其他消遣方式，來北京後，發現南昌非常可憐。北京有很多可以戀愛的地方，不要說那些皇家園林，就連元大都土城遺址上面，登上去也植被繁茂，楊柳依依，想幹點什麼，就能幹點什麼。

我們聊天的時候，從不直接聊愛情，也不憧憬將來，更不消說談婚論嫁，因爲感覺那非常遙遠。只有一次，在她將要遠行時，我表示了一點憂慮。她說：「放心，我家人最終會聽我的。」我頓時踏實起來，雖然只持續了一會兒。

電影院的黑暗似乎能够掩護稚嫩，在光天化日之下，我總感覺自己還不算成年人，無法像影視裏戀人那樣，大街小巷摟摟抱抱，也不知該去哪裏度過兩人的溫馨世界。有幾次她抱怨：「不能老是我說去哪玩呀，你也該有點主見。」我總是囁嚅著，就算想貢獻一個地方，也怕被覺得幼稚而不敢開口。

我們在電影院消磨了許多無聊時光，記得住的電影很少，何况心思也不在電影上。我總是猶豫，想抱抱她，甚至想親親她。生理上我有這種需求，但永遠畏畏縮縮。每次見面前夕，我都下決心，明天一定，一定要親一親她。可一旦見到，勇氣就像水灑在沙漠上，瞬間就無影無踪。她也是類似的人，比我好不了多少。記得在考場，我曾感覺到坐在後面的她，

用淡藍色的塑料墊板爲我扇風，但動作隱晦。我們都不懂得
怎樣戀愛，所以，所謂早戀的說法，也不是絲毫沒有道理吧。

五十 詩詞歲月

躺在床上，油然回憶起前幾年的事情。

我居住在這個村莊，差不多也就五年左右，短得不值一提，但在回憶中，則如烟波浩渺，看不到盡頭；我那時并未想到，這根本算不了什麼。成年以後的日子，那才真如電抹一樣。

記起剛搬來時，正逢炎熱的暑假，我站在午後的池塘邊發呆，四下闃寂，杳無人聲，仿佛能聽見稻子和青草瘋長的聲音，偶爾一條魚在水中躍起，嘩啦一聲，却不會帶給我詩意，只讓我萌生對魚肉的嚮往；有時則和爸爸一起下象棋，但總不肯采用正規的下法，而用半邊棋盤，把所有的棋子背脊朝天，正好一個占一格。然後各人自己選擇執紅還是執綠，一人一步，輪流翻開。若他第一個翻開的是「將」，而我翻開的是「兵」，我的就可以吃掉它的；若我翻開的是「士」，則他吃掉我。剛開始，棋子都擠得滿滿的，避無可避，就看運氣了。這樣下棋，完全不靠智力。我也不願意在這方面花費智力，只是純粹消遣。

有時他在睡午覺，我就到抽屜裏翻他的中師課本。最喜歡看的，除了語文，就是美術書。中師的學生，因爲將來做小學教師，什麼課程都能教，有點萬金油。光美術課本，就有幾大本，一本《美術鑒賞》，一本《圖案》，還有一本《繪畫》，《美術鑒賞》裏，介紹的是古往今來西方的繪畫，我就是從這課本上，知道了提香、倫勃朗、米勒、委拉斯開茲、羅丹，知道了古典派、印象派、野獸派、現代派、達達主義等，知道了世界最有名的摩天大樓和其他建築，紐約帝國大廈、紐約雙子大廈、芝加哥西爾斯大廈、多倫多電視塔。我看了一遍又一遍，不知道多少遍，熟得幾乎要背下來，我的思緒時時徜徉在那些藝術長廊之中，作爲一個性欲旺盛的少年，常常對書中節選的幾幅裸體畫神馳不已。但也有所誤導，成年後，我一度以爲女性的陰戶從正面是看不到的，甚至一度懷疑女性不長陰毛，因爲那些古典油畫中的女人，身材豐腴，全身乳白，兩腿之間平滑如緞，根本看不出有一道溝壑。甚至一直到上大學的時候，我在圖書館看到一列印度古代雕塑，大部分是女性人體，肥胖，兩腿之間無一例外都有一條溝壑，這讓我吃驚不已。那真是陰道嗎？還是印度民間工匠想當然的誇張，以發遣自己對女性肉體的幻想？

對美術的迷戀，隨著時間的過去，而逐漸淡薄。接著愛上的是詩詞。

有一天晚上，堂姐光頭跟著她媽媽來我家串門，我則剛從四眼手中借了一本《唐人絕句選》，坐在燈下讀得如痴如醉。我媽媽說：「小英來了，也不陪人家說一說話。」可是我實在無暇他顧，我端坐在燈下，心潮起伏，因爲剛才從那本書的解說裏，第一次讀到這樣的句子：

　　暮春三月，江南草長；雜花生樹，群鶯亂飛。風景依舊，而景色已非，在這個落花時節，亂離之後，突然遇見自己早年的好友，怎不肝腸寸斷？

　　這是對杜甫《江南逢李龜年》的解說，我覺得這個解說，尤其前面幾句，寫得真是美不勝收，那麼簡單的詞匯，却繪聲繪色，讓我仿佛看見了江南的春天，只是不知道它原來出自《與陳伯之書》。

　　終於，我把從媽媽那裏獲得的零花錢，一角一角積攢起來，買了幾本詩詞，甚至包括大部頭的《唐宋詞鑒賞辭典》，還記得炎熱的夏天，我抱著剛買的書，去外公家蹭飯。小姨的老公正好在那裏，看見我手中的書，問：「幾多錢一本？」我印象中，他是比較愛閱讀的人，少年時期，我弄來一本嶄新的《故事會》，他百般央求我先讓他看。我也從他那裏看過不少小說，什麼《傍晚敲門的女人》《射雕英雄傳》等。所以我拍打著厚重的封面，說：「十一塊。」他說：「那不算貴哦。」我順勢說：「是啊，不貴，這麼厚，而且都是辭典紙，很薄，分量足，好划得來。」他却換了臉色，嬉笑道：「你口氣好大，你掙幾多錢一個月哦？」原來他是諷刺。

　　在城南，夜晚漆黑。外面下著淅淅瀝瀝的春雨，我們一家站在簡陋的厨房裏吃飯，那張飯桌一面靠墙，只有一條長凳，都坐下是不可能的。好在我們幷未覺得站著吃飯有什麼不妥，甚至反認爲理所當然。有時看見大家圍成一桌吃飯，反而心生奇怪：爲什麼人要集中在一個時間，圍坐在一起，埋頭往嘴裏扒東西？這類事情真不能細想。

　　那些時候的天，總是有透骨的凉意。厨房的墙壁也未粉刷，紅磚嶙峋。靠墙一口大缸，裏面貯著井水，每次伸出瓢去舀水，都能看見幾隻蚰蚰樣的東西在水面游弋，一閃而過。吃完飯，我們把井水舀到鍋裏，鍋架在煤炭爐上，煤炭火紅火紅的，沸騰著生命之光。我們站在旁邊，靜等它冒出蒸汽。

　　只有一支蠟燭的火焰搖曳著，在嶙峋的墙壁上映出幢幢黑影，非常巨大，像一頭頭野獸。由於捨不得花第二支蠟燭，全家人都擠在這，沒聽說過洗潔精這東西，所以媽媽要把水燒熱，爸爸說：「浪費煤球，冷水洗不得你啊？」她說：「盡是油，沒有熱水，洗得脫啊；冷水，陰間裏洗得碗乾淨哦[1]。」我們圍著她，等她把碗洗好，再一起回到正屋去睡覺。

　　在這春天潮濕的暗夜裏，能做什麼？有時一起聊天，有時其他人都出去了。爸爸喜歡瞎跑，弟弟妹妹也喜歡出去玩，只有我和媽媽兩人坐在厨房。她老鼠似的忙忙碌碌，我們也沒有那麼多話可聊。我坐在破爛的食櫥前，一首一首背誦古代詩詞。尤其喜歡背詞，按詞牌背，蝶戀花、臨江仙、浣溪沙、賀新郎、阮郎歸、菩薩蠻、滿江紅、水龍吟，一個個來，把每個詞牌能背誦的詞背個乾淨，再背下一個詞牌的詞。印象中《蝶戀花》最多，直到媽媽把一切拾掇乾淨，還背不完一半，於是站起來，意猶未盡地走到堂屋。

　　最記得有一次背到《臨江仙》，辛弃疾的，眼光望著黑魆魆的門外，地上是慘白的一個又一個的水坑，像古代一樣：

　　　鐘鼎山林都是夢，人間寵辱休驚。

1　陰間裏：相當於「哪裏」，表示疑問，用來加強語氣。

只消閑處過平生。

酒杯秋吸露，詩句夜裁冰。

記取小窗風雨夜，對床燈火多情。

問誰千里伴君行。

曉山眉樣翠，秋水鏡般明。

很舒服的感覺，接著背另一首同樣詞牌的，也是辛弃疾：

老去渾身無著處，天教只住山林。

百年光景百年心。

更歡須嘆息，無病也呻吟。

試向浮瓜沉李處，清風散發披襟。

莫嫌淺後更頻斟。

要他詩句好，須是酒杯深。

我們的方言前後鼻音不分，兩首詞的韵脚就仿佛相同，我偶爾會把它們的句子背混。都是寫隱逸情懷，其中細微的情感差別，我怎麼分得清？只覺得音節鏗鏘，就音節鏗鏘地背誦下去，心裏感到很熨帖，好像東西擺放得很整齊一樣。

每次背到「要他詩句好，須是酒杯深」，我心中都會情不自禁地笑，原來要喝酒多才能寫出好詩啊。還有，他的水缸裏沒有蛐蛐，只有冷藏的李子和西瓜，日子過得真舒服啊；每次背誦到「問誰千里伴君行？曉山眉樣翠，秋水鏡般明」，我就忍不住想像，他出去旅游，看見遠山，都會想起女孩的眉毛，他的日子過得有多麼浪漫啊！

但我現在，最喜歡的句子是「記取小窗風雨夜，對床燈火多情」，多麼有畫面感的一幕，多麼溫馨的家常生活，一如我當年坐在燭光搖曳的黑暗厨房裏，背誦那燦爛的詩歌。

然而，有時候，我也會從橱子裏抓一把豆豉，一粒一粒地吃，默默地想些事情。我也真不知道，那時能想些什麼事情。

五十一　錄取通知書

　　我來到學校的傳達室，問：「您好，請問有沒有一封褚枕石的挂號信？」

　　傳達室的老頭抬頭，緩緩地說：「什麼信，咦，你不是高三（二）班的嗎？都畢業了，信還會寄到學校？」

　　我說：「聽說大學錄取通知書，都是寄到學校的。」

　　他驚訝得嘴巴合不攏：「你考上了大學？」

　　我說：「是啊，請幫忙找找。」

　　他狐疑地看我一眼，在信件中翻尋，找出一封，捏在手中：「真是你的？你叫褚枕石？」

　　「不信你去問銅鑼嘛。」我有點不耐煩。銅鑼是教工子弟，老頭很熟悉。我和銅鑼經常在一起玩，他也經常見到，大概也正因爲此，他覺得我能收到大學錄取通知書，簡直屬於天方夜譚。

　　「那你簽個字，寫上家庭住址。」他妥協了，但還不能說毫無疑問。

　　「你信不過我是吧，其實我是全班第一名。」我邊寫邊說。

　　我把通知書塞進口袋，順便進去找銅鑼玩，他正在陽臺上搓洗衣服，見了我蠻高興的。聊了幾句，他家裏太逼仄，

有個祖母坐在角落裏，像一隻千年老山猫，陰惻惻地看著我
們。他顯然也有些不自在，說：「我們出去走走吧。」於是
一起出去，走到旁邊那個免費的小公園，坐在長椅上聊天。
銅鑼指著不遠處的一個亭子說：「你看，那些老頭，他們好
羨慕我們呢。」我眼光跟去，見兩三個老人，頭髮花白，滿
臉皺紋，只套一條白色汗衫，露出一身死灰色的老肉，坐在
那裏望著我們發呆，眼珠轉也不轉，如死了的魚眼。我說：「羨
慕我們什麼呢？」他說：「羨慕我們年輕。他們知道，自己
七老八十，活不了多久了。」

這讓我忽然感覺心情抑鬱，按說我現在應該高興，但高
興不起來。

這時走來一個二十五六歲的人，尖嘴猴腮，向我們點頭
哈腰：「算個命吧。」充滿討好的語氣。他手裏拿著一張條幅，
上面寫著：

生辰八字預測人生祖傳相術百發百中

銅鑼問：「多少錢？」

他說：「一塊。」

銅鑼給他還價到五毛，他答應了，上下左右看了銅鑼兩
分鐘，又察看銅鑼的掌紋，說：「你的命不錯，將來可以當官，
吃香喝辣。還有，你的那個功能，你知曉得的，那個功能很強，
一定會讓女人滿意……」

我哈哈大笑，銅鑼也樂不可支，遞給那人五毛錢。那人
接了錢，磨磨蹭蹭，沒有走的意思，在我們面前的一塊石頭上，
一屁股坐下，感嘆道：「好熱的天，要不，乾脆陪你們聊聊
天吧。」

銅鑼說：「你一張嘴就能掙錢，陪我們聊天，浪費了。」

他愣了一下，突然羞澀地說：「其實，你也曉得，我們這種，就是騙子樣的人。」

銅鑼笑道：「原來你剛才說，我能讓女人滿意，是騙人的啊。」那人趕緊否認：「你身體這麼壯實，肯定很好的嘛。」又站起來，「好吧，不打擾兩位了，再見。」

我對銅鑼說：「要不，去看電影？」

以前我和銅鑼也一起看過很多電影，有一次我參加硬筆書法比賽，得了個獎勵，被邀請去參觀展覽。我叫上銅鑼，完後順便去看《黑樓孤魂》。我坐最靠邊的位置，看見鬼魂終於現身，追逐那個老頭，我嚇得當即站起來，他一把將我按住，驚訝道：「你這麼膽小啊？這有什麼好怕的，不就是一布娃娃嗎。」還有一次看《西門家族》，電影剛開始，就是古代尸橫遍地的戰場，一少年在尸體間揀拾值錢的東西，突然被一隻手抓住了腳踝。原來是一垂死士兵，少年怎麼掙也掙不脫，那士兵給了他一件毛皮坎肩，他披在身上，立刻身體長大，變成了那個士兵的模樣，面色詭异。我也嚇得怪叫一聲，下意識想逃。不過看美國電影《昏迷》的時候，我沒有嚇著，他倒感覺比較驚悚。人和人的恐懼點，估計不一樣。

此刻他說：「算了，我要準備複讀了，沒心情。不找個好工作，性功能强也沒用啊。」說著，他發出淫蕩的笑聲，我則百味交雜。

想了想，我決定去逛逛書店，順便外公家蹭一頓飯。中午時分，我提著幾本書，到了外公家，外公還是冷面孔，好在我習慣了，厚著臉皮叫他一句。外婆坐在屋子裏，戴著眼鏡，捧著一本磚頭厚的書，見了我，依舊笑臉相迎，說：「你來了，正好給我認一下這兩隻字。」說著把書遞給我。

我接過書，原來是一本《聖經》，還是繁體豎排的，詫異道：「你看《聖經》，還學繁體字？」

她說：「我信了主。」指著墙壁。我才發現墙壁上貼著一張宗教畫，一個黃頭髮的男人，悲憫的目光望著遠方。外公鼻子裏哼了一聲：「這隻老別，不曉得中了什麼邪，信起妖魔鬼怪來了，說什麼有個耶穌，是上帝的崽，爲了救世人，被釘死在十字架上。你看看，這渾身黃毛的，跟猴子一樣，他救得了哪個？我們中國人，鬼要他救。我只曉得方志敏是十字架上釘死的，那方志敏也是主？」

外婆說：「你這樣亂說，要駝罪哦。」

忽然門外自行車響，一會兒，小舅走了進來，他結婚後，只在金塔街新房住了兩個月，就搬去了紡織廠，租了個房子，偶爾回來看看父母，大概今天凑巧。他說：「你們吵什麼哦？」

外公說：「吵什麼，就怪你那隻丈母（娘），一隻扇別，帶得你娘到什麼教堂去，搞得她信上了妖魔鬼怪，一日到夜念經，唱些卵聖歌。」

小舅說：「人家有人家的信仰，怪你什麼事囉？又沒耽誤給你弄飯。」又看著我，問：「怎麼樣哦你，考到了不，我聽說高考成績已經出來了。」

「考上了。」我掏出錄取通知書，「今天剛去學校拿到的。」

他頗爲意外：「真的考上了啊？你蠻結棍嘛。」

外婆很高興：「不錯不錯，我們屋裏，就數你讀書最好，從小就好，當年金順小學那隻鄭老師，不曉得幾喜歡你哦。」

又對外公說，「你這隻外孫，硬是有點本事。」

外公表情如常：「那是好事囉，省得到金順村種菜，像你這樣一把殼，吃不得那個苦，尿桶都挑不動。」

小舅展開我的錄取通知書，說，「中國語言文學系，這隻專業有什麼卵用嘛？你怎麼不填會計專業呢？法律，法律也不行，在外國好賺錢，在中國也沒有一莖卵用，中國，什麼卵法律？都是當官的說了算。」

我懵懵懂懂回應：「要是中國像外國那樣，依法治國就好了。」

小舅說：「那都行的啊？搞不成的。馬上就要亂套，打內戰。在中國，不專制不行哦，這是國情決定的，你還小，以後就會曉得的。」

我默然不言。

他又看了一眼錄取通知書，說：「不管怎麼說，還是不錯哦，至少以後是個中學老師，吃商品糧，再也不是鄉下人了。」

我一直坐到半下午，太陽沒有那麼曬了，才騎著車回家。路過二伯父家門口，看見他們一家都站在路邊，沿著坑坑窪窪的水泥路朝遠方張望，滿臉都是失落和不平。我停下來，問：「發生什麼事了？」

堂姐光頭說：「我屋裏的機器，被公安搶走了。」

「就是那個製造鐵絲的機器？爲什麼？」

我知道前幾天二伯剛買了一臺機器，準備製造鐵絲來賣。他是學機械出身的，一直想創業致富，曾經想過開雜貨店，大概最後還是覺得，利用專業知識發家致富比較靠譜。

「爲什麼，還不是說我們沒辦執照，沒納稅，機器才買回來幾天，準備去辦執照的，還沒開工，怎麼納稅嘛。不曉得是哪個眼紅，舉報了哦們。這些公安啊，就是國家羅漢，壞得頭上長瘡，脚板流膿。」她看看我，又說，「聽說你考上大學了？」

「是的，今天剛去學校拿了通知書。」

她捧著我的通知書看了看，嘆道：「我曉得自己是考不取的，當時滿腦子想著要爭口氣，一下子昏了頭。」

我說：「那你現在和男朋友怎麼樣？」

她說：「你說的是上一個不？」

「什麼？」

「上一個已經吹了。我提出的，受不了他臉上那種悲憫的表情，好像我該[1]他的，就算勉强結了婚，也不會幸福。其實他只有初中畢業，除了有個城市戶口，真的沒有什麼了不起。我現在的這個人很好，屋裏的湖北的，其實他爺早先也是從我儂村裏遷出去的。」

「那跟我們是同姓？」

「是哦。不過已經隔了好多代，不是三代以內的旁系血親，村裏現在也沒人管這些。」

「那也好。」

「也沒錢，但是有文化，高中畢業，人也長得蠻帥。」

「哦，聽說老大屋裏的小鳳找了個老闆。」我腦子裏突然掠過鍍鉻作坊前的那張笑臉。

「我曉得。」她說，「那個男的又矮又胖，不曉得幾難看，

1　該：欠。

小學畢業。」

我想安慰她：「記得小鳳當年說，絕不嫁喝臭的頭子的男人，還有鄉巴佬。」

她果然快樂起來：「現在這隻男的，頭子又臭，又是如假包換的鄉巴佬，還不是看他屋裏有兩個臭錢。有什麼意思嘛，嫁過去還不是被人看不起。沖著人家的錢去嫁，人家肯定也不會給她好臉色。她屋裏小秀，嫁到萬家，屋裏賣鷄毛鴨毛烏龜殼，也是圖錢，就經常被她老公打得滿臉烏青，你曉得不了？」

我驚訝道：「啊，不曉得。」

這時，二伯一家都從街邊走回家門，一邊議論剛才的事，一邊嘆氣。二伯母看著她的二兒子，說：「你去打羅漢，我支持，一定要打出來。打得出來了，看哪隻路斃敢去舉報，就連警察都不敢隨便難爲我們。你看那隻小飛，當年幾可憐，被人追到厠所，屁股上捅了三刀，現在到處收保護費了。」

二伯望著她，說：「扇裏扇氣，打羅漢，你以爲好容易？幾多沒打出來的路斃，二十郎當歲，就被人捅死在街上了，當真變成了路斃。」

他們怏怏地坐下來看電視，突然啪的一聲，面前一片漆黑，只聽得外面有人大罵：「戳他屋裏死人的，又停電了，這該死的供電局，不是聽說村裏上了好多貢啊，還停電，硬確實好貪。」

五十二　戶口

　　心情總是不大好。有一天晚上，在漫天的星河之下，我又對爸爸說：「我老是仿佛能聽見自己心臟的跳動聲，有時我還想，要是正在讀一本書時，我告訴自己，如果你突然一行字也不認識怎麼辦？一個字也讀不進去怎麼辦？結果就真的讀不進去，一行字要翻來覆去看半天。」

　　他的態度好多了，笑了笑：「哪有這樣的事，不要胡思亂想哦。再說，你今後還需要讀什麼書嘛？大學混過四年，有一份工作，吃吃喝喝，暑假出去，公款旅旅游，活得不曉得有幾自在，還讀什麼卵書哦。」

　　我說：「那你當年怎麼沒混過三年。」

　　「時代不同了。」他又是老調重彈，「我那時候主要還是營養不足，所以那麼多病。」

　　我鄙夷地看著他，不發一言。我不相信考上大學的目的，就是爲了混四年，從此一行書不讀，以後站在講臺上照本宣科，混掉一輩子。我覺得我有大量的書想讀，我報的是中文系，想到從此只和古今中外那些燦爛的文學作品打交道，就抑制不住的歡喜，讓你讀你喜歡的書，還給你商品糧吃，給你分配工作，真是太美好了。我再也不用讀數學、政治那些我不喜歡的東西，按說我也喜歡歷史，第二志願就是歷史系，可這次高考，歷史却沒考及格，這真讓我後怕，到底是歷史這門課程的考試方法有問題，還是我有問題？假如我的歷史能多考二十分，就能上名牌大學。當然，我并不得隴望蜀，目前的狀況，我已經很滿足了。

第二天早上，吃過飯，我站在午後的池塘邊，望著遠方烈日烘烤下的大地。天空像一匹巨大無匹的藍緞子，平平滑滑，沒有一點褶皺。池塘緊挨著稻田，此刻，隔壁的光達正率領一家人，站在田裏勞作，四五個人蜷著腰，半天也不見舒展，好像四五隻碩大的蝦子，而且早已煮熟，只是顏色不那麼紅。突然又後退了幾步，腰脊的角度略微有些變化，看來不是蝦子。但又恍惚依舊不是人，而是一種形狀像熟蝦似的動物，這種動物是這個農業大國裏特產的家畜。一種驚恐感倏然從我全身掠過，像電流一樣。我打了個冷戰。

爸爸光著膀子，瘦瘦的，像魯迅筆下的阿Q，站在門前看了看，說：「我儂屋裏的禾也熟了，過兩日，大家一起去收割哦。」

我冷冷地說：「我不去，要去你自己去，一田的螞蟥，嚇死人。我也不想當蝦子。」

「什麼蝦子？」他怔了一下，好像出乎他意料之外，又似乎在意料之中，又說：「你考上了個爛大學，就好了不得是吧？」

我說：「是啊，爛是爛，但戶口至少也和你一樣了，我又沒有田。」

「我還不是要下地？」

「你自找的。」我說，「對了，我以後至少是個中學老師，比你這隻爛鄉下小學的老師強多了。」

他張了張嘴，想反駁什麼，却最終沒有說出來，把頭朝向妹妹：「你呢？」

妹妹正蹲在地上，擦拭她的寶貝自行車，車身鮮紅鮮紅的，是這陣子很流行的式樣，號稱公主車，可憐她的樣子一點不公主。她沒抬頭，很乾脆：「我也不去，不要叫我看戶口，我又不是作田的戶口。」

他說：「你也這麼起勁？你不是作田的戶口，你的糧票呢？你有單位嗎？發糧票嗎？你吃商品糧啊？」

妹妹一梗脖子：「我就不去，你管我發不發，我沒掙錢啊，我又沒吃你的？」她說得倒不錯，那時她已輟學多年，在媽媽的炒貨廠打工，自行車也是她自己攢錢買的。

爸爸一個箭步過去，作勢要打，妹妹將抹布一扔，一溜烟跑了。爸爸大怒，戟指罵道：「都作命，人也作命，鬼也作命，也不看下自己的戶口看。」

我很煩躁，又想騎車出去，不管去哪裏，反正我想離開這個家。我推出自行車，向學校的方向騎，年輕的身體，根本不在乎烈日。穿越過幾個村莊，我突然看見一個身穿綠裙的熟悉身影，迎面飛馳而來，還有一位女孩和她并排馳行。我趕緊叫了她一聲，她急速刹車，驚訝地看著我：「好巧。」臉上紅撲撲的，可以看見兩頰上晶瑩的汗滴。她說：「正要去你家呢，我這位鄰居想見見你，她準備自考，也喜歡中文。」

記得她好幾次對我說：「你怎麼從來都不帶我去你家。」我的回答總是：「太遠了。而且——」我想不出什麼合理的解釋，只好硬著頭皮承認，「而且家裏太偏僻……」她說：「那有什麼關係。」

我跟那個女孩打招呼，客套了兩句，又對她說：「你帶人家來，都不認識我家，怎麼帶啊？」

她說：「我不會問啊，你看，我的路不是走對了嗎？」

「你好厲害。」我擠出一絲笑容，「可惜不巧，我正要出去辦事呢。很抱歉，以後會有機會的。」

三個人騎著車往回走，一直騎到大路口，我們揮手作別，向相反的方向馳去。我麻木地蹬著車，不知道去哪裏，只感覺滿腔的內疚。

五十三　爸爸的旅游

爸爸說：「好吧好吧，明日早上再說，現在看下子電視。」他擰開電視機，調到中央一臺。

正在播映革命劇，一個三十歲左右的紅軍中層幹部，頭上纏著繃帶，半躺在席子上。旁邊坐著一個妙齡女紅軍，大約是衛生員，正在爲他縫補衣服上的口子。幹部凝神看著衛生員，突然一把將她摟住，女紅軍猝不及防，拼命掙扎：「不要，不要。」但像掉進了沼澤，越掙扎越緊，情急之下一口咬下去，男幹部慘叫一聲，鬆開了手臂。他看了看女紅軍，沒說什麼，站起來就走。女紅軍呼喚他的背影：「你的傷口還沒好，別亂跑。」但背影還是怒氣衝衝地去了。

晚上，男幹部正坐在席子上閱讀文件，旁邊一盞油燈，紅彤彤繪出他那張充滿性饑渴的臉。女紅軍抱著幾件衣服來了，男幹部抬頭看看她，沒說話，低下頭繼續看文件。女紅軍坐在他身邊，說：「衣服已經縫好洗好了。來，現在我給你換藥。」

男幹部說：「謝謝，換藥就不必了，我的傷已經好了。沒什麼事的話，請回吧。」

女紅軍一愣，下意識站起來，呆了一會，哀怨地說：「你就這麼恨我嗎？」

男幹部還是不理她。女紅軍突然跪下，伸開雙臂，環住他的腰，但這回輪到男的掙扎，只是他沒有咬人。女的終於哭了出來。

我假裝用評論來掩飾尷尬：「這隻女的跟有病樣的。」

爸爸乾笑了一聲，說：「這就叫做有風不走船，無風來拉纖。」

媽媽一邊叠衣服，一邊發出爽朗的笑聲：「是哦，這種女的不曉得幾多哦，就是叫做有風不走船，無風來拉纖。」

我咂摸著這句諺語，心說：「真是絕了。」

淩晨的時候，我們還在睡夢中，就被媽媽吵醒了。她嘰裏咕嚕抱怨：「這隻鐵公鷄，硬確實雀博（壞），還說帶我去，結果自己一個人偷偷跑掉了。」她把收拾好的衣服，一件件放回衣櫥，「搞得我昨日夜晚還拿衣裳打包，硬是一隻策謊打騙的騙子。」

我笑笑：「我本來就懷疑，他不會那麼好說話，感覺你會上當。」

媽媽說：「那你都不跟我說啊？」

我說：「跟你說有什麼用？還不是吵個沒完沒了。他是隻盡料的鐵公鷄，你又不是今日才曉得，還會突然大發慈悲啊？」

媽媽啞口無言，半晌還是怨憤地罵了一句：「戳他娘的別，等他回來，我要跟他大吵一架。」

幾天前，爸爸興沖沖回來，說：「學堂這次要組織我儂老師去北京旅游哦。」

　　媽媽頓時兩眼放光：「帶我去，我這一生一世，哪裏都沒去過，火車都沒坐過。」

　　爸爸一口拒絕：「帶你去，你曉得要花幾多錢？我這是公費，不公費，鬼才願去。」

　　媽媽說：「我花自己的錢去，哪個會多嘴？我哪裏都沒去過，南昌市都沒出過。」

　　「有什麼好去的？」爸爸說，「還不都一樣，我去過幾個城市，跟南昌市硬是沒有一點區別，都一樣。」

　　「都一樣你還去？我要去看下天安門，那是毛主席站過的地方。本來當年串聯時有機會去的，大隊裏不讓，這次我自己花錢去。」

　　「你自己花錢，那不得了神經病？這世界頭上，除了神經病，哪個會自己花錢去旅游？你以爲你是王百萬？再說我們客車座位都訂好了，沒有空位，不能帶家屬。」

　　媽媽不再說什麼，自己出去了。過了一兩個小時，又回來了，臉上帶著笑，說：「我去問了龍淑梅，李梅鳳，龍淑梅要帶自己的女去，李梅鳳要帶自己的娘去，票還沒訂，人家家屬都可以去，我爲什麼不可以去？」

　　爸爸說：「人家，你跟人家比？人家李梅鳳是城市戶口，公辦老師；老公是洪都機械廠工人，吃商品糧。一個崽去年考上江西大學，出來就是國家幹部。人家屋裏條件幾好，你跟人家比？」

　　「那龍淑梅哩？」我實在看不下去，給媽媽幫腔：「她總是農村戶口吧。」

　　爸爸支吾道：「龍淑梅，龍淑梅人家公公是老支書，也比我們屋裏條件好得多，你簡直不曉得世事哦。」

我說：「去去去，你以爲策扇頭（騙傻子）？支書，還不曉得是什麼年代的支書，有條卵用。現在她還不跟你一樣是小學老師；她老公也不是工人，大女連高中都沒考上，小女日日在街上跟赤膊羅漢混，還被輪奸了。」

媽媽高興地誇我：「說得對，拿這隻老棺材撐靠壁。」

爸爸說：「龍淑梅的老公雖然不是工人，人家總不扇囉，你娘是扇的啦。」

「你放屁。」媽媽罵道，「你才是扇的，你以爲你好聰明，好聰明也不會混成這個卵樣子。」

爸爸譏笑道：「我是混得不行，但我至少年年暑假可以公費旅游。」

媽媽說：「你了不起，三個崽，你就沒管過，結了婚跟沒結一樣，要不是我，你有時間去考南師？不考到南師你當得上公辦老師，你起什麼卵勁哦？」

爸爸一口流氓腔調：「那我來帶三個崽，你能考上南師嗎？」

媽媽怒道：「考到南師又好了不起？還不是跟鄉巴佬樣的，鐵公雞，老棺材，土包子。」

這倒很形象，爸爸單位的那些老師，確實個個烏頭黑殼，下了班就匆匆往自家菜地趕，挑糞潑糞。他們的辦公室裏，當然也挂了幾把三角尺，甚至還有《大眾電影》，這本雜志如此鮮麗，和鄉下鶏鴨鵝的環境非常不搭。想想郵遞員要騎幾公里的煤渣路，顛得腸胃功能紊亂，才能送來這個，你會覺得，這個鄉村小學有一條通往遠方的仙境之橋。有一天，爸爸把一本嶄新的《大衆電影》帶了回家，扔在桌上，封面上一位女演員搔首弄姿。他罵罵咧咧：「都他娘的往自己屋裏拿，老子今日也拿一回。」

那些烏頭黑殼的老師，非常熱愛祖國大好河山，幾乎每個暑假都要組織旅游。八十年代中期，他們去了廣州，鐵公鷄穿回一套筆挺的西裝，人模狗樣，得意非凡：「廣州不曉得幾多舊東西賣，好便宜。這套西裝才十塊錢，你曉得幾划得來？」後來洗了一水，頓時形容枯槁。爸爸奇怪地檢查，發現胸前隱約一灘血迹，襯裏還綉著一個名字：中村一郎。我們笑得前仰後合，我說：「這肯定是從日本死人身上扒下來的，估計還是黑社會，被人砍死的，胸前駄了一刀。」媽媽說：「是哦，拿飲湯漿了一下，就筆挺，策你這些扇頭[1]掏錢。」

爸爸尷尬地笑了笑，嘴巴還死硬：「死人穿的又怎樣，黑社會又怎樣？一套西裝，才十塊錢，穿不得啊，穿了會死啊……咦，這賣衣服的當真有兩下子，破衣服，怎麼搞得跟新的一樣？」

他給全家帶來了巨大的心理落差。都是人，憑什麼他過得那麼愜意。作爲一個醉心求知的小孩，我每次經過火車站，望著綠皮火車呼嘯來去，都艷羨不已。遠方的世界是什麼樣子？我幻想自己也坐在裏面，肩背軍用水壺，白衣藍褲，戴著遮陽帽，面前堆著香噴噴的麵包，要有幾個小夥伴，其中一半是女孩，我可以和他們談笑風生。我們在北京漂亮的火車站下車，換乘一塵不染的公交車去北海公園，在柳蔭下和

1　策扇頭：騙傻子。

小夥伴泛舟，唱「讓我們蕩起雙槳」……好吧，即使沒有這些，哪怕單純地到外面看看，坐一次火車，也心滿意足啊！

　　那天，媽媽數落了一早上：「這隻鐵公雞，人家龍淑梅都帶自己的娘去，帶自己的女去：李美鳳也帶自己的婆婆去，還有史根香，帶自己的崽去……老子想去就不行？老子又不花他的錢。」後來的日子，想起就來幾句，也沒有規律。很快，十幾天過去了，一天晚上，我們關上大門，正躲在房間裏看電視，突然窗玻璃上浮現一張枯瘦的臉。「開門哦。」聲音有氣無力，好像一個即將變成餓殍的乞丐。媽媽興奮地大叫：「快，鐵公雞回來了，開門。怎麼瘦成這樣子哦，哪裏沒有吃啊？」鐵公雞進來，將一件黑黑的皮衣扔在床上：「在火車上睏，在火車上屙，吃的是方便麵，一熬就是幾十個鐘頭，省下錢來，買了這件山羊皮，才一百八十塊，不曉得幾好……你以爲旅游是好事？不曉得幾辛苦，要不是公費，鬼才願去。」

　　爸爸這句抱怨的話，加上他瘦骨嶙峋的形象，一下子讓媽媽潰不成軍。媽媽心疼地說：「鐵公雞，這麼辛苦你還去，尋死啊？」爸爸說：「不去，我有那麼扇？不去人家又不貼錢到你。公費，死到路上都值。」

五十四　中學的最後一個暑假

　　這條路上很多風景，樹木茂密，錯落著各個單位的療養院。我和銅鑼有氣無力地騎著車。這回是他叫我出來的，我們一直往南邊騎，掠過那些療養院，面前開始縈繞鄉土氣息。都是上坡路，我們并沒有目標，就是無聊，想看看大自然。路邊有一棟兩層樓的房子，裝著綠瑩瑩的玻璃窗，一看就知道是當地農民建的。這些樓房一般都用預製板，也不比老式的青磚瓦房舒適，因爲裏面沒有廁所，沒有煤氣管道，沒有自來水，它只有一個優點，大。

　　我們騎累了，停下來，在房子門口休息了一會，大門開著，溢出一股香氣，引得我們像老鼠一樣往裏窺視。只見一張長桌子上，堆滿了麵包。幾個未成年的小姑娘，正在忙碌包裝，塑料紙折得啪啪響。我和銅鑼相視了一下，他說：「看來是剛出爐的麵包，好香，咱們買一個嘗嘗？」

　　屋裏立刻傳出一個招徠的聲音：「是哦，剛出爐的麵包，不曉得幾香，買兩隻吃嘛。」是個中年婦女，臉上兩團太陽紅，明顯經常下田的。

　　於是各買了一個。塑料紙上有生產日期，我驚訝地說：「銅鑼，你看，是明天生產的，我們吃到了未來的麵包。」

銅鑼忍不住笑了：「這些鄉鎮企業，都是鄉下人，鄉下人就會騙人。」

屋裏的人仿佛聾了，沒有人搭理我們，這也幷沒有影響我們吃麵包的興致，味道還是蠻好的。我們站在坡上，邊啃麵包，邊縱望遠方。幾百米外有個池塘，池塘邊長著一簇簇比人還高的野生植物，好像蘆葦，很有古雅之氣。我說：「下去摘兩支。」

我和銅鑼跳下，兩邊都是菜地，中間一條阡陌，迤邐通往池塘。還沒走兩步，銅鑼一個趔趄，跪倒在菜地裏，兩掌前撐，幾棵青菜立刻死於非命。他正要爬起來，只見遠處一個農民大聲吆喝：「那隻人，站到，不准走，賠錢。」說著幾個箭步，就到了我們跟前，揪住了銅鑼的胳膊。

一番唇舌，討價還價，沒發揮作用，農民滿足地把兩塊錢塞入口袋。銅鑼有點沮喪，說：「宰人，這些鄉下人就是壞啊。」

那農民沒走遠，聞言回頭罵道：「我戳大你娘，我壞？損壞公物都要賠償，你踩壞我的菜，不該賠？你是學生吧？老師怎麼教你的。你讀書都讀到狗身上去了？」

銅鑼說：「你那幾棵破菜，怎麼也不值兩塊錢吧？」

農民說：「沒聽過什麼叫罰款啊？」他把肩上扛的鍬甩下來，奮力插進土裏，「沒聽過啊？」

銅鑼說：「你又不是警察，你有什麼資格罰款？」農民怒了，舉起鍬：「老子一鍬鏟死你，你信不信。」銅鑼不敢說話，對我說：「回去吧。」我們走上人行道，打開自行車的鎖，往回騎，路上經過她家那一片宿舍區，銅鑼提議：「去找她玩怎麼樣？」我當然沒有什麼意見，其實我也想見她，雖然之前跟她約好了，後天就會見面。

她和爸爸兩個人在家，兩個男生來訪，倒沒有讓男主人驚奇。我們坐在客廳裏聊天，銅鑼忍不住說起剛才的事，她爸爸操著一口彆腳普通話：「早曉得跟我說啊，他們那些人，我都認得，我就是那個村出來的。」

她在旁邊笑：「你吹牛，你離開那村幾十年了，誰還認識你。」

她爸爸笑了笑：「說不定還認得哦。」

坐了一會，我們告別，她下樓送，但銅鑼在，我們不方便說話。我只好快快跨上車，奮力一蹬，嘩嚓一聲，鏈條掉了。她走過來，問：「怎麼了？」我低聲說：「記住後天見哦。」她笑笑，點頭。我蹲下來，沒有磨蹭，快速裝好鏈條，能悄悄說這麼兩句，我已經很滿足了。我蹬車追上銅鑼，邊騎邊聊，他說：「她爸爸挺好的，看說話語氣，不像普通工人，肯定在廠裏是個小官。」我說：「爲什麼？」他說：「科長才會那樣說話。」

隔天上午，我一早起床，天陰陰的，有著夏天難得的凉爽。我打著赤膊，坐在窗前修改印章，印章早已刻好，是幫她刻的，我只是修訂一下，打發時間。好不容易熬到半上午，騎上車出發，太陽又重新出來了。

住宅區非常靜謐，仿佛遠古洪荒，一片樹葉掉下來也能聽見，我很有感情地吟了一句：「天地有大美而不言，四時有明法而不議，萬物有成理而不說。」鎖上車，興匆匆跑上樓，敲門。門很快開了，她身穿一條舊連衣裙，色彩素淡，但別有一番味道。她側身把我讓進屋，笑說：「今天我爸爸不在家。」我說：「去哪了。」她說：「廠裏有事，中午也不會回來。」

　　之前我來過兩次，呆到中午就走。雖然她爸爸總要客套：「留下吃飯。」但怎麼可能。這回可以放鬆一些，我走到陽臺上，面前仿佛有百頃綠色，往下看，樹葉縫裏，潺潺流過一條小溪，靜謐幽深。我油然想像，她的家庭應該就像這環境，可能一萬年也不會吵架，這讓我尤爲動心。我說：「你爸爸也許會奇怪吧，這個男生來得這麼勤，還老寫信。」這段時間，我確實經常給她寫信，但都要經過她爸爸的單位轉。她笑笑：「不知道，反正他沒說過什麼。」又說，「今天我們可以一起吃午飯。」我欣然道：「太好了。」

　　我們坐在她房間裏，其實是她和她弟弟的房間，中間用衣櫥隔開。她拿出相冊給我看，有她在各個時間段的照片，家裏的，廬山的，還有北京的。她指著一人，說：「這是我北京的表弟，你不知道，有一次他來南昌，我們晚上帶他去八一廣場，他不敢走，嚇得大哭。」我說：「爲什麼？」她說：「因爲燈光暗吧，大城市的人習慣了路燈很亮。」我說：「地理書上說，南昌是大城市呀，八一廣場那邊，燈火輝煌，簡直是城裏最繁華的地段了？」她說：「你沒去過北京，那裏的街頭路燈才真叫燈火輝煌。」我說：「哦。」實在想不出來那是什麼景象。她又指著另一張照片：「這是我弟弟，帥不帥？」「帥」這個詞很時髦，我還不習慣用，感覺容易襯出我的土氣。我點頭，心中却不以爲然，看不出來有什麼帥。我坐在她床上，她坐在凳子上，聊了幾個回合，我有點心不在焉，總想做點什麼，但又真的不知道能做點什麼。時光總是一晌，轉眼就是中午。她說：「我來做飯。」我說：「我來幫你。」

她在廚房裏開始忙碌，我在她身邊轉悠，手足無措，幸好她命令：「停水了，你到下面提一桶水上來。」我高興起來，仿佛自己頓時變得偉岸，作爲男性的特點有機會獲得發揮。我甚至感覺這就像小夫妻的生活，如果在古代，我們這個年齡，也差不多可以結婚了。只是十八九歲的男女，幷沒有什麼自立能力，若要結婚，也只能依靠大家庭。換了蓬門小戶，也不是不成，也能够如願，可是貧賤夫妻百事哀，未必又那麼美好了。

我和她面對面坐在一張桌子上吃飯，吃的什麼，完全不重要，感覺什麼都好吃，生活是如此的美好，恨不能將時光就此凍結，貯入冰箱。我又想，如果能抱抱她，該多好啊；要是能够親一親，更是再好不過。時光若真的凍結了，我認爲會有機會的。但時光走得飛快，我在後面跌跌撞撞追趕，勇氣怎麼也聚集不起來。也許這幷不僅僅是天性所致，而是人如果不能成爲經濟獨立的動物，就很難放得開。估計她也一樣。我們的戀情，至今沒有人知道，也覺得不配讓人知道。

吃完飯，我們又坐著說話。我把印章給她看，還有席慕容的詩集，那是上次從她這裏拿的。除了那本有名的《七裏香》，另外幾本封面上都印著少男少女，色調迷蒙溫暖。每天沒有別的事，我都在家裏抄寫吟誦，所有的篇章，基本都倒背如流。我不懂新詩，也不喜歡，但還是隱約覺得，這作者的詩風太不一致。後來才知道，有些根本不是席慕蓉寫的，而是書商爲了賺錢，把別人寫的類似東西都歸入她的名下。

於是，在那個炎熱的夏天，我背熟了這樣一堆亂七八糟的東西。

她接過詩集，說：「其實我也不是很喜歡，只是見大家都在看，就買來看看。」

又相對坐了一會，她似乎感到尷尬。這樣美好的時光，我們都覺得尷尬。青年戀人獨處，只應當恨時間不够，而我們却不知道怎麼打發。其實并不是不知道怎麼打發，而是我們無法有效打發，我們無法不辜負時光。

她提議：「咱們去旁邊的紀念館玩玩吧。」

我說：「好吧。」

其實離開這兩人獨處的封閉空間，我非常依依不捨，也許再醞釀一陣，勇氣會降臨到我的身體，就能至少親她一下，當然再多的，我根本沒有想過。事實上，我都不肯定除了親吻之外，再多的還能做什麼，我的性知識并不豐富。親吻只是一種生理本能，性交當然也是一種生理本能，但這種生理本能，被巨大的道德感和無望感深深禁錮著，埋藏著，在面對她的時候，它根本就不存在，從來沒有存在。

我怯生生說：「要不要帶上相機照相？」她一口否決：「有什麼好照的。」

紀念館是一棟清式的宅院，白墙鄰水，古木參天，旁枝斜逸，探出墙外。走進去，暑熱爲之蕩然，甚至略有凉意。地面青苔星羅棋布，也印證出其清空寧靜。我們在一個一個的展廳間徜徉，館內沒有別的游人，只聽見我們自己的足音跫然。我們一邊走，一邊說些不鹹不淡的話。只感覺我們這種感情，隨時可能分崩離析，是草上的露水，是沙灘上的脚印，是熹微的晨光，是向晚的霞光。它只是我生命中美好的一瞬，而且是不可觸摸的美好一瞬。它不是真的。

很快轉完了一圈出來，又是相對無言，於是她說：「回家吧。」

我也不懂得挽留，主要也不覺得挽留又能做什麼，再說這個時間了，又能怎麼挽留？只能點頭答應：「好吧。」

走到路口，我們分手作別。

我問：「下次什麼時候見呢？」這是慣例。

她說：「這幾天要去姥姥家，回頭我給你寫信吧。」

我有點失落，但也無話可說，又想到一件事：「銅鑼說，你爸爸在廠裏是科長。」

她笑著搖搖頭：「不，就是普通的工人。」

我說：「哦。那我等你消息。」心中忽然又高興起來。迎面馳來幾輛運泥土的大貨車，掀起灰塵一片，我猛地一蹬車，鑽進了灰塵之中。

兩個月後的一個下午，幾個同學商量去一個名勝，享受秋季的美好時光。我建議去那個紀念館，并自告奮勇帶路。於是借了幾輛自行車，一人一輛，很快就走到了那條熟悉的小路。我忽然發現前面走著兩個人，心中頓時噗噗直跳。但已經避無可避，只能硬著頭皮騎過，然後猛地一剎車，回頭一望，有一個正是她的面龐。

她背著相機，身邊是一個穿戎裝的年輕婦女。不知什麼原因，我對這種穿著的人，有一種本能的排斥。我笑著對她打了個招呼，好像是很一般的同學；她也淡淡笑著，和我一樣。我揮揮手，跟著同學飛馳過去。

　　這個偶遇讓我意興闌珊，因為在那個百無聊賴的下午，
我之所以建議去那個紀念館，就是想重溫和她在一起的回憶，
而她永遠不會懂得。

五十五　古籍書店

城北有一家古舊書店，有一次我偶然路過，以爲是賣舊書的，就進去看，結果全是古籍。我這人好古，一看見古書就來勁，尤其是淫詞艷曲，也符合我的心境。

古舊書店很小，但很精緻，走進去才注意到，裏面訂了好多牌子，標識自己是「中華書局」「齊魯書社」「巴蜀書社」等出版社的特約經銷處，店堂裏還挂著本城名家的篆刻書畫，頗爲雅致。賣的大多是古籍，但也有些現代名家的作品，比如周作人的系列散文集，我都是在這買的。不過我不大喜歡周作人，感覺他的文章軟塌塌的，遠不如魯迅的清剛峻潔。他喜歡引經據典，哪怕談些很小的事情，除了引文還是引文，自己就沒幾行字；雖然魯迅也喜歡引經據典，但人家引得不生硬，能和文本水乳交融，渾然一體。

書不是開架的，但這難不倒我，我的視力一向特別好。如果說我的整體基因不怎麽樣，眼睛可是例外。我從小就喜歡在太陽直射下看書，在搖晃的車廂裏看書，邊走路邊看書，躺在床上看書，但一點都沒有近視。那書脊上的書名，不管多小的字，我隔著櫃檯看，都不費吹灰之力。

我很靦腆，如果不是特別想買哪本書，一般來說，我不會請服務員拿來看。但即便如此，服務員也會不耐煩。有一次我看見一本《札移》，覺得名字古怪，想看看是講什麼的。那個戴著眼鏡的清瘦男服務員身體不動，說：「那個書，你肯定不會買的。」我就紅了臉，訕訕地晃到別的櫃檯。

銅鑼也喜歡讀淫詞艷曲，有一天他說：「你在哪裏買的這些書，下次再去叫上我。」我自然巴不得有伴。於是找了一個中午，我們騎車往城北疾行，他果然很興奮，買了好大一摞。一個年輕的女服務員主動過來幫我們捆書，她扎著馬尾，面容溫婉秀麗，把書一本一本摞起來，一邊死勁勒著繩子，一邊問：「你們是大學生吧。」

這個問話有點尷尬，我正要回答，銅鑼已經搶先了一步：「嗯，師大中文系的。」

我看著銅鑼的臉，很正常，沒有一點羞澀的樣子。這傢伙有兩下子。

女服務員笑說：「我就知道，只有中文系的才會買這種書。」

「你很懂行啊。」銅鑼說。

「在這個書店工作，怎麼能不懂，」她說，「可惜我沒考上大學，要不然肯定只讀中文系。」

銅鑼說：「這份工作也挺好的，可以天天讀書。」

她笑笑：「那不一樣。」

我們各提著一摞書出門，他主動說：「你可能覺得我臉皮很厚，是吧？」

這讓我反而不知道說什麼。

他繼續道：「如果我說是高中生，買這種書，那還不被她當成有病？以後肯定懶得理我們。說大學生，她也高興，你也輕鬆，大家都方便，是吧。」

我說：「可畢竟是撒謊嘛。」但心裏不得不承認，他說得有道理。反正剛才我雖然臉上火辣辣的，却也沒想揭露他的謊言，不是因爲同學或者朋友情誼，而是因爲，大約我也願意享受這種謊言，反正它不是由我嘴裏吐出。

暑假將盡的一天，我坐在家裏，讀著一本什麼書，書上介紹著一些新出的詩詞古籍。我心裏突然萌發出强烈的欲望，把書一扔，顧不上外面耀眼的陽光，騎著車就向城北奔去。

書店當然還是老樣子，但我東看西看，也沒發現那次爲我們捆書的女服務員，略微有些遺憾。我站在櫃檯前，開始認真挑書，首先買了幾本詩詞別集，又幾本字帖，正準備收手，突然眼光又掃到了那本《札移》，陳舊的書脊，估計在那架子上擱了幾年，也沒有賣出去。我突然鼓起了勇氣，對服務員說：「請拿那本書給我看看，謝謝。」

依舊是那個戴著眼鏡的男服務員，他看了我一眼。我很緊張，心裏已經想好了應付他的話，如果他還是那麼說，我就回答：「我是師大中文系的，別斷言我不懂。」

但他什麼也沒說，默然從書架上抽下來，遞給我。我翻開，沒有淫詞艷曲，都是豎排繁體，不知道講什麼的。我遲疑了一會兒，把書還給了他，匆匆走了出去。

五十六　戀終

　　我站在桌子前畫畫，墻壁上都是我甩毛筆留下的顏料和墨汁。我畫的是一幅牡丹，兩個花朵，一個是粉紅色的，鈦白打底，曙紅暈染；一個是深紅的，淡墨暈染，加明礬水，大紅塗抹，一層又一層。葉子花青暈染，三綠托底。每次染色時，總是急急的，怕毛筆水分過多，導致染的色彩流出去，弄髒畫面，所以總是忙不迭將筆甩幹。若是那種裝修精緻的房子，我當然不會那麼幹。但這個房間的墻壁，坑坑窪窪的，簡陋而寒酸，甩點顏料上去，倒反而能使它增色呢。

　　畫總算染完了，粉色的牡丹熠熠生光，靈動飄逸；深色的牡丹色調醇厚，盡顯富貴之姿。我再畫兩隻鳥，在空中飛翔和鳴。這是應她的要求所作。我的鄰居，一個結實的成年男人，不知怎麼回事，特意跑過來看，他說：「這個一副要畫多久？」

　　我說：「三四天。」

　　他說：「好花時間。」嘖嘖嘆了兩聲，也不知道什麼意思，走了。

　　這時爸爸從外進來，交給我一封信：「哎，你的信又來了。」表情詭譎，大概早已知道我的秘密。

　　我拆開信，上面沒有幾行字，說是快開學了，心情不好，她要去外地的親戚家住一陣。我有些失意，但想一想，又覺得也許并不壞，因爲我也必須忙碌起來。

　　爸爸蹲在門外，裸著上身，澆灌他的葡萄。他原先在門前種了幾棵柳樹，鄰居老嫗細鳳正好走過，叫住他：「門面前哪能種柳樹的呀？種不得的啦。」爸爸說：「啊，有什麼說法嗎？」細鳳一臉不屑：「老人家說，門前種柳樹，鬼會躲到樹蔭下，以後門前都是鬼。」爸爸說：「這樣啊，那我砍掉。」二話不說，一鍬下去，一棵柳樹向前撲倒。隨即找來幾根毛竹，支起了一個葡萄架，興奮地說：「等到，暑假就有葡萄吃。」

　　現在葡萄雖然挂了不少，可是每一顆都酸得像綠皮裹著一團醋，無人問津。他有些沮喪：「這種種子不好，要換一種。」如今蹲在這裏折騰，大概就是想搞新品種嫁接。

　　「你大伯剛查出來腸癌哦。」他仿佛看見我靠近他，說。

　　「啊。」我說，「怎麼會這樣，他不是一向身體很好嗎。」我想起了小時候所見大伯的標準造型，挑著兩捆柴禾，在煤渣路上風一般疾行。記得多多還活著，住在我們這裏時，有一天，他突然信步悠閑而來，父子倆興高采烈，談起了政治大事。大伯爲林彪抱屈：「毛主席偉大是偉大，但殺林彪，也確實做得過了，沒有林彪，他奪得了天下啊？」還有一些其他的小道消息，估計是從工友那聽來的。他在軍工企業，類似的傳聞應該不少。我那時仿佛重新認識他，這個不苟言笑的文盲，沒想到還對政治興致勃勃。我還記得幾個月前，又在放學路上遇見過他，他踽踽獨行，肩上再也不見柴禾，畢竟兒女都大了。他不會騎車，上下班都靠兩條腿。我叫住他，用自行車後座載了他回家。現在回想起來，他那時的精神確實不好。

爸爸說：「越是身體好，越不曉得愛惜。他經常吃冷飯，有時就在廠裏，用自來水一泡，也沒有菜，就能吃下去。他說，我的腸胃啊，就是塊鐵吃下去都能消化。現在好了，得了腸癌。」

我沉默不語，腦子裏翻來覆去想著小時候老屋裏的事。

爸爸又說：「不過我猜，他得這個病，跟他的工種也有關係。」

「他什麼工種？」

「翻砂車間，聽說都是有毒的。一般人不願做，但工資比別的工種高，還有獎金，他就報名了。你曉得養六七個子女，幾艱難不？」

我說：「哪個要他生那麼多？繁殖狂啊。」

爸爸怒了：「你曉得個屁，書呆子，屋裏沒有人都行啊？」他對毛主席無比景仰，提起鄧小平就想罵娘，尤其對計劃生育不滿，經常說：「那個鄧矮子不曉得幾壞，逼人家搞計劃生育，斷子絕孫。」而我年輕氣盛，充滿理想，對他這種熱切的繁殖欲望深為蔑視，我常因此譏笑他：「毛時代，你敢這樣罵毛嗎？鄧小平給了你一點自由，讓你罵他也沒事，你却不知好歹。你想想，毛時代我們過的是什麼日子？」但現在我不想跟他口角，就說：「那也不能去有毒車間啊，找死啊。」

他說：「爲了國家安全，那些有毒的事，總要有人去做嘛！」

我搖搖頭：「那就求仁得仁了。」轉身走進屋，還聽見他在嘟噥：「什麼求仁得仁，少跟老子來這套。」我沒有理他。

接下來的幾天，我去新學校報到，注冊，選床位，領新書，開始了大學生活。我每天都盼望她的信，我也給她寫信，但沒有寄出，想著等她回來時，再一起給她。這種想法，也不知是從哪個言情劇裏看來的。雙方的信，內容都一如既往的純潔，因爲我至今一點都不記得其中的片言隻語。饒是如此，也一樣珍愛。每一封來信，總會來回看好幾遍。我從來沒有截住過班上的收發員，問信件的事。但我總是希望，他走到我們寢室來的時候，能叫我一聲：「喂，褚枕石，有你的信。」

轉眼就到了冬天，有一天下午，我和同學老龔騎車出去，預備去看電影，突然一眼瞥見她騎著飛鴿車迎面而來。我驚喜地叫住她：「你不知道我的住處，怎麼找來了？」

她笑說：「問問不就行了。」

然後我們一起去了她臨時工作的單位，江西省博物館。我參觀了博物館，館內正展覽著新幹大洋洲出土的商代青銅器，作爲一個大一新生，我也看不出所以然來，只是裝模作樣轉悠著。然後又商量，一起去看電影。她爽快地答應了。電影名叫《汪洋裏的一條船》，我們坐在黑暗裏，我的腦子完全沒有進入劇情，感覺渾身上下每個毛孔都滴著愛和感傷的東西。我們磨磨蹭蹭地，想比以前親熱一點，我摸住了她的手，頭也漸漸傾過去，靠在一起，甚至當我鼓起勇氣想要親吻一下時，突然大燈閃亮，電影結束了，面前接二連三，矗立起無數鬼影。我心裏暗嘆了一聲：這就是命。

冬天的傍晚，寒風呼嘯，我們再次在路口告別，她突然遞給我一個信封，說：「回去再拆開。」

晚上，我打開信封，竟是一束頭髮。這也難怪，我們那時候能想出的，就只有古典戲劇裏的這類手段了。但這也許又暗合人情，因爲那畢竟是她身上生長的東西，仿佛就真的可以代替她似的。那縷頭髮還帶著她的體味，因爲我們在一起時，最大限度的親熱，也不過是聞聞她的頭髮，就是那個味道。

起初我們還一周通一次信，不鹹不淡地持續了一年。最後她來了一封信，說對我「沒有那種波瀾壯闊的感情」，我在燠熱的屋子裏，把信看了幾遍，身體裏空蕩蕩的，仿佛五臟六腑都有喬遷之喜。我知道自己很難過，但總歸是個驕傲的人，當即坐在桌前，回了一封信，表示聽任自便，信中依舊附了一首詞《點絳唇》：

細柳平莎，還如携手當時路。

可堪辛苦？舊夢全無據。

恨寫鱗書，盡是絕情語。

羞相訴。又傷幽愫。又把良辰數。

但是想了想，又把詞拿出來，忙不迭將信封糊上。然後，我把她所有的來信塞入塑料袋，拎出去，走到城南小學的操場上。我找了個墻角，把信堆積起來，劃著了一根火柴。午後的陽光像玻璃一樣晶瑩透亮，我站在樹蔭下，望著那曾經讓我移魂蕩魄的信紙逐漸變成黑灰，翻卷起來，又隨即像紙錢一樣在空中飄揚，從此和那段感情陰陽相隔。我喜歡這樣決絕，不願給自己留有餘地。《世說新語》裏說王藍田用餐，用筷子夾鷄蛋，老是滾落；一怒之下，用手抓起來擲到地上，鷄蛋在地上猶自骨碌碌旋轉；益發大怒，跳下床榻舉腳狠踩，竟沒踩著；由是怒發如狂，撿起來往嘴裏塞，咬破然後吐之。很多人從中看到的是性急，我看到的却是他和鷄蛋「與君相決絕」「拉雜摧燒之」的心態。

往事濃厚多汁，寫著寫著，就寡淡起來，或許也有我不願回憶的緣故。想起當年是多麼如痴如醉，欲生欲死，後來想起來，覺得大概和她在一起，未必是最好的選擇。十八九歲，是少年的尾聲，而人一生的性情，大概就來自童年和少年。所以，如果緬懷它，也許不過是緬懷附麗於其上的青春罷了。席慕蓉的詩，我至今還記得一些，但最清晰的還是那幾句：

總有一些什麼，會留下來的吧。

留下來做一個不滅的印記。

好讓那些不相識的人也能知道。

我曾經怎樣深深地愛過你。

現在讀起來非常肉麻，可當時不會知道。而且，爲什麼愛過你，要讓不相識的人也知道呢？爲什麼呢？何等無聊。但那時真不覺得，尤其是愛過你，而且是「怎樣深深地」，就恍然自己也進入了文藝作品，讓千百萬其他的青年男女低徊，自己把自己感動了。

畢竟那是那樣的一個時代！

後記

　　寫這本書，最讓我困擾的，是采取什麼叙述方式。我嘗試過按照不同的點切入，感覺都有利有弊。每一個故事，都有一千種不同的寫法，如果能找到最佳的寫法，那就會成爲名著。但那何其之難？本書最後固定成現在這個樣子，我并不完全滿意，但也只有如此了。

　　又想起少年時代的一個傍晚，我出門辦事，在煤渣路上碰見爸爸，他騎著那輛二八爛永久自行車，向我迎面馳來，後座上還剩一點沒賣完的水果。那年暑假，他沒事就去販水果賣，賣剩的，就分給我們吃，這對我們來說，猶如節日。但那刻，我看見他可憐蟲似的憔悴面龐，心裏一陣悲傷，難道人生下來，就是爲了讓生活把自己折騰成這個鳥樣？

　　我也經常想，那些鷄皮鶴髮的老人，他們也曾有過紅潤的童年，他們也曾靡顔膩理。有時候想到我的精神病二姨，我也總會感慨，當初形成她的那枚精子在出膛後發足狂奔，迫不及待和卵子結合，肯定不是爲了過這樣的生活，只是它不知道。

　　活著，對很多人來說，是多麼的可悲啊！

　　但就是這麼悲凉的過去，這麼悲觀的思想，有時候悚然一驚，年少時的生活畫面紛至沓來，又會忍不住低徊感嘆，心中溫暖不勝。

我總感覺自己是在爭吵和被忽視中長大，但也明白，他們不是故意的，只是沒有能力對我愛護。然而，敏感的種子就此萌生，安全感對我來說，是從來沒有的東西。古代那些亂世的軍閥，大約不少也和我一樣。他們出人頭地後，殺人如麻，恐怕也不過藉此來掩蓋自己心中的栖遑。好在我沒那種能力，也沒趕上那種時代。

總是聽媽媽詛咒爸爸：「叫一隻黑麵包拖得你去哦，拖到瀛上去哦。」那時殯儀館的車，都是黑色的轎車。《集韻》上說：「楚人名池澤中曰瀛。」不過我記得的瀛上，幷沒有綠菱紅蓮，只有掩映在莽叢中的層層墳冢，我們被告知，下面躺著的全是革命烈士。後來它乾脆成了墳地的代名詞。媽媽的這種詛咒，初聽有點驚悚，多了也就習慣。實際上她對爸爸很依賴，有一次爸爸和外人口角，差點動手，媽媽氣得要上前同那人拼命。但爸爸，可能對她沒有什麼感情。

這也是我沒有安全感的原因之一吧。他們都不像正常人類，或者說，又太像正常人類。生在這樣的家庭，很容易就會不完全正常。

本書的每一章，幷不都直接和戶口有關，因爲，我幷不想像某些作家那樣，刻意去編一個首尾齊全的離奇故事。那樣幷不難，而且很討好讀者，但有違我的文學觀念。我只是細細地寫我經歷或者目睹的生活，戶口問題，不一定都會像炸彈一樣，瞬間爆發出劇烈的殘酷；大多時候，它只像慢火，給人輸送持續的熬煎，許多寶貴的人生就此毀弃。

　　生命中經過的細節，不一定都記得那麼牢靠，免不了會有些虛構。其實，所謂的史書，絕大多數都存在有意無意的虛構。因此，這部作品，其實不是自傳，而是小說。

　　很多人寫自己或者家人，總能看出有所美化，這其實是另一種自我審查，讀多了，就逐漸產生厭惡。生活不可能是那樣子，生活，大多情況下都充斥著猥瑣。也許用「猥瑣」這個詞，已經等於向「高尚教育」屈服。其實猥瑣才是生命的常態，高尚反是异類，只是爲了社會的運轉，有時我們不得不强打精神。人不完美，有些時候甚至噁心，而寫作的天道是「誠實」，這是我喜歡的美國作家查爾斯·布考斯基强調的，我相信幷且遵循。誠實，就意味著要勇於揭示內心，挑戰自尊，這固然會讓我臉紅，也不是不曾讓我猶豫，但最終，我還是厚著臉皮堅持下去了。我認爲值得，而且應該。

　　每當午夜不眠，那些童年和少年時代的往事，就會枕上浮現，歷歷在目，耳邊同時笑語喧嘩，貧瘠的家庭，也仿佛繁花似錦；然後又會驀然一驚，意識到那些豐饒的時光，永遠僅存於記憶之中；那些能够呵護我的親人，多已雕零，不在人世。

　　原來，人不斷長大，即在不斷弱小。

史杰鵬

2015.10.10

史杰鵬

　　江西南昌人，文學博士，主要研究古文字學和訓詁學，曾出版學術專著《先秦兩漢閉口韵詞同源關係研究》《畏此簡書——戰國楚簡和訓詁論集》，詩詞鑒賞集《悠悠我心》《古詩課》，散文集《舊時天氣舊時衣》，長篇小說《亭長小武》《鵠奔亭》《楚墓》《戶口本》《刺殺孫策》等。

戶口本

作　　者：史杰鵬

責任編輯：李豐果

特約編輯：林　恩

封面設計：JomoDesign

出　　版：Heptagram Inc.

網　　址：https://www.heptagram.ca/

電子郵箱：newpublish@heptagram.ca

地　　址：1315 Pickering Parkway, Pickering,

　　　　　Ontario, Canada, L1V 7G5

ISBN：978-1-7390428-6-8

All rights reserved.

Published in Canada by Heptagram Inc.

Library and Archives Canada Cataloguing in Publication

Title: Household Registration Booklet (Traditional Chinese)

Names: Shi, Jiepeng, author

ISBN: 978-1-7390428-6-8 (paperback)

ISBN: 978-1-7390428-7-5 (ebook)